左眼诡事 ④

ZUOYANGUISHI

乌啼霜满天 / 著

九州出版社
JIUZHOUPRESS

图书在版编目（CIP）数据

左眼诡事．4 / 乌啼霜满天著．-- 北京 ：九州出版
社，2014.12
ISBN 978-7-5108-3376-2

Ⅰ．①左… Ⅱ．①乌… Ⅲ．①长篇小说－中国－当代
Ⅳ．① I247.5

中国版本图书馆 CIP 数据核字（2014）第 280873 号

左眼诡事 4

作　者	乌啼霜满天　著	
出版发行	九州出版社	
出 版 人	黄宪华	
地　址	北京市西城区阜外大街甲 35 号（100037）	
发行电话	(010)68992190/3/5/6	
网　址	www.jiuzhoupress.com	
电子信箱	jiuzhou@jiuzhoupress.com	
印　刷	北京建泰印刷有限公司	
开　本	690 毫米 ×980 毫米　16 开	
印　张	21.75	
字　数	500 千字	
版　次	2014 年 12 月第 1 版	
印　次	2014 年 12 月第 1 次印刷	
书　号	ISBN 978-7-5108-3376-2	
定　价	38.00 元	

| 目 录 |

第一章　陈小宁的明招

空空儿忽然闷哼一声，手就松掉了我，而我则被一只强有力的手臂搂住，眼睛一花，就到了另外一个地方。周围都是参天大树，空空儿和青冥都不见了，搂着我的居然就是那个少年。

我们几个都藏在了附近的墓碑后面，静候陈小宁，我捏了捏拳头，心里发誓，这一次一定要抓住陈小宁，好为青灵大姐报仇……

远处的铃铛声越来越近，一道黄芒忽然出现在我们不远处，黄芒身后还有一个身穿黑色连衣裙，长发披肩的少女，这个少女正是陈小宁。她脸色有些苍白，全身冒着一丝丝黑色的气流，白皙的手掌握着一个巴掌大小的铃铛。

这个铃铛每摇晃一次，里面都会有一层五色毫光隐隐显现，而之前回去报信，身穿土黄肚兜的小鬼则在地上翻滚着，时不时向陈小宁求饶。

铃铛声忽然停了下来，陈小宁忽然站住，目光往我们这边扫了过来。我脖子一缩，生怕她发现了。

不过她只是目光微微一顿，很快就转向我们这边。

片刻工夫，她就来到那四个小鬼面前，手臂一举，手中的铃铛一晃，清脆悠扬的响声传了过来。

我冲着空空儿使了个眼色，空空儿盯着陈小宁高举的铃铛，邪魅地一笑，向陈小宁所在的虚空一划，一头钻了进去。下一刻，陈小宁头顶之上忽然裂开一道细缝，一只修长的手臂从裂缝之中探出，抓向陈小宁的铃铛。

　　陈小宁吓了一跳，手臂急缩，但是迟了，空空儿的速度十分快，一把就抓走了铃铛。

　　"撕裂空间！你到底是什么妖怪？"

　　陈小宁见铃铛被夺走，不仅没有惊慌，反而盯着空空儿厉声质问起来。

　　"我管你是什么人，这铃铛好玩，我就要拿去玩玩。"

　　空空儿翘着嘴巴，晃动着手中的铃铛，一副不以为然的样子。

　　"只要你答应我的一个条件，这个铃铛就给你玩，怎么样？"

　　陈小宁眼中杀机一闪，但随即冷静下来，面带笑意地冲着空空儿开口了。

　　"哦，什么条件？"

　　"只要你加入白骨魔门就可以了，怎么样？白骨魔门还有很多好玩的东西呢。"

　　"真的？你可不许骗我。"

　　"自然不会骗你，不过你要先把铃铛交给我。"

　　"嗯，好，你可不许反悔哦。"

　　空空儿显得格外高兴，一边把玩着这银色的铃铛，一边递过去，就在陈小宁刚要去接铃铛的时候，空空儿另外一只手悄然探出，狠狠一掌打在陈小宁的左肩上。

　　"你到底是谁，为何对我下毒手？"

　　陈小宁坐起来，满头大汗地捂着自己的左肩。

　　"你没见过的人多了，但是你都下了毒手，你连自己家乡的乡民都不肯放过，更主要的是，你不该三番五次地害我家小白，就单凭这一条，你就该死无葬身之地！"

　　"你……如果你今日伤了我，我定会告诉白骨魔君大人，我有元神牌位在白骨魔君那，如果我死了，他就会知道，纵然你会撕裂空间，也难逃白骨魔君追杀！"

　　陈小宁咬牙站起来，姣好的面容之上浮现出一股阴煞之气。

　　"白骨魔君亲自前来又如何？"

　　青冥走了出来，我和龙婆也从墓碑之后站起，盯着陈小宁。

"是你们……"

陈小宁见到青冥，脸色变得更加煞白。

"青灵大姐是你杀的么？"

我走到陈小宁面前，沉声问道。

"白家哥哥，其实，其实……是那个太清宗弟子打伤的她，我并没有，我只是追寻女娲石的下落。原本情况不是这样的，只要她说出白家哥哥的下落，就相安无事的，但是她死都不肯说，所以才酿成了悲剧，我也是被她的豆兵打伤的，真的。"

陈小宁呜咽。

"你们还在追女娲石的下落？难道你不知道女娲石已经碎裂了？"

我怒声说道。

"虽然女娲石碎裂，但是已经融入到你的血脉之中，我师傅说过，女娲石里面蕴含女娲的精血，开启女娲神墓，必须要女娲石，就算没有女娲石也要把你的人找到。"

"女娲墓到底是一个什么样的地方？"

"女娲墓是一个神秘的墓地，据说里面有不少财富，这些财富不仅对凡人很有诱惑力，就是对灵界的人也是一样，更加重要的是，女娲密卷之中记载着长生不老药秘方，很多人都为之向往。"

陈小宁将唐永跟她说过的话，毫无隐瞒地讲了出来。

"不老药……"

龙婆听了这句话，瞳孔微微一缩，脸上露出古怪之色。

"女娲密卷他是哪里得到的？"

我沉声问道。

"不清楚，但是听他说是在一处地摊之上淘来的，也不知道真假。白家哥哥，我现在可以走了么？"

陈小宁眼巴巴地盯着我。

"想走？"

青冥盯着陈小宁，仿佛是听到了天大的笑话，青灵大姐的死，与陈小宁绝对脱不了干系。

"难道你们要我偿命不成？我知道的都讲了，我对天誓，我讲的都是真的。"

陈小宁一手指天，振振有词起来。

"为了避免你再次胡作非为，我肯定是要废了你的道行的，你就本本分分地做人吧。"

青冥冷眼注视着她。

"我不要！"

陈小宁忽然伸手往我肩膀上抓来，我身子一滑，躲过了这一击。

陈小宁趁势往另一处扑去，目标是八十岁的龙婆，她居然想用龙婆来要挟我们。

"小丫头，你以为我们龙家的人好欺负么？"

龙婆冷笑一声，狠狠一掌印在陈小宁肩上。

陈小宁大惊失色，从身后抽出一根白骨权杖，张口将一团精血喷到权杖上。权杖顿时化为一块块碎裂的白色骨片，这些骨片在空中组合起来，化为一个身高数丈的白骨骷髅，手执一柄巨大的白骨魔刀向我和青冥劈来。

我和青冥一闪，魔刀斩在一处荒废的坟堆之上。坟堆一下被斩开，露出深深的沟壑。

我被这白骨骷髅的一击吓了一跳，目瞪口呆地盯着青冥。青冥说："莫慌。这是白骨魔君的一处分身，十分厉害，大家小心就是。"

陈小宁冷笑："你们若不逼我，我也不会把白骨大人的分身用出来！本姑娘就不陪你们玩了，白家哥哥，你是逃不掉的哦。"说罢，身形一闪，向远处逸去。

我们本想追赶，但却被那个白骨魔君的分身给缠住了，就连青冥的幽冥噬魂杵一时间都奈何不了魔君的分身，空空儿的佛珠似乎也派不上用场！这时，龙婆出手了。

"临，兵，斗，者，皆，阵，列，在，前，诛邪！"

龙婆拿出那张羊皮灵符，刹那间，她的身子站得笔直，手掌掐动法诀，灵符被抛到半空之中，一声嘹亮的嘶吼声从灵符之中传出。

空空儿见到这张灵符，脸色忽然变得十分凝重，因为符箓之中散发出的气息，跟他身体之中的某种气息竟然一模一样。

🌀 少年墨非

"这难道就是龙家守护灵的气息？好强大！"

我盯着空中闪烁着灵光的符箓，吃惊地开口了。

这张羊皮灵符在空中一闪，瞬间碎裂开来，一道难以抗拒的威压从中狂卷而出，那个巨大的白骨骷髅周围的黑云皆被这股威力冲散，就连白骨骷髅都开始摇晃起来。

白骨骷髅手中的大刀狠狠往羊皮灵符劈去，一道丈许之巨的灰白刀光轰然而出。

灵符一震，一条紫金巨龙从里面飞腾而出，尾巴一抖，便将那看似无比强大的刀光一下打散。

空空儿见到这条紫金神龙，脸色一下就白了，呆在原地一动不动。

神龙飞到白骨骷髅身边，张口一喷，一道紫色的光柱激射而出，居然只是一下，就直接将这具白骨击散，立刻委顿于地，化为一道黑烟，风一吹就不见了。

而紫金神龙消灭了这个白骨骷髅之后，庞大身躯开始缓缓消散，化为点点紫金光芒消失在空中。

只是一击，就消灭了白骨魔君的分身，若是这紫金神龙本体来了，那该拥有多么强大的力量啊！

看着神龙渐渐消失的身影，龙婆眼中划过一丝哀伤，这已是龙家最后一道守护灵的灵符了，用完就再也没有了！

"小狐狸，想不到你身体里面居然还蕴含了紫金神龙的血脉，难怪修炼得如此快，你父亲的下落我会帮你寻找，不管他是飞升了，还是陨落了，我都会给你一个答复的。"

我走到空空儿面前，开口说道。但空空儿却没有说话。

"又让那个该死的女子跑了！"

青冥恨恨地咬牙。

"逃了，总还会有再次见面的一天，我——"

我话还没说完，不远处忽然亮起了一个青色的漩涡，一个身穿青白相间服饰的年轻男子突然从地下钻了出来。

这男子双目有些茫然，面容却十分清秀，看起来十五六岁的样子，长发披肩，眼珠漆黑，他忽然目不转睛盯住了我，目光之中露出惊奇之色。

"柔儿？"

他盯着我，面上的痴呆之色渐渐消失，之后惊诧地向我走过来。他身上没有丝毫人的气息，更奇怪的是，就连我的阴阳眼都看不出他的本体。

青冥和空空儿本能地挡在了我的身前，一副全神戒备的样子。

看着这个少年，我吞了口唾沫，问道："你到底是谁，咦？你叫我柔儿，难道你是？不可能，不可能的！"

我脑子嗡的一声，一下就乱掉了，因为我记得墨非也这样叫过我的，难道他是墨非，难道墨非又夺舍了别人的肉身？

"让开！"

少年双目之中泛起一丝诡异的绿芒，里面似乎有什么东西在转动，让人感觉十分危险。

"你难道是墨非？"

我按着青冥和空空儿的肩膀，叫他们不可妄动。因为我觉得此人十分强大，几乎与柳青不相上下，并且此人身上还有一股十分古怪的气息，不属于人类，而我的前世记忆还没有完全恢复，一时间难以想起他是谁。

听到我的声音，少年停住了脚步，双目盯着我轻声道："你怎么比我先出来，并且先投胎了？我们不是说好了么，难道你也分出了二重元神之身？"

"我不是柔儿，你认错人了。"

"你不是柔儿那你怎么知道我叫墨非？难道你以为我会认错你？即便你投胎，你手臂上的第三目符文印记也是存在的，这是我们种族的标记。"

听了这少年的话，我一下愣在当地。青冥也愣住了。倒是空空儿，转身问我："无常，他说的不会是真的吧？"

我心情复杂地挽起右臂，手臂上面有一个几乎肉眼难辨的眼睛印记。在这个眼睛之中，有一个阴阳太极的图案，原本我小时候这个印记还是十分清晰的，不过当我左眼能够见到鬼的时候，手臂上的那个印记就开始渐渐消退了。

见到我手臂上的印记，空空儿无语了。

"怎么回事，怎么竟被他说中了？这少年是谁，我怎么竟跟他扯上关系了？"我茫然了。

这时，龙婆说道："此处乃五阴绝煞之地，早年我曾听说，此处镇压着一个千年大妖，但此前一直没有印证过。今天我们来得匆忙，因此也就没有留意。也许方才我们大战白骨魔君分身之际，一不小心触动了某种禁制，才将此物放出来了吧？"

听龙婆如此一说，我心里一沉，暗叫一声不好。

"小狐狸，撕裂空间，快带我们走。"

和我一样，青冥也意识到这少年绝非善类，一把挽住我和小狐狸。

空空儿反应过来，立刻伸手虚空一划，一道裂缝出现在我们面前。

"好大的胆子，快放下我家柔儿！"

那少年一声怒喝，双目一闪，一道绿光从目中激射而出，直接没入那条还未合拢的裂缝之中。不可思议的一幕出现了，这条裂缝居然再次打开，少年身影一晃便追了过来，留下龙婆一个人呆立当场。

我们正在空间裂缝之中逃遁，空空儿忽然闷哼一声，手就松掉了我，而我则被一只强有力的手臂搂住，眼睛一花，就到了另外一个地方。周围都是参天大树，空空儿和青冥都不见了，搂着我的居然就是那个少年。

我脸色一变，手肘往后击出，但却没有料到他伸手按住了我的手肘，卸了我的力道。

我咆哮："放开我，你到底是谁？你不可能是墨非，两年前我还见到过他，青冥和小狐狸怎么样了？你把他们怎么样了！"

少年松开了我："那两个小子不会有事的。你难道以为我还像之前那般好杀么？对了，你真见到他了？"

我愣了一愣，知道他讲的是墨非，于是点了点头。

"哎，他果然还是先我一步找到了你，我知道你现在很困惑，我会慢慢跟你解释的，对了，现在是什么年代了？"

少年眼中那道诡异的绿光消失不见，又变得漆黑一片，眼眸之中居然变得有些柔和起来。

"二十世纪。"

"二十世纪是什么？"少年不解，我跟他解释了半天，他总算懂了，于是一声轻叹："唉！居然相隔四千多年了，真是恍若隔世啊！"

🌀 三重身

"四千多年了？难道你是四千多年前的人类？"我吃惊地望着那少年。

"看来你真不是柔儿，而是柔儿的二重身，你居然将以前的事全忘了，但是你身体之中却又保留着以前的东西。"

那少年咧嘴一笑，很温和，仿佛人畜无害的样子，周围的空气很新鲜，透过茂密的大树林往外看去，东方的天空已经露出鱼肚白，天要亮了。

"二重身是什么？我怎么从来没有听说过？"

"事情还得从四千多年前说起，我们都是一个种族的人，三目族。我们的族人都拥有很强的力量，特别是每个族人都有灵兽才拥有的天赋神通，那就是我们的眼睛。我们每个人的眼睛都有不同的能力，其中最为奇特就是你的眼睛——太极眼。此眼的神通妙效也是族人之中最为强大的，很多人都羡慕你。"

少年墨非笑眯眯地说着，仿佛陷入了美好的回忆之中。

"你说我的眼睛是太极眼，不是阴阳眼？那你的又是什么？"

"我的是空间之眼，能够打开空间，否则那个人撕裂空间，我又怎么能够追上来？不过我很奇怪，那个人能够打开空间，难道说也是我们三目族的族人？"

"他不是三目族的人，是青丘国的狐仙。"

"哦，如果是青丘国的狐狸，倒是有这个能力的。我继续说二重身吧。我们族人灵魂都特别强大，加上我们的天赋神通，那些修道之人也不是我们的对手。但是我们的族人遇到了一个前所未有的灾难，不，应该说是大劫，我们都在劫难逃，最后还是你（柔儿）想出了一个办法，就是让我们的元神离体，分出善恶之念，然后你把自己的恶念当作主元神去投胎，而善念则是返回肉身之中，对抗那次大劫。你的恶念投胎所化的人就是二重身，而我（墨非）则恰恰相反，我留在本体的是恶念，而追随你而去的是善念。或者可以这么说，如今站在你面前的我就是四千多年前那个少年墨非，而此前你见过的那个墨非，只不过是我的二重身罢了。"

"那你为何一个人在绝阴之地出现，我的善念本体如今又在何处？"我心里隐隐有种不祥的预感。

少年墨非微微一笑："当初那场大劫过后，我们都身受重伤，并没有死，但是肉身的生机却遭到了破坏，恰好那时女娲神墓开启，我们想要进去获得长生不老药，只可惜那时我们把天赋以及各种神通都寄存在投胎的元神之中去了，实力大打折扣，没能成功取到。于是我们就打算在养尸之地沉睡千年，想要等我们投胎的元神，也就是二重身前来寻找我们，然后再合为一体，重新恢复实力，然而事情变化远远超乎我们的想象。"

"你的意思是说，你们的元神二重身背叛了你们？他们一直没有去寻找你们，对吧？"

"嗯，不错，而且当我方才醒来时，发现柔儿也从我身边消失了。另外可能你会想，都四千多年了，我的肉身怎么竟没有腐烂？这是因为我一直躺在棺木之中，我的肉身一直被三目族的旁支鬼族照看着。放心，鬼族并不是鬼魂，而是一个族，他们精通鬼文，并且擅驱鬼之术，当时鬼族中有一个年轻的小伙子还自己创建了一个门派，我沉睡的棺材就是他帮我制作的。"

少年墨非说着，眼中划过淡淡的哀伤之色。

"你不会说那个鬼族的人创建了阴符门吧？并且还有养尸鬼棺和两道令牌，一个名为万鬼，一个名为聚阴？"

我心里微微一惊，因为他说的这个很有可能就是强子表哥阴符门的创始人。

"嗯，好像是这样的吧。"少年墨非点了点头。

"原来阴符门的创始人还是你的熟人，不过，我貌似不是二重身了，因为我上一辈子是在清朝，当时我就遇到了你的二重身墨非，否则我也不可能知道你的事，当时你的二重身也一直误认为我是柔儿。"

"嗯，我迟早是要收回我的二重身的，如果按照你所说，你现在应该依旧是二重身，毕竟你又轮回转世了，不过让我奇怪的是，你这一世居然是男身。"

"不是了，因为我在清朝的尸身一直存于现在，我清朝的名字叫固伦和孝，所以固伦和孝才是我的二重身，只是很奇怪，那时候我并没有太极眼的。"

我笑了笑，想要极力撇清这种关系。

少年墨非仔细地打量了我一下，诧异的开口说："你竟然是三重身，真是奇怪了，按道理这种情况是不可能出现的，你在清朝的二重身可能是身体被另外一种东西压制了，让你无法觉醒你的天赋神通，你说你在清朝是什么身份。"

"清朝十公主。"

"难怪了，你清朝时的身体之中流淌的血液有一半是九五之尊的，自然要被压制了，但是这一世你不是，所以就显现出来了。"

"那你抓我来有何事？你也知道我是三重身，前世的记忆早就不复存在了，别说我以前，就连我二重身的记忆我都变得模模糊糊了。"

我悄悄地退了几步，出声问道。

"自然是带你去找你的本体啊，你难道不愿意和你的本体合为一处？如果你的本体没有毁坏的话，是十分厉害的，女娲神墓不久又要开启了，咱们还要进去寻找不老药呢。"墨非笑眯眯地说道。

"难道你非要我和本体融合？我这辈子已经产生了自主的意识，你这是要抹杀我吗？我可不干，如果你强行的话，即使死，我也会抗争到底的。"

我冷冷地盯着墨非，沉声说道。

"你还是老样子，一点都没变，好了，不吓唬你了，你带我到现在的人间逛逛吧，都不知道发生了什么翻天覆地的变化，毕竟都过了这么多年，我反正是对我的二重身没有任何的意思了，因为发生了这么多的事情，只要他不为恶就行。"

"那可以让我先打个电话，报声平安么？"

我掏出手机，冲着他晃了晃。

"电话是什么？报什么平安？"

墨非凑到我跟前，盯着我手里那个黑乎乎的东西。

"自然是给家里人报平安，这个东西是通讯工具，呃……"我有些无语了，给他示范着拨通了青冥的电话，幸好这里还有手机信号，刚刚嘟一声，青冥就接了电话。

"你在哪，没出事吧，我带柳青赶过来！"那头青冥的声音有些焦急。

"没事，放心，我很平安。你们继续追捕陈小宁，还有注意找寻我们在清河地宫的那位干尸将军，千万不能让白骨魔门的找到，否则对我们极为不利……"

见到我对着手机说话，墨非眼睛一下瞪得大大凑了过来，想要听清我在讲什么。

我白了他一眼，往前走了几步。

"真的没事？"

"真的没事！对了，你和小狐狸怎么样了，有没有伤到哪？"

"没有，只是手臂受了点轻伤，你什么时候回？"

"处理好这边的事情之后就会回来了。"

我说完便挂断了电话，刚一回头，就碰到了墨非的鼻子。

"你这是什么法宝，居然可以通话，聊天，好厉害，还有么，送我一个。"墨非眼里满是羡慕、求肯之色。

我一愣，脸色肃穆的说："这个很贵重的，如果你想要，我也不是不可以给你，但是你要答应我一个条件。"

"条件？还要有条件？"

这个少年墨非眉头又皱了起来，显然很不开心的样子。

"自然啊，你现在对于我来说可是一个很危险的存在啊。"我盯着他，缓缓地说道。

"即使我对别人有危险，但是对你是绝对没有危险的，不过我很奇怪，柔儿分出的明明是恶念，但是看你的模样，似乎不是。"

"因为恶念已经被我压制住了，只有在我愤怒，或者情绪激动的时候才会变成另外一个人。"

"你还能压制恶念？难道你这一世修炼了道术？"

"嗯，不错，不然又怎么可能压制住我的恶念呢？"

"好了，我肚子饿了，你陪我去填饱肚子吧。"墨非拉着我的手臂，笑嘻嘻地说道。

"嗯，好，你还没答应我条件呢。"

"好吧，你的条件我都答应，赶紧走。"墨非开始催促起来。

"那你现在的身体状况到底是人还是僵尸？"

"我们三目族人本来就是非人非尸的，你害怕不成？"墨非忽然冲我做了一个鬼脸。

"好吧，咱们走，这里是什么地方？"

"我怎么知道，当时只是随便找了个地方就落了下来。"墨非一句话，几乎让我为之吐血。

我万万没有预料，这个墨非本体带我出现的地方居然是东北方的一座大山之中，为了避免他胡乱地撕裂空间，在走出这座大山的过程中，我们并没有再动用任何法力。

这一路我都为他讲解现在的这个社会，我们饿了，就会采集野果，或者狩猎一些小动物。

墨非的手艺不错，我看着墨非熟练地生起一堆篝火，火堆的两侧架着木叉，上面放着一根结实的木棍，上面穿着两只洗干净的野兔，他十分专注地转动着木棍，张开嘴巴，口水都流了下来。

片刻后，兔肉就烤得色泽金黄，透出浓浓香气，他直接撕了一块兔腿扔给我说："兔子的腿肉很有嚼劲，你以前最喜欢吃了。"

我实在饿了，咬了一口，立刻就吐了出来："太油，没盐味，一点也不好吃！"

墨非一愣，扯了一块放在自己的嘴里："你以前不是很爱吃的么？"

我站起来："那是以前，好了你先别急着吃，我看看能够找到什么好的草药，让兔肉吃起来更加美味。"

才走出没几步，墨非忽然说："小心，难道你一直没有发现有什么东西在跟着我们吗？"

我有些疑惑往四周看去："你可别吓我。"我缩了缩脖子，溜了回来。比起吃，还是小命重要！

⚡ 狼族

"骗你做什么，你如今的这个身体，反应还真不是一般的迟钝！"

墨非转动着烤架上的兔肉，淡淡地说。

夜很静，除了风声和那些野兽偶尔发出的嘶吼之外，便是这些干柴发出的炸裂声。火苗舔舐着烤架上的兔肉，金黄的油脂从兔肉上滴落，带起更高的火势，两个兔子变得更加金黄，香味四溢。但几乎与此同时，四野里忽然冒出一双双绿幽幽的眼睛。

"狼！"我失声惊呼。

墨非淡淡一笑："是兔肉的香味引来了这些畜生，走吧，咱们找个安全的地方。"墨非拎起兔肉，牵着我向一株巨树奔去。那株树十分高大，树杈很高，并且枝叶繁茂，十分葱郁。

"上去，快！"墨非手腕一抖，随手一抛，便将我抛起丈余高，我顺势抓住一根树枝，瞬间隐没在树荫之中。随后，墨非也跃了上来。

墨非刚上来，几十只体型巨大的狼便来到了树下。这些狼棕色的皮毛，双目泛着绿光，在树下走动、徘徊，不断地嗅着鼻子。之后，其中一头牛犊般大小，通身皮毛与其他狼不同的银白色巨狼忽然人立而起，四肢一抖，顷刻间化为一个身材高大，满身肌肉的壮实男子。只是他身上并无衣物遮拦，但双目深邃，一头长长的卷发，通身皮肤洁白……而更诡异的是，这个俊美而全身肌肉充满爆炸力量的男子，身上竟全没半分野兽气息。

之后，那些棕色的狼群也都开始变化起来，纷纷化为一个个身材高大的男子，只是皮肤都是浅棕色，看起来很健康的颜色。

"我们被发现了么？"那个银白毛色的狼所化的男子沉声问。

"嗯，对方是两个人类，但他们应该不会跑远，我觉得他们应该就在附近。"其中一个狼人再次嗅了嗅鼻子。

"你确定他们是人类？"那个白色狼人问。

"应该是人类。"那个棕色狼人回答。

"只要是人就好。若是那些吸血鬼，我们就麻烦了。这次黑暗教廷的布鲁长老给我们下了死命令，如果我们此次行动不利，就会影响到布鲁长老在教廷中的地位，所以这次我们决不能让血族抢占先机，这次血族又派了贾斯伯前来，听说他上次吸了一个人的精血，已经进阶为亲王了，我们决不能让贾斯伯抢了我们的功劳。"那位白色狼人目光扫过众狼人。

"就算贾斯伯再厉害，遇到我们狼族也是死路一条，要知道只要他们血族被我们狼人咬伤，伤口就无法愈合，我们是他们的克星。"另一个狼人说道。

"虽然如此，但是他们血族变身之后会飞，而我们不能，更何况我们主要的对手还是灵界的那些人，他们精通各种奇门法术，虽然他们的力气不比我们，但是却能够施展法术，我听老一辈的人讲过，他们这些修道的人十分恐怖。"白色狼人说到这里，鼻子一动，忽然抬头往大树上望过来。我心里微微一紧。

✿ 力强为尊

"下来吧，我已经知道你们躲在树上了。"白色狼人盯着我藏身之地，狼人的嗅觉实在是太好了！

墨非大笑着推了我一把："下去吧，都被人发现了！怕不怕？"

"我怕什么？我连千年白虎妖我都没有害怕过！"说完，我硬着头皮跳下树来。之后，墨非也飘然而下，如羽毛般轻灵。

"你们是灵界的人？"那只白色狼人盯着我们两个人，警惕地问。

"不是。"墨非回答得十分干脆。

"那你们是什么人，怎么会出现在这里？"

"你问我们为什么出现在这里？那你为什么不说说你们自己？这里貌似不是西方大陆吧？既然你是黑暗教廷的人，为什么要来我们东方大陆？"我冷冷地盯着那位白色的狼人。

"哦？看你们的装扮，应该是本地人吧？既然你知道这么多，今天也就别想离开这里了！"

"好大的口气，你谁啊你！"我做嗤之以鼻状。

"我叫亚克，狼族的大头领。"那位叫亚克的白色狼人双目之中再次浮现出绿油油的光芒，嘴巴翘了起来，不可一世地盯着我们。

"你这一世是叫无常吧，以后就叫你无常，毕竟叫你柔儿还是有些不合情理的。好了，无常，你说要怎么处置这头畜生？"墨非走到我身边，面色淡然。

"你说我们是畜生？我们体内可是蕴含了狼的血脉，尊贵无比！"

亚克气得面红耳赤。狼人一族在西方大陆地位十分尊贵，就像我们这边的灵界弟子，如果一个人说灵界的门人弟子是低等下贱之物，那个灵界弟子肯定是会怒的。

"尊贵？你怎么能够证明你的尊贵？"我故意气他。

"我们狼族都是凭实力说话的，我们以实力为尊！"亚克昂首，一副不可一世的样子。

"那好，我们就靠实力说话。"墨非双手后背，淡然地说道，"你们都上吧，一块上！"

"对你们，还用一块上吗？诺克，给他们点颜色看看。"亚克努了努嘴，又特别提示道，"注意点啊，别用力太大，一下把他撕成两半就不好看了。"

那位叫诺克的狼人点了点头，漫不经心走到墨非面前："小白脸，你长得好标致哦！"说着，满是挑逗地用食指来勾墨非的下巴。不想墨非突然一拳击向诺克的头颅。

"砰"一声巨响，诺克重达几百斤的身体突然像断线的风筝般飞了出去，一直飞出十几米远，才重重地跌落在地，瞬间化为原型———一只丈许长的巨狼。

巨狼伏在地上，一动不动了。

几十位狼人瞬间惊呆！亚克族长被惊得眼球几乎都掉出了眼眶。

"不……不算，你偷袭。"诺克面红耳涨，良久之后才艰难地爬起来，重新化身人形，嘴角溢出一股鲜血，胸口剧烈地喘着气。

"怎么，不服？是不是还想再试一次？"墨非拍了拍手，不屑地一笑。

"不必了，我们输了。"亚克族长摆了摆手。

"那你们是不是服了？"我冷笑，盯着亚克。

亚克脸憋得通红，半天无语。

"如果你不服，那我们可以再比一次，只要你能在我的眼皮底下逃出百步，就算你们赢了，如何？"我指着亚克说道。一来，我想威慑一下这群狼人，二来我想收服他们，让他们帮我对付贾斯伯他们那群血族。因为从他们的谈话我已得知，他们是血族的克星。

亚克感觉自己受了侮辱，恶狠狠瞪了我一眼："说话算数？"

"算。"

"好！"亚克突然身型一晃，化作一只数丈之长的银狼向我扑来，我本能地一闪，没承想亚克却趁机斜刺里向外窜出，眨眼就跃出几十米远。好聪明的狼人。

我手腕一抖，数张火焰符激射而出。

"轰隆。"

数道爆裂声响彻半空，几个脸盆一般大小的火球在银狼眼前爆裂开来。

野兽怕火，狼人也是如此，天生的畏惧。

见到火球，银狼本能地脚下一顿，趁此时机，我手指在虚空中一划，轻喝一声："画地为牢，困！"一道金圈便将银狼亚克困住了。

亚克在金圈之中来回走动，根本就走不出，于是他又幻化为人型，想要跨过去，但仍然办不到。

"这是什么东西？！"

那些狼族族人见到自己的族长被困，慌了。

……

这样又僵持了一会，亚克无论怎样挣扎，都逃不出来，于是把头一低，说道："我认栽，是生是死，听凭发落。"

我解除法术，说道："族长言重了，我那只是小法术而已，若是真以实力相拼，我们未必是你们的对手。所以，我想请族长帮个忙。"

"无论什么事，敬请吩咐，只要我能办到，只要不违反我们狼族的族规。"

"我想请你帮忙，帮我对付血族，还有僵尸。"说着，我递上自己的名片，又跟亚克细细交待了一番。血族正好也是狼族的敌人，亚克非常痛快地答应了。

之后，亚克又跟我详细讲了一下他们这次来东方大陆的目的以及黑暗教廷与狼族、血族之间的关系等等。之后在大雪来临前，亚克负责把我和墨非送到一个可以取暖的山洞，然后双方道别分手，约定下次碰头的时间、地点、联络方式。

亚克离开后，我和墨非在山洞中生起一堆篝火。墨非默默地烤着火，良久无言。

"怎么，看你很不开心的样子？"我拍了拍墨非的肩。

"嗯。"墨非没有说话，只是嗯了一声。

"说来听听，兴许我能够为你分忧。"

　　墨非有些幽怨地看了我一眼，忽然问："身为三重身的你，真的一点也想不起来我们的关系了么？"

　　"想不起来了？不过我很好奇，你还是给我讲讲吧。"

第二章　三目族人

　　你不同，你的母亲是三目族人，而你父亲是灵界的人，你不仅能够修炼道术，还继承了三目族的天赋神通。但你的太极眼是不允许出现在我们三目族中的，因为太极代表了三清的道统，而三清与我们三目族人是死敌。

　　"那时候咱们三目族可是一个大族，族人都有好几万人，几乎每个人都有三目神通，但是都被族长压迫得厉害，利用我们去做我们不想做的事情，但是大家都不敢反抗，但是有一天，你站了出来，你独自一人对抗族长。"

　　墨非眼睛微微眯起，回忆起来。

　　"既然你说的三目族这么强大，那族长会更强大吧，我又怎么可能独自对抗族长呢？"

　　"族长当时已和某些邪恶力量联合起来，似乎在谋划一个阴谋，好像是在打封魔地的主意，当时族长曾派遣我们三目族的族人利用第三目去打开封印，但大家都不愿意。因为封魔地里面封印的都是绝世大妖，如果出来，肯定是要祸害天下的。但是当时族长的第三目十分厉害，我们全族数万人合力都很难与他对抗。"

　　"只有你，你在出事的前一天单独面对族长，你施展了你的太极眼，太极化阴阳，阴阳生二气，二气万物生……族长的第三目是烈日神目，双目之中能够喷射出火焰，焚烧万物。当时我们都为你捏了把汗，担心你被族长的烈焰烧死，而你却在火焰之中如鱼得水，将族长的烈焰全部化去，真不知道你的神通是怎么来的，你居然直接击杀了族长，震慑住了数万的族人！但是，因为你杀了族长，也为我们三目族引来了大祸。"

"我有那么厉害？"听墨非这样讲，我有些热血沸腾了。

"嗯，你的太极眼的确能够克制族长的烈日神目。咱们三目族人都是天赋神通，每个人都有不同于旁人的神奇功能。我们都不是普通人，但我们也不是修道之人。"

"那我们是什么人？外来物种？"

"不，我们都是上古大巫血脉，这种血脉十分尊贵，但我们是无法修炼法术的。"

墨非咧嘴一笑。

"上古大巫血脉？难道就和那些灵兽血脉一样？这种血脉也能在人身体里面流淌？"我想到了空空儿。空空儿体内就流着青丘国狐仙血脉和灵兽紫金神龙的血脉。

"不。你知道蚩尤吧？与黄帝在涿鹿大战的蚩尤。蚩尤就是上古大巫，手下带领的都是巫族大将，只可惜当年黄帝请来九天玄女，旱魃前来相助，蚩尤这才败北，我们三目族就是这些大巫的后裔。"

"如果真是如你所说，你们不可以修炼法术，那么我怎么就能修炼法术呢？"

"你不同，你的母亲是三目族人，而你父亲是灵界的人，你不仅能够修炼道术，还继承了三目族的天赋神通。但你的太极眼是不允许出现在我们三目族中的，因为太极代表了三清的道统，而三清与我们三目族人是死敌。那时候我们都以为你会被敌人杀死，所以当仇敌方赶来时，我提前用空间之眼带你离开了。事后灵界震怒，倾巢出动，要来毁灭我们三目族全族！"

我的心一沉，虽然我还是想不起当年的事，但却能感受到当年墨非他们所遭受的磨难。

讲完这些，墨非也是面色凝重，良久，他才继续说道："其实我这次醒过来，最想的就是找回你的本体，也就是柔儿。另外顺便我也想找回我的恶念二重身。"

墨非的话让我暗暗一惊，我望着他："现在你活得好好的，为什么一定要找回二重身？实不相瞒，我跟你说，你的二重身我是见过的，并且还有不少交情，他现在夺舍了我好朋友的肉身，如果你们打伤了他，等于打伤了我的好友……现在都什么年代了，你找回你的恶念二重身又有何用？"

"他本是我元神的一部分，找回他，我的实力会成倍增加，如果能与二重身合而为一，我就有能力进入另一个世界，如今女娲墓又将开启，这是一个绝好的机会。"墨非说出了他真实的意图。

"难道就没有让你们三目族惧怕的东西？"

"那你说的那个柔儿，她会不会与你有一样的想法，也想找回自己的二重身，三重身。"

"肯定会了。"

"我明白了。你的二重身从两年前就离开了我们，他说不想连累我，原来他是怕你和柔儿来找他，他早就知道不是你们对手，对吧？"说到这里，我暗暗惊出一身冷汗。

"应该是吧。"

"那你今后有什么打算？"我问。

"不是已经跟你说了，就是找到我的二重身，最好也能够找到柔儿，因为我没有办法融合我的二重身，需要借助柔儿的法力。当然，我也想看看如今世界有什么好吃的，好玩的，如果这个世界让我留恋，我也可以留在这里。"墨非咧嘴一笑起来，笑容天真无邪。

听了墨非的话，我陷入了沉思。

洞外的雪越下越大，转眼之间就白了一片。我拢了拢单薄的外套，看了一下表，已经深夜十二点多了，倦意袭来，我在不知不觉间靠着墨非睡了过去。

次日醒来时，发觉墨非竟不在身边。可能是出去帮我们整吃的去了，山洞外的雪地上两行脚印。

我心中窃喜，想着墨非不在，正是我走脱的绝好机会，我可不想他带着我去找柔儿，可不想自己的元神被另一个人硬生生夺走。看了一下脚印的方向，我掐个法诀，腾身而起，向另一个方向遁去。

墨非虽有撕裂空间之能，但他不知道我逃走的方向，无论如何也是追不上我的。就这样一连飞了两个小时，我终于逃出大山，来到山外的世界。之后找个小镇休息了一晚，给手机充了电，给青冥打了电话，告诉他我已脱身，并讲了墨非二重身、柔儿二重身、三重身、三目族诸事。

青冥得知我脱险，特别高兴，说："好，你在哪，我去接你。"

"不必了，我能行的。"

乘车一路颠簸，到公司时已是次日凌晨四点钟光景。青冥还没睡，一直在等我。但小狐狸却不在，青冥说小狐狸去调查陈小宁的下落和干尸将军的行踪去了。另外，青冥还告诉我他师兄乌啼掌门来了。乌啼的到来引起了我的注意。我问："他来干什么，不会是来搬救兵吧？"

"你脑子好使了啊！"青冥白了我一眼。

"那你怎么没回元道宗？"

"还不是因为你？再说我也没打算回，就算他赖在咱这里，我也不会答应的，更何况现在元道宗也没什么危险，他们已经和无量寺结成联盟了。"

"他赖在咱这里不走，这事你若不方便处理，我来，兴许我还能把他们两人家合并到咱们这儿来呢。"我嘿嘿一笑，因为如果乌啼掌门能够出面，我们收服清心观的机会就大了很多，毕竟这几大掌门的威名在灵界还是吃得开，而且如果白骨魔门跟太清宗勾搭的话，我想我们收服清心观时太清宗也会插手，有乌啼他们相助，我们的胜算肯定更大一些。

"你是想联合元道宗、无量寺，收服清心观，重组灵界联盟？"青冥问道。

"只有这样，才能够让灵界继续存在下去。"

"很难，这事不像你想象的那般容易。"

"在灵界无非就是以力量为尊，手段强硬就行，大不了杀一儆百，给他们个颜色看看。"我狞笑一声，盯着窗外。

"无常，虽然你是三重身，但是要克制一下，如果有一天你入魔了，谁也救不了你，知道么？"青冥听了我的话，眉头一皱，面色凝重。

"不用担心，即便我是柔儿的恶念所化，也没有什么大不了的，何为善，何为恶？有时候你做了好事，并不一定是善，可能是为恶，而有时候你做了坏事，也不一定是恶，可能是善，即便我有一天真正入魔我也没有怨言的，至少，至少这是我的本心，无怨无悔。"

青冥无语了，只是静静地看着我……

在床上小睡片刻，天就大亮了。随便洗漱了一下，就到早餐时间了。我这次回到公司，感到公司特别的清冷，整个公司就剩下白如冰一人留守，其他人都各有任务，出去办事了。在走廊上，我发现白如冰正和一个男子开心地聊着什么，白如冰原本清高，怎么这次转性了呢？

"回来了？"白如冰见我过来，笑着打了个招呼。

"回来了。"我笑笑，目光转向如冰旁边的那位高大男子。那人一身休闲装，脸型消瘦，戴着副黑边框眼镜，左耳钉着一颗蓝色的宝石耳钉。那人面带笑意，略带痞气地向我一笑。

"哦，是元道宗的乌啼掌门吧，我们此前好像见过。"我伸出手。

"不敢当，不敢当，我这次来，是有事要求你呢。"乌啼笑眯眯地打量着我。

"求我？怎么可能，你是元道宗的宗主，我又有何德何能？"

"一言难尽啊。"乌啼掌门搓了搓手，嘿嘿一笑。

"来办公室吧，哦，对了，如冰，其他人什么时候回来？"我看了一眼周围，空荡荡的，心里有些不是滋味。

"小狐狸出去有事了，寒莫枫和苏茉儿去了鬼市，程素素找药材，陈倩带着火儿去上学去了，胡八爷去见客户了，因为你们都不在，韩小星不知道，不是睡懒觉就是出去玩了，大伙最近都会赶回来的。"

白如冰耸了耸肩。

到了办公室之后，发觉青冥已坐在了那里。他见乌啼进来，很不耐烦瞪了我一眼。

"师弟，不带这样的啊！好歹我也是你师兄吧。"乌啼掌门半开玩笑地说道。

"我说了不会跟你回去就不会跟你回去，你我道行相差无几，并且师傅已把元道宗的至宝传给了你，你还有什么可忌惮的？"青冥瞪了乌啼一眼。

"师弟，你是不是还在因为当年的那件事耿耿于怀？如果我告诉你真相的话，我相信你就不会这样待我了。真的，当年你恢复前世记忆后，师傅他老人家因为担心你难成正果，才派我暗中阻挠过你几次。但那决非我本意，我只是按师傅的吩咐做事罢了。再说，你现在不是已经跟无常在一起了么，就这么点破事儿，值当你记恨我一辈子么？"

"原来还有这事儿？"我笑眯眯望着青冥。

"哼"！青冥冷哼一声，算是默认了。

"算了，过去的事就让它过去吧。哦，对了，青冥，怎么一直没听你提及过你师傅？还有你们元道宗真的没有太上长老吗？"我有意岔开了话题。

"青冥没和你讲？"乌啼问。

"没讲。"

"嗯，还真有点不方便讲，你若想听，将来让青冥告诉你吧。"

乌啼吐了吐舌头。

"说说你来这里的目的吧，是不是想请青冥回去？"

"嗯，不错，虽然元道宗和无量寺结盟，都是顶尖的道术高手，但我们的敌人也很强大，能有青冥想助，自然会多几分胜算。"

"如果你能够帮我做成一件事，我敢保证你再添几分胜算。"

"说来听听。"乌啼好奇心被吊了起来。

"收服清心观——清心观、元道宗、无量寺三大宗门联盟，再加上我们，大伙一道对付白骨魔门和太清宗。"

"看来你已经心中有数了，不妨说来听听。"乌啼伸长了脖子。于是我将此前清心观发生的种种内讧又跟乌啼详细讲了一遍，点明清心观掌门已遭到重创，并讲出了对付他们的办法……

乌啼听罢，讶异地看着我，思索了一会，说道："那咱们就这么定了。不过事成之后，你得答应我一件事。"

"什么事？你说吧。"

"我要跟你要一个人。"

"青冥吗？只要他答应你就可以，我不管。"

"他肯定不会答应我。我要冰凰。"乌啼笑眯眯望着白如冰。

"这我可做不了主。"我同时也望向如冰。如冰的脸忽然红了。我一看，心中立即明白了八九。我说："如冰来去自由，你问她的意见就可以。虽然我们这里非常需要她，但只要你能请得动就可以。"

"这么说你是同意了。"乌啼大喜。

"我想不同意，但也得成啊。"我望着如冰。

如冰脸生红霞，恼道："你们这些臭男人，当我是什么？可以任由你们随意转让的物品吗？"说完，假作生气地出去了。

乌啼望着如冰的背影，沙哑一笑，说道："那咱们先谈正事。据我所知，现在清心观不但已经与太清宗联合，而且他们还都与白骨魔门联手了。所以我们要做足准备。"

"真的吗？"我心里微微一惊，如果真是这样的话，那只怕要有一场恶战了。

"自然是真的，我在清心观可是有眼线的。"乌啼嘴角一咧，神秘兮兮地说道。

"你……你在清心观还有眼线？"

"嗯，水云儿和水月儿就是我的眼线，只是水月儿已经身死道消了。"

我点了点头，他说的水云儿和水月儿我认识，是一对双胞胎，特别是水云儿，我外婆出事后，就是她下山来接我的。

"砰砰砰……"

就在我正要说什么的时候，敲门声响了起来，青冥拉开门，素素挎着医箱满头大汗地跑进来："无常呢，无常，你这次没受伤吧？"

"没有。"

"听说你回来了，我就赶紧往楼上跑，我以为你又伤了呢！"

"哈哈，这次没有。谢谢惦记。"我满怀谢意地望着素素，此前素素几乎每次见到我，都是我受伤的时候。"你听谁说我回来了？"

"我刚在楼下碰到了如冰。她说你回来了，我没来得及问别的，就跑了上来。"素素不好意思地笑了。

"看把你紧张的！"青冥略显不满地白了素素一眼，正要再说什么，忽然他的手机响了。青冥接通电话，脸色顿时一紧。

"谁的电话？"我见青冥挂掉电话后一脸心事重重的样子，便问。

"是小狐狸的电话，他已经有了那干尸将军的下落，只是有点麻烦的样子，具体情况他也没说，他叫我快点过去帮忙。"

"那咱们现在就赶过去吧，免得出了什么意外。"我催道。

"不行，你不能去。你刚回来，先歇一下，有我和小狐狸，足够了。"青冥武断地否定了我。

"嗯，那好吧，我懒得和你争，快去吧，如果有什么事，第一个电话通知我。"

青冥点了点头，抓起外套就走了。

第三章　赤豹文狸

那个魔说，我父亲的灵魂并没有消失，只是被他封住在肉身之中，如果我母亲不帮他办事，就毁掉我父亲的灵魂。我母亲信了，这么多年一直在为他办事……

青冥刚走不久，苏茉儿就回来了。见到我，她并不像往常那样表现得极为开心，反而一副心事重重的样子。

"青冥呢？"苏茉儿问。

"你找他干吗？有什么事吗？跟我说也是一样。"

"我爷爷病了，我有事求你们。"

"你治不了吗？有什么事你尽管说，你的事就是我的事。"苏茉儿是山鬼之体，若她都治不了，说明她爷爷病得很重。

"我爷爷的病谁也治不了，因为他阳寿要尽了。我从小跟爷爷长大，没见过我的父母。爷爷也很少跟我提起父母的事，直到这次他不行了，才告诉我，其实我母亲还活着，但却被一个大妖抢走了，长期囚禁着，我父亲也还在，但却被那个大妖夺舍了肉身，父亲的元神也被那个大妖压制了。母亲舍不得父亲，所以这么多年来一直在那个大妖身边。"

"那你爷爷为什么一直瞒着你？"

"主要是因为我还小，爷爷担心我不是那个大妖的对手。那个大妖实在太强大了，他是白骨魔君的师弟，以我现在的力量，根本对付不了他。就是你和青冥，也很难对付的。"

"那你母亲现在被囚禁的地方你知道吗？"

苏茉儿摇了摇头："不知道，不过母亲的两个伙伴能带我们去。我和母亲都是山鬼之体，母亲的伙伴可以找到我。前不久他们已经来了，我这就召唤他们现身。"说着，茉儿双手抱胸，吟诵咒语，之后手指虚空一划，一个空间裂缝形成，里面传来了野兽的嘶吼声。

一道赤红的身影从里面跃出，随之便是一道灰色的影子。

看到这两个东西的时候我大吃一惊，一个是全身赤红的豹子，只是体型要比一般的豹子大上一倍，它的眼神很凌厉，但是却又充满了人性，一出来之后便温顺地走到苏茉儿的身边，舔了舔苏茉儿的手掌，神色十分享受。

另外一个则是一只灰色的狸猫，和普通家猫差不多大小，皮毛是棕灰色相间，并且胡须很长，它身子微微一弓，便蹿到了苏茉儿的怀中，看起来十分灵活。

"赤豹文狸！"我惊呼一声。

"嗯，是的，是赤豹文狸，一般每一代山鬼身边都伴随着赤豹文狸，他们就是我母亲的伙伴，因为我的山鬼血脉觉醒并且领悟了一些召唤之术，才让他们找到了我。"苏茉儿摸了摸赤豹的身子。

"相传赤豹十分厉害，终生守护在山鬼身边，而文狸很聪明，能够撕裂虚空，难道这些都是真的？"

"嗯，不错，其实我小时候就见过他们了，只不过都是我陷入危难之中时他们才出现，这次他们前来，已告诉我母亲的下落，之所以要无常哥和青冥哥帮忙，原因是单凭我一己之力是无法救母亲的。那个魔十分厉害，并且，并且我不忍动手，我母亲也是同样如此……"说到这里，茉儿的眼里汪满泪水。

"茉儿妹子，你放心，我们一定会帮你的。"

"嗯，我就知道无常哥会愿意帮我。"苏茉儿轻叹一口气，低声说道。

"那魔头夺舍了你父亲的肉身，这也就难怪你母亲不忍心动手了。"

"是啊，那个魔说，我父亲的灵魂并没有消失，只是被他封住在肉身之中，如果我母亲不帮他办事，就毁掉我父亲的灵魂。我母亲信了，这么多年一直在为他办事，不过就在前一阵子，那个魔受到白骨魔君的邀请，做出一件危害十分严重的事情来，我母亲心里着急，这才派赤豹和文狸来找我求助。"

苏茉儿顿了顿，继续说："听文狸说，白骨魔君知道他师弟囚禁了一个山鬼，心中欢喜得不得了。你们都知道的，我们山鬼一族最擅长的就是治愈之力。白骨魔君想要利用我母亲的治愈之力，如果我母亲出手相助的话，只要那些魔门弟子不死，伤得再重，我母亲都能很快将他们治愈。但母亲不想这么做，不想帮白骨魔君做事。而且帮助白骨魔君，实际上就等于与你和青冥哥作对了！母亲现在被困在一处山谷之中，虽无性命之忧，但是也出不来。"

"走，我们现在便去救你母亲。"我眉头皱起来，如果真是如同苏茉儿所说的那样，有她母亲帮助白骨魔君，那麻烦可就大了。

"嗯，这件事不能急，需从长计议，毕竟那魔头寄居在我父亲的肉身之中，若母亲逃出来，父亲怎么办？还是等青冥回来，一起商量商量再说吧。"苏茉儿轻声说道。

"那咱们先去看看你爷爷吧，叫上素素。"说罢，我找来素素，和苏茉儿一起，开车去了郊外的鬼市。苏茉儿的爷爷就在那一带做药材生意，此前我和青冥曾经去过。

车子停在鬼市外面，我们三人下车，往鬼市走去。

到了入口处，我们便看到一个高大的人影站在那里，我笑了笑，他并没有阻拦我们，很显然是认识苏茉儿，此人是管理员之一，绝对不会放陌生人进入鬼市。

周围很阴森，甚至有阴风吹起来，这些楼道之间的街道比起以前更加的破旧，不过偶尔会有一两盏昏弱的灯光映照着路面。

前方的这条街道很诡异，说不出的感觉，街道很陈旧，阴气格外的浓重，一些废弃的报纸和垃圾被阴风一卷，四处飘扬，仿佛是荒废了很久很久。

"这是鬼街，虽然现在还没到晚上，但是阴气比起别的地方要重不少，咱们过去吧。"苏茉儿开口说道。

我们很快过了鬼街，来到如意斋前，上面挂着块牌匾，龙飞凤舞写着如意斋这几个字，这就是苏茉儿的爷爷开的店子。

"爷爷，我回来了。"苏茉儿站在门前敲了几声，然后轻轻地推开门，示意我们进去。

进来之后，一种十分古朴的气息迎面而来，里面的东西太多了，多得让我眼花缭乱，目不暇接，门右边是一个木柜台，柜台后面是一个架子，上面摆满了器物，而整个房子里面的布局也是很多架子，架子上面摆满了古董。

我看到柜台里面有个老者，身穿中山装，白发，鼻梁上架着一副老花眼镜，老人面前摆着一个算盘，并正在计算着什么，老者的脸色苍白，上面出现了不少灰色的老年斑，他旁边站着一个中年男子，男子双目有些阴沉，两旁的太阳穴高高隆起，一看就是个练家子。

见到苏茉儿回来，老者抬起头，微微一笑说："你们来了，请坐吧。"

这时候我才发现，老者有一只眼睛是闭上的，仔细一想，应该是瞎了。

"茉儿，这位便是你常提起的无常吧？咳咳……"老者剧烈地咳嗽起来。苏茉儿立刻跑过去，手掌之中泛出丝丝翠色的光芒，这些光芒流转着没入老人的身躯，老者这才渐渐止住咳嗽。他冲苏茉儿摆了摆手说："别费力气了，我知道我自己，再怎么治都没用的。爷爷只盼着你能好，只盼着你能救出你父母……"

"老人家你放心，茉儿的事就包在我身上了，你安心养好身体……"见老人病成那样还在打理生意，我心里挺不是滋味，赶紧安慰老人。

"唉！"老人一声微叹，摇了摇头。

因为实在也帮不到老人，在那儿说了一会话，我和素素便告辞出了如意斋，留下茉儿先陪伴老人。

回到公司时已经是晚上了，我和素素随便在楼下吃了些东西之后，素素就上楼回了自己的房间，我则去看火儿和阿宝。阿宝已经睡了，多日不见，他身体吃得圆滚滚的，就像一个小肉球。火儿见我回来，先是一把抱住了我，腻了良久，才说："你看，阿宝越吃越肥了，什么东西都往口里塞。"

"阿宝，要注意锻炼啊，不然以后长大了没人要你了。"我来到床边，乐呵呵揉了揉他圆乎乎的肚子，阿宝伸手拨开我，接着又呼呼大睡起来。

阿宝确实长大了不少，不过还是一副婴儿的模样，这一点让我大感头疼。

"别管他了，他就这样，小白，你有没有觉得我长大了一点？是不是变得更加的帅气了呢？学校里面有好多女孩子都给我情书了，不过我都扔了，嘿嘿。"

火儿站在我身边，拉着我那受伤的手臂，笑眯眯地盯着我。

我仔细看着火儿，火儿身子确实是长高了几分，他已经开始上初三了，像一个小小少年，模样也十分俊俏，只是让我很犹豫的是，他只是一个火灵兽的幼兽而已，怎么可能会成长这么快？

就算是十年，对于灵兽漫长的寿命来说，也只是弹指一挥间而已。

"嗯，火儿是越长越快了，只是这又是什么原因呢，一般灵兽的成长是很慢的，如果这是你原本的形体，不应该是这个模样，应该还是停留在幼年的时候，你老实跟我讲。"

我有些担心地摸了摸火儿的头，看着他白净的脸蛋，疑惑地问道。

"我也很奇怪我长得这么快，好像是我体内的传承珠封印松动了，才让我长得这么快吧。"火儿嘴角一咧，满不在乎地说……

因为天晚了，我又惦记着青冥和小狐狸的安危，所以陪火儿聊了一会儿后，我赶紧给青冥打电话。但想不到的是青冥的电话居然显示不在服务区，难道出事了？我的心一下子沉了下来。

我急忙去找韩小星。但还没走到小星门前时，我却忽然看到一个身影从他的房间溜了出来。

我笑了笑，摇了摇头，推门走了进去。韩小星面色微红，衣衫不整地看着我。他的面前放着龟甲，他似乎早就预料到了我会来。

"咱们开始吧，是急事，青冥的电话不在服务区，不然我也不会现在来找你。怎么样，你需不需要先休息一下？"

我略带一丝笑意地盯着韩小星，他上身穿得好好的，下身却只是穿了个裤衩，肯定是没有来得及，这才露出破绽，不过我没有点破。

"不……不要了，现在就开始吧。"

韩小星抓着龟甲，双目闭着，开始摇动起来，片刻之后铜钱洒了出来，开始在桌子上滴溜溜地旋转起来。

"怎么样？"

我看着铜钱落定，急忙问道。

韩小星眉头微微皱起，拨弄着眼前的铜钱，脸色越来越凝重，却一直没有开口。

"你哑巴了？倒是说啊。"

我有些不耐烦起来。

"……没，没算出来，似乎不存在一样。"

韩小星摸了摸脑袋，一脑门子的汗。

"不行，你无论如何也要算出来。"

我神色一冷，盯着他手腕上的镯子，出声说道："青鸾，你也出来帮忙吧。"

"他算不出来，只有两个原因，一就是青冥死了，二就是青冥被困在结界之中。"

青鸾的声音幽幽地响了起来，不急不躁的样子。

"第一种是不可能的，只有第二种原因，赶紧查吧，青鸾，我知道你有这个能力。"

🌀 魔门弟子

在青鸾镯器灵的相助下，韩小星很快算出了青冥的下落。但让我有些心惊的是，小星算出的那个地方竟在清河地带，也就是说离清河不远，在清河下方一个叫清河村的地方，这个村庄离我老家也不是太远。

"你安心睡吧。"

我说完便回到自己的卧室，开始准备出门的东西。

等我整理好之后，已经是早上了。陈倩已做好了早餐，非要我吃了早餐再出门。我发现陈倩变得越来越有韵味了，身材十分火爆，是那种可以让人看上去喷鼻血的身材。

吃完之后，我在公司楼下打了辆车。没开自己的车，是因为那个地段不好停车。我跟司机说："快点，清河……"司机知道我有急事，当即轰起了油门。

九点多的时候，车过大伯家他们那个小村。村子早已恢复了以往的宁静，让我觉得意外的是，之前我点化过的那只五彩大公鸡小羽，现在变得更有灵性了，它似乎知道我要来似的，早早地就在路旁等候，见到它，我让司机停下了车。

"小羽最近还好么？"

我摸了摸它身上那闪闪亮的翎羽，笑着问道。

它看了我一眼，点了点头，我一时心喜，居然鬼使神差地把青冥的一个青心果拿了出来。这青心果可是能够增加三百年道行的，对妖怪来说，甚至可以借助这股力量，幻化人形。

小羽眼珠骨碌碌地看着我手中的这枚青心果，欢快地围住我转起来，它伸开双翅时不时地扑打着，似乎知道我要拿这颗灵果给它吃。大伯跟我讲，五彩大公鸡在村子里面，就算是那些狗也会避而远之，不敢招惹，更加重要的是，小羽的攻击性很强，就连那些小偷都十分怕他。

我笑了笑，说："既然我已经点化了你，那就送佛送到西，这也是你的机缘，希望你幻化人形之后，好好地修炼，终成正果。"

小羽听了我的话，重重地点了点头，然后开始啄食青心果，不一会，整个青心果都被小羽啄食得干干净净。

"好了，我要去清河村了，下次见。"

我摸了摸他赤红的鸡冠，笑了笑，转身离开，往河堤走去，从小星的推算来看，青冥应该就在清河村，离此大概步行二十分钟的路程，连车都不用坐了。

我信步走出一段，站在河堤上向远处眺望，现在清河村已离我很近，就在河堤的下方。我发觉那个小村有点不对劲，于是打开阴阳眼，发现村子的上方黑气弥漫！我心里微微一凛，因为我看到黑气中有十几个黑衣人在来回走动，从那些人的装扮来看，应该是白骨魔君的手下。

难道这次白骨魔君竟然亲自出手了？我认真地观察着那些黑衣人，发现他们手里都有一杆小巧的旗幡，同时他们的站位很有规律，一个黑色光罩在他们头顶忽明忽暗，显得十分不稳的样子，不过他们手中的旗幡只要一挥，那个黑色光罩便又恢复了稳定。

结界，这十多个魔门弟子居然在布置结界，看来青冥和小狐狸都被他们困在里边了！我心里一急，大步向那十几个黑衣人走去。一个面容凶狠的黑衣人喝住了我，他指着我大声说道："此村现在任何人不得靠近，你走开。"

"谁要跟你这么多废话？"

我一把扯出七星镇魂剑，向那大汉击去。

"七星镇魂剑，他是白无常，千万不能让他进去了。"

那个黑衣大汉边惊声示警，边扬手打出数颗黑色的弹丸。这些弹丸来势极快，要躲是来不及了，我手中的七星镇魂剑一阵舞动，一道星河般的光炼直斩而出，挡住了那些黑丸。

"轰隆"一股毁灭性的气息在我身前爆开，一团黑色的魔云向我卷来。

我脸色狂变，急忙打出几张火焰符打，一团团符火护住了全身。

那狰狞大汉见我躲避了这些魔云，明显也是一惊，口里低呼起来："居然魔门的黑阴丸你都能够轻易躲避。"

"少废话！"我冷哼一声，突然虚空一划，一个牢字浮现空中，我直接用画地为牢秘术困住了他，只要不是白骨魔君级别的存在，我的这种秘术都能派上用场。

周围的这些魔门弟子见我只是几下就放倒了那个狰狞大汉，各自把手中的旗幡往地面一插，向我扑来。

这些魔门弟子一共十八个，被我困住一个，还剩十七个，这一次这十七个弟子并没有很盲目地向我攻击，而是呈一个圆形状的阵势把我困住。

"居然想用阵法围困我！"

我心里微微一惊，想冲破他们的这种阵法，但是每次都又被他们逼了回来，一道道剑光在我身边浮现而出，困得久了，我感到体力渐渐不支起来。直到此时，我才发现自己根本就没有时间来施展秘法，因为只要我稍微一松懈，这些魔门弟子的剑光就会向我绞杀过来。

大约过了一个小时，我的右手手臂被划出一个大口子，鲜血喷溅而出，他们的身影开始变得模糊起来。

正在这个时候，我忽然听到一声嘹亮的鸣叫声，异常刺耳的啼叫在我脑海响起，我猛然惊醒过来，却看到数道精钢铁剑往我头顶斩了过来。

✿ 公鸡徒弟

"砰！"

就在十多柄精钢剑快要斩到我的头上时，我眼前忽然闪动出五色光华，这些精钢剑斩在上面发出剧烈的金戈交鸣之声，我感觉到有一只大手挽住了我，身子随之腾空而起，飞出好远。这才落到地上。

这时五色光华收敛，一个十七八岁的少年含笑站在我的身边。少年穿着五彩甲衣，头往上昂着，中间的头发确是一抹鲜红，他脸型消瘦，看模样总觉得有几分熟悉的样子，再仔细一看，他的鼻子居然是尖尖的，而他的整体样貌，居然与我有七分相似！

我一惊，身子一扭，跳出好远。

"师……师傅，我……我是小羽啊！"

少年的声音有些怪异，很生硬，仿佛刚学会说话一样。

"你是小羽？这么快就幻化人形了？你为何叫我师傅？"

我有些目瞪口呆地盯着小羽，因为之前我才给他吃了青心果。

"嗯，谢谢你的灵果，若不是你，我也不会得到这机缘，化为人形，你就是点化小羽的恩师。"

"好了，咱先不说这个，先把这些妖人除掉再说。"我抓出几张最新绘制成的五行符雷，向那些妖人打去。

"轰隆"几声巨响，符雷当空炸裂开来，化为手臂般粗细的电蛇激射而出，最前边的那三个魔门弟子还没来得及做出反应，便被电蛇击中，惨嚎着倒地不起。剩下的十几个顿时慌了神，更何况还有小羽相助，又有我的七星镇魂剑的无穷威力，那些魔门弟子很快便阵脚大乱。

小羽虽然初化人形，但是攻击力十分厉害，只见他右臂一抖，化为精钢般的五彩剑影斩向那些魔门弟子，那躲闪不及的，当即就被他开膛破肚，死在当场。

"小羽，不可妄动杀念，否则以后你就很难修成正果了。你只需让他们毫无还手之力便可。"

"好嘞，我收着点。"小羽双臂闪动，化为巨大翅膀，鼓动剑气，扫向那些魔门弟子的眼睛，那些人被小羽击得睁不开眼睛，我乘势剑尖连点，片刻间，便将那些妖人全部制服于地。

"全都解决了，师傅，我做得好么？"

小羽望着我，眼眸之中斗意未消。

"嗯，很棒。小羽，这段时间你就呆在我身边吧，我需要先教你些做人的常识。不然的话，很容易出事的。"我笑望着他。

"我能出什么事？"小羽有些不服气的样子。

"先不跟你说了，正事要紧。"说话间，脚下的大地忽然晃动起来，似乎是里面有东西要破土而出，但是旁边这些旗幡这时却自动摇晃着，一道道黑气翻滚之下，晃动的大地又被压制住了。

"师傅，你是要破开这个结界吗？下面是不是有师傅要营救的人？"小羽忍不住问道。

我一边查看这周围的那些旗幡，一边开口说道："过来帮忙吧，这十八杆旗幡是联合起来的，我们必须要一口气毁掉，我用七星镇魂剑能够毁掉十杆，你有把握毁掉八杆么？"

"自然有把握，开始吧。"

小羽双手一伸，双臂化为一对五彩斑斓的巨大翅羽，上面流转着万道霞光。

我则挽起七星镇魂剑，暗暗注入无穷法力。

"三，二，一，攻击！"

话音一落，轰隆隆爆响声中，十八杆旗幡一下就炸成了粉末。

整个结界如同玻璃碎裂一般，发出清脆的裂响，然后化为黑色晶粉消散于虚空之中，而原本模模糊糊的清河村终于显现在我们的眼前。

整个村子的上空有一尊巨大的十多丈高的佛陀虚影浮现而出，佛陀身体近乎实质，周身金光闪闪，而佛陀前方则是盘坐在金色莲花之上的青冥，他头顶之上的幽冥噬魂杵滴溜溜地转动着，并且周围悬浮着数杆炼妖幡，这些炼妖幡之上冒出大片的经文，笼罩着青冥和身后的佛陀。

而青冥旁边则是一条体型四五丈之巨，通体莹白的七尾狐狸，狐狸眉心有一道紫色的光印，只是前足血流不止。

在他们的对面则是一尊高达十丈的白骨骷髅法相，下面悬浮着一堆白骨，白骨之中坐着一个身材高大，披着斗篷的男子。看来此人就是白骨魔君无疑，因为我还在他的身边看到了陈小宁，陈小宁惊异地盯着我，美目之中异光闪闪，不知道在想着什么。

她旁边的不远处，还有一个中年男子，这个男子全身冒着森然魔焰，脸色深沉，目光阴毒无比。

更惹眼的是，双方的中央站着一个昂藏八尺，身穿盔甲，面若冠玉，眉清目秀的年轻男子，男子双目轻合，周围插满了一根根白骨，这些白骨以一种很奇怪的方式排列组合着，看来这个男子是被困在这些白骨之中了。

结界碎裂，显然让双方都吃了一惊，与此同时中间的那个穿着盔甲的男子忽然睁开双眼盯住了我。

"干尸将军！"

我看到这个男子吃了一惊，因为他正是我在清河地宫见到的那个干尸，因为身体之中侵入了我的血，才会变得如此。

"好强大的气息！"

小羽站在我身边，双目盯着前方，言语之中露出兴奋之意。

青冥双目睁开，见到我的出现明显一愣，而那只巨大的七尾狐狸身体表面金色的霞光一卷，化为一个高大的俊美男子，正是空空儿。

"又来救兵了？！"

瓮声瓮气的声音远远地从白骨魔君那边传来。

"很不巧，结界外面的魔门弟子都被我们干掉了，今日你们在此倒也好，一起解决，省得麻烦！"

我手握七星镇魂剑往前走去，与此同时另外一只手伸出，虚空凝练起符箓。

"好大的口气！"

白骨魔君还未开口，他旁边的那个面容阴沉的男子便开口了，他手里握着一个木制的权杖，权杖通体碧绿，似乎是由藤蔓编织而成一般。权杖上面灵光闪闪，显得很不凡，应该是一件法宝。他冲着我所在的地方一挥，权杖之上冒出大片的墨绿色光霞，这团光霞闪动之间，化为一大片飞刀往我激射而来，速度奇快无比！

"小心！"

青冥和空空儿脸色大变。空空儿似乎是伤了手臂，双目狠狠地瞪着白骨魔君，青冥双手结了个法印，身前浮现出密密麻麻的卍字金印，这些卍字金印如同狂风骤雨一般地往对面激射而去，就像大片的金色光雨倾洒一般。

那白骨魔君自然也不含糊，双手虚空一抓，一根根白色的骨矛在身前浮现。每一根骨矛之上冒出诡异的黑色火焰，他一扬手，这些骨矛同样往前方刺去。

随之密密麻麻的爆裂声响起，空中爆出金白黑三色光霞。

我见空空儿并没有出手，忽然有些心疼起来，之前肯定是他单独一人来找干尸将军，被白骨魔君等人围困，故而受了伤。

那些翠色的飞刀还远在十几米之外，我耳边就传来了一声冷哼之声，小羽挡在我的身前，他修长的双臂化为丈许之巨的宽大羽翅，翅膀之上的羽毛呈五色，有晶光流转。

小羽低喝一声，双翅冲着那些飞刀一扇，两道五色霞光从他的翅膀之上飞涌而出，直接碾碎那些翠色的刀光，显得异常的轻松。

那面容阴沉的男子微微一惊，旋即手中的绿色权杖一抛，化为一道晶光飞来，尚未飞到我们身边，我就觉得脚下的土地开始震颤起来。

"无常，小心，会有藤蔓从土中长出！"

空空儿捂着受伤的手臂，脸色焦急地大叫起来。

见有空空儿提醒我，青冥便专心对付起白骨魔君。之前一直是白骨魔君和这个面容阴沉的男子对付他，现在我成功地牵制住这名男子，他自然便轻松了许多。

不过空空儿的话似乎有些迟了，我脚下不停地有藤蔓钻出，开始束缚住我的脚，我感到这藤蔓就像是活了一样，虽然才缠住我的脚踝，我便无法走动了。

而空中的那抹翠色的精光这时化为一柄巨大的刀芒往我斩下来，我冷笑一声，七星镇魂剑一抛，低声道："有劳星陨前辈助我一臂之力了。"

话音方落，七星镇魂剑通体星光大放，根本就不需要我指挥，于是我腾出手取出一张符往脚上一贴。

"退散！"

我贴的是驱妖符，小小的藤蔓还没生长而出，便被我直接镇压了。

小羽这时也双臂一展，纵身向那名面容阴骘的男子飞去。几乎与此同时，我抖出一张符纸，天空之中顿时乌云密布，电光闪闪。

白骨魔君见到电光闪烁，不由一惊。

"五雷轰顶！"

我轻喝一声，五道电蛇从空中直劈而下！白骨魔君顿时慌了。不过这并不是因为我有如何厉害，而是因为青冥和小狐狸对他都有巨大的威压。

"快走，结界已被破解，他们现在已没有任何束缚，等那只狐狸再恢复过来，我们只怕就很难离开这里了。"白骨魔君急切地提示手下。

"师兄，这个干尸将军怎么办？你的那些尸兵还需要这个尸将来带领的！"那个面容阴骘的男子边提醒白骨魔君，边与小羽以及我的七星镇魂剑打斗。

也不知道这根权杖是何来历，与至宝七星镇魂剑相斗居然竟不落下风，当然，这也是因为我没有指挥七星镇魂剑的缘故，否则他就不是我的对手了。

"不管了，保命要紧，快走！"说着，白骨魔君收了法相，带着一大片黑云往远处翻滚而去。那名手执权杖的男子见状，拎了权杖也想逃。但我看上的东西，又岂会任由他带走。

"权杖留下，人可以让你再苟活几天！"我冲着七星镇魂剑一点，口里念道，"万物乾坤，七星镇魂，镇压！"

七星镇魂剑立刻爆出五团璀璨的星光，将那根翠色权杖一下卷了过来。

那面容阴沉的男子大惊，拼命想要夺回来，正在这时，一团黑云忽然涌来，云中探出一只大手，将那男子拎了起来，瞬间遁去。

青冥收了法相和空空儿一起落了下来。

"你怎么来了，这个是？"青冥望着小羽。

"是我大伯家的那只五彩大公鸡，叫小羽，之前我见他很有灵性就给了他太阴之力，然后，然后又给了他一枚青心果。"

🔅 牧力将军

"你把青心果给他了？"青冥诧异地望着我。

"嗯，那又怎么了，现在小羽是我徒弟了。我有了徒弟，难道你不开心吗？"

"我敢不开心吗？"青冥无奈一笑。

空空儿这时也盯着小羽，但嘴角却滴着哈喇子，可能空空儿是嗅到了鸡的气息吧。

"无常，我想吃鸡，我好久没吃鸡了。"空空儿一句话，逗笑了大伙。

但小羽这时却躲到了我的身后，似乎生怕空空儿会吃了他一样。

"小狐狸，伤口重么，我看看。"我走到空空儿身边。

"不碍事，回去让素素或者苏茉儿治疗一下就好了。"小狐狸嘴角翘起，咧嘴一笑。

"小狐狸，说说你们这里发生了什么事情吧。"我指了指不远处被困住的干尸将军。

"之前青冥说要在家等你，叫我来找陈小宁和干尸将军的下落，追寻陈小宁来到这里，发现了干尸将军。我记得当时陈小宁跟他讲了什么，可能是不合，二人这才大打出手，不过陈小宁根本就不是干尸将军的对手，而干尸将军却不愿意开杀戒，这才放过陈小宁。不过陈小宁却叫来了白骨魔君和魔君的师弟，就是那个手拿权杖的家伙。我自然不会让他们带走干尸将军，就打电话给青冥，然后我们便打了起来。只是他们二人太过厉害，那个白骨魔君师弟更是精通木系咒法，我要不是修炼到七尾，只怕早就被他们打得身死道消了。"

"咦，对了，我想起来了，白骨魔君的师弟，应该，应该是他！"

我握着那根翠色藤杖，暗暗一喜。

"谁？"空空儿问道。

"我听茉儿讲，她母亲被白骨魔君的一个师弟控制了，那个魔头夺舍了茉儿的父亲的肉身，而我手里的这根藤杖，只怕就是茉儿的母亲的。茉儿不久前才找过我，求我们帮她救出她母亲。"我抓着藤杖晃了晃。

"嗯，这事儿回去之后再说吧。先救出那位干尸将军。"青冥示意。

干尸将军被困在了骨矛阵之中，这些骨矛连成一片，冒出森然白气，范围波及足有十丈大小。

"这些骨矛十分阴毒，还是我来吧。"青冥探手，手掌之上冒出金光，整个手臂就如黄金铸造一般，他闷哼一声，五指用力一握，那根骨矛便化为白骨碎片落了一地。

虽然一根根弄碎骨矛有些费时间，但是如果大片毁灭的话，骨柔阵的阴邪之气可能会爆开来，危及周围村庄之中的百姓。

大约过了半个小时，这些骨矛才被青冥全部捏碎。

"在下牧力，多谢几位相救之恩。"牧力将军冲青冥抱拳。

"算不上救你，我们只是不想让白骨魔君阴谋得逞而已。"我笑着盯着这个叫作牧力的将军。

牧力将军也在盯着我，目光之中有些异样："上次在清河地宫，是你的鲜血唤醒了我吧？"

我乐："你不会怨我拿了你的那些陪葬品吧？"

牧力一怔，接着摇了摇头。他身上穿着厚重的铠甲，腰间悬挂着一柄宝剑，眉宇轩昂，眼睛有些失神地盯着远方，喃喃说道："几百年后的今天模样大变，我又何去何从？若不是你唤醒我，我倒是希望我一直在沉睡，苏醒之后又碰到这种情况，以后就跟着你吧，直到我魂飞魄散。"说完之后牧力便双眼微阖，仿佛是历经了千秋万世一般，铅华褪尽。

我被他这股气势镇住了，一个人要经历多少事才能有这样的感悟？他到底经历了什么，竟让自己变得如此无所谓。正这么想着，我的手机响了，是陈倩打过来的。

"倩姐，有什么事？"

"无常，你从哪里弄来了这么多欧美帅哥，个个身材高大结实，嘿嘿。"陈倩的声音有些颤抖，忍不住地兴奋。

"欧美帅哥？你说的是那些狼人吧？"

"嗯，不错，来了二十多个呢，现在我可有的忙了。"

"除了这些狼人，还有没有别的人？"

"没有，就只有这些狼人，难道你还叫了别的人过来？对了，你们事情办妥没有，什么时候回来？"

"办好了，我们马上就回。"

一听墨非本体没有跟随这些狼人回来，我心里的一块石头总算落地。

"是谁打过来的电话，公司又出事了？"小狐狸问我。

"不是，我在太白山脉上收服了一群狼族族人，现在他们来公司找我了，他们都有一种奇特能力，专克僵尸和血族。"我笑道。

"你说的应该是西方教廷的狼族族人吧，你还真能折腾。有了这些狼人，对付那些吸血鬼就能轻松很多。"青冥笑着拍了拍我的肩膀。

我诧异地盯着青冥，呵呵："你知道的还真不少呢。"

"小花跟我说过，除了狼族，还有扶桑的阴阳师和忍者，还有吸血鬼和黑暗法师，根据王小花的消息，他们都到永和市了。"青冥沉声说道。

"怎么全到我们这儿了？"我不解。

"西方大陆的黑暗教廷之所以来永和市，主要是因为贾斯伯的原因，上次贾斯伯在你手上吃了大亏，此次前来肯定是为了报复你的，至于扶桑的那些阴阳师和忍者就不知道了。"青冥说道。

"那咱们快点赶回去吧，小狐狸，你的伤没问题吧？还能撕裂空间带我们回公司吗？"我问空空儿。

小狐狸拍了拍胸脯："自然没问题。"

我点了点头，然后与青冥、小羽、牧力将军来到空空儿身边，空空儿伸手虚空一抓，一条裂缝显现而出。

第四章　扶桑力量

野田，不就是几个废物么，你至于替他们操心？如果不是他们惹祸上身，又怎么可能轻易被人抓住？我们来到这片大陆的时候，就跟他们讲了，必须服从命令，不服从出了意外后果自负。

捉妖公司内，此刻已经显得有些拥挤了。陈倩忙着招呼那二十多位狼族族人；元道宗的乌啼掌门和白如冰依旧是旁若无人地卿卿我我；韩小星还是那么懒散，趴在办公桌上呼呼大睡；素素则是在电脑面前斗地主；胡八爷又出去跑业务了，火儿……

一切似乎都跟以前没有什么不同。忽然，一条空间裂缝在公司出现，众人眼前一花，我和青冥他们已双脚落地。公司里的人经常见到这种事，所以并不以为意。但新来的亚克族长等人忽然见我凭空出现，却都露出敬佩之色。

我先向亚克族长点头致意，然后说："小羽，你和牧力将军先坐会，我得先处理一下这里的事情。"

"亚克族长，你倒是还真守信。"我看着这二十多个高大健壮的狼族族人。

"那是自然，我们狼族族人岂是那些血族可比的？"

"那个和我一起的男子怎么没有和你们一起来呢？"我指的是少年墨非。

亚克摸了摸脑袋："我也不清楚，听我的族人说，他很早就离开了，然后你也不辞而别。我们在那里等了一天，依旧不见你们二人，便照着你的名片找到这里。我已经遣送部分族人回到我们自己的家园，现在这里加上我只有二十位族人。你不会责怪我吧，我们这二十位族人可是狼族最强的战力了。"

"他提前就走了？嗯，我会让倩姐为你们安排楼下酒店住房，还有待会我会叫那位斗地主的美女给你们检查一下身体，你们配合点，她说要怎么就怎么，知道么？"我看了一眼素素的方向，低声说道。

"嗯，好的。"亚克嘿嘿一笑。

"倩姐，你带亚克先去楼下酒店开好房，叫客房经理打个七折。"

陈倩应了一声，带着亚克他们下楼了。

等狼族族人都走后，我叫素素先去处理空空儿的伤口，然后叫韩小星带着小羽和牧力将军回楼上。

安排完这一切之后，只剩下我、青冥、白如冰和乌啼掌门。看着乌啼与如冰卿卿我我，我有点气不打一处来，盯着元道宗的乌啼掌门，冷哼一声，对青冥说："看看你那好师兄！"

乌啼一愣，茫然地望着我："我怎么了，你吃错药啦？"

"青冥是你师弟吧？他此前为救小狐狸遇到麻烦你总该听说了吧？有你这样做师兄的吗？青冥回来，你连个招呼都不打，只顾了，嗯嗯——"我干咳了两声。如冰面上就是一红。但乌啼却全不当回事儿。

"他不用我关心的。他是地藏金身，不会有事的。"

"那我若告诉你这次青冥碰上了白骨魔君呢？还有白骨魔君的师弟，也是一个大魔头。"

"那又能怎么样，这不你们也好好地回来了么！我觉得你为这个生气真没必要，更何况白骨魔君只是一个小角色而已，你以为白骨魔君很了不起吗？比他更难对付的还没露头呢……"乌啼推了推黑边框眼镜，笑着说道。

"你还知道什么？这可不是说着玩的，白骨魔君怎么可能只是个小角色？"我诧异。

"师兄！"青冥瞪了乌啼一眼，示意他噤声，乌啼便不说话了。于是青冥拉着我，说："走，上楼吧，咱们不用管他。"我想青冥肯定是有什么事不愿乌啼讲出来，而我也累了一天，需要休息，就没再多问。

回到卧室之后，正打算好好休息一下，补个觉，不想又有人来敲门。

"进来，门没关。"我极不情愿地开口了。

"无常哥，是我。"

苏茉儿走了进来，手里还握着那根藤条状的权杖，此杖被她握在手中，显得十分自如，没有丝毫突兀之感，仿佛这根权杖就是为她量身打造的一般，她抓着权杖，脸色很不好看。

"怎么了？"我问。

"这根权杖之上留有山鬼的气息，并且我很熟悉这种味道，我猜是我母亲的法杖。无常哥，你这次去清河村到底发生了什么，难道我母亲也在？"苏茉儿一双美目微微泛红。

"没见到你母亲，我应该遇到你父亲了。不，应该是那个夺舍你父亲的魔头，这根权杖就是我从他手中夺走的。"

"那我母亲的权杖怎么会在他手里，难道我母亲出事了？"苏茉儿脸色一阵苍白，一副焦急不安的样子。

"应该不会，青冥打伤了他，他肯定会找你母亲疗伤的。"我安慰茉儿。

"打伤了？如果那个魔头要舍弃我父亲的躯体，那……"

"你以为他会轻易舍弃肉身？不会的，你别忘了，他还要靠这肉身要挟你母亲呢。"

"嗯，那咱们何时去我母亲那里？我，我不放心。"

"茉儿你别急，咱们先看看永和市的情况再说。短时间内那魔头不会对你母亲做什么的，因为他伤了，正有求你母亲。"我跟茉儿解释着。因为永和市这段时间又来了很多死对头，我和青冥还有小狐狸等重量级人物，这时的确不敢随意离开。

茉儿也是个明白事理的人，听我这样说，也能理解的。

这样又过了几日，永和市表面上风平浪静，几乎没发生任何事。但这通常都是山雨欲来的表现。这一天，我正在公司闲坐着，忽然素素来了电话，说是他和苏茉

044　　左眼诡事 4

儿在郊外接近鬼市的商场购物时，发现几个好色之徒总跟着她们。所以她才打电话求救。

我一听顿时火冒三丈，哪个不长眼睛的，竟敢把魔爪伸向她们！

我立即叫了小狐狸，让他撕裂空间带我和青冥、小羽赶过去，如冰和乌啼听说两个女孩有危险，也跟着我们赶了过来。

❀ 扶桑的神秘力量

就在我们赶往郊外的时候，永和市一家酒店的一个房间之内，一位面容清冷，人中部位长着一小撮胡子的中年男子正在大发雷霆。

"安倍明日，你说赤野被人抓走了？"

问话的那个小胡子面容阴毒，身子一动不动，仿若一块磐石，就连呼吸都很沉稳，不见胸脯起伏。

他身后的大床上还躺着一个妖艳的男子，此男子的面容十分精致，眼睛狭长，嘴唇殷红，嘴角勾起一缕笑容地盯着那个小胡子。

"明日，怎么不说话？你不是刚才收到赤野的式神纸鹤了么？"

"野田，你太急躁了，被抓就被抓呗。"安倍明日，也就是那个妖艳男子终于说话了。

"明日，你怎么可能不急？赤野可是你手下最为得力的阴阳师，现在他被抓走了，你还能这么气定神闲么？"那位叫野田的小胡子直视着安倍明日。

"赤野一个人影响不了大局，能够抓走他的也不是等闲之辈，说不定这是一个圈套，等我们落网，着急反而可能会坏了咱们的大事。"

"不行，赤野是一个高级阴阳师，无论如何也是不能失去的，你不带人去找，我带人去。"

野田急了，起身往外走，但是他走到门口去拉门，却拉不开。野田愤怒地转过头，看着安倍明日手中打开的纸扇，脸色变了变。

"野田，不就是几个废物么，你至于替他们操心？如果不是他们惹祸上身，又怎么可能轻易被人抓住？我们来到这片大陆的时候，就跟他们讲了，必须服从命令，不服从出了意外后果自负。在这个城市我也不可能保证全身而退，这里的妖怪太多了，并且还都是很强大的，可以跟我的式神相媲美了，不，甚至比我的式神更加强大，我都不能保证自己的安全，又怎么保证他们不被伤害？"

安倍明日收起笑容，轻摇手中的纸扇。

"什么，明日啊，你可是安倍家族当今最强的阴阳师，怎么可能还会有人比你强？"

野田知道门是被安倍明日施了法术，打不开，只得闷闷不乐地返回来。

"这有什么奇怪的，我们的阴阳术原本就是从这片大陆流传出去的，如果不是到了万不得已，我是不会轻易出手的，所以……咳，我不想说了，多说无益！"

"明日，我听你话就是，你也知道我脑子笨，但是赤野和那几个忍者的下落我们是不是该查清？"

"这还用你说？我早就派出式神探查下落了。"

安倍明日说完便单手支着脑袋，在床上微微闭上了眼睛，而左手则拿着纸扇轻轻地摇动起来。

野田是一个忍者，虽然官职要比安倍明日大，但是以前在扶桑经常被他捉弄，对他实在是发不起脾气，只得闷闷不乐地坐回床边。

当我们赶到郊区时，发现素素和茉儿已将那几个好色之徒引到了郊外，并且那几个人已被茉儿用画地为牢之术控制住了，素素恨那几个男人心术不正，少不得也在他们身上做些手脚。

所以我们赶到时，便看到了非常滑稽的一幕。

被抓住的那几个好色之徒恰好正是扶桑阴阳师赤野等人。

赤野等人被牢牢困住下半身，但上半身却还能动，他们不停地用手抓挠着自己的全身，特别是脸面，鲜血四溢，衣服都被扯烂了，但他们却不觉得疼，仍在不断地抓挠着自己，特别是赤野，几乎都要把自己的整张脸皮撕下来了！

看到这一切，又向素素了解了这些人的身份来历之后，我笑着说："素素，你真是越来越像个五毒小魔女了。"

"哼，再这样说我，信不信我也给你下个蛊毒，让你痒上三天！"

素素娇嗔地一笑。

"别，你还是饶了我吧。"我哈哈一笑，看了一眼周围，然后沉声问青冥："你说他们的援兵会来救他们吗？"

青冥摸了摸下巴，摇了摇头，什么也没说，而小狐狸这时则和小羽四目圆睁，龇牙咧嘴摆出一副要打一架的样子。狐狸和鸡天生不和，大罗神仙也没办法。

"快点放了我们，如果你们再不放，小心我们的大阴阳师安倍明日统统将你们废了！"这时，赤野又对我们嚷开了。

"哦，我们正等着他来呢？你们这群畜生，这是你们应该出现的地方吗？你们还想来这片大陆瓜分灵界？就你们这几块料，做梦吧！"

听我道破他们的意图，赤野满脸通红，怒目圆睁地盯着我不再开口。

这样又等了个把小时，依旧不见来人，大伙儿就有些泄气了。如冰和乌啼已经坐到了地上，又开始卿卿我我，小狐狸和小羽则拉开架势，你来我往半是调笑半是认真地打了起来。

"我要吃鸡我要吃鸡……"小狐狸边逗小羽，边跑腔走调地唱着。

"吃，我让你吃屁！"小羽脸涨得通红，梗着脖子向小狐狸扑去……

正在这时，我忽然感到周围有什么东西在盯着我们看一样，但小狐狸他们却似乎全无感觉，倒是青冥和乌啼，脸上露出一丝惊讶之色。

"有东西一直在观察我们。"乌啼掌门推了推黑边框眼镜，走到我身边，拍了一下我的肩膀。

"你也察觉到了？"

我有些诧异地盯着这个平时有些吊儿郎当的掌门。

"这是哪里的话，我好歹也是一派掌门吧！"

乌啼嘴角一咧，露出一丝诡异的笑容。

"你……既然你也能够察觉，那你能够找出对方的准确位置吗？"

我低声问。

乌啼掌门看了远方一眼后，抬手冲向某处地点。

"砰"，一声脆响，一个身穿鹅黄衣服的美丽少女忽然当空跌落，之后又一脸惶恐地看了我们一眼，身子一转，再次消失不见。

"哟，还想逃呢，那我便再让你尝下我一指雷的厉害。"

乌啼嘴角一扯，接着冲另外一处一点，"砰"的一声脆响，那位黄衫少女再次浮现而出。

这一次她没有再次逃遁，一双秀美的脸蛋上露出愤恨之色，她双手冲着我们一按，一道道黄色的蝴蝶从掌心狂涌而出，这些蝴蝶全是黄芒幻化，铺天盖地向我们压过来。

"我来吧，正好让我试试这山鬼权杖有多大的威力。"

苏茉儿山鬼权杖一挥，一道翠色的清风从杖中吹出，苏茉儿神色清冷地冲着这道清风一点，这道清风之中忽然生出一片片闪动着翠芒的叶子来，这些叶子与黄芒所化的蝴蝶两两相撞之下，化为纯净的能量消散在空中。

"以山鬼之名，召唤大自然的力量，束缚！"

苏茉儿把山鬼权杖往地面一杵，那黄衣少女脚下忽然浮现出一根巨大的藤条，如图灵蛇一般地困住那黄衫女子。

但正当苏茉儿洋洋得意之际，那少女忽然身形连闪，瞬间化为一只蝴蝶，翩然飞起。

"啊！她不是人？"

苏茉儿脸色微微一变。还没来得及做出下一步反应，白如冰突然出手了。她嫩白的五指冲着那只蝴蝶一抓，一只晶蓝色的蝴蝶已然被她抓入掌中。

"这是什么东西？"我看着如冰手掌中一块拳头大小的冰晶，那只蝴蝶已被封在冰块之中，无论如何也无法逃出了。

"是式神，看样子是赤野口中所说的安倍明日的式神。"

"怎么会有这么强大的式神，还可以幻化为人形。"苏茉儿面露惊讶之色。

"什么叫式神？"小羽好奇地问。

"式神，其实就是受扶桑的阴阳师驱使的一种妖怪，而这个应该就是一个蝶妖式神了。"白如冰解释。

"你们最好放了安倍明日大人的小蝶式神，不然你们会死得很惨！"

赤野见那蝶妖被抓，先是面露惊慌之色，之后突然想到了什么似的，竟然哈哈大笑起来。

就在我们抓住那个蝶妖的时候，某酒店的一个房间里，安倍明日忽然停止了摇扇，双目睁开，眼中一片肃杀之意。

"怎么，出事了？"

见安倍明日如此表情，野田吃了一惊。

"小蝶被抓住了，看来我真要亲自走一趟了。"

安倍明日站了起来，收起折扇，冷声说道。

"好，那我即刻召集所有的阴阳师和忍者，我倒要看看谁有这么大的胆子，敢跟我们作对！"野田咬牙。

"不用这么麻烦，只需要通知我座下的五行阴阳师还有你手下精通遁法的影子忍者便可以了。"

"不好玩，都等了这么久了，还不来，我们得去逛街了，走，如冰，你要买什么尽管跟我说就是。"

乌啼掌门等了许久，不见敌人前来，实有些耐不住性子，便扯着白如冰要走。

白如冰看了我一眼，我无奈地点了点头，她这才随着乌啼掌门走了。只剩下苏茉儿、程素素、青冥、小狐狸、小羽、干尸将军牧力和胡八爷——牧力和胡八爷是得知消息后赶过来的，也已经来了一个多小时了。

"无常啊，那些人还会不会来，不来的话，我就先去见客户了，这个客户可是捉妖公司的大客户，不能怠慢了。"这时胡八爷走到我身边，抹了一把额上的汗珠，笑嘻嘻地说道。

"你若是赶时间，就走吧，争取给公司多赚点钱，年底分红我会多给你的。"我说。

胡八爷闻言，脸上堆起了笑容，正打算走，青冥忽然说："不用走了，他们已经来了。"

青冥话音刚落，原本被困住的赤野等人脚下的金光忽然崩裂开来，赤野等人随即恢复了自由。随即，空间一阵波动，一条裂缝显现，身穿月牙长袍手持纸扇的安倍明日以及野田跟四位分别身穿金、绿、蓝、黄四色服饰的年轻男子出现，除此之外还有几个蒙面黑衣人，这几个黑衣人背后都背了一柄长刀。

见到对方居然也有撕裂虚空的神通，我心里微微一沉，心知对方来者不善。

"他身上的气息好熟悉。"小狐狸凑到我的耳边，语气凝重，指着安倍明日低声说道。

"交出小蝶。"

安倍明日目光阴柔地盯着我们。

"想要小蝶，就给我滚回扶桑，否则，此处就是你们的埋骨之地。"我冷冷地盯着安倍明日，毫不客气地开口了。安倍明日目光往我们身上一一扫过，最后目光停在了空空儿身上，他的脸色也是微微一变。

"好大的口气，影子忍者，五行阴阳师听令，杀了他们。"

野田双目之中凶光一闪，不等安倍明日的命令，冷声开口了。

话音一落，几个蒙面忍者速度极快地向我们冲来，跳跃之中，长刀出鞘，道道寒光向我们斩来。

"嗤啦"一声锐响，牧力抽出佩剑，此剑只有一指来宽，剑身泛着宛若秋水般的寒光，刚一抽出便隐隐有龙吟之声响彻虚空。

"这几个，交给我。"

牧力一笑，大步迎去，与那些影子忍者斗在一起。他的身法不似这些影子忍者那般花哨，面对漫天幻影一般的攻击，他稳若泰山地站在原地，每次出剑都能够格挡住攻击，并且游刃有余的样子，虽然换下了那一身沉重的铠甲，但依然隐匿不了牧力那一身英勇气概。

见到牧力一个人便能抗衡数个影子忍者，野田便有些慌了。因为这几个影子忍者都是忍者之中的精英，居然合力还斗不过我们这边的一个人，那野田他们可就惨了。

这时候五行阴阳师也出手了。五行阴阳师善使五行之术，分别是金、木、水、火、土五行，之前被我困住的赤野就是火阴阳师。

"我对付那个阴阳师，你对付旁边那个。"青冥说道。

"对付这帮王八蛋还用分吗？大伙一块上吧。"我向众人招呼了一声，大伙一拥而上，与安倍明日等人混战在一起。

擒贼先擒王，我径直奔向安倍明日。

"你退下，你根本不是我的对手……"安倍明日看了我一眼，一副不屑一顾的样子。

"呵呵，你个没人味的东西，你父亲或者母亲是妖怪吧？我一看你就是个杂种，对付杂种我有的是办法。"我出口反击。因为这时我已通过眼睛发现安倍明日有些怪异，我虽看不清他的本体，却能判断出他绝非正常人类。

"你找死！"安倍明日目中凶光一闪，手里已多出一张白纸，白纸上面绘制着一个图腾，上面散出淡淡的绿光，还没等我反应过来，他伸手一挥，这张白纸便激射而出，白纸之中那个图腾忽然一跃落地，化为一个几丈大的青蛙。这个青蛙看起来就跟一座小房子一般大小，身上冒出惊天妖气，嘴虽未张开，却发出呱呱的怪异叫声。

我立即冲着那巨蛙打出数张火焰符，火焰符立刻当空炸裂开来，化为几团火球呼啸而去。但让我意想不到的是，那巨蛙忽然一张口，我那几团火球便全被它吞入了腹中！

我一惊，向后疾退，不想身体却仿佛被一种磁力吸引，退不了不说，还不由自主地向那巨蛙口中飞去。顿时，只感觉身子一紧，我的脑袋在一阵眩晕中，便扎入了一个腥臭黏腻的地方，眼前一片漆黑，我伸手摸了摸周围，十分柔软黏稠，腥臭扑鼻。

"坏了，我被这妖怪吃了！"想到这里，情急中我立刻抽出七星镇魂剑，心中默念道："太乙剑法，四象八卦，裂！"

砰的一响，我一头摔落地面，浑身上下全是那种臭烘烘黏乎乎的液体，好在这时那只巨蛙妖已然消失不见，想必是被我干掉了。

我擦了一把脸上的臭东西，匆匆看了一眼周围，发现那个五行阴阳师根本不是苏茉儿的对手，因为苏茉儿不仅动用了大自然的力量，并且还召唤出了赤豹文狸。赤豹的攻击十分强悍，那个五行阴阳师召唤而出的式神都被赤豹一一撕裂，另外还有那只精通空间之术的文狸相助，几招之间，那位阴阳师便露出败象。

小羽这时已化为一只好斗的五彩大公鸡，速度极快地放倒了那些扶桑忍者放出的所有式神，而小狐狸这时却一动不动，冷眼盯着安倍明日。

"小心点！"耳边传来青冥的提醒，三招两式间，那位曾经不可一世的野田就被青冥做掉了。

安倍明日眼见己方兵败如山倒，心知大势已去，但却仍不死心，想如困兽最后一搏。只见安倍身子忽然被一阵白光笼罩住，身后隐隐出现六条莹白的尾巴来。

"六尾妖狐？！"我诧异地看了小狐狸空空儿一眼，"小狐狸，他是你家亲戚吧？"

"去你的，一边凉快着，看我如何对付他。"

空空儿双目之中异光流转，高大的身子微微一动，身后便浮现出七条银色的尾巴来。他傲然盯着安倍，并且眉心之中浮现出一抹紫痕，浑身上下散发出一种惊人的尊贵气势。

"你……你也是妖狐之体？"

安倍明日猩红的嘴巴微微张开，身体抖做一团。

"我是纯正的青丘国族人，看你这副模样，身子里也该有我们青丘国的血脉吧？"

空空儿盯着安倍明日，冷声说道。

"你……你竟然是青丘国的！"

"自然是青丘国的。"

"那你认识一个叫苏媚的么？"

"你也认识媚姨？"

"媚姨是我母亲的妹妹，我当然认识？"

"我，我——原来你是表哥。"这下，安倍明日终于长嘘了一口气。

"敢情还是亲戚，小狐狸，这里的一切就交给你处理了。"

其实也没什么可处理的，那些扶桑忍者和阴阳师此时早已被打趴在地，顶多也就是留他们一条贱命的问题。因为安倍明日与小狐狸有血脉联系，所以我们便放了他们一条生路，让他们赶紧滚回扶桑了事……

回到公司，我直接往浴室里面跑，丢下包，衣服都没脱就直接开始淋浴，身上的黏液真是太恶心了，我在里面足足洗了半个小时才出来。因为累，随便吃了些东西便睡了。

🌀 青薇归来

第二天的早餐是陈倩做的，很丰盛。她一大早就起来了，因为公司里面的人比较多。牧力有些抗拒这些食物，他只喝血，而小羽还不习惯用筷子，被空空儿嘲弄了一顿。

我打了个电话给柳青："喂，是柳青么，可以在你们医院购置一些血袋么。"

"嗯，没问题，钱不用说了，这点力，我还是能出得起的。"

"不要钱，那太好了。最近正好手头有些拮据，前阵子花钱买了不少昂贵的草药。如果弄好了，就叫花小倩送过来吧，谢谢柳青了啊。"

"嗯，好的。"

电话那头发出一声轻笑，弄得我莫名其妙，难道我又说错了什么话不成？

吃完饭后，大家都去公司了，我还在上面磨磨蹭蹭的，想寻思睡个懒觉，但是这个时候素素来找我。

"无常啊，那些狼族族人体内的毒素我已经提出来了。这种毒素很奇怪，对那些血族有用，但是对于人类和其余的妖怪就只是一些普通的血液而已，这个瓶子之中就是，你拿好，自己看着办。"

素素递给我一个巴掌大小的瓷瓶，里面都是黏糊糊的鲜红血液，这些血液颜色十分鲜艳，并且里面还咕噜噜地冒着泡，拿在手里有些微烫。

我点了点头，拿着这瓶可以对血族造成致命威胁的血液走进房间，然后放在桌子上。

"青冥，来，一起用这些血液画一些威力强大的符箓，对付血族是很管用的。"

我扭过头，看了一眼正在整理床铺的青冥，笑眯眯地说道。

因为青冥画符的速度很快，又能绘制更加强大的符箓，我自问不如，再说两个人比起一个人会更快。

我们花了整整一天时间才画完，法力全部消耗完毕。

晚上的时候，我又开始修炼法术，勾动星辰之力恢复自己的法力，淬炼肉身，一丝丝地壮大自己的元神。我甚至很想元神出窍，直接用元神勾动星辰之力灌体，不过青冥说这种做法很危险，他现在都不敢轻易尝试，风险太大了。

我吐了吐舌头，没有再说话。

次日一早，房门直接被人推开了，是小狐狸。小狐狸喜滋滋地跑到我身边，说："你知道谁来了么？"

我打了个哈欠："谁来了？"

空空儿冲着门口一指，这时候一个身穿青袍，容貌清丽的少女出现在眼前，少女身材玲珑有致，就算是一身青袍也掩不住她那好身材。她眼含笑意盯着我，而她旁边则站着一个身形消瘦，容貌妖异，银发披肩的男子。

"青薇，空玄一前辈！"

我见到二人的模样，惊呼一声。

"嗯，我们回来了。"

青薇微微一笑。

"和我预计的差不多，看样子小狐狸跟你们讲了现在的情况了。"

"嗯，不错，无常你叫我重回清心观？"

"清心观已经被魔门占领了，虽然你现在是妖身，但是记忆已然恢复，难道你忍心看到清心观被灭门？"

"呵呵，我又不是说不回去。"

青薇与空玄一相视一笑，轻声说道。

"那好，咱们明天就去峨眉，待会我会叫元道宗的乌啼掌门跟你具体聊聊联盟的事情。"

当天，我和青冥选好了这次前往清心观的人选，人不多，但都是精锐。

青冥和我是必然要去的，接着便是青薇和空玄一以及小狐狸，再有便是干尸将军牧力和乌啼掌门了，原本我是不想带小羽去的，毕竟他才幻化成人形，不过他不肯，青冥说他虽然是妖，但是天生就有对付那些鬼魅、阴邪之物的能力，所以便允许了。

除此之外，其余人都留在捉妖公司，特别是现在血族蠢蠢欲动，白如冰是最为强大的，必须要镇守捉妖公司不出意外，那些狼族族人也要留在这里，我把那些绘制好的符箓都交给了苏茉儿，叫她慎用，因为这些都是专门对付血族的。

这天晚上强子表哥也来了，他神秘的冲我说道："表弟啊，我绝对不会让你失望的。"

　　我点了点头，知道强子表哥训练的阴兵已经差不多了。

　　到了第二天，我们联系了一下王小悠，便乘上了去峨眉的飞机。

第五章　大战清心观

　　刚进去之后我便闻到一股刺鼻的血腥味，并且这股血腥味道十分浓郁。我眉头大皱，跟着青薇和青冥，我们走了大概半分钟就到地下了。这里有一个长长的石廊，石壁之上有一堆堆火焰在燃烧着。

　　再次来到峨眉山下的时候已经是中午时分，很让我意外的是，王小悠并不在山下的酒店，而是在离峨眉山不远处的一个小村子。我不得不先把众人安置在酒店内，之后便与青冥一同前往那个小村。那个小村我是知道的，就是之前吸血鬼婴阿宝所在的村子，也就是王大婶的家。

　　这一路之上的景色都很好，周围都是大山，让人神清气爽。

　　这个村子还是和往日一般宁静。还未靠近王大婶家，我就看到院子里面坐着三个人，王大婶、王子传还有就是王小悠了。他们三个人聊得很开心，我难得看到王小悠脸上露出如此开心的笑容。

　　见到我们的出现，王大婶很惊讶，随即站起来和王子传一起迎接我们。

　　"大婶，子传，好久不见啊。"

　　"你终于来了，大婶我真的很感谢你，她真是我的女儿，我们去做了亲子鉴定。"

王大婶笑得合不拢嘴。

"原本是丢失了记忆，我也没有想过我还有两个亲人在世，这次来峨眉，我就顺着你的意思过来看看了，原来，原来有亲人在自己身边的感觉那么好。"

王小悠站起来，含笑望着我，似乎她那双失明的眼眸之中都带出了一丝丝异样的神采。

"嗯，那就好，小悠，公司里面的人都来了，山上的情况如何了？"我问。

这时候王大婶去泡茶了，而王子传趴在椅子上，不知道在想些什么。

"这几天我试探着打听了一下，清心观内的姐妹八成都愿意支持我们，但另外两成人已被白骨魔君控制，太清宗也有两位长老和部分一代弟子在此守卫，应对我们的突然袭击。"

王小悠想了想，开口说道。

"白骨魔君本人不在这里吧？还有太清宗的那两位长老实力如何？"

"白骨魔君不在这里，只有一些普通的魔门弟子，原本有两位魔门长老在此的，但是不知为何，最近这段时间都撤离了。而太清宗的那两个长老似乎是从一代弟子之中新晋升的，一个叫火龙子，还有一个叫火元儿，实力与我相差无几。"

王小悠笑了笑，开口说道。

"难怪你这么气定神闲，这些似乎都不足为惧，那太上长老紫烟和夏鸿烟现在如何了？"

我想了想，盯着王小悠问道。

"太上长老上次被毁掉了道基，要恢复以前的功力是不可能了，但是白骨魔君对她用了换血洗髓秘术，这有助于她的恢复。至于夏鸿烟，她和平日别无二样，但因损了一条手臂，比不得以前了。"

王小悠神色淡然地开口说道。

"嗯，好，什么时候清心观防守最空虚，咱们这次要一举夺下清心观。"

"今夜子时是护山大阵最为薄弱的时刻，只有在那时候，我们在没有清心令牌情况下才能够进入。"王小悠回答。

中午，我们在王大婶家吃了饭，饭后又闲聊了一会，就在我们打算走的时候，王子传问我："白大哥，阿宝现在怎么样了？好久没见到他了。"

我一愣，说："既然你想他了，为何不去找他？你可以去永和市，我会为你安排一份工作的。"

王子传听了，点了点头，然后我又塞给他一张名片。

我们下午回到宾馆后，开始着手协商攻山计划。

最后我们决定，王小悠召集所有那些不愿被魔门控制的清心观弟子，小羽和小狐狸对付那些叛徒，空玄一前辈镇守在山门口，以防有人逃脱，我跟青冥和青薇主要对付紫烟和夏鸿烟。

子夜时分，我们一群人潜入清心观。

我和青冥、青薇三人前往密室，找紫烟和夏鸿烟，其他人按事先商量好的分头行动。

"你知道密室的位置么？紫烟和夏鸿烟一定在密室里。我以前听师傅讲过，密室在后院，但是不知入口在何处。"

王小悠担心地问我。密室的位置她也不清楚，如果贸然在清心观乱闯，肯定会触碰到一些地方的阵法的。

"嗯，前世的事还记得几分，有我在，放心吧。"青薇安慰小悠。

青薇带着我和青冥直接往观中去了，为了避免惊动其余的弟子，我们身上都贴上了隐身符。

穿过一栋栋古色古香的建筑，我们到了后院，后院很大，周围都是高耸的树木。由几个身穿灰色道袍的年轻道人把守，他们背后都悬挂着一柄桃木剑，看样子应该是太清宗的弟子。看来太清宗是真正介入此事了。

我们进去的时候，并未惊动他们，因为这片林子根本就没有布置阵法。

到了林子中心的时候，青薇在一处空白之地停了下来。

"这里没有门户，如何去密室？"

我有些奇怪地问道。

"障眼法而已，难道你看不透？"

青冥冷冷地说道，接着指了指空白之地。

听了青冥的提醒之后，我这才施展太极眼观察，在太极眼之中这片空白之地忽然就生了变化，一个黑黝黝的洞口出现在我的眼前，并且有石阶梯往下延伸。

"走吧，虽然这只是一个障眼法，但是还有另外一层禁制遮掩的，否则一些门人走在此处，岂不是要掉下去了？"

青薇微微一笑，冲着那空白之地轻轻一点，一抹青光没入其中，入口这才真正地显现出来。

我们沿着这条阶梯往下走去，刚进去之后我便闻到一股刺鼻的血腥味，并且这股血腥味道十分浓郁。我眉头大皱，跟着青薇和青冥，我们走了大概半分钟就到地下了。这里有一个长长的石廊，石壁之上有一堆堆火焰在燃烧着。

在我记忆之中，这个石廊不是这个样子的，虽然没有人把守，但是绝对没有这股阴气。

忽然之间，我感到这里充满了冲天的怨气，我脚步微微一晃，停了下来，因为我感觉自己的背后寒毛已经陡然竖起，并且周围还传来了哭泣声。

"嘶啦……"

周围十分静谧，因为我们都停住了脚步，只听得这些火堆发出了微微的炸裂声，这些火焰很奇怪，是淡蓝色的，幽幽的。

"这，这到底是什么地方，比地府还要阴森几分，还有这些火光怎么是蓝色，周围有这么惊人的怨气！"我低声问。

"这些是尸火，用的是尸油，看来这里已经模样大变了，和以前完全不同了，里面充满了杀戮之气，哎！"

青薇幽幽的声音钻入我的耳中。

周围的空气越来越寒，但是那些火反而越烧越旺。

"看来是发现了我们，你们小心点！"

青薇忽然往头顶一抛，清心神符立于头顶，一层层青光往我和青冥撒了过来。

有了清心神符的加持，我心里安宁了不少，并且感到全身一阵温暖，浑身充满了力量。

"青薇，这个石廊似乎有些悬。"

青冥看了一眼周围暴涨的蓝色火焰，开口问道。

"嗯，其实这个石廊在建筑的时候，就布置了一些阵法，我已经几百年没有来过了，此地虽然如旧，但是给我的感觉不同，大家小心点就是了。"

说完青薇就往前走去，我和青冥赶紧跟上。

周围灯火摇曳，映照出我们的影子，我总感觉这些影子和平常的不同，有些怪异，走了一段之后，我忽然无法动弹了。

青冥居然直接越过我，往前走去，好像没有发现我的存在一样。这是怎么回事？我一看，周围已不见了青冥和青薇，但前方却传来了打斗声，是青薇的声音。我想我肯定是陷在第三空间中了。

我赶紧往前跑。我估计青冥可能和我一样，也陷入了类似于第三平行空间了。

跑了一段，我才看到头顶清心符的青薇正背对着我，而周围的血腥之气更加浓重，仿佛整个石廊之中都是这种味道。

我看到青薇单手举起散魂葫芦，另外一只手掐动着法诀，一阵阵黄风从葫芦之中卷出，周围的阴风吹得青薇的衣袍猎猎作响，一朵朵青色莲花在她周围浮现，这些莲花碗口大小，滴溜溜地旋转着。

青薇对面，则是面容狰狞的清心观太上长老紫烟，她原本如青丝一般的头发，现在披散开来，根根都散着血色光泽，她的容貌也生了变化，变得妖艳毒辣，双眸中充满了杀戮，并且全身浮现出一层诡异的红芒。

"魔，入魔了！"

我一声低呼，真没想到堂堂清心观太上长老竟然魔化了，不过打心底说，紫烟魔化的样子还挺好看的。

紫烟手里拿着一柄青色的鹅毛羽扇，羽扇的扇骨是由一根根十分细小的白骨打造而成，扇子之上印刻着符箓，只是一闪，散魂葫芦之中吹出的黄风便被扇得倒卷而回。

一时之间，二人斗得难分难解，不分胜负。

"师妹，你都弄成这副模样了，还不知改悔？"

"我不是你的师妹，我这模样又怎么了？今日遇到你，算我倒霉，但是我也不会让你好过的，要死，咱们就一起死吧。"

紫烟一跺脚，周围的密室忽然发出剧烈的响动，才几个呼吸之间，便有大量的石块往下落来，正好有一块砸到我的脚边。

我惊魂未定地盯着对面，这时候一个人拉住了我，扭头就往身后跑去，我一看，是青冥，他面色铁青地拉着我往出口跑。

"青薇怎么办！"

在密室要塌陷的时候，我大声问。

"她是妖，又怎么可能会被石头所伤！咱们现在是肉身，赶紧逃！"

青冥气喘吁吁地开口说道。

这时候有一块大石从头顶落了下来，速度很快，我想要躲开已经来不及了，在这千钧一发时刻，青冥一把推开我，他提起一口气，整条手臂都化为金黄之色，拳头更是绽放出金灿灿的光芒。

"轰隆"一声巨响，一块一米见方的青色石头竟被青冥一拳给击碎了。青冥身子退了几步才勉强站定，他身子微微颤抖一下，接着摸了摸嘴唇。

我一直处于惊魂未定之中，但是见到青冥也一动不动了，我立刻跑过去抓着他，开始逃，一边跑一边施展太乙八卦步躲避着空中掉落的巨石。

"青冥，受伤没有？"

"没有。"

青冥语气没有一丝颤抖，冷冷地开口了。

不过我抓住他的手，能够通过他的脉搏感受到他身体的异状，他的五脏受到了不小的冲击，就算是修炼了地藏金身，那么重的青石从那么高的地方落下，也够他受的。

片刻之后我们就到了地面，这时周围大部分地方都开始坍塌起来，不仅如此，远方还传来金戈交鸣之声，原来我们进入密室的时候，争斗就已经开始了。

一出来，青冥便盘坐在地，张口喷出一股鲜血。

"怎么样了，青冥，哪里不舒服？"

"胸口，闷！"

青冥说出这几个字后，眼皮便合了起来。

"怎么可能，怎么一块青石就把你伤成这样！"

我心里大急，立刻从包中掏出一颗药丸塞入他的口中。

✿ 青冥之伤

远处的争斗声越来越大，不过，我都无心再去注意什么了。

我拍了拍青冥的脸颊，他这才睁开了眼睛，我第一次看到青冥身子这么弱，他身体之中的气息已经十分散乱。

我让青冥躺平，接着运转法力，开始帮他疗伤。

这时候远方忽然传来一声厉啸，一道红色身影从下方飞出，站到一棵歪倒的大树上。是紫烟。她模样有些狼狈，头顶之上的那颗红色珠子也十分微弱。

这片林子大半都坍塌了，很多古树都断裂开来。

就在紫烟的对面，青色光华一闪，一朵青色莲花从树上浮现而出，青莲滴溜溜一转，开始分化起来，不一会周围尽是青莲，一股清香从远处飘来，让我精神为之一振。

见到青莲，紫烟容颜大变，立刻冲着头顶上的那颗珠子一点。

"扑哧"一声轻响，这颗珠子之中的血色光丝向周围激射而去，这些血色光丝也不知为何物，落在周围的那些大树之上，立刻冒起白烟，不过激射到那青莲上时，那些光丝却被反弹开了。

中间那朵最大的青莲忽然微微一晃，化为一个身材曼妙的少女，正是青薇。

"你竟然还不死！好，这次我就毁了你的道行！"

紫烟见到青薇再次现身，脸上露出疯狂之色，忽然张开樱唇往眼前的珠子一吸，这颗珠子便落入她的腹中。

这颗珠子落入腹中之后，紫烟面容忽然变得更加扭曲起来，她双手抓着自己的头颅，嘴里发出痛苦的哀嚎声。

看到这一幕，就连青薇都有些怔住了，接着紫烟把她的头皮一点一点地撕裂开来，很奇怪的是鲜血没有溅出来，露出了里面鲜红的肌肉。

"青薇，小心，这是血鬼！"

我在给青冥疗伤的时候，无意间看了一眼，我万万没有想到紫烟居然能借助这颗血红色的珠子化为血鬼。更加重要的是，据说只要一经化为血鬼，就无法恢复原来的样子，看来紫烟是连命都不要了。

"太上长老居然甘愿化为血鬼之躯，今日就算青薇放过你，我也是不能放过你的。"

一道冷冷的声音从远处传来，我抬眼一看，是乌啼掌门。

见到他出现，我心里一松，放下心来，开始全心全意的为青冥疗伤。

不过青冥的伤势严重得让我有些不能接受，按道理，这种程度的伤，根本就不可能下床行走的，到底是什么使他支撑了这么久，而我又毫无察觉？

"青冥，你一定不能睡过去，你如果睡过去，你就死翘翘了。"

我双手抵住他的后背，声音尽量地放大，让他听得清楚，我见他微微点了点头，这才为他疏导闭塞的经脉。

……

周围的打斗声渐渐小了，紫烟的嘶吼声也开始消失。一切都平静下来，我依然没有管，只是专心地绘制甘霖咒。

每次绘制一笔，都要从我身躯之中抽出不少的法力，等这个烦琐的符咒画完之后，我摇摇欲坠地举起手掌，开始吟诵起咒语。

咒语声不大不小，在静谧的夜空之中响了起来，有风吹过，带着一丝血腥的味道。我发现自己的眼睛有些模糊起来，因为这一次，我毫无保留，拼尽了全身的法力，只为甘霖咒能够发挥出最大的效果。如果这样还不成，我就毫无办法了。

周围忽然涌现出无数团翠色的光点，这些光点纷纷往我们头顶凝聚，几个呼吸之间就化为一片几丈之巨的翠色云朵，这云朵在空中散出晶莹的光芒，宛若一团巨大的翡翠，云朵之中充满了生命的力量。

我有些无力地躺在地上，感受到这些翠色的雨滴往下落来，我微微一笑，终于可以安心地睡上一觉了。

等我再次醒来的时候，已回到了峨眉山下的酒店里。

小狐狸告诉我清心观已经平定了，他爷爷和青薇已经在清心观安置下来，元道宗的乌啼掌门留在了那里，说是要在清心观之中传道。

"清心观都是女弟子，乌啼他要在那儿传道！"

我听了这句话，险些没有背过气去。

"是的，还有就是牧力将军也说想在山上静养一段时间，如果有什么事情，可以通知他的。"

　　空空儿说道。

　　"随他吧，他的心事太多，希望他在清心观能够解开他的心结吧。"

　　"那小羽呢，小羽去哪了？"

　　"哦，你说那只鸡精？他在隔壁的房间。"

　　空空儿冷笑。

　　"对了，青冥怎么会受这么严重的伤，你是不是知道？"

　　我盯着空空儿，沉声问道。

　　"这个……"

　　空空儿摸了摸尖尖的下巴，露出一丝犹豫之色来，眼中闪烁着复杂的光芒。

　　"说……"

　　我开口了。

　　"不行，我答应了他不能和你讲，虽然我和他是敌对关系，但是这种事情还是不说为好。"

　　我想了会，开口说："说吧，请你吃肯德基。"

　　"说好了，可不许反悔哦。"

　　空空儿忽然一拍手，露出笑眯眯的表情来，之前的那股严肃之意，荡然无存。

　　见空空儿变得如此之快，我想在他心里面，还是物质方面的东西比较重要，或者说，吃为上，想到这里我忍不住低笑起来。

　　"怎么，你不肯啊。"

　　"肯。你想吃多少就吃多少，要不，咱们开一家肯德基，你去打理？到时候你想吃多少就吃多少了，还是二十四小时营业哦。"

　　我笑眯眯地盯着空空儿，空空儿还是那么小孩子气，肯德基百吃不厌。

　　"好啊，等有一天你不要我了，我又回不去青丘国，我指不定就在肯德基安家了，只是到时候你可别怪我都吃光了，好了，还是说正事吧，趁他现在还没有出来。"

　　空空儿看了一眼浴室的方向："说起青冥的伤，其实，其实都怪我，因为我中了白骨魔君的圈套，白骨魔君和他的师弟联手封锁了虚空，让我无法逃遁。青冥当时进来也受到埋伏，为了救我，不得已之下才动用了自身封印的力量把我救出来。"

空空儿想了想之后又说："当时我都被他吓到了，你知道么，当时白骨魔君带来了两百多尸兵，这些尸兵远远比你想象的还要强大，但是居然都被青冥一举歼灭，只是后来白骨魔君显出白骨法相来才能挡住青冥的雷霆一击。"

"青冥受了伤，为何不说出来，还要跟我们一起来清心观？"

"我哪知道，估计他是怕我们两个又单独相处，然后他自己不放心，所以硬要跟过来吧。"

空空儿靠着我，狭长的眼睛眨了眨，嘴角微微翘起，眼中光彩熠熠。

听了空空儿的话，正在喝水的我一下笑喷出来。

这时候浴室的水声停了，青冥光着身子面无表情地走了出来。我一看到青冥就来了气，吼他："你受了那么重的伤为什么隐瞒我，还当不当我是你朋友？"

青冥瞪了小狐狸一眼，然后说："都是我不对，下次不会了。你先消消火，以后要少动怒，知道么？"

我点了点头，心里五味杂陈，我现在越来越控制不住自己的脾气了。

这样又休息了小半天，我们退了房，叫上小羽一起返回永和市。

到公司的时候，已经七点多钟了。

苏茉儿当时正在客厅里等着我们，脸色似乎有些不太好看的样子。

"素素，青冥受伤了，你帮他看看。"

我冲着素素的房间喊，但是没想到素素却一脸笑意地从韩小星的房间走了出来。

"怎么了茉儿？"

等安排好他们之后，我坐在沙发上，拍了拍苏茉儿的肩膀，开口问道。

"得问倩姐。"

苏茉儿眉头皱了皱，开口说道。

"咦？倩姐，倩姐她怎么不在？去哪了？这两天公司没发生什么事吧？"

"大事没出，小事倒是有一件，就是那些狼族的族人惹了麻烦，并且现在还有一个狼人昏迷不醒。"

苏茉儿瘪了瘪嘴说道。

"惹了什么麻烦？难道白如冰不在么？"

"就是如冰姐在才没有酿成大祸，若是她不在，我们捉妖公司就毁了。"

苏茉儿嘴巴翘起来，显得极为不高兴。

"你们走后，倩姐就带了一个叫诺克的狼人去帮他们购置衣物，没承想碰到了黑暗教廷的黑暗法师。他当时就质问狼族族人为何反而会与我们在一起，因为他们原本是相约要与我们为敌的。诺克年轻气盛，就与他们争斗起来，结果被黑暗法师下了咒，昏了过去，被倩姐救回。之后那些血族和黑暗法师得知狼族族人住在我们这里，便倾巢而出，不过有我和如冰姐在，还有狼族那些人，大伙合力，总算击退了他们。"

"唉，真是太乱了，前不久才处理完那些扶桑人，接着又去大战清心观，还没容我们喘口气，黑暗教廷和血族那帮人又来找麻烦了！"

我轻抚额头，大为头痛。因为清心观一战之后，空玄一、青薇、牧力、王小悠和乌啼掌门暂时都留在了那里，现在青冥又有伤，公司就只有我、小狐狸、白如冰、苏茉儿、小羽、胡八爷、陈倩以及火儿和阿宝了。阿宝年幼可以忽略，素素和韩小星也可以忽略，此外就只有那二十位狼族战士了。

我问茉儿："白如冰现在在哪？"

"她待会儿就要上来了。"

不久，如冰果然来了，一见面就问我："乌啼呢？"

我一愣，没有隐瞒，说在清心观，要在那里办个道场。如冰一听，扭头便走。

"如冰，你要去哪？不会是去清心观吧！"

白如冰脸上一寒："有何不可么？"

我近乎哀求地说："不是不可，只是现在捉妖公司的情况你也看到了，你若是走了，咱们公司就……"

"以前我不在，你们也是这样过的，火儿现在成长速度很快，一般的妖邪无法对他造成什么伤害。好了，我真要走了，对了，你说那个小子不会真的不要我了吧？"

白如冰神色有些不自然地问道，脸上居然露出了一丝担忧。

我心里一震，看来这个冰凰真动情了。我就纳闷了，乌啼掌门有什么好的？

"他敢不要你，我和青冥废了他。你去吧，路上小心点，遇到什么困难打电话给我就是。"

"嗯，知道了，我只想在这么短的时间内好好地恋爱一场，我怕，我怕以后就没有机会了。"

白如冰难得地露出一丝笑意，我看得出她的眼眸之中充满了悲伤，她的话让人难以捉摸，我正要问清楚的时候，她已经走了。

白如冰走后，我去楼下看望那些住在酒店里的狼人。

刚到楼下，正好碰到狼族族长亚克。

"听说诺克受了黑暗法师的诅咒，现在好点了吗？"

亚克看了一眼四周，轻声说："到房间里谈，这里也有血族出没。"

说完就带着我往他房间去了。到了房间，我看到诺克躺在那里，脸色惨白，陈倩正在悉心照顾他。

"苏茉儿不是都给他治了吗，怎么还不见好转？黑暗教廷的黑暗法师到底是一种什么样的存在？"我皱眉问道。

亚克说道："哪有好得那么快的。黑暗法师就相当于你们这边的修道人士，只是他们更善于使用魔法而已。这个黑暗法师精通黑魔法，能够施展负面状态加持在别人身上，以前我们在西方大陆的时候，那时候和光明教廷作战，为了对抗圣骑士，这些黑暗法师在我们身上施展嗜血术，让我们能力大为提高，但是也有后遗症，重新化为人类的时候，我们全身的骨骼酸疼得厉害，甚至是脑袋也会出现短暂的混乱，对于黑暗法师，不管是我们狼人还是血族，都十分忌惮。"

"那这些黑暗法师有什么弱点没有？"

"弱点自然是有的，他们的身体十分孱弱，并且咏颂咒语的时间很长，说句实话，我觉得你要比他们厉害很多，真的。"

亚克笑了笑，盯着我。

"你就贫嘴吧，不过这话我爱听，对了，你刚才说这个酒店有血族的人出没？"

"嗯，不错，我们狼人天生的感觉就远超常人，对于这些血族更加敏感，不过他们只是不敢在这里动手，并且昨晚他们都被白如冰击退，心里生出了畏惧，短时间是不敢进犯的。"

亚克回想起昨晚的事情，脸上露出深深的畏惧之色。

"嗯，好好休息吧，那我就先上去了。"

再次回到卧室的时候，青冥还没醒来。

我摇了摇头，看着窗外的夜色，直接走到阳台盘腿而坐。

今天繁星很多，是时候修炼七星秘术了。我悄悄拉上窗帘，取出数根凝魂香放在身边，然后点燃，让心静下来。

我第三次元神出窍了。这一次，我的元神比起之前要强壮不少。我掐动法诀，心里十分紧张地盯着夜空。我这才发现，现在的夜空的繁星比起平时都要格外的明亮，周围也有一股莫名的力量萦绕着我，面对着浩渺的虚空，我第一次生出退缩的心理来。

毕竟我面对的是苍茫宇宙，而我只是沧海一粟而已，能力实在有限。

我还是勾动了星辰之力，用元神勾动星辰之力比起平日勾动，更加的吓人。我只是才掐动法诀，冲着虚空一招，便感觉有千万团星光往我狂涌而来。

眼前的虚空似乎都在蠕动，然后在我招手的那一刻，星辰迸出刺目的光芒，天空之中就好像是一条银河都向我涌来，我哪里遇到过这么强大的力量？我想逃开，但发现我的双脚竟不受自己的控制。

"你想形神俱灭么！"

我肉身上脖颈间悬挂的七星镇魂剑忽然微微抖动起来，是七星镇魂剑器灵星阴前辈的声音，带着一丝愠怒。

七星镇魂剑从我肉身之上飞出，化为一道剑光，速度极快，眨眼之间就冲到我眼前的虚空之中。那道被我引过来的星辰之力立刻被斩散，不过还是有大片星光朝我飞涌而来。

我这是在干什么？我不就是想要让自己更加强大么，我为什么要退缩？我只想变得更加厉害，保护我所关心的人，我情愿受伤的是我，也不希望他们受伤，只要他们活得快乐就好，这点代价不算什么的。

一想到这里，我心里就衍生起无穷勇气，不错，我要坚定信念，无论如何也不能失败。

我张开双臂，迎接潮涌而来的星辰之力，我要用星辰之力淬炼我的元神，我要突破第四层，修炼出星辰法体！

"轰隆！"星辰之力直接撞在我的元神之上，这一刹那我都感觉自己要消失了，意识开始变得涣散起来，周围的凝魂香都起不了多大的作用，整个阳台之上都是星辰之力。

如果这一次我魂飞魄散，那么就彻底消失了，但是我只要渡过这一关，便是鱼跃龙门。

"唵嘛呢叭咪吽……"

忽然之间淡淡的六字大明咒从屋内传来，把我近乎消散的意识聚拢起来，模糊地知道这是青冥在禅唱。我立刻收住心神，心里默默念起七星秘术第四层法诀。要凝炼星辰法体，也只有凝炼出星辰法体才能和青冥召出来的金身法相，白骨魔君召出的白骨法相抗衡，如果我连星辰法体都没修炼出来，那么在以后的大战中，只会拖大家的后腿，只会让青冥束手束脚。

一想到这里，我感觉自己的元神慢慢变得充实起来，周围的禅唱声越来越大，简直是震耳欲聋。我睁开了双眼，这一刻，我甚至能够看到极远处在运转的星辰，我纵身飞出，往云层之上飞去，远方有一道金光倾洒而下，我穿破云层，现在的我感觉力量十分强大，九霄之上的飓风都不能吹散我。

云层之上一尊身高百丈的佛陀盘坐在那里，脚下是巨大的金色莲花，他双手合十，禅唱不停，我知道这是青冥的金身法相。

"快快凝练法体，如此好的时机，怎么能错过！"

青冥的声音从对面传来，我心里一喜，手里掐动着法诀，大片星辰之力倾洒而下，我沐浴在星辰之中，感觉自己的力量一步一步的强大，并且身上也生了不可思议的变化，到达了一个非常恐怖的地步。

我想，在修道人之中我这应该是属于最为高级的存在了吧。

第六章　大劫降临

三千年一次的大劫，据我推算，灵界的那些势力已经利用某种祭祀，遮掩了天象，如果度不过这次大劫，人们将永远活在黑暗之中。

这一晚睡得很安心，直到第二天凌晨，一声惊叫声把我吓醒了。

我迷迷糊糊地睁开眼睛，发现窗外依旧有些黑，仿佛是狂风暴雨来临的前奏。

看了看钟表，现在已经是上午八点多了啊，按道理，也应该是天色大亮了，怎么会出现这种事情？

房门一下被撞开了，苏茉儿慌慌张张跑了进来，见到我做了个噤声的手势，她原本要张口说话，立刻闭上了，因为青冥还在熟睡。

我知道永和市发生了事情，但是现在绝对不能够让青冥知道。

拉下窗帘之后，我伸手冲着窗台所在的方向一画，一道封印符箓在空中凝练而成。

"封！"

我手一扬，这道封印往窗帘飘然飞去，还未接触，变化为一道道金光没入其中。出来之后，我又给这道门下了个禁制。这样青冥就出不来了，他还在养伤，不能随意动用法力。

"怎么回事，这么急？"我问茉儿。

"你跟我来就是。"

苏茉儿拉着我往楼顶上走。上来之后，我才发现空空儿、素素、韩小星他们也在。

我走到空空儿面前，往远处看去，天空都是灰蒙蒙的一片，不知道被什么东西遮掩住了，而下方则有些混乱了。

"开始了，开始了，大劫开始了。"

空空儿盯着远处，喃喃自语起来。

"什么大劫开始了？"

我皱眉问道，心里已有了一种不好的预感。

"三千年一次的大劫，据我推算，灵界的那些势力已经利用某种祭祀，遮掩了天象，如果度不过这次大劫，人们将永远活在黑暗之中。"

韩小星手捧那个龟甲，走到我身边，语气凝重地开口了。

"他们再怎么逆天，也不可能影响天象吧？"我有些难以置信。

"你是不知道封魔地里面有些什么样的存在，更何况他们已经引动了噬日妖星，遮掩了太阳，在这黑暗的世界，那些邪恶的力量将得到增长，看来，看来这一劫不知道要死多少人了！"

韩小星发出一声悲叹。

"噬日妖星？这颗星辰我怎么没听过？"

我抬眼往天空看去，原本太阳所在的位置，竟被一颗巨大的星辰遮掩，这颗星辰通体血红，我本能地感觉这颗星辰之中蕴含了无可比拟的阴寒气息，除了这颗妖星之外，天空的繁星依旧。

"这颗妖星原本就在九天之外，又岂是当今科学能够探查到的？现在所有的卫星都已经失灵了，幸好咱们早有准备，我们囤积的粮食足可以支撑数年了。"

韩小星嘿嘿一笑，盯着我。

我沉默不语了，这大劫我以为半个月后才来，却没料到提前来了。

现在，不仅仅是永和市陷入了混乱，整个世界都开始了惊人的转变。

大劫来临，那些血族和黑暗法师也开始乘机兴风作浪。

🔆 亲王贾斯伯

噬日妖星蔽日，天下大乱。

永和市的街道之上已经无人走动了，路边的街灯忽明忽暗，停在街道边上的车子有的被砸坏，有的被烧毁，地面上都是一些废报纸等垃圾，风一吹，一阵阵的异味四处飘荡，好像世界末日来临。

不过很奇怪的是，周围并没有尸体，只有一团团风干呈深褐色的血迹。

才两天工夫，电力部门已经被毁坏了，幸好酒店有大型电机，而且我们的用水又是地下井水，短时间内倒也不必担心什么。

青冥倒是没说什么，这两天我就一直在房间陪着他，然后叫小狐狸过来跟青冥斗斗嘴，喝了几剂中药之后，青冥的脸色有了明显的好转。

我们虽然呆在大厦之中安枕无忧，但是外面却不一样了，简直是天翻地覆。

在一个阴暗巷子的角落中，传来啃噬的声音，原来有些尸体被野狗拖到了这里开始啃食，充饥。

忽然周围有些响动，几条灰棕色的野狗听到声音立刻夹着尾巴飞也似的逃走了。它们离开的时候，地上的尸体似乎还在微微的动弹，不过大腿的肉已经被咬得鲜血直流，刺鼻的血腥味弥散在整个巷子之中。躺在地上的是一个身穿蓝色休闲服的少年，他身上还背着一个书包，他的脑袋被打破了，晕了过去，这才被这些野狗拖到了巷子之中，也真够倒霉的。

少年揉了揉额头，脸上露出痛苦之色，他看着天空，自言自语起来："还要多久才能走到堂哥那里去，这里太恐怖了。"

说完之后，托着受伤的腿，一步一步缓缓地走出小巷。

走了几步之后，少年忽然感觉身后有人跟着他，刚一转头，便看到一个金发碧眼的男子，男子面容苍白，邪魅地盯着他。

"你跟着我干什么，你是谁？"

这个身穿蓝色休闲装的少年一惊，出声问道。

"别管我是谁，从今以后，我就是你的主人。"

邪魅男子忽然张开口，露出一对犬齿，这个蓝色休闲装少年还没反应过来，就被这个邪魅男子一口咬中了脖子，片刻之后，轰然倒下，原本一双漆黑的瞳孔开始变化起来，邪魅男子伸出舌头舔了一下唇边的血迹，然后抬起手，往自己手腕咬去，这时候躺在地上的这个少年已经全身开始颤抖起来。

"嗯，挺不错的，你的鲜血十分甘甜，来，吸了我的血，你的伤口就能全部愈合了。"

邪魅男子蹲了下来，把手伸出来了。

"不……不要，你……你是……吸血鬼，我不要，我要回家！"

少年咬着牙，甩了甩脑袋，使自己尽量地清醒过来。

"你知道我是血族？！"

邪魅男子目光一闪，冷声说道。

"我……我学校……很多人……都被吸血鬼……吸了血……"

少年想要挣扎着坐起来，但是却被这个邪魅男子一把按倒在地。

"嗯，那些人自然是死定了，你现在被我咬了，如果不喝了我的血，就无法转变为血族，这样一来，你一样是死！你想死？"

邪魅男子似乎有些愠怒了，但是他知道少年的鲜血十分甘美，实属罕见，如果转化为血族的话，能力要比平常的血族强大不少，故而才没有一下就吸光他的血。

"如果……如果你杀了我……我……我堂哥不会放过你的！"

"哦，如果是这样，也怪不得我了，我就……"

邪魅男子忽然一动不动了，双目睁得大大地盯着前方，表情变得僵硬起来，少年见状，立刻往远处爬去，刚爬出不远，就听到一声惨叫。

那个邪魅男子全身忽然被翠色的藤条缠绕，背后被贴上一道黄符，一下就被禁锢住了。

更让人心惊的是，一声咆哮，一头全身灰色的巨狼从远处奔过来，狠狠冲着这个血族头颅咬去，一口直接咬断，被咬断头颅之后，这个邪魅男子身子在藤蔓之中化为飞灰。

少年吓得面无人色，拼命地往前爬着。

"白羽？"

一道有些疑惑却十分悦耳的声音从少年背后传来，少年转过头来，看到一个曼妙的身影向他走过来。她手里拿着一根藤条状的权杖，是一位妙龄少女。

"你是谁？别靠近我！"

少年盯着这个来历不明的少女，因为这个少女太非同常人了，长长的发丝垂及脚踝，身上缠绕着藤条，美丽得根本不似人间女子。

"果然是你，连茉儿姐姐都不认识了？"

少女一转身，又恢复原本的模样。

"你真是茉儿姐姐？！"

白羽一声惊叫，喜极而泣。他去过捉妖公司，自然是认得苏茉儿的。

"嗯，你怎么还在这里，你被咬了？"

苏茉儿扶起白羽，而那头棕巨狼一直冲白羽龇牙咧嘴，若不是苏茉儿在此，只怕早就扑咬上来了。

"嗯，好疼，全身变得十分热，好难受，茉儿姐姐，我是不是要死了。"

"不会，若是让你死了，你堂哥岂不是要埋怨我了，放心吧，姐姐先帮你止住伤势，不让血族的毒液在你身体里扩散，开始会有些疼，忍住哦。"

苏茉儿摸了摸白羽的小脸，然后掏出一张符箓，往白羽脖颈被咬伤的地方一贴。

白羽立刻嚎叫起来，这张符箓是用狼族的血液绘制而成，能够抗衡白羽体内的血脉。

"诺克，今天就到此为止了，先送他回去吧，他是无常的堂弟。"

苏茉儿见到白羽昏倒在自己的怀里，转过身，对着那只巨狼开口了。

巨狼点了点头，驼着白羽往捉妖公司走去。

刚走出没几步，一个身材矮小，全身被黑色斗篷罩住，手里握着一根漆黑的木杖，看起来十分诡异的老头挡住了他们的去路。老头身后还有几个高大身影。

"是你们杀了我们黑暗教廷的人？"

"是又如何？"

苏茉儿冷声反问。

"好个大言不惭的丫头，你三番五次地灭掉我们血族族人，今日我们便要把你同化！"

忽然，一个高大的血族冷声开口了。

"就凭你们？你以为我会怕？"

苏茉儿笑了笑，开口说道。

虽然对方来了一个黑暗法师，还有四个血族族人，但是苏茉儿心里还是有几分底气的，毕竟现在的她和以前已经大不相同了。

"乳臭未干，好大口气！"

另外一个血族发出嗤笑之声。而这时，那头巨狼早已按捺不住，一声咆哮，竟将白羽摔丢在地上，猛然往前冲去。

"哎，我说你们狼族……真是……"

苏茉儿有些无奈地抚了抚额头，低声叹了一口气。

"嗖……"

对面有两个高大的人影和诺克争斗在一起。

"以山鬼的名义召唤，赤豹文狸！"

苏茉儿身前的虚空忽然裂开，一道火红的身影从空间之中跃了出来，文狸从赤豹的背上跳了下来，然后窜到苏茉儿肩膀之上。

赤豹出来之后，便化为一道火影往前扑去，速度奇快无比，一下就蹿到一个血族面前，狠狠往他脚上咬去。

"咔嚓！"一声轻响，这个血族的腿一下就被咬断了。

"对付那个丫头，赶紧！"

那个身材矮小的黑暗法师吩咐旁边的两个血族。这两个血族身份似乎更高一等，听到黑暗法师的吩咐，立即化为两只巨大的蝙蝠，往苏茉儿飞扑过来。

而那个黑暗法师，则挥动着法杖咏颂起咒语来。

"哼，以多欺少么？"

苏茉儿不屑。

昏暗的街道上灯光摇曳，低沉嘶哑的吼叫声响起。

两只巨大的蝙蝠飞掠而来，它们双目通红，发出一阵阵古怪的尖叫声。

苏茉儿冷哼一声，山鬼杖往前一挥，一道翠色清风吹卷而出，化为一柄柄巴掌大小的绿色小刀，密密麻麻地激射而出。

面对这突如其来的变故，两只大蝙蝠身子一沉，落地化为人形，闪电般扑到茉儿身前，张口便往茉儿白嫩的脖颈咬去。

苏茉儿吓了一跳，因为这两个血族速度实在是太快了，快得让人反应不过来，看来只有硬拼了。

"嗡"的一声轻响，苏茉儿周围突然浮现出一层近乎透明的光罩，那只小小的文狸双目陡然圆睁，盯着那两个血族，前肢往前一划，周围便出现层层光罩护住了苏茉儿，两个血族一下就弹飞出。见此机会，茉儿立刻冲着那两个血族一点，喝声"束缚！"

两个血族脚下忽然有翠色的藤蔓狂涨起来，狠狠缠绕住他们的双脚，不过两个血族纵然被这些藤蔓缠绕住，还是龇牙咧嘴地想要撕裂这些束缚他们的藤条。但这些藤条又哪有那么容易被撕裂？

苏茉儿向两个血族一挥手，两张用狼族鲜血绘制的符箓贴在他们身上，两个血族立刻发出痛苦的哀嚎，全身冒出一股股白色的烟雾，并且伴随着恶臭。

这时候，对面那个黑暗法师的咒语声戛然而止，他手中的权杖一挥，一道浓浓的黑雾卷了过来，黑雾也不知道是什么东西，赤豹和狼人一触碰这些黑雾，便开始摇摆不定，仿佛喝醉了一般。

黑雾往苏茉儿狂涌而来，开始凝聚成型，化为一只只丈许大小的黑色拳头，想要把苏茉儿一举击碎。

苏茉儿冷哼一声，冲着前方一点，土壤之中一片密集的藤蔓生长而出，牢牢地挡住这些黑雾。

这时候天空之中又有一道血光飞来，血光原来是一只体型庞大的血色蝙蝠，这个蝙蝠比起这四个血族更加强大，他在地上化为一个身材高大的男子，金发，碧眼。

"贾斯伯亲王，这人又何须你亲自动手？我们来就是。"

那个黑暗法师阴沉地说道。但是言语之中却透露出毕恭毕敬之态。

"哼，出动了四个高级血族，还有你这个黑暗法师都搞不定这个丫头！"

贾斯伯冷声说道。

"贾斯伯亲王，我们也没料到这个小丫头这么难缠，居然还能够提炼狼族的血液来对付血族，血族在此人手中已折损了近五十个人，所以无奈之下我们才在这永和市里重新转化血族，增加我们黑暗教廷的力量。但是三番五次都被破坏，现在只有她孤身一人，咱们是把她转化为血族，还是直接杀掉？"

那黑暗法师看了一眼挥动着山鬼杖的苏茉儿，露出阴阴的笑容。

"自然是转化，只要她体内有我的血，还怕她不服从命令么？"

贾斯伯看了一眼苏茉儿，身子化为一道血色残影扑过来。

苏茉儿只感觉眼睛一花，胸口上已中了一拳，身体直飞出去，然后重重地摔在地上。苏茉儿爬起来，嘴角溢出一丝鲜血，这股力量实在太强大了，就连文狸支撑的保护罩都被打碎。文狸滚落到一旁，似乎也受了重伤。

"咦？居然还能爬起来！"

"你就是黑暗教廷派过来的最高血族？"

苏茉儿冷声问道。

"不错，我就是贾斯伯亲王。"

"哦？也不过如此嘛。"

苏茉儿诡异一笑，手中的山鬼杖狠狠一挥，整条大街都开始剧烈地晃动起来。一条条粗壮无比的翠色藤条宛若灵蛇一般从地面钻出，那混泥土的地面全部都被拱翻，尘土四溅。

阵阵嘹亮清脆的声音从苏茉儿口中传来，苏茉儿头发飞扬，近乎疯狂地舞动着山鬼杖，片刻工夫，整条大街都变得和森林一般无二了。

这些藤条纷纷往贾斯伯亲王抽打过去，漫天的鞭影，让他无法靠近苏茉儿分毫。

而苏茉儿则像耗尽所有力量一般，身子一软，跌落在地，脸色苍白的厉害，不过她还是冲着这些藤蔓一点，把赤豹、狼人以及白羽给卷了回来。

就在苏茉儿筋疲力尽的时候，对面忽然刮起一阵黑风，这股黑风十分邪恶，招出来的藤条纷纷在这黑风之中枯萎。

"现在的天象，你还想调动大自然的力量与黑暗法师抗衡，太不知死活了！"

那个黑暗法师舞动着木杖，大雾铺天盖地。

忽然一道璀璨的星光从远处飞来，直接从黑暗法师背后没入，然后从他胸口透体而出。

黑暗法师一声惨叫，身子扑地，骤然急剧缩小，转而地上就只剩下一件黑色的斗篷。

"谁！"

贾斯伯大惊失色。

"要你命的人！"

我从街口走了出来。

"原来是你，正好，我正想把你的鲜血全部吸干呢。"

贾斯伯见我来了，脸上的笑意更浓。

"你可以试试。"

"嘴硬！"

贾斯伯身子一抖，身后忽然露出一双宽大的肉翼，接着双手虚空一抓，两团血色光球浮现而出，这两团血球蕴含了庞大的能量，蕴含了无穷无尽的邪恶之力。

我冷笑一声，七星镇魂剑通体星光流转，一道星河般的匹练横斩而出，两团血球一下就被斩裂开来，化为无数粉尘散落在地。

贾斯伯没料到我居然能够轻易破掉这两个血球，他背后的双翅微微一展，双手冲着我一抓，无数道血色爪影往我抓来。在我还没反应过来的时候，贾斯伯已经飞到我身边。我立刻抽出两张缩地成寸符贴在脚上，双臂之上各自贴上了千钧符，这才能够勉强招架住。

不得不说这血族的力量十分惊人，我不得不用七星镇魂剑避开贾斯伯，手腕一抖，数张火焰符激射而出，化为一片火海往贾斯伯涌去。

"嗤啦"，仿佛是布帛被撕裂，这火焰居然被贾斯伯一把撕裂开来。

"万物乾坤，七星镇魂，镇压！"

七星镇魂剑飞到贾斯伯头顶。似乎知道此剑的厉害，贾斯伯脸色微微一变，狠狠往头顶上的七星镇魂剑一抓。

"轰隆"一声巨响，七星镇魂剑忽然化为七团脸盆大小的星辰之光，在空中滴溜溜地旋转起来，贾斯伯被这团团星辰之光困住，再也无法动弹。

"无常，别拖延时间了，否则你堂弟就要死在这了！"

苏茉儿声音虚弱地提醒我。

但贾斯伯这时却忽然冲我开口了："如果你不杀我，我告诉你一个秘密怎么样？"

"秘密？什么秘密！"

我向贾斯伯望过去，发现他的双目一下变得很有魔力，一下就牢牢地吸引住了我，他没有再开口，双目之中似乎有个什么东西一样，我忽然感到有些恍惚起来。

"又想用这双眼睛控制我？"

我双目一眨，目中流露出太极阴阳图案。太极眼立刻反弹向贾斯伯眼中的那股魅惑之力，我彻底恢复过来，狠狠冲着贾斯伯一瞪。

"啊！"贾斯伯惊叫。他那双眼睛忽然有鲜血流出，瞳孔破裂了，他满脸的惊恐，但是却无可奈何。

"血族治愈能力强，也只有用七星神雷了！"我双手捏了个法诀，冲着那七团笼罩贾斯伯的星光一点。

"轰隆隆"，一团团拳头大小的星辰神雷在贾斯伯身上炸裂开来，几乎只是眨眼之间，贾斯伯的躯体就被星辰雷光湮灭。

最后他的身子溃散开来，消失得无影无踪。那个黑暗法师也被一并解决。

赤豹和狼人诺克消灭了另外两个血族，另一个则被苏茉儿用符箓钉死了。之后，我们带着昏迷的白羽赶回公司。

茉儿伤得比较重，需要好好调养。白羽倒是没什么事，素素处理了他的伤口，估计过几天就好了。

黑暗教廷解决起来比想象中轻松，这可能是因为狼族加入我们的原因。但是，永和市要想恢复以往的安宁只怕是不可能了，因为大劫日的来临，这城里很多不安分的妖都出来作怪。

空空儿去了趟公安局，回来之后说城里来了个千年大妖，王小花她们对付不了，那大妖抓走了很多人。

"什么大妖，连你也对付不了吗？"我问。

"那妖能御风，速度极快……"空空儿回答。

“好，咱们去会会那个大妖。你先休息一下，调整好状态，我去看看青冥。”

“对了，血族的主要人物虽被你除掉了，但是还有不少血族在永和市，你看是？”空空儿拦住我问。

“打个电话给狼族的亚克族长吧，是他们发挥作用的时候了，处理完这些血族，他们就可以回去了。”

说完，我去找青冥。但刚打开门，就吓了一跳。

青冥直直地站在门口，脸色铁青。

“怎……怎么了？”

我结结巴巴地问道，心里有些不祥的预感。

“你为什么要封住这个房间，你以为我现在没有能力解除你的封印了吗？”

“我只是想要你安安静静地养伤，一些事情不要你操心，知道么？”

青冥沉着脸，良久无语。我们就这样闷坐着，我知道他生气了，想了想，才又对他说：“噬日妖星，你听说过没有？”

青冥那寒冰一样的脸终于有了变化，他低声喃喃自语起来：“噬日妖星，噬日妖星……”

“噬日妖星出现在地球上空，遮蔽日月，现在天下都变得昏暗一片，如同地狱一般。”

我叹了一口气开口说道。

青冥摸了摸下巴：“噬日妖星，看来是封魔地之中的封魔祭坛有人动用了，否则岂会招出噬日妖星？”

“封魔祭坛？这是什么？我怎么从未听说过？”

“封魔祭坛就是在封魔殿之中的一个祭坛。原本是用来乞求上苍，与上苍沟通上界的。但这个祭坛与噬日妖星也是有联系的，因为噬日妖星能够增强妖怪的力量。只是，要召唤噬日妖星，却要付出惨重的代价。”

“那你说的惨重代价，又是什么？”我好奇的开口问道。

“祭坛，顾名思义，是需要祭祀的，如果要招出妖星，需要庞大的愿力，还有以道行极深的妖怪鲜血作为代价，真没想到现在居然还有如此厉害的妖怪！当然这个封魔祭坛更重要的作用，还是用来封印天下妖魔的，但同样，封印天下妖魔也是需要代价的。"

"招出噬日妖星要用妖怪的鲜血祭祀，那封印妖魔，是不是就要用修道人的鲜血？"

"现在灵界还有几个人的血有用？不是灵界的血，至于是什么血，你想下就知道了。"

"我想起来了，难道是要天地灵兽的鲜血？上次白如冰说她想好好谈一次恋爱，难道她早就察觉到了自己活不长久？"

我心里一沉。我真心不愿意是这样，但是我的直觉告诉我，我似乎要失去什么了。

"嗯，不错，灵兽的鲜血只是其中一部分而已。其实，其实我一直不希望你和火儿相处的真正原因就在这里，火儿是天地灵兽，迟早是要去封魔祭坛的，还有空空儿。我就是担心你和他会产生感情，会舍不得，不过，这也是造化弄人吧，无论我怎么做，结果还是一样。"

听了青冥的话，我心里一震，拳头捏得紧紧的。火儿现在还在另外一间房间里面做功课呢！

"难道没有什么办法阻止？"

"暂时没有办法，这是三千年一次的大劫，很难化解。照现在的情况来看，只怕仅有灵兽的血还不够，我们能否进入封魔地都是一个大问题。"

要火儿离开我，我是不会接受的，我冷声对青冥说道："大不了我杀光天下妖魔！"

青冥见到我的模样，苦笑道："哪有那么容易？一些妖魔要隐藏起来，你就是找也无法找到的。"

我冷笑："我有太极眼，还怕找不到？你知道贾斯伯么，今天我亲手灭杀了他，不费吹灰之力。"

"无常……"

青冥脸色变了变，双手放在我的肩上，沉声说道："答应我，无论遇到什么事情，都要控制好自己的情绪，好么。"

他的话字字铿锵，一字不落地钻入我的耳中。

"嗯，我会的。你好好养伤吧，放心，我不会做出鲁莽的事情。我先去看看火儿。"

"那你先撤了封印吧。"青冥望着我。

我点了点头，解除了房间里的封印。然后去了火儿的房间。书桌上的台灯依旧亮着，作业本零散地堆在那里，火儿正和阿宝躺在床上呼呼大睡。火儿没有盖被子，现在我才发现火儿的身高已经有一米五了，成了一个和堂弟差不多大的男孩。难道火儿就是因为这次大劫的原因，才加快了成长？

虽然身体长高了不少，但是火儿白净的面庞依旧显得十分稚嫩，看着他那一头火焰般的头发，我忍不住一阵伤感。为什么火儿要是灵兽呢，为什么？

我坐在床边，现在我只想多陪一会火儿。

火儿似乎知道我来了，翻身把手搭在我的身上，眼睛都没睁地开口说："小白，你来了。"

"嗯。"

"小白，如今天下大乱，你可要好好地呆在我身边，不准乱跑哦，我会保护你的。"

"嗯。"

我感觉眼眶有些发酸，泪水模糊了视线，我不敢出声。

"小白，你今天怎么这么安静，是不是怕打扰阿宝睡觉？放心，我把阿宝带的好好的，他现在已经睡熟了，我们吵不醒他的。"

"嗯，我知道。"

火儿很乖，心地善良，虽然平日里有些小性子，但是一直很听我的话。以前我只是随口说说叫他照顾好阿宝，没想到火儿就把我的话放心上了。

"小白，你怎么了？"

火儿听出我的话有些不对劲，睁开眼睛，爬起来，目光炯炯地盯着我："是不是那个怪叔叔又欺负你了？我现在不怕他了，我要喷火烧他，为你出这口气！"

"别，不是。"

"也对，怪叔叔对你很好，只有小白你欺负他，他不敢对你怎么样的，那小白是因为什么不开心了？"

我摸了摸火儿赤红的头发，然后说："火儿，来，睡觉吧，小白陪陪你。"

想到以后火儿的命运，我心里就悬起来，既然青冥都那样说了，只怕是很难逆转了，不过我不会就这么认命的，他说的只是需要灵兽的鲜血而已，并不是要命，我想，我想火儿还是能够活下来的。

✧ 魔鹰

大劫爆发的第六日，我和空空儿出了大厦，直接往王小花的警局赶过去，因为我们接到了王小花的电话。

而堂弟在这期间被大公鸡小羽送了回去，至于那些狼族族人，在消灭了所有的血族之后，则返回了自己的家乡。

大街上依旧有些清冷，常用供电恢复了一些，虽然还有人作乱，但大多都被打压下去了。

快要到达警局的时候，一阵阵狂风吹得人睁不开眼睛，我不得不运转太极眼，才能够看清前方的真实情况。

警局大楼前，一株参天大桃树伫立在那里，桃树下有一只通体金色皮毛的巨猿，巨猿大概有十丈高左右，浑身浴血，面目狰狞。

与巨猿对峙的是一只盘旋在空中的大鹰，那大鹰双翅张开足有几十丈大小，铁爪如同巨大钢钩，难以形容的凶悍。看样子，那只巨猿在大鹰的爪下已吃了不少亏。

而他身后那株桃树同样好不到哪里去，桃树躯干之上粉红光霞一卷，重新化为一个妙龄少女，正是王小花。

小花厉声说道："到底是何人派你前来扰乱永和市的秩序！你以为仗着千余年的道行，我们就怕了你不成？"

"哼，一株三百多年的树妖和一只六百多年的金毛猿也敢挡我的路，难道这个市的管理者就如此差劲么？"

那大鹰身上还端坐着一只人身狮首的妖怪，开口的正是此妖。

"王石，你又和他们废话什么，我们这次来，主要是为和孝大人收集鲜血，迟了，可是要受到责罚的。"

大鹰似乎有些不耐烦的样子。

"以你的速度肯定来得及，现在咱们只收集了两百多人的鲜血，远远不够，你还要多多努力。"

王石声音洪亮，隐隐有一丝命令的口吻在其中。

"哼，你凭什么指挥我？我可是你的前辈，这点小事，自然难不倒我！"

巨禽冷哼一声，双翅一闪，一根根手臂般粗细的青色翎羽从他翅膀之下激射而出，铺天盖地向王小花和那只金毛猿激射而去。

"小心"，金毛猿双手捶胸，周身金光大放，身子再次拔高，把王小花护在了身后，但他自己的身体却被那些翎羽击伤，鲜血狂涌。

情况危急，我和空空儿跃了出来。我使出七星镇魂剑，空空儿腾空而起，挡在那巨猿和王小花身前。

"你们终于来了。"

王小花见到我和空空儿，身子有些不支地倒下来。

我赶紧扶起她，说："你进去吧，这里交给我和小狐狸了。"

王小花点了点头，然后和金毛猿所化的男子相互搀扶着走进警局。

这时候空空儿已经向空中飞去，我也咬了咬牙，掐动法诀，施展起腾云驾雾之术。这次施展腾云驾雾之术比起上次更为简单，法力也消耗得极少，或者说，是我的法力比之前强大的太多了……

"又是你这只狐妖来坏我好事，咦，下面那个腾云而来的人又是谁？！"

王石脸上露出惊诧之意。

"原来是你，是你毁了我几个兄弟的元神！"巨禽怒嘶。

我定睛一看，发现这个巨禽是之前我和青冥下地府平息地府之乱，剿灭阴罗鬼王的时候，遇到的一个妖王。当时有蟒蛇妖、狼妖、白猿妖，而他就是那只逃走的鹰妖！

"想不到阴罗鬼王一死，你们倒成了白骨魔君的走狗，还趁着噬日妖星出来作乱，你们难道就不想修成正果么！你们是固伦和孝派来的吧？你们一再盲目地帮她杀人，殊不知，这些杀人因果，都要你们自己承受，而她只是受口业之罚而已。"

我飞腾到高空，大声说道。

听到我的话，二妖果然沉默了，他们都是修炼了上千年的妖怪，自然懂得其中的一些利害关系。

"你说得倒轻巧，你以为我们想要这样？好不容易从封魔地脱困而出，却受制于人！"

鹰妖背上的王石沉声开口了，他原本是一只修炼了一千二百年的狮子，当初被高人镇压在封魔地，历经这么久，一身戾气也化得差不多了，但却偏偏遇上了白骨魔君等人，再次被人控制。

"你是说白骨魔君和固伦和孝控制你们？以你们的神通，还能让他们控制？笑话！"

我冷声开口了。

"你懂什么，原本我们在封魔地，一身的道行，戾气都磨损得差不多了，才出来时，就算是一只几百年道行的小妖都能够镇压住我们，而我们的本命精魄都被白骨魔君收取，如果不听其命令，就会身死道消，如果按照吩咐做了，不仅会让我们恢复道行，还能够增加修为，我们自当愿意。"

王石冷冷地盯着我和空空儿，嘴角露出一丝讥讽的笑意。

"别啰唆了。只要为和孝大人收集鲜血之后，再借助绝阴之地，渡过天雷地火之劫，她就能够成功地进化成旱魃，到时候，天底下又有谁能够奈何她？就算是她的本体亲自前来，也没有用！"

鹰妖低低的声音传出。

"好吧，你们既不知悔改，我就打散你们的道行，让你们重归兽类本体！"

"那就看你的能耐了。"

鹰妖哈哈大笑，双翅冲着我一扇，一阵狂风卷过来，而他背上的王石，则凌空飞遁，往我扑过来。

"我对付这只狮妖，那只妖禽就交给你了！"

空空儿微微一笑，说完之后身子微微一晃，从我身边消失不见。

✿ 封印石

空空儿面对的是那只狮妖，而我要对付的则是这只拥有上千年道行，并且已经修炼出元神法相的鹰妖。

鹰妖双翅一扇，密密麻麻的青色光羽往我所在的地方激射而来，这些光羽的穿透力极强，就像是他的翎羽幻化而成。这些青色光羽夹带着狂风，我的身体一下就感到寒毛根根倒竖起来。

我抓着七星镇魂剑站在这团星云之上，一只手捏着剑诀，双目微微合起，口中念念有词起来。

"禁！"

我一声低呼，虽然这禁风咒是我第一次施展，但威力还不错，周围的狂风忽然停了下来，而那些青色的光羽同样消失得一干二净。

鹰妖通体青光一卷，化为一个身材高大、鹰钩鼻子的中年男子，他面容阴沉，一双细细的眼睛盯着我，迸射出阴寒狠毒的光芒。

"虽然你现在拥有千年道行，但是我也不会怕什么，现在封魔地的情况如何了，你老实讲出来，我兴许还会留你一条性命，若不是，也休怪我心狠手辣了。"

我见他幻化人形，收起七星镇魂剑，冷声问道。

"封魔地早就被一些妖族前辈占领了，他们的道行十分高深，我跟他们相比，只是小喽啰一般的角色，劝你还是放弃打封魔地的主意，虽然这些妖族的前辈已经不多了，但是每一个都是顶天立地的存在。你知道么，他们中有七位是召唤噬日妖星的主谋，更加重要的是，他们也是被白骨魔君和固伦和孝控制的。"

鹰妖神色阴晴不定地盯着远方，沉声开口了。

"但他们又怎么甘心被白骨魔君和固伦和孝控制呢？"

"你知道么？封魔地里面是有封印石的，每一块石头都能封印一个妖，就连那些妖族前辈也是被封在这些石头之中，这些石头又叫作吸妖石。妖被封印其中，法力会流失，随着时间的流逝，这吸妖石里面蕴含的妖怪法力就越来越多。如果一个妖怪的法力全部都被吸妖石吸走，那么吸妖石头自然会碎裂开来，里面的妖就能逃出来了。不过这些吸妖石头他们却无法带走，当然有些妖怪会选择自我封印，减少体内的妖气被吸走，不过这样就无法脱离封妖石，只得等外人相救。你说如果你大半的法力都被封印在石头之中，而石头又被人夺走了，你想不想拿回这石头，重新收回自己的法力？"

"竟还有这种古怪的石头？"

鹰妖面露一丝讥讽之色："封魔地之中的这些石头固然多，但如今噬日妖星出现，我们妖族的实力都要大增。"

"哦？那固伦和孝和白骨魔君难道不知道噬日妖星能够使你们实力大增么，他们让你们召出噬日妖星岂不是自找麻烦？"

我听这话似乎有些矛盾，心中大为疑惑起来。

"妖族的那些前辈精魂并未被白骨魔君和固伦和孝控制，只是他们的封妖石被收走而已，但是一旦召出噬日妖星，他们的实力便会恢复过来，其实噬日妖星很早就被召出来了，只是开始并未遮掩日月而已，你难道没有发现周围的妖怪实力都大增了么？"

鹰妖继续说着，而双目却时不时瞅向空空儿和王石，两人现在激斗正酣。

"噬日妖星很早就被召唤出来了！那你现在和我说这么多话，应该是另有图谋吧。"

我心里微微一惊，但是表面却十分平静的样子。

"不错，我甚至还可以助你除掉这头狮子妖。"

鹰妖嘴角一扯，露出一丝阴冷的笑容。

"你们不是一丘之貉么，你以为我会相信你的话？虽然你透露了这么多信息给我，但是我又怎么能够知道其中真假？我想，你是故意放出这些信息，然后引我上当吧？"

我冷冷地盯着这只鹰妖。

"我早就知道你会不信了，不过我想，也只有你们才能够真正地和固伦和孝他们对抗，除此之外，我别无人选了，我还可以告诉你一个消息，固伦和孝的本体已经去找过她了，柔儿想要收回固伦和孝身上的能力，二人大打出手，最后你猜怎么样了。"

"按照柔儿的实力，应该能对付固伦和孝。"

"真让你猜着了。固伦和孝的确不是柔儿对手，而且柔儿还带来一个帮手，只是想不到那帮手突然倒戈，竟然击伤了柔儿，你说这事儿怪不怪？"

鹰妖笑眯眯地说道。

"那个男人是一个十五六岁的少年，还是一个二十多岁长相憨厚的青年？"

我心里微微一紧，问道。因为我不知道在柔儿身边的到底是墨非的本体，还是墨非的二重身。

"是一个平头青年，似乎与固伦和孝很熟的样子，你别问我他们的下落，我也不清楚。其实我也是有私心的，我的本命精魂在白骨魔君手中，我也只是想要夺回我的精魂而已。我一个人实力有限，那个王石已经是白骨魔君的死忠，如果你能答应我，我还有更加惊人的消息告诉你的。"

鹰妖看着惊疑不定的我，咧嘴一笑。

而我却还没从他的话中反应过来，因为他说的这个人应该是墨非二重身。二重身是附在了东子的肉身上，东子的模样就是鹰妖所说的那样。难怪当初在我昏迷的时候，他曾经嘱咐我们不要去找他，免得大祸临头。原来那个时候他就在柔儿身边了，他之所以在柔儿身边，我想，很大一部分原因是因为我，所以在以后的日子里，柔儿并未来找过我，看来都是墨非二重身的所作所为了。

"好，我答应你，量你也不敢要什么花招。"

我迫切地想要知道后面的消息，索性便答应他了，我想，一个千余年的妖怪，以我现在的实力还是能够收拾的。

"那好，但是绝对不能放走王石，如果他返回去告诉白骨魔君，那我就惨了。"

我点了点头，示意没问题。这时候王石已经幻化成狮子本体，这是一尊五六丈之巨的黄金狮子，全身的皮毛金光灿灿，宛若黄金，而空空儿同样露出本体，同样五六丈大小，但是周身的皮毛却是纯银之色，他身后有七条宽大的尾巴，眉心之中有一抹紫痕，尾巴之上悬浮着一团团赤金色的火焰。

黄金狮子纵身往前一扑，一道巨大的狮子虚影飞出。空空儿身后那七条尾巴上的赤金火焰一晃，火焰便激射而出，也不知这赤金火焰是什么东西，居然一下就能够焚烧掉狮子的虚影。

知道自己不敌，黄金狮子扭头就跑。

鹰妖与我相视看了一眼，我们同时出手了。

鹰妖身子一晃，化为一只通体青光闪闪的老鹰往前飞去，而我则盘坐在星云之上，双目一合，元神运转，一团星光从我脑海之中飞出。

🌀 法相之威

鹰妖很快拦住了狮妖，狮妖见此刻情景，当即龇牙咧嘴地往鹰妖扑去。这头狮妖虽然没有修炼出元神法相，但是却喷出一颗鸡蛋般大小的金色妖丹。

妖丹一出，立刻喷涌出强大的妖力，一团金云护住他，立刻就抵挡住了鹰妖的攻击。

"还不出手，更待何时？"鹰妖焦急地催道。

那黄金狮子见我们人多势众，似乎知道性命不保，凶威更胜，那颗妖丹竟直接如同弹丸一般往鹰妖激射而去。

见状，我用星辰法相冲着黄金狮子所在的方向一按，一股恐怖的威势降临，"轰隆"一声巨响，一团团星光在黄金狮子庞大的身躯之上炸裂开来，转眼间黄金狮子便被星光淹没，化为飞灰。

虽然消灭了那个狮妖，但是我的法力却消耗了不少。

空空儿这时也重新化为人形，他冷冷地盯着鹰妖，我也冷冷地盯着鹰妖，对他一伸手："把东西交出来吧，如若不然，别怪我们不客气。"

鹰妖脸色微微一变："东西，什么东西？"

"刚才我灭掉狮妖的时候，他的妖丹是你拿了吧？千年妖丹，你以为我会这么轻易地让给你？"

我冷笑，千年妖丹何其珍贵，如果给素素炼制丹药的话，每一颗，都是灵丹妙药，如果给空空儿吃了，虽然不能增加千年道行，但是几百年道行还是能够增加的，更何况，我拿了这颗千年妖丹，还另有用处。

"呃……好吧。"

鹰妖露出一丝很无奈的表情。但纵然万般不舍，他还是乖乖地交了出来。

随后我们进警局与小花等人又聊了一会儿，然后我便带着鹰妖王鹰直接回捉妖公司了。安置好王鹰之后，我来看青冥。

"怎么样了，伤势如何？"

我看着盘坐在床上的青冥，问道。

"嗯，好得差不多了，我现在在修炼一种类似涅槃的秘术，我会毁掉我全部的法力，然后重生。这需要一段时间，这段时间里，你就别出去了，知道么？"

"还有这种秘术？这段时间指的是多久，现在正值多事之秋，耽误不起的。"

"最快也要小半个月，毕竟这次我是下了决心，只要涅槃重生，我的实力就会大增，也能够控制大部分的封印之力。"

青冥轻笑一声，脸色流露出无比强大的自信。

"嗯，抓紧时间吧，我有事，先离开一会。"

"你才回来，又要去做什么？"

"去看看火儿。"

🌀 阿宝与火儿

火儿的房间是虚掩的，我进去的时候，火儿正趴在书桌上睡觉。阿宝则蹲在书桌上，抓着一根油彩笔在火儿的手臂上画着什么，胖嘟嘟的小脸，一脸认真。

阿宝见我进来，吓得扔了油彩笔，对我挤出一丝坏笑。

"阿宝，不许这样捉弄火儿哥哥了，这种油彩笔画到身上，很难洗掉的。"

我摸了摸阿宝的脑袋。阿宝似懂非懂地点了点头，狠狠在我脸上亲了几下，说："哥哥学习偷懒，我要惩罚他，不然他又不及格了。"

阿宝盯着呼呼大睡的火儿，奶声奶气地开口了。

我又摸了摸阿宝的脑袋："阿宝乖，先去玩吧，我有事和火儿哥哥说。"

阿宝乖巧地点了点头，然后去玩电脑。

"火儿醒醒。"

我拍了拍火儿的肩膀。

火儿迷迷糊糊地醒了过来，然后抬头问："怎么了。"

"给你一样好东西，嘿嘿。"

我掏出那颗鸡蛋大小的狮妖内丹，在他眼前晃了晃。火儿见到妖丹倒吸一口冷气，然后伸出鼻子往妖丹上嗅了嗅，眼中异光闪烁。

"小白，你这千年妖丹是从哪里得到的？"

"杀了一个妖怪，然后取出的妖丹啊。"

"小白，这种危险的事情你以后别做了，成么，我会努力成长起来，不会让你担心。"

火儿神色有些黯然，并没有急于吃下这颗妖丹。

"怎么会呢，火儿你多想了，以后弄到好吃的，我会给你送过来的，不过你可不许偷懒，我知道你灵气十分强大，但是要好好利用，这次的大劫我想你也十分清楚的，咱们都要在这次大劫之中好好活下去，知道么？"

"我知道小白给我妖丹吃，就是要我增强自己的实力，想让我在这次大劫之中存活下来。我的传承珠告诉了我很多事情，不过还是要谢谢小白，吃了这妖丹，我确实能够增加不少道行的。"

火儿神色有些复杂，但还是一口气吞了这颗妖丹。

"传承珠的记忆？火儿你都知道些什么？说来听听。"

"封魔地，封魔祭坛，我只知道封魔祭坛是要灵兽的鲜血才可以封印，也就是我们的肉身。如果到了最后，大劫还无法解除的话，我和白如冰大姐都会主动去封印的，也不只是我们两个，全天下的灵兽我想应该不只是我们两个。他们都会出现，然后协助你们，共同封印封魔地，然后把封魔地的第三平行空间同样封印住。"

"火儿，我绝对不会让你去死的，我保证。"

我捏了捏拳头，声音沙哑地开口说道。

火儿抱住我，抽泣着："我也不想离开小白，我也不想离开大家，但是这就是我的职责，我也没有办法。"

"怎么没有办法？办法都是人想出来的，大不了我亲自去毁掉噬日妖星，然后再把那些为恶的妖魔一一诛杀，这样不就可以了么？"

我拍了拍火儿的肩膀，低声说道。

"没用的，噬日妖星相当于一颗小行星，是妖族的本命星。也就是说，噬日妖星出现之后，封印的女娲墓才会出世。女娲墓的第三平行空间才会慢慢地显露出来。也就是说等噬日妖星消失后，过些日子，女娲墓才能开启。"

✿ 灵兽青鸾

因为担心火儿的命运，陪火儿说了一会儿话之后，我又去找韩小星，想让他算下，火儿的命运是否可以更改。

韩小星似乎早已料到我会来。他无聊地躺在床上，盯着天花板，

我还没进门，他便说："不用算了，我都知道了，火儿的命是注定的，谁也改变不了。"

"改不了是什么意思？"

"火儿是为封魔地而生，几乎是必死无疑了。"

"必死无疑？笑话，那我怎么又能在这里跟你讲话？"

一道脆生生的声音从韩小星身边传来。

"青鸾？！"

听到声音，我猛然站了起来："青鸾，难道，难道你也是灵兽？"

"本姑娘自然是灵兽青鸾，三千年前我就是一只成年灵兽了，也参与了那次封魔之战。其实，其实远没有你们想象得那么简单，我们灵兽的鲜血只是修补封魔之地的封印而已，而那些逃出来的妖和魔，是要重新抓进去封印的。"

青鸾幽幽的声音响了起来。

我说："如果照你这样说，那封印封魔地又有何意义？我们还不如直接杀掉那些作乱的妖魔。"

"噬日妖星出，女娲神墓现，之所以要用我们的鲜血祭祀，其实只是让噬日妖星离开而已。在噬日妖星离开之后的三个月，女娲神墓才会真正出现。你们可能以为会有什么大妖魔出来作乱，就算有，这次召唤出噬日妖星，也让他们精元大损，根本就不足为惧。他们真正的目的只是女娲神墓而已。修为到了一定境界的妖魔根本就不会染指凡世间的事情。人越活越老就越怕死，妖怪也是一样，他们的目的都是女娲墓里面的神药，既不能凭借自身的修为飞升，那就只有依靠外力了。"

我沉默了片刻，继续问道："那你见过女娲墓？"

"没见过，因为我的肉身祭祀了，只留下元神，而元神又飞到这法宝之中，成为器灵。这也就是我说火儿并不会真的死亡，如果火儿肉身死亡，凭借他现在的修为，元神一定不弱的，定然可以和我一样，成为法宝的器灵。当然，前提是要有一个法宝容器。"

"照你所说，火儿依旧会死，不过元神不灭。但你元神存在，为何不重新去投胎，或者夺舍肉身？"

我心里有些疑问，便开口问道。

"报恩，是他让我寄存在这镯子中的。因为我当时肉身毁灭，元神极为虚弱，如果不在这镯子中修养，只怕还没去地府，就魂飞魄散了。我答应他，并且发下誓言，三千年之中一定会好好地保护他的后人。三千年之后，我便去投胎了。"

青鸾镯微微抖了抖，声音幽幽地传了出来。

"嗯，我知道了，谢谢前辈告诉我这么多，我会事先为火儿准备一个修养元神的法宝的。"

之后我们又聊了一会儿别的，就到了开饭时间了。

第七章　二重身之死

无常，你有时候可能被表象所骗，你是柔儿的三重身，他自然是待你好的，还有，小心柔儿，虽然她的天赋都在你身上，但是她很厉害。还有，固伦和孝也十分厉害，你一切小心就是。

捉妖公司里面的人都在楼顶聚餐，现在公司里面就只有我、青冥、程素素、韩小星、苏茉儿、火儿、阿宝、陈倩以及胡八爷了。十来个人聚在顶楼，倒也热闹。至于王鹰，目前还不算公司成员，我让他去王小花的警局帮忙了，只当是将功赎罪。

正在翻动着烧烤架上的鸡翅，手机响了，是柳青发过来的一个短信。我一看，说："有墨非的消息了，他在柳青的医院。"

"墨非本体还是二重身？"青冥问。

"是二重身。"

"走吧，咱们这就去医院。"青冥催我。

"你好好养伤……我还是带小狐狸去吧。"

"不用，我好得差不多了，再说去了医院，咱们还会遇到什么大妖怪不成？别把我当伤残人士看待。"

"那小狐狸你们就留在公司吧，我和青冥去一趟柳青那里。"

我看了一眼很不高兴的空空儿，开口说道。

"去吧，没办法，谁叫我现在是公司里面最强大的一个，能力越大，责任越大，去吧，我知道肯德基现在已经开张了，你给我整个全家桶回来就是。"

空空儿眼珠骨碌碌转动之下，开口说道。

"我和阿宝也要吃。"

火儿忽然举起了手，摸了一把嘴巴，兴高采烈地说道。

"你给火儿哥哥带就可以了，我不吃垃圾食品。"

阿宝看了一眼火儿，脸上露出一丝无奈，因为他这个火儿哥哥特别贪吃，而且每次都要叫上他，虽然他极不情愿。

听了阿宝的话，公司里面的人都哈哈大笑起来，倒是火儿显得十分尴尬，因为每次贪吃他都拉上阿宝做借口。

到了医院，是花小倩来接待我们的。花小倩穿着一身白色的护士服，身上的妖气已经十分淡了，我甚至从她身上感到了另外一种气息，这股气息让人感觉很舒服，很自然。

"我带你们去吧，柳前辈现在正在帮人动手术，我直接带你们去看护病房。"

花小倩笑眯眯地领着我们，穿过人群，我们到了病房。这个病房是高级病房，虽然现在下面人满为患，但是高级病房却冷清得很。

"墨非就在里面，我还很忙，待会再和柳前辈一起来看你们。"

"嗯，好，见到柳青，跟他说一声谢谢啊。"

推门进入病房，我一眼就看到躺在床上的墨非二重身，他脸色苍白，昏迷不醒。周围充斥着一股浓浓的消毒药水气味，让我很不舒服。

就在我们坐在床边的时候，他忽然睁开了眼睛，看到了我，出声问道："无常，终于见到你了。"

"墨非，你消失的这段时间，是不是遇到了我的本体柔儿了？"

我抓着墨非的手，低声问道。

"嗯，不错，是遇到了，她是来寻找自己的二重身的，叫我帮忙。她知道我的本体还在沉睡，她叫我帮她寻回自己的二重身，同时她也想要禁锢我，带我去我本体那里，重新唤醒他，却不知道我的本体根本就没有把天赋神通分在我身上。我如今的成就，都是一步步修炼出来的，我又岂会如她所愿？既然她想要寻找自己的二重身，那我就引她去见她的二重身了。"

说到这里，墨非嘴角露出一丝冷笑。

"看来王鹰说得不假，你是把他引到固伦和孝那里了。"

我想起之前鹰妖王鹰跟我说过的话，现在听他亲口说，倒也证实了王鹰没跟我撒谎。

"墨非，那你怎么伤得这么重？以你的道术造诣，就算是千年大妖都很难伤到你的。"

"无常，其实我这次知道自己活不了多久了，我只是想来看你最后一面，柔儿也好，固伦和孝也罢，我想你才是我最后想见到的人。"

墨非盯着我，脸上露出一丝回忆之色，眼中也流露出笑意。

"不会的，墨非，你不会死的，你身体里面的生机还很足，根本就不会死，你别骗我了。"

我抓紧了他的手，声音有些颤抖，虽然和墨非相处的时间不久，但是每一次都让人铭刻在心。青冥在一旁冷冷地看着墨非，忽然说道："他的元神十分弱了，只怕是要魂飞魄散了。"

"真的？"

我瞅着墨非，眼中透出询问之色。

"嗯，不错，我的元神很弱，是要消散了，你放心，你好朋友东子的灵魂还一直被我封印在这里面，从我夺舍他肉身的时候起，我就封印住了他的感知，所以这段时间发生的事情，他不会知道的。"

墨非勉强挤出一丝微笑，声音很轻地说道："其实当初柔儿和我的本体把我们分裂出来，然后把我们送回地府，叫我们投胎，那个时候，我心里就生出了反抗之心。分出我们之后，我们便是独立的存在。其实，其实他们分出的我们也不是什么恶念，而只是他们认为一些不好的思想而已。既然分出来，我们就要自己做主，我还记得当时我们一起去投胎，我想要逃走，却怕柔儿知道我没有投胎，幸好有你相助，遮掩了这一切，才让柔儿和我的本体误以为我也投了胎。我当时就附在了一个将死之人身上，努力地活了下去。"

"墨非你别再说这些了，到底是谁伤了你。"

我很难过，因为我觉得我又要失去一个朋友了。

"这么多年，我一直在修炼道术，提升自己的实力，我一直在寻找你的转世，我不敢投胎，因为有胎中之谜，来世不一定会记得前世之事，就好像你的前世是固伦和孝，但固伦和孝是没有前世的记忆的，因为她没有解开胎中之谜。而这一世，你却解开了胎中之谜，所以记得清朝的那些事，直到清朝的时候……"

墨非继续说道："到现在我也很迷惘，我活着究竟是为了什么？这么多年了，我一直过着行尸走肉的日子，直到遇到这一世的你，我才慢慢地转变过来，所以，无常，我要谢谢你。"

"说什么傻话，我回去取凝魂香来，你可要给我撑住了，懂么？"

我笑了笑，却感到自己的眼眶有泪水滑过，才见到他，却不料是这个样子。

"没用了，凝魂香已经不管用了，我的伤势我还不知道么，无常，你记住，只要你记住你是白无常，任何人都无法左右你的。"

墨非笑了笑，眉头一皱，咳嗽起来。

"不行，你不能死，如果你死了，以后有人找我麻烦，我怎么办？"

我声音沙哑地开口了。

"青冥，我们一直都是敌对的关系，这一次，我拜托你一件事，好么？"

墨非眼眶微微发红，目光转向一直沉默不语的青冥。

青冥愣了一愣，点了点头。

"拜托你，好好照顾他，别让他受了委屈。"

青冥重重地点了点头。

"好了，这次我可是真要走了，我也不知道我是进入轮回，还是陷入幽冥血海之中万劫不复，以后也不知道能不能再见面了，我之所以受伤，其实是遇到了我的本体，我不服从他，便落得这副模样了。"

墨非终于说出是谁伤了他。

"他？不可能吧，你的本体我也见过，他绝对不会做这种事情的，而且他也无心对你怎么样的。”

我有些诧异地开口了。

“无常，你有时候可能被表象所骗，你是柔儿的三重身，他自然是待你好的，还有，小心柔儿，虽然她的天赋都在你身上，但是她很厉害。还有，固伦和孝也十分厉害，你一切小心就是。我知道你太弱了，青冥又封印了自己的力量，以你们现在的能力是无法对抗他们之中的任何一个的。于是我才布了一个局，让他们自相残杀，虽然起到了效果，但是我想以柔儿的聪明才智，肯定会知道固伦和孝身上并没有三目族的天赋神通，所以，很快她就会找上你的，咳咳……小……小心！”墨非声音越来越弱。

这时候，青冥诵起佛号，佛号声充斥房间，让人听起来十分安详。墨非很感激地看了一眼青冥，双眼闭起来，这一瞬间，我把头埋在了床上。

片刻之后，我感到一只手拍在了我的肩膀上，这一瞬间，我猛地坐直。

✿ 营救

他睁开了眼睛，但是脸上却露出了疑惑之色，很久未曾听过的熟悉声音响起："无常，我这是在哪？"

听到声音的这一瞬间，我再也抑制不住，泪水再次流了下来，而他却是满脸疑惑。

墨非二重身已经走了，现在的才是东子，真正的东子，刘晓东回来了。

"你受了伤，现在在医院，我们先不打扰你了，好好静养吧，无常，咱们走。"

青冥停止诵经，站了起来，也不等我说什么，拉着我往门外走去。

我就像是失了魂儿一样，任由他拉着，心里想着女鬼小红、青灵大姐、墨非二重身，现在他们都一一离我而去，下一个又是谁？

再次见到柳青的时候，他依旧穿着一身白大褂，上面隐隐还有残留的血迹，他戴着一副金丝边框的眼镜，双目之中却是异常平静。

柳青问："走了？"

我点了点头。

"对不起，我已经尽力了，他的伤势已经不是药石可救。"

"嗯，我知道，元神受到重创了，很可能是消散了，或者无法支持他依附在这具肉身之上，返回地府了。"

我声音很低，抬头看着柳青。

其实我这也是自我安慰，估计墨非真的是元神消散了。庆幸的是，他并没驱散东子的魂魄，而只是封印起来，现在一走，封印也就散了，东子就此再现，不过他的记忆应该是停留在被墨非二重身夺舍的时候。

柳青身上散发出一种自然亲和的气息，身上感觉不出半点的妖气。让我感觉他已经达到了一种返璞归真的境界，我勉强说道："恭喜柳青。"

柳青摇了摇头说："还差一点功德，对了，这次噬日妖星的事情，你们应该都知道吧？不知二位如何应对？"

我想了想之后说："还不清楚，走一步算一步吧，只要能够平安度过这次大劫，就好了。"

柳青点了点头，说："放心吧，不管你们遇到什么，最后我都会助你们一臂之力的。"

我点了点头，又和柳青谈起噬日妖星的事，柳青说："这次噬日妖星重临，各地镇压妖魔的封印都已经松动，我想我的老朋友只怕已经出来了。"

"老朋友？"

青冥眉头一皱，既然被柳青称为老朋友，那肯定是一个修为数千年的大妖了。

"我想这个老朋友是见过无常的，虽然无常并未见过他。"

柳青盯着满脸疑惑的我，笑着说道。

"难道，难道就是珠崖岛五指山镇压的那个大妖魔？如果照你这样说，那玄元子老道岂不是……"

我忽然想到在珠崖岛去取鬼牙的时候，遇到过的那个太清宗老道玄元子，他说在这五指山镇压着一个绝世大魔头……如果大妖出世，那玄元子岂不是遭殃了？虽然我对于太清宗没有好感，但是玄元子这个老头对我还是不错的。

"不会，既然能够负责镇压我的那位好朋友，实力就不会弱到哪里去，放心吧，有我在此，即便他出来，也不敢作乱的。"

柳青看着满脸沉重的我，轻声说道。

"既然柳青能够这样说，我就放心了，那我们先走了。"

我站起来，心情有些郁闷。

在返回公司的途中，我一直心不在焉，即便是经过肯德基时，我都忘了小狐狸和火儿的事情。直到青冥提醒，我才记起这件事。

我买了四个全家桶，因为我接到柳青的短信的时候，我和青冥都是未曾吃饭的。我们也是人，也会饥饿，所以我决定和青冥干掉一个全家桶，然后剩下的三个交给小狐狸分配。

等我们回到公司的时候，大部分人都睡了，唯独火儿和小狐狸坐在客厅里面看DVD，看样子是等我们回来，吃了东西才肯睡觉了。

"小白，还以为你们忘了我，我为了等吃的，现在还饿着肚子。"

火儿见到我们进来，立刻奔过来。

"小狐狸你和火儿吃完，赶紧去睡觉吧。"

我吩咐完之后，便走进了卧室，原本很饿，但是一想到墨非二重身离我而去，就有一种无法抑制的悲伤往我席卷而来。

青冥安慰我："不管发生了什么，你都要振作起来。"

说完走进浴室，水声哗啦啦地响了起来……

三天后，苏茉儿一脸焦急地冲进我房间。

"无常哥，这次无论如何也拖不得了，据赤豹和文狸的消息，如果这次还不赶过去，那个魔头就会直接把我母亲带走了，因为灵界大战就要开始，白骨魔君已经在收拢自己的势力。"

"那咱们快去吧，青冥已经恢复得差不多了，我也修炼出星辰法相，这次势必毁掉白骨魔君的这个得力助手，削弱他的实力。"

"无常，虽然那个魔十恶不赦，但是毕竟他夺舍了我父亲的身体，如果我父亲的灵魂还在，那……"

苏茉儿神色复杂地开口了。

"一切听你的就是，咱们什么时候出发？"

"现在就走，我已通知了小狐狸，他在外面等着呢。走吧，文狸可以打开空间，我们可以直接去禁锢我母亲的地方。"

苏茉儿和我们几个随了文狸，片刻间来到一片山脚下。我们前方是一条布满小草的路面，右边是高山，而左侧不远处则是一片森林。赤豹和文狸带路，我们在这条路上走了一会，便发现前面有一个藤屋，周围的树木生长得格外茂盛，一股庞大的生命气息从远处传来。

这时候一个曼妙的人影从藤屋走出，我们立刻寻了个隐秘的地方隐藏起来。

这个人影忽然止住脚步，若有所思地转过头看了一眼我们隐藏的地方，脸上露出一丝恍然之色。

我看到这个曼妙的人影时，心里震撼了。我真的没有见过如此漂亮的女人。她肌肤胜雪，五官浑然天成，消瘦的下巴，明亮的眼睛，高挺的鼻梁，眉宇之间几丝淡淡忧伤，我见犹怜。

她的面容跟苏茉儿有七分像，但是比起苏茉儿更成熟风韵。我再一看苏茉儿。苏茉儿眼眶发红，眸中蕴含了一丝雾气，如果不是强抑情绪，我想苏茉儿就要哭了。

是啊，终于见到了自己的母亲，心情又怎么能不激动？

就在这时，一个高瘦的人影从藤屋之中走了出来，他一脸的阴鸷，神色间有些不耐烦，此人正是上次被青冥打伤逃走的那人。他似乎在催促着女人什么，女人有些不高兴，但是却又无计可施的模样。

片刻之后，苏茉儿的母亲被说服，两人转身往另外一边徐徐行去。

苏茉儿猛地站了起来，山鬼杖一举，开始念动咒语。

🌀 山鬼与黄梁魔君

苏茉儿念动的咒语声隐隐蕴含着一股怒气，来自大自然的怒气，她神色清冷，手中的山鬼杖狠狠往前方一点。

"扑哧……"

一道道翠色的藤蔓在远处蔓延生长，组成一面十多丈之高的藤墙，藤墙之上闪烁着淡淡的翠色光华，而那个男子周身则被手臂般粗细的藤条困住，无法动弹了。面对这突如其来的变动，男子脸色变了变，接着双手掐动法诀，口里念动咒语想要脱困。

　　我们立刻奔过去，那女子这时也转过头来，盯着我们，脸上露出震惊之色。

　　"你……你是茉儿？"

　　女人的声音很动听，仿佛是从九天之上传来。

　　赤豹驮着苏茉儿四蹄翻飞，化为一道火影在黑暗的夜空中划过，然后停在女人身边。母女二人抱头痛哭。

　　"轰隆……"

　　不远处的藤条忽然炸得粉碎，那个满脸阴鸷的男人眼中迸射出一道绿油油的光，他盯着苏茉儿和她的母亲。

　　"玫儿，跟我走。"

　　男人的声音奇冷无比，但当他的目光扫到我和青冥、小狐狸身上时，脸上却露出一丝畏惧之色，不过更多的是怨毒。

　　"你走吧，我女儿来了，我不会随你走的。"

　　茉儿的母亲玫儿拒绝了那人。

　　"你可别忘记了，你丈夫的灵魂还在我身体之中，你这样做，是想要我把他逼得魂飞魄散么？"

　　玫儿的脸色微微一变，脸上露出一丝乞求之色来："黄粱，这么多年我一直在这里为你做事，我都离开女儿二十多年了，我想一家团聚难道都不行？这二十多年我所做的难道还无法弥补你么？"

　　原来这个魔头名字叫黄粱，黄粱魔君。

　　苏茉儿神色异常冰冷地盯着黄粱魔君，冷声说道："从我父亲的身子里面滚出去，否则别怪我无情！"

　　黄粱魔君嘴角勾出一抹歹笑："你母亲都不敢对我造次，你却口出狂言，真是不知死活，你可别忘了，你只是半山鬼之体，你有能力唤起整个大自然来跟我对抗？"

"我，不，是，一，个，人！"

"她是我们的好朋友，她的事，我们自然不会不管的。莫非，你自认为能够在我们手中逃走？面对我们三个人，就算是白骨魔君都无可幸免。"

我冷声冲着黄粱魔君开口了。

"哦，是嘛？"

黄粱魔君忽然掏出一把匕首，狠狠往自己的大腿一插，他闷哼一声，雪白的泛着寒光的匕首大半没入腿中，接着他伸手一拔，鲜血喷溅而出。

"不要，住手！"

玫儿大惊失色，急忙冲着那流血的地方一点，一抹翠光激射而出，刹那间黄粱魔君的伤口便被封住了。

"哈哈，怎么样？"

黄粱魔君神色冷冷地盯着我，嗤笑一声。

我捏了捏拳头，冷冷地盯着黄粱魔君，这时候青冥忽然凑到我耳边，低声说："用太极眼，看看他身体里面有没有两个灵魂，我感觉苏茉儿的父亲并不在他体内。"

我双目眨了眨，眼眸之中衍生出太极阴阳鱼来，我盯着黄粱魔君，发现他身体之中只有一个黄濛濛的身影，并无其余的灵魂，心中微微一震，果然和青冥预料的一样，里面根本就没有第二个灵魂。

"我跟你走就是，你别伤害我丈夫的肉身，茉儿，对不起，我只是想让你有一个完好无损的父亲。"

玫儿挣脱苏茉儿，泪眼婆娑地看了一眼苏茉儿，扭头就走。

"母亲，不要丢下我。"

苏茉儿坐在赤豹之上，低声哭泣起来，玫儿同样泪流满面。

"不要相信那魔头，我刚才用秘术探查了一下，黄粱魔君是骗你的，他已经完全与这具肉身契合，里面根本就没有第二个灵魂，快回来！"

我见他们离黄粱魔君很近，立刻大声提醒。

黄粱魔君脸色微微一变，很快反应过来，沉声说道："玫儿，你相信他的话？就算是身为山鬼之体的你都无法察觉到，他一个凡人怎么可能会察觉出来？你如果信不过我的话，那就别怪我对这副肉身再次破坏了，我倒要看看是你的治疗速度快，还是我破坏的动作快。"

"母亲，别相信他，我朋友拥有天赋异禀，他有太极眼，能够洞穿世间万物，他的话千真万确，你一定要相信！"

"茉儿，小心！"

小狐狸忽然发出一声惊叫，黄粱魔君这时已扑到苏茉儿面前，脸上凶厉之色尽显，手起掌落，苏茉儿反应不及被一掌打落在地，口中喷出大片鲜血，脑袋一歪，就昏过去了。玫儿惊叫着奔过去，赤豹见主人受到袭击，疯了似的扑咬黄粱魔君。

与此同时，"嗤啦"一声，黄粱魔君头上的虚空被撕裂开来，空空儿探手一掌，击中黄粱魔君的面门。青冥也是一声低吼，封死黄粱魔君的退路。有他二人出手黄粱魔君是无论如何也逃不掉的，倒是苏茉儿的情况有些危险。

我走了过去，看到玫儿双手交叠放在苏茉儿胸口上，手掌之上充满了晶莹的绿光，就连她原本白皙的手臂，也布满了一条条精美的纹络，这些纹络很精美，好像是花纹，而玫儿的脸上也出现了变化，她的眉心露出一颗蚕豆大小，十分晶莹的珠子，就像翡翠珠子一样，我能够感觉这个珠子拥有很强大的能量。

"茉儿怎么样了，伤得重不重？"我问。

玫儿脸色有些苍白的说："我会救活女儿，你说的话，可是当真？"

我知道她跟我讲的是之前我说她丈夫的灵魂已不在黄粱魔君身上，我凝重地点了点头。

"我早就知道，我能够感觉出，二十年前他就走了，但是我不敢相信他会离我而去，我一直抱着这希望，希望有一日我们一家三口能够团聚，没想到居然是这个样子。"

这时候，黄粱魔君突然一声惊叫，一道黄芒从他头顶飞出，化为一个身穿黄袍，面容蜡黄的中年男子，做出要逃的架势。

"想逃，没门！"

空空儿纵身往虚空一跃，直接化为七尾本体，挡住黄粱魔君去路。

而青冥则面无表情地祭出幽冥噬魂杵，劈头盖脸击向黄粱魔君。

……

苏茉儿终于睁开眼睛。玫儿见女儿醒了过来，总算松了口气。她回首看了一眼正在拼死苦战的黄粱魔君，脸上露出决然恨意。她再次扭过头来，眉心的那颗蚕豆般大小的翠色珠子忽然飞出，嵌到苏茉儿的眉心之中。

🌀 山鬼之怒

"这是你们逼我的。"

黄粱魔君怒吼一声，张口冲着空空儿一喷，一道黄色臭气扑面而来，空空儿来不及躲闪，头脑一晕，当空跌落。青冥见到空空儿中了招，急忙施出闭气之法。

"扑哧！"

破空声大作，一道道黄濛濛的刀光从大雾之中激射而出，凶猛无比地往青冥斩杀过来，青冥转瞬之间被刀芒湮没。

"青冥！"

我惊叫起来，这些刀光厉害无比，地面之上的土石都被这些刀光斩碎，露出一条条深深的沟壑。

"地藏金身，不动不灭。"

一道黄钟大吕般的声音响起，一圈金光从青冥身上迸发而出，那些刀光斩在青冥金刚之体上，发出清脆的响声。

玫儿额头中央的那颗珠子跟苏茉儿额头完全吻合，在这颗珠子的帮助下，苏茉儿脸色红润起来，相反玫儿则是脸色苍白。见女儿好转，玫儿脸上露出一丝笑容，她忽然转过头冲着我开口了："茉儿这么大了，可有中意之人？"

"嗯，有，还是灵界一大掌门的接班人呢，他对茉儿十分好，算是两情相悦。"

"那就好，那就好，虽然我未曾见过他，但是我相信你，茉儿能够找到灵界一大未来掌门之人做夫君，以后倒也不怕被欺负了。"

玫儿看了一眼苏茉儿，继续说道："以后，就拜托你好好照顾茉儿了，黄粱做事太阴太绝，我是无论如何都不会放过他的。这颗珠子里面是我所有的法力和道行，这是我们山鬼的本命珠，叫山鬼之珠。茉儿天赋资质十分高，再有了山鬼杖和山鬼珠，以后也就有了自保之力。"

"你想干什么？"

从她的话语之中我隐隐察觉到不妙。

"你以后帮我照顾好茉儿就行了。"

玫儿站起来，身上气势陡然一变，而此刻黄粱正与青冥拼斗，不过时间一长，青冥就不得不跑出来换一次气。

原本玫儿因为山鬼珠的关系，身上的法力已经所剩无几，但是这一刻，一股滔天怒意从她身上迸发而出，整片森林都开始摇晃起来，那些参天巨树更是开始摇摆不定，一些鸟兽都被惊动了，如果站在高空看去，就会发现整片山林都在晃荡，如同翠色的波浪一样翻滚。

"不要，母亲，不要！"

苏茉儿见母亲如此模样，挣扎着想要站起来，不过却又跌倒在地。

"你伤势还未曾真正好转，别乱动。"

我按住茉儿。

"不行，我母亲在施展山鬼之怒，山鬼之怒是山鬼最强大的一击。山鬼本性纯良，原本就不善攻击，但是大自然却赋予了山鬼守护之力，如果有不可逆转的因素，山鬼就会施展最为强大、凌厉的一击，召唤整个大自然的力量，与敌人同归于尽！"

我听了，脸色一变，伸手就往玫儿抓去，但是一股无比强大的力量将我反弹回来。

迟了，山鬼之怒已经发动，这股力量无法阻止了！

青冥见到周围生出异变，立刻蹿到已经化为人形的空空儿身边，一手抓住他，往这边飞奔过来。

"你疯了，居然施展山鬼之怒！你不要命了！"

半空之中的黄粱魔君重重地摔在地上，脸色变得异常惨白，周围已经开始浮现出无数团拳头大小的翠色光球，密密麻麻，数以千万计，而玫儿的身影随着这些翠光的出现，开始变得有些透明了，周围猛然刮起狂风，就连整片森林之上都盘踞着乌云。

怒了，彻底怒了！

"黄粱，这么多年，咱们也该有个了结了。"

玫儿长发飘扬，身上散发出一股庞大的威力，我们都无法靠近分毫，大自然之怒，又岂是人力可以阻止的？

"玫儿，我只是想叫你帮助我师兄一把，你这又是何苦，难道这么多年，你对我没有一丝的感情？"

黄粱魔君放弃了反抗，脸色变得极为古怪。

"哼，你以为我不知道？你们的师傅从封魔地出来了吧，想要借助我的治愈之力恢复他的伤势，你以为我真是傻子？"

玫儿说出的话让我们一惊。

这个黄粱魔君难道抓苏茉儿的母亲，是为了给白骨魔君的师傅疗伤？白骨魔君的师傅那该是何等的存在？难道乌啼掌门说白骨魔君后面的那个高人就是他们的师傅？

"玫儿，你这可是山鬼之怒，你若收回此术，我以后便不再纠缠你，也不再为难你了，如何？"

看着周围翠色的光球越来越多，黄粱魔君的脸色变得越来越难看。

"无可逆转了，既然你知道是山鬼之怒，就知道是无可挽回的，你驱散了我丈夫的灵魂，打伤了我的女儿，今日无论如何我也不会放过你的。"

玫儿声音大了很多，周围的风几乎吹得我们睁不开眼睛，苏茉儿把头埋在我的怀里，失声痛哭。

才见到自己的母亲，现在又要失去了，如何不心痛？

"玫儿，当初我可是救过你的，你们山鬼重情重义，这二十多年我并无任何越轨之心，你难道真的置我于死地！"

黄粱魔君见到玫儿依旧如此，开始作法，想要逃离了，但是却都被周围这些翠色的光球给逼回原地。

"救我？若不是你，我又岂会沦落到现在的地步？"

玫儿说完便不再说话了，她转过头，看着俯身在我怀里痛哭的苏茉儿，她很想伸手去抚摸，但是她的手已经开始变得透明了，苏茉儿似乎察觉到了什么，抬起头，盯着母亲，眼里都是泪花，她嘴巴微微张开，但因悲伤过度，已无法说出话来。

"保重。"

玫儿微微一笑，眼中的泪水如同明亮的水晶一般滴落。

"轰隆……"

一道道雷鸣响彻虚空，狠狠地响在我们心头，倾盆大雨突然落下。

暴雨中，玫儿整个人就此溃散开来，化为无数道绿光，疯狂地往黄粱魔君扑过去，周围召唤而出的自然之力也是如此，密密麻麻的光球随着这些翠色光点一同往黄粱魔君涌去。

"噢……"

一声声凄厉的吼叫声响起，赤豹冲着玫儿消失的方向嘶吼起来，豹眼中落下一滴滴泪水，文狸也是悲啸不已。

"轰隆隆……"伴随着一个个霹雳，黄粱魔君的身影直接被这股庞大的自然之力撕裂，元神灰飞烟灭。

茉儿咬着嘴唇，硬生生地站了起来，她手里抓着山鬼杖，悲痛欲绝。

"茉儿！"我担心地望着她。

"我没事，你们回去吧，我想在我母亲这里住一段时间，等我心情好了，自然会来找你的。"

苏茉儿转过头来，笑得很勉强。

我正要说什么，肩膀却被青冥按住了。

"让她一个人静一静吧，赤豹和文狸都会陪着她的。"

"那就有劳你们两位了。"我摸了摸赤豹和文狸。

这时，空空儿凑了过来："刚才那个黄色雾气是什么毒？臭死啦！"

青冥一笑："黄鼠狼的屁，能不臭吗！"

第八章　灵界大战

灵界大战提前爆发了。这次各大宗门的弟子有很多都中了毒，清心观、元道宗和无量寺这次折损了不少三代弟子，这些毒十分难以驱除，就连无量寺的人都毫无办法。

　　回到公司，我们的心情都不太好，原本是去营救苏茉儿的母亲，却没有料到生出这等变故，打心里，我们都觉得愧对茉儿。所以在接下的时间里，我一直闷闷不乐。

　　好在几天后表哥来了，告诉了我他炼制阴兵的进展，并带来了他的镇门法器鬼棺，说是到时候可以借我一用。有了这东西，对付起白骨魔君，会轻松许多。

　　另外龙婆也来了。龙婆说原本只有他们龙家的人才可以驱动他们家的守护灵的灵符，但因为空空儿身体里面已蕴含了紫金神龙的血脉，所以空空儿一样也是可以使用那威力庞大的灵符的。

　　龙婆这次来，就是找空空儿的。她要用空空儿的精血，为空空儿绘制些威力无比的符箓。但龙婆年纪大了，法力已不如年轻的时候，仅绘制了一张，就再无余力了。

　　如此风平浪静地又过了几日。这天中午时分，忽然天边划过一道银光，这道银光距离我的卧室越来越近，我打开了窗子，银光落在阳台之上，化为一名翩翩美少女，正是白如冰。

白如冰见到我之后，露出一丝惊讶之色。

因为我现在每天除了吃饭的时间都是用来修炼了，勾动天上的星辰之力蕴养星辰法相，淬炼自己的肉身，修炼七星法体，已经比起之前白如冰见到的我强大的太多了。

"不是在清心观么，怎么回来了？"我问她。

白如冰满脸焦急之色："灵界大战提前爆发了。这次各大宗门的弟子有很多都中了毒，清心观、元道宗和无量寺这次折损了不少三代弟子，这些毒十分难以驱除，就连无量寺的人都毫无办法。"

"什么毒？"

"是太清宗弟子使的毒，中毒的弟子，只要施法避毒，就会加快毒素的发作。并且中毒的地方有一个鬼脸，无量寺的人说这是鬼毒，专门对付灵界弟子的。他们也不知道如何配置解药，现在太清宗和白骨魔门联合起来，还有另一方妖族的势力。若不是忌惮那一方妖族的势力，我想太清宗和白骨魔门就会铲除咱们这三大宗门了。"

"哦，别担心，只要他们不强行运功驱除，就不会毒发，这种毒如果没有解药，大罗神仙都难以救治的。"

"乌啼请我回来搬救兵，现在咱们这边的三大宗门都派出了精锐弟子前往封魔地，这些弟子在半途之中大部分都中了鬼毒，就连一些高级存在都中了鬼毒，如果咱们找不到办法，别说无法对付白骨魔门和太清宗，只怕早就毒发身亡了。你们抓紧时间吧，我还要赶回去，因为那只准旱魃十分难缠，说不定会来偷袭，现在也只有我能够克制她的烈火。这里是我的羽毛，燃烧之后，你便会找到我们的所在之处。"

说完，白如冰递给我一根晶莹冰凉的翎羽。之后又化为一抹银光消失在天边。

拿着这根翎羽，我赶紧召集众人，公司里面的人全部都到齐了，武羽也赶了过来，只有苏茉儿还在她母亲的藤屋之中。

我跟众人介绍了一下情况，然后说："此行相当凶险，我绝对没有强迫大家的意思，另外，之前我已找韩小星算了一卦，这一次前去，凶险无比，九死一生，去与不去，大家可要想好了，不想去的可以说出来，我绝不会为难各位。"

一时间，周围鸦雀无声，静得连一根针落在地上都能够听到。

不说话，就代表他们默认了，都想去。

"很好，不过这次前去凶险无比，没有修炼过法术的就不要去了，韩小星、素素、陈倩、胡八爷、火儿你们留在这里吧。"

"不行，韩小星和素素还说得过去，我老胡可是妖怪，你小子可别忘了上次在野林之中，还是我把你掳走的。"

胡八爷脸色一变，跟我拍了桌子。

"老胡，你算了吧，你几斤几两我还不清楚？还是我去吧，我修炼过魔门的法术。"

陈倩风情万种地看了一眼胡八爷，抿着嘴，发出嗤笑之声。

"倩儿，难道我在你眼中就这么不中用么！"

胡八爷满脸的委屈，嘴巴上的八字胡一抖一抖的。

"倩姐，你也不用去，真的，这次清心观和元道宗、无量寺派遣过去的都是精锐弟子，你修炼的只是一些魔门粗浅的功夫，留在公司照顾阿宝就好了，真的。"

我发自内心地说道，因为陈倩和陈小宁同是魔门中人，陈倩不像陈小宁那般诡计多端，她是真性情。

"难道你真不要我去？"

素素冷笑一声，盯着我。

"你去了，韩小星势必会跟着去，你们两个都没有修炼法术，这一点不用我多说了吧？"

"白无常，如果你不让我跟着去，我就当从来没有认识过你这个朋友！韩小星已经告诉我了，这一次的大劫非同小可，几乎是九死一生，你们去了，都会有危险！"

素素冷冷地盯着我，厉声说道。

"怎么会呢，素素，你多想了，再说青冥和空空儿还有我，都不是从前可比，素素，你放心吧，不会出事的。"

"放心，我会保护好他的。"

空空儿拍了拍我的肩膀，笑嘻嘻地说道。

见到空空儿如此说，韩小星脸上露出一丝复杂的神色，他要张口说什么，却被素素制止了。

"火儿也要去，小白，你不带我去？"

火儿嘟着小嘴，闷闷不乐地开口了。

"乖，你还要和倩阿姨一起带阿宝呢，别使性子了啊。"

……

大约过了三十分钟，才决定了去的人选：我、青冥、空空儿、武羽，接着便是王鹰了，其余的人一概留在公司。

我们做好准备之后，素素又塞了很多药品给我，而火儿则拿出一根火色的翎羽，不等我说话，便一把扯开了我的上衣。

🌀 执法长老

"火儿，你干什么！"我一惊。

"这是我的翎羽，在你遇到危险的时候，它会尽量帮你抵挡的。"

火儿笑眯眯地盯着我，眼中划过一丝狡黠之色。

"在家，就好好地照顾阿宝，别让倩姨操心，要吃肯德基就自己下去买，知道么？"

我笑了笑，然后揉了揉阿宝的脑袋。

"知道了，你放心地去吧，现在都是阿宝照顾我，你还要我照顾他。"

火儿笑嘻嘻地吐了吐舌头。

随后我们便来到了顶楼，王鹰身子往前一滚，霞光一闪，一只通体庞大的巨鹰出现在我们的眼前。王鹰体表是棕色的翎羽，最为惹人注意的是他的眼睛。他的双目十分凌厉，就如同一把利刃一般能够穿透人心。

我们在上面坐好之后，王鹰双翅一扇，便带着我们飞上天空。

青冥手里捏着白如冰的那根翎羽，放在掌心之中，然后张口一喷，一团三色火焰从他口中喷出。我知道，这是三昧真火，在三昧真火的煅烧之下，这根翎羽忽然就化为一个晶莹剔透的罗盘，罗盘上有一根牙签般大小的指针，为我们指明了方向。

我们在上千米的高空飞行，虽然现在是夜间，但是只要略微地施展一下秘术，还是能够看清下方的情景的，特别是对于我来说。

下方的建筑越来越小，城区已经开始消失，慢慢地往山区飞去。

我双目微微闭起，开始勾动起天上的星辰之力，这种绝佳的机会，我又怎么会错过？

也不知道过了多久，我忽然感到身下一阵剧烈的晃动："出什么事了！"我问。

"有人在攻击我！"王鹰回答。

"妖孽，哪里走！出鞘！"话音刚落，远方飞来一道道青色剑光，铺天盖地地往我们激射而来。我仔细一看，发现这剑光之中包裹着一柄两尺来长的青锋剑，锋利无比，并且这剑好像有灵性一般，在万里虚空飞行，居然不落下来。

我从胸口抓出七星镇魂剑，剑诀一引，身后旋转七道剑光，护住了王鹰周身。

"咦？难道这是七星镇魂剑？难道是七星门的御剑术？"

一道清朗的声音从远处传来，听声音，对方是个年轻人。

"在下乃七星门的掌门，你又是何人？"我反问对方。

"下去说话。"青冥指示王鹰向一个山头落去。我们站定后，远方的那团白云忽然散裂开来，一个模样俊俏的少年脚下踏着一柄青锋宝剑，来到我们面前。

"你真是七星门的掌门？那这个妖物又是？"少年望着我。

"七星镇魂剑是历代掌门的信物，还能有假？至于这头鹰妖，你就当是我坐骑便可以了。"

王鹰听到我的话，脸色一片铁青，但是又不好开口说什么。

"原来是这样，都是剑宵冒失，对不住了。"少年双手抱拳，脸上露出一丝尴尬之色。

"你又是何人？灵界的几大宗门似乎并没有使用剑术的门派。"

"我……"

少年听我问他的来历，一下变得支支吾吾起来。

"执法长老！"

青冥冷哼了一声。

"你怎么知道？"少年诧异。

"这么年轻的执法长老？青冥，你不是说这些执法长老都消失不见了吗，怎么会出现在这里？"我不解。

"青冥？你是元道宗的青冥？地藏王转世之身！"

青冥点了点头，反问："虽然我没见过灵界的长老，但听说灵界的执法长老一共有五人，现在出现了你一个，其余四人到哪里去了？他们不是秘密坚守在封魔地么？"

剑宵回答："他们都死了，我只是他们收的弟子而已。听师傅们说他们确实在暗中监视着封魔地，但是有一日五人正在闭关，忽然有魔头闯入，施展白骨法相重伤了正在修炼的师傅他们。不过五位师傅虽然受了重创，但还是逃了出来，然后一闭关就是数年，并收我为徒。那个魔头也受了不小的伤，但是并不足以致命，就在不久前，师傅们得知大劫降临，而他们伤势又十分严重，就施展秘术，把道行都传给了我，让我出来阻止这次大劫。而我这次就是要去汇合三大宗门，联手对抗太清宗和魔门，找出那个魔头，为五位师傅报仇！"

听了剑宵的话，我问："白骨法相！难道是白骨魔君？"

青冥笑道："我猜肯定不会是白骨魔君。即便是偷袭，白骨魔君也不可能同时面对五位执法长老的。如果我猜得没错的话，应该是白骨魔君的师傅。你还记得黄粱魔君么，他想带走苏茉儿的母亲，就是为了给他师傅疗伤。"

我恍然大悟："哦，我想起来了，元道宗的乌啼掌门也说过此事，他说白骨魔君背后还有个厉害的角色，想来就是白骨魔君的师傅了。"

剑宵点了点头："嗯，真让你们说着了，正是如此……"说话间，我和剑宵青冥等人跨到王鹰背上，几个人边赶路边聊。谈话中，我得知万剑门与七星门几千年前原来就是至交，还知道了万剑门有个极厉害的法器，万剑葫芦……

小狐狸和青冥坐在我和剑宵后面，青冥主要负责掌握方向，小狐狸看剑宵与我聊得兴浓，便没怎么插嘴。王鹰飞行的速度快如疾风闪电，没多久，便听空空儿喊起来："到了，好快啊！"

向下望去，地面上出现了好几处火堆，然后还有几十顶帐篷散落在半山间，王鹰往下落去，一群人围了上来。

"青冥、无常，快点，就等你们了。"乌啼掌门跟我们打招呼。

山间伤员很多，周围一阵阵的痛苦呻吟、哀嚎，几大门派都来了，和尚们多是无量寺门人，道姑们多为清心观弟子，此外就是元道宗的乌啼和他的弟子们。

"咦？这位是？"乌啼掌门盯着剑宵，沉声问道。

"执法长老，剑宵。"

剑宵忽然伸出手，亮出一枚灵界长老执法令牌，乌啼神色一变：

"执法长老终于肯露面了，没想到竟然如此年轻。哦，对了，程素素和山鬼苏茉儿来了没有？"乌啼转首问青冥。

"没来。"青冥回答。

"就指望她们呢，咱们这里很多人中了鬼毒。"乌啼掌门一副欲哭无泪的表情。

这时王小悠也过来了，我问她："青薇和空玄一前辈呢？"

小悠一笑："白师兄来了，不就成了？更何况青薇太上长老赐予了我清心神符和散魂葫芦，牧力将军也随我一同来了。"

"哦，原来如此，清心观无人伤亡吧？"

"哎，又怎么没有伤亡？现在门中有不少弟子中了奇毒，就连水云儿师妹也中了毒。"王小悠脸色有些难看地低声说道。

"掌门，水云儿师姐的毒又发作了。"一个道姑急急跑来，向王小悠报告。

我看情况紧急，对青冥说："这里你先安排着，我先和小悠去看看水云儿。"

水云儿脸色苍白地躺在床上，头发凌乱，黄色的斗笠放在一旁，她手臂上的青色袖袍卷起来，白皙的手臂上一个触目惊心异常狰狞的鬼脸……

水云儿异常痛苦地挣扎着，伤得很严重，见状我赶紧摸出随身小包，问："清心观一共有多少弟子中了此毒？其余门派中毒的人数多吗？"

"一共有三十六名弟子，元道宗有四十二名弟子中毒，无量寺有二十八名弟子。"王小悠回答。

"嗯，幸好不多，这种鬼毒确实十分难治，但不久前青冥也中了此毒，我花了好大工夫才弄回了解药。这个小瓷瓶之中有五十颗鬼丸，你给受伤的门人各自服下一颗便好。剩下的鬼丸你留着，以备不时之需……"

"多谢师兄赐药。"

"不用谢。好了，我去元道宗和无量寺那边看看。服下鬼丸之后，便可运功调养了。好好恢复，这一战凶险无比，我可不愿意这些清纯可人的师妹们身死道消。"

🌀 又见张大山

来到元道宗的帐篷前时，寒莫枫快步迎了过来："无常哥，这么快就来了。"我点了点头。寒莫枫又问："茉儿怎么没有跟过来，之前我离开的时候就跟她讲过了，我跟她会在这里汇合。"

我叹了口气，把茉儿最近发生的事情告诉了寒莫枫，告诉他今后要多关心茉儿。然后我又问："怎么不见青冥、小狐狸和乌啼掌门，还有白如冰，他们都去哪儿了？"

"嗯，是这样的，有灵界的弟子发现不远处有魔门弟子的踪迹，白如冰和一些长老便赶过去了。就在不久前，他们派人回来求援，掌门这才带着青冥师叔他们赶过去了，连执法长老都赶过去了。"寒莫枫回答。

"全都过去了？如果魔门和太清宗的人过来偷袭，那这些弟子怎么办？他们大多可都中了鬼毒！"

"放心吧，玄梵掌门在这儿呢，又有哪个妖孽敢来？还有青冥师叔说无常哥带了解药鬼丸，不正好解毒么。"

"好了，这瓶鬼丸交给你，中毒的人只要服下一颗再用法力调理便可，你发给元道宗的弟子，我去无量寺看看。"

我从包中掏出一个小瓷瓶递给寒莫枫，然后转头对大公鸡说，武羽，你随我来。

还未到无量寺的地盘，就看到一个手持黄金禅杖的小和尚站在那里，冲着我点头微笑。我同样报之一笑，可能是因为前世的原因吧，我对这和尚格外有好感。

"见过玄梵大师。"我双手合十。

"白施主无须多礼，贫僧愧不敢当。"玄梵的声音很好听，有一种温厚的感觉。

"这是鬼毒的解药，还望大师赶紧发放下去。"我掏出青色小瓷瓶递给玄梵。待他接过瓶子之后，我转头望向远方的火堆。火堆旁边围着一圈僧人，我发现在一个不起眼的角落，有一个白眉长须的老僧，他低着头，一动不动地端坐在那，如同一块磐石一般，我能够感觉到他身上有一股不同寻常的气息。

似乎是察觉到我在观察他，那老僧抬起头来，盯着我，露出一丝莫名的笑意。我一怔，再看时，却发现那老僧一动不动的，仿佛生机断绝了一般，就好像我刚才看到的都是幻象，好像他从来没有睁眼看过我。

"嗯，谢谢白施主了。"玄梵接过瓶子，脸上露出欣喜之色。

这时王小悠又来找我："师兄，请过来一下。"我带着武羽进了清心观的帐篷，发现水云儿已经醒过来，她手臂上那个鬼脸已经消失不见。

"多谢白师兄赐药。"水云儿挣扎着想要站起来。

我摆了摆手："不必多礼。大伙都小心些，我总有种不祥的预感。"

"师兄是担心白骨魔门来偷袭吗？这次白骨魔君和准旱魃都来了，白如冰无法抗衡，这才向你们求援。现在乌啼掌门和青冥、执法长老都赶了过去，估计白骨魔君他们是无力分身偷袭我们的。"

"可别忘了还有太清宗的。"

"太清宗纵然厉害，也不敢轻易来偷袭我们，因为此地有无量寺的掌门玄梵坐镇，虽然玄梵年纪轻轻，但实力深不可测。"

王小悠神色稍缓，脸上露出一丝笑意。正这时，忽听外面有人叫嚷："你们让开，胖爷我就不能吃个烧烤么，你们犯得着这么拦住我们，你们这些小和尚，都给我滚开，胖爷我才解了毒，我容易么？我身子虚得很，要是我瘦了，拿你们开刀！"

我一听，声音好熟悉。出去一看，只见元道宗的那些弟子们正在烤肉，一阵阵香味扑鼻而来。一个胖和尚被人拦在外面。

"张大山，好久不见了。"我跟那和尚打招呼。此人我以前见过。就是跟我们下过安庆平山古墓的张大山，他的侄女李梦琪以前还是我和青冥的学生呢。后来在回龙山的邪墓里，我与他也多有交集。

张大山猛然转过头来，小眼睛里冒出精光："无常小帅哥！"说完张开双臂跑过来。我怕被他那身肥肉压出毛病，赶紧退了几步，问："你也中毒啦？我说那会儿没看到你呢。"

张大山估计也知道我怕他那身肥肉，在离我一米远时站住了，喜笑颜开地搓了搓手："我道是谁给的解药，原来是你，看来我张大山就是福缘深厚。这下可好了，好久没有看到你了，这些年我都在四处捞钱，好久没有回永和了。"

说完张大山得意地晃动着手指，他的十根肥手指上都戴着宝石戒指，就连脖子上都戴着一条拇指粗项链。

我和张大山聊了起来……正聊着，忽然闻到一股腥臭的味道，有些熟悉，又说不清楚。就在我心生犹豫的时候，远方忽然传来一声声嚎叫声。

"咦？难道这山里头还有狼不成？"我问。

张大山这时却脸色一变，说："这不是狼，这是尸的叫声！"

🔅 白眉老僧

"尸叫声？难道是魔门之中的人偷袭过来了？不是说白骨魔君被阻截了么？"

我向远处看去，只见山林之中有红色的身形幽幽地闪动着，见到这个红色的人影我一下就想到在太白山脉，枣儿村后面的坟地里遇到的那些红衣邪尸，这些绝对是尸门传人所驱使的邪尸。

"大家小心，有邪尸攻来，全体戒备！"

我还没说话，一个洪亮的声音已响了起来。随即，我们的宿营地中央的那张清心神符陡然间光华大作，一道道青色光霞呈波浪状往周围倾洒，周围几大宗门的弟子都动作熟练地脸向外围成一个大圈，我们便落在了圈中。

"叮铃……"

一道道清脆的铃铛声很诡异地从远方传来，在风中响着，说不出的惊悚。

"尸门的驱尸之术，没有魔门带领，他们又怎么敢单独来此？不对，绝对不止这些红衣邪尸，只怕是还有更厉害的人物，说不定太清宗的掌门或者太上长老都亲自赶过来了。"

我低声说道。张大山听了我的话，收起嬉笑之色，一把抓住我，沉声说："跟我来。"

也不等我回答，张大山一把扛住我，往无量寺的阵地跑过去，武羽紧紧跟在我身后，到了无量寺的帐篷之后他才把我放下来，说："无常小帅哥，你我相识一场，你又是我侄女梦琪最喜欢的，今天这一战，不管结果如何，我都不会让你受伤的，慧能，好好照顾他。"

"嗯，好的，大山师叔。"一个十一二岁的小和尚应了一声。接着冲我咧嘴一笑，不等我反应过来，便拉着我进了帐篷。武羽却没有进来，而是守在帐篷之外。

我好奇地打量着这个小沙弥，如此小的年纪，怎么可能也会来这里？这无量寺难道已经没人了？

帐篷里面很空旷，中央坐着一个老僧，这个老僧就是之前我见过的那个白眉老僧，我好奇地打量起他来。他忽然睁开眼，冲我一笑。

"白施主果然还是来了。"

老僧的话很有魔力似的，未曾见到他开口，他的声音便落在我的耳中。

"你……你到底是谁？怎么会知道我来，而你又怎么知道我的名字。"

我一惊，有些讶异地开口了。

白眉老僧又是一笑："慧能，泡茶，白施主，你既然想知道，何不向前来，贫僧跟你细说。"

小沙弥愣了一愣，跑到另外一边，拿出一个黄色蒲团放在白眉老僧对面，接着转身跑出了帐篷。

我盘腿与白眉老僧相对而坐，他的神色很安详，这时候帐篷外面已经开始有诵经之声，我甚至听到了六字大明咒。

我问："大师是无量寺的太上长老吗？"

老僧点了点头，说："多谢你救了我的记名弟子。"

"记名弟子，哪个？"我皱眉。

"我那记名弟子不谙法术，在珠崖岛当警官。"

"哦，林警官。我说呢！"我想起在珠崖岛中过鬼毒的那位林警官。

"不错，我徒儿的这次劫难还多亏你才能度过的，你就安心呆在这，有我白眉在，谁都伤害不了你。"白眉老僧继续开口说道。

外面的厮杀声越来越响，帐篷内，老僧却陪我不慌不忙饮起茶来。

"大师，难道你不心急？外面来的可是红衣邪尸，还有尸门传人。"

"小角色而已，厉害的还没来呢。如果这点他们都抵挡不住，又如何磨炼？"

说完，白眉老僧拿起紫砂杯轻轻抿了一口茶，满脸享受之意。

"厉害的？莫非是太清宗的大人物要来了？"

"如果我推算不错的话，那个老家伙金元子会来，而且他的徒儿太元子也会一同过来，只是不知道其余的护法长老是否会到？"

白眉老僧说到这里的时候，脸色终于变得凝重起来。他的身子十分枯瘦，皮肤干瘪，看上去就跟龙婆差不多。我有些担心，他说的这些人物，我们是否能对付得了。

"大师，我知道上一场交锋咱们这边是落败了，这场交锋也是凶险无比，不过我很奇怪，那些魔门中人居然甘愿为鱼饵，引动我们这边的主力，然后太清宗亲自来偷袭，难道他们没有算准大师你也在这？"

"我也是刚赶来的，门中很多弟子都不认识我，别人自然更是如此。这一次我们这边凶险无比，如果他们那边只来了一位太上长老和掌门还好，若是几位太上长老全部出动，那咱们就麻烦了。不过我知道白施主是能够抗衡一位太上长老的，贫僧也能够抗衡一个，而对方的掌门由玄梵对抗，如此算来，咱们的胜算也在五五之间，只要没有外力介入便可。"

白眉老僧缓缓说道。

"听说太清宗的太上长老一共有三位？"

"嗯，不错，很多年前太元子还不是掌门的时候就已经是三位太上长老了，分别是金元子、玄元子、火元子。"

"我想，玄元子不会来了，我跟玄元子打过交道，他绝对不会帮助太清宗的。"

正说着，忽然武羽闯进来报告："师傅，不好了，已经有太清宗的弟子往清心观的帐篷厮杀而去，那些女弟子身上的鬼毒还没有驱除干净，只怕抵挡不住了。"

"我知道你坐不住了，你先去吧。"白眉老僧示意我先去清心观那边看看。我退出来，从背后取出事先早已准备好的泄尸针。我将一把泄尸针递给武羽，说道："这是泄尸针，从今以后就是你的法器了。"

　　武羽笑得合不拢嘴。我们飞快地向清心观众弟子那边跑去。这时候清心观众人已经被太清宗的弟子包围了。

　　"哼，识相的赶紧滚，你们欺负清心观没人么？"

　　我怒视着那些太清宗弟子。

🔅 太元子

　　这群太清宗弟子有数十个人，每个人手中都有一把桃木剑，他们呈一种玄奥的阵势排列开来，桃木剑上闪烁异芒，每次挥动，清心观的女弟子们便会发出阵阵惊呼，有些女弟子甚至被这些剑光斩伤，跌落在地。不过有清心神符的光霞加持，清心观有不少弟子也祭出了斩鬼飞刀，还有王小悠，自然也能独当一面。若不是因为小悠在，清心观只怕早就溃散了。

　　"师傅，我去帮忙。"

　　武羽抽出泄尸针，一脸兴奋地开口说道。

　　"不用，我来。"

　　我从包中掏出表哥那个小小的养尸鬼棺，盯着对面那些太清宗弟子，我敲了敲鬼棺，开口说："关小鬼，出来吧。"

　　说完我把养尸鬼棺一抛，赤红的鬼文滴溜溜在鬼棺之上流转起来，棺材缓缓膨胀、飞起，棺材盖忽然打开，关小鬼两只小角冒了出来，然后跳到地上，手里拿出一块黑黝黝的令牌，令牌上面刻着"万鬼"二字。

　　"万鬼令牌，号令万鬼！"

　　关小鬼举着令牌口里念念有词起来，接着令牌冲着这些太清宗弟子一挥，周围忽然生出阴风，鬼哭狼嚎，一团黑云从养尸鬼棺之中翻滚而出，一道道鬼影扑向太清宗弟子。

　　有了这些厉鬼的帮助，太清宗弟子瞬间乱作一团。

"聚阴！"

关小鬼又掏出一块巴掌大小的令牌，上面写着聚阴二字，这便是聚阴灵牌了。关小鬼手持令牌，疯狂地在空中狂舞起来。

周围阴气更甚，方圆百里的阴气全部汇集过来，黑雾之中的鬼影受此阴气一激，越发来了精神。

"清心观的弟子全部进入帐篷。"

我感到周围的阴气越来越盛，连我都有些恐惧起来，我生怕这些厉鬼会误伤清心观门人。

王小悠果断地带领着这些清心观弟子进入帐篷。刚进去，周围的阴风便狂吹而来，一只只鬼手从黑云之中探出，狠狠往下抓来。

一声声惨叫声里，太清宗弟子瞬间土崩瓦解。

"哼！想不到所谓的清心观门人弟子还会招来恶鬼，这不是魔门又是什么？"

一道紫色的剑光当头斩下，这黑云硬生生地被劈成两半，一位乘着白云的中年道士出现在头顶。在庞大的阴气作用下，这些黑云又缓缓凝聚起来，不过那个道士这时突然手腕一抖，一道道黄符倾洒而下，竟然是驱鬼符。

"关小鬼，你们速退，我来吧！"

见那驱鬼符十分厉害，我连忙撤下阴兵。心里想着，看这人年纪样貌，应该是太清宗的掌门太元子。

"小子，想不到你竟勾结邪门歪道，看来我今天是留你不得了！"那道士手指一点，一道紫色月牙状的剑光斩了下来。武羽忙拦在我面前，双手化为五色彩翅，冲着那道剑光狂扇翅羽，无数五色光羽从翅膀之中激射而出，撞在那道剑气之上，发出轰然炸裂声。

"不知死活的妖怪！且吃我一记太乙雷符！"

就在武羽翅膀还没收回之际，一道黄符当空落下，化为一道翠色光霞，闪电般袭来。我脸色一变，好庞大的气息，并且很熟悉，这是太乙秘术之中的乙木神雷符！

"快躲开！"我一把推开武羽，但还是慢了一些，一道厉光击在武羽的翅膀上，武羽的翅膀一晃，化为手臂，手臂之上焦黑一片，露出发黑的血肉来。好厉害的符雷，仅一击，便让拥有三百年道行的武羽身受重创。

"你退下，让我来。"我掐动法诀，往天上飞去。下方传来武羽的声音："师傅，小心。"

"你就是太元子吧？我好久都没开杀戒了，今日就是我为外公报仇的时候了。"

我盯着太元子，冷声说道。

听我外婆说，当初外公被邪灵附体，太元子不分青红皂白出手，导致我外公肉身死亡。我外婆一直都用凝魂香供养着外公，二人阴阳相隔几十年，这种与心爱的人分离这么多年的痛苦，是常人无法想象的。

"你，你难道是柳莺的外孙，你是白无常！"

太元子脸上露出震惊之色。

"正是。"

"念在我师弟与你交情匪浅，你又过继在他的名下，我今日便不追究你与邪门歪道混在一起的事了。你速速离去，我便饶你性命。今日除了我之外，还有两大太上长老前来，识相的话，速退。"

太元子脸色恢复平静，冷冷地冲着我开口了。

我知道他讲的是以前在地府担任阴差头领的干爷爷。我冷声说道："笑话，今日就是你太清宗全部来了又如何？我倒要看看你们能够翻起什么风浪！"

"你当真不肯离开这里？这是我最后一次的警告，你若不走，就别怪我废了你的道行。"

"我还怕了你这个老杂毛不成？"

我嘲笑道，这也是我的一大战术，利用言语来激怒对方，让对方情绪不稳，静不下心来。

太元子怒了，伸手打出一道翠色闪电，我早有所准备，扣住一道火雷符往对面扔去，火克木，此符刚刚扔出，周身便是赤色光霞卷动，一道手臂般粗细，赤红色的闪电激射而出，正好撞上了那道翠色的乙木神雷。

"轰隆！"

翠色的乙木神雷被火雷一举击溃，虽然能量小了不少，但火雷依旧如同一条灵蛇般往太元子撕咬过去。

太元子伸手抽出乌黑桃木剑，左手掐了个法诀冲着桃木剑一点，这桃木剑之上便泛起一道紫色的光华，太元子持剑在赤色火雷闪电上连连挥动，几道紫芒从桃木剑之中飞出，片刻间就把这条赤色闪电给绞碎了。

"你……你怎么会太乙秘术之中的五行雷法！你到底是谁？"太元子惊问。

第九章　五雷对轰

太元子阴冷的声音传来，在他烧焦的肉身之上忽然冒出一团紫色的霞光，霞光陡然间就化为一个数丈之巨的太元子，他悬浮于半空之中，那柄能量锐减的桃木剑围着他徐徐转动起来。

　　"太乙秘法是你们太清宗的不传之法，我现在能够施展出来，你是不是觉得很诡异？"

　　看着太元子惊怒交加的模样，我心里涌出一阵说不出的爽快。

　　"太乙秘法原本就是不传之法，你不肯说，我便当你偷学我太清宗的至高秘法，即便杀了你，也有借口了！"

　　太元子说完，并没再次施展出太乙秘法，而是手持乌黑的桃木剑，嘴里念念有词，一道道紫色的霞光开始在桃木剑之上流转起来，这柄桃木剑瞬间变成漆黑的模样，并且上面还绘制了一些细小而繁杂的驱邪符文，看起来很不一般。在他施法的过程中，我看到他周围的阴邪之气都被驱除得一干二净，当真不可小觑。

　　"既然你不用秘法，那我就用七星门的御剑之术来会会你。"我心里默念起七星门的御剑口诀，我要施展飞剑杀人之术。

　　飞剑杀人，十里之外取人首级！

七星镇魂剑冒出一道淡淡的星辰之光，并且嗡嗡地震颤起来，仿佛随时都要脱手而出，大杀四方。

　　下方的那些被厉鬼所伤的太清宗弟子都被清心观的弟子们捆绑起来，然后用符箓禁锢住他们的法力。

　　而那数百红衣邪尸纵然厉害，但是也无法突破进来，特别是无量寺还布置了一套三十六天罡金刚伏魔阵。

　　金刚伏魔阵一旦施展开来威力无穷。三十六套棍法舞动之间光华万千，那些红衣邪尸根本就抵挡不了伏魔阵的威力……

　　至于元道宗那边，则是漫天大火，一道道火海狂涌而出，铺天盖地，但这些都是符火，只对邪物才起作用的。

　　"七星御剑术！"

　　我伸手往虚空一抛，七星镇魂剑破空而去，在空中十分灵巧地旋转了一下，嗖的一声，闪电一般弹射而出，速度奇快无比。

　　太元子猛然一声暴喝："太乙御剑术！"一抹紫光飞出，与我的七星镇魂剑缠斗在一起。

　　我深呼一口气，不敢怠慢，虚空一划两道布满雷光的符文在空中狂闪起来。

　　"五雷轰顶！"

　　两道声音几乎同时在虚空之中响起。我和太元子几乎同时使出了五雷轰顶秘法。

　　我可以很清楚地看到对方头顶之上浮现出一道雷云，雷云之中闪烁着五色雷电，我也能够感觉自己的头顶上浮现而出的雷云，我冲着对方的头顶一点，身前的五雷符轰然一闪没入对面的雷云之中，雷云之中蕴含的闪电被我的符箓牵引之后，倾洒而下。

　　"糟了！"

　　我感到我头顶上的轰鸣声，吓了一跳，因为我头顶之上也同样是五道雷霆轰然直下。五雷轰顶的威力我是知道的，若是被劈中，哪还有活命的道理？更何况这一次争斗，我们都是毫无保留地出手！不过太元子也是同样一副惊恐之色，我无心管这么多了，因为雷霆落下的速度快得让我几乎反应不过来。忽然之间我有点后悔施展腾云驾雾之术了，因为如果在地面之上若没有被劈死，还能存活下来，但是现在在高空之中，就算没有劈死，也会摔成肉酱。

这时候有一道金光和紫光急速飞过来，那道金光悬于我的头顶之上，化为一个金钵，我心里大喜，这肯定是白眉老僧出手了，我一边往下落去，一边从包中摸出各种攻击符箓往天空扔去，一道道绚丽的霞光从天空之中倾洒而下，更多的是爆裂声，周围的黑云雾气全部被粉碎。我的这些符箓根本就起不了多大作用，因为五雷轰顶是五行结合生生不息的，就连那个金钵也有些无法承受，仿佛随时都会溃散。

太元子的情况也好不到哪里去，那道远处飞过来的紫光化为一个罗盘，射出道道紫芒抵挡着空中的雷电。不过我发现对面的五色雷电之中蕴含了一丝丝星光，威力比起原来的五雷轰顶更是大了不少。太元子同样从身上扔出不同的符箓攻击那些散落的雷电，身上的紫金道袍都被烧焦了大片，就连发髻也散了。

我现在很犹豫，要不要趁机驱使七星镇魂剑杀了他，下一刻，我头顶上的金钵陡然炸裂开来，化为无数道金色的碎片散落在虚空之中。虽然五雷轰顶的威势小了不少，但是依旧让我心惊，我立刻招出七星镇魂剑护住自己。有了七星镇魂剑相助果然好了很多，虽然有些雷霆落在我的身上，让我狼狈不堪，但是以我现在的强悍能力，还是不足为惧的。

就在此刻，五道雷霆忽然凝为一团，呈混沌之色地劈了下来，七星镇魂剑竟一下就被劈出去，混沌雷电狠狠撞在我的胸口之上。

这一刻，我觉得我的身子都要被撕裂开来了，一股难以言明的剧痛传来，不过一条金色的火蛇从我胸口盘旋而上，狠狠地噬咬这些雷电，最后同归于尽。我感觉自己的身子都僵硬了，看到这条金色的火蛇出现，我就知道我保住了一条性命，这可多亏了火儿，因为正是他送我的翎羽救了我一命。

现在离地面不远了，摔下去，顶多是个伤残人士，不过我看到太元子的模样，倒也觉得值了，因为他比我更惨，全身都几乎烧黑，不过那五雷也消散不见。

"师傅！"

武羽接住了我，见是武羽，我心里松了口气。

"小子，居然把我的肉身毁得如此严重，我就是元神出窍也要杀掉你！"

太元子阴冷的声音传来，在他烧焦的肉身之上忽然冒出一团紫色的霞光，霞光陡然间就化为一个数丈之巨的太元子，他悬浮于半空之中，那柄能量锐减的桃木剑围着他徐徐转动起来。

"小心，这是他的元神法相，几乎是他所有的法力凝聚而成，十分恐怖，无常哥快逃！"

寒莫枫的声音远远地传了过来，与他争斗的是一个年轻的道士，能够与寒莫枫纠缠这么久，看样子是太清宗的精英人物了。现在与无量寺掌门玄梵和白眉老僧纠缠的只怕就是太清宗的两位太上长老，他们也真够疯狂，都是孤注一掷，倾动全力。

"白施主快走，贫僧被金元子拖住，无法施以援手来救助你！"

白眉老僧的话，远远地传来，话语之中有几分担心的意味。

而远在千里之外，正在做功课的火儿忽然全身一震，身子颤抖起来，就连脑袋上的头发都开始燃烧起来。

"火儿哥哥，怎么了？"阿宝问道。

"我给小白种下的本命翎羽刚才毁掉了，小白肯定是受了重伤，不行，我要去他那里。趁着我的火能量没有消散，我能够找到他们的位置，我……我要烧死欺负小白的人！"

🌼 白衣少女

白眉老僧的话是在我的脑海之中响起的，别人并没有听到，武羽见到空中的巨大元神法相，二话不说，抱着我就逃。

"逃不掉的，放下我吧，无论如何都要护住我的肉身，我去对付他。"

我抬起眼睛，盯着天空之中太元子的巨大法相，冷哼了一声。

武羽愣了一愣，便明白了我的意思。他放下我之后，我便盘腿而坐，深吸一口气，施展出星辰法相。

一团星光从我天灵盖之中冒出，盘旋而上，十多丈之巨的星辰法相出现在太元子的元神法相对面。太元子的法相面若死灰，不过他依旧不甘心，桃木剑在他的手中同样是化为一丈大小，狠狠往我的法相斩来。

我伸手冲着那些剑光一点，周身的星辰之光立刻从我身边蜂拥而出，撞向太元子的紫色剑光，发出剧烈的爆炸声，如同烟火一般绚丽。

"遥借星君之威，七星神雷镇压四方妖魔，星辰法威诛阴神！北斗星君急急如律令！"

七团星辰之光迸射出庞大的能量，从四面八方涌过来，太元子的元神法相立刻就被困在了里面。

见到这几团星光，太元子大惊失色，喝道："太乙大帝，借此法威，护我元神，万邪莫近！太乙护身法钟，急急如律令！"

太元子情急之下，嘴里发出一声怒吼，手中的桃木剑一松，此剑立刻化为一道紫色的霞光护住周身。接着他双手掐动起古怪的法诀，顷刻间身体表面浮现出一层土黄色的光罩。这个光罩如同寺庙之中的晨钟，完全罩住太元子的法相，此钟表面上歪歪曲曲地印着古老的符文，一切看起来都似乎是那么的虚无缥缈，但是给人的感觉又是十分浑厚。这个土黄的光钟表面除了古老的符文，还有一个徐徐流转的太极图，这个组成太极图的阴阳鱼在缓缓地流转着，在吸收天地之间的能量。

"姜还是老的辣，看来你的太乙秘术修炼得差不多了，居然连太乙护身法钟这等绝佳的防御秘术都能够召唤出来。我知道此术的厉害，一旦施展了太乙护身法钟，就算是鬼王都无法轻易破开。不过，你若是想凭借此术来破掉我的北斗七星大阵，简直是妄想。"

"你居然能够修炼出七星门的星辰法相，倒是小看你了。好，你要我死，我就拉你垫背，别以为你修炼了星辰法相我就怕了你，你现在的肉身同样是受了重创，你施展这么强大的法术，我就不信你能够承受得住！"

太元子怒极反笑。

"诛！"

我感到远方的星辰雷云蕴含的能力差不多了，伸手再次一点，太元子周围的星辰之光迸射出一道道银色的光霞，照耀十方，如同白昼。

"轰隆……"

一声声雷鸣声络绎不绝，整个天空都为之震颤，一团团星辰神雷从漩涡之中喷出，狠狠地砸在那个黄钟之上。但当这一团星光消散时，那黄钟依然是那副模样，竟毫发无损一般……

"太极阴阳，洞穿万物，破！"

我一声怒喝，星辰法相之中又加入了我的太极眼，在我的强大威势下，黄钟上的太极图被破掉了，黄钟立刻呈现出不支的状态，最后竟直接撞碎，太元子的哀嚎声响彻天地之间，元神瞬间化为飞灰。

我终于松了口气，但是下一刻，我身前的虚空忽然撕裂开来，一个身材苗条，穿着白衫，长发，五官精致的少女出现在我的面前。她一见到我，脸上旋即露出一丝冷笑。看到这个少女，我仿佛看到了一个月光仙子一样。

我此刻的星辰法相能量几乎耗尽，我正打算回到肉身之中，那个白衣少女忽然伸出两根手指，往我的眼睛插来。

我大骇，本能地一扭头，躲过这一击。接着便听到她一声冷笑，突然一掌印在我的胸上。我还没有来得及多想，这具星辰法相就溃散开来，化为无数道星辰之光往下落去，这股力量实在是太强大了。

我的肉身忽然一震，吐出大口鲜血，我的意识变得非常模糊。但是我知道，我一定要收回这些星光，否则我的元神也会因此消散。

这时候我只能凭借自己的意志，双目盯着虚空，看着周围洒落的星辰之光，张口一吸，这些星辰之光便往我口里蜂拥而入。

那个白衣女子见到这一幕，冷笑一声，伸手往下一拍，一股排山倒海的力量向我涌来。我想，这下只怕死定了，因为这一掌的威力十分强大，甚至超过了我对太元子的攻击力！

不过让我吃惊的是，武羽忽然飞腾而起，双翅再次幻化出五色光羽，这一次，我感到这些五色毫光如同浇了汽油一样，热浪滚滚。

"轰隆，"巨大的力道击在武羽身上，武羽直接被击出十丈之远，霞光一敛，武羽倒在地上，满身浴血，惨不忍睹。

韩小星也说过，这一次出来，九死一生。

我正要起来，但是身子却被一个手掌按住了。

"别分心，专心吸收你的元神，否则武羽就白白地为你挡这一击了。"

听声音我就知道是王小悠。我目光一转，发现还有寒莫枫、张大山站在我身边。

我忽然感到无比地心痛，好像是有人在上面狠狠插了一刀，双目之中忽然被一层血雾蒙住，一颗颗血泪流了下来。我依然张口吸纳着我散碎的元神，不敢怠慢。

"你到底是谁，为什么要偷袭无常！"

寒莫枫冷冷地低喝。

"你们敢阻止我收回三重身的能力，结果只有一个，死！"

一个奇冷无比的声音，仿佛是从九霄之上传来。

🌀 三目族柔儿

"你们快走！她是我的本体，三目族的柔儿，快逃！"

我心里微微一惊，猛然吸掉这些散落的星辰之力，拼尽全力地嘶吼起来。

这个少女站在虚空，宛如一个高高在上的王者，她双目看起来有些呆滞，额头之上却有一抹黑白交织的长痕，仿佛一只未曾打开的眼睛。她就这样居高临下地看着我，嘴角微微扯起，那双有些呆滞的眼睛杀机顿现，她的目光很奇妙，看向寒莫枫他们的样子，仿佛是在看蝼蚁一般，是一种不屑，更是一种漠然。

"我们不会走，如果我们走了，你就是死路一条。"

寒莫枫异常坚定地开口了。

"你们真不是她的对手，快走吧，再不走就来不及了。"

"走得了么？"

柔儿冷笑，盯着所有人。

王小悠神色一动，忽然掏出清心神符往我们头顶一扔，一道青色的霞光罩住了我们。之后她又掏出一个紫金葫芦，右手高高举起来，冲着柔儿所在的方向一拍，一股黄濛濛的风从葫芦口吹卷而出。这股黄风看起来有些重量，好像里面都是黄沙一般，我知道这是散魂风，人只要被刮到，立刻魂飞魄散，就算是修道之人也无法支撑多久的。这种怪风并不是吹拂而过，而是可以黏在人的身上，直到对方的魂魄消散才会离开。

我紧紧捏着拳头，摸着青冥给我的那个青铜戒指，戒指之中有一道治愈灵符，现在正在缓缓地治疗我的伤势。虽然效果微乎其微，但是有胜于无。我看着这道散魂风吹过去，心里微微一紧，希望这道风能够起到作用。

但是让我有些意外的一幕出现了，柔儿冷哼一声，白色的袖袍一拂，这股黄风倒卷而回，吓得王小悠赶紧收了这股黄风。

　　寒莫枫与张大山对视了一眼，身形微微一晃，一下蹿出。张大山身上的肥肉虽然一颤一颤，但是动作十分敏捷。寒莫枫虽然是单臂，但是并不影响发挥。见到二人攻来，柔儿身子微微一侧，躲过张大山的肉掌，接着反手一掌重重地拍在张大山身上。张大山好几百斤重的身体竟一下就被拍飞，滚落在一旁，他想爬起来，但是胸口一阵颤抖，喷出一口鲜血，便不动了。

　　寒莫枫见到这阵势，脸色变得极为难看。他咬了咬牙，右手往腰间一抓，数道黄符出现在手上，他猛地一掷，这些黄符在空中炸裂，化为一团团的火球呼啸而去。柔儿面无表情地伸手一弹，几抹寒光激射而出，直接洞穿这些火球，火球立刻就爆裂开来。

　　寒莫枫见到火球被击溃，手指法诀一变，这些散落的火焰又化为一片火海，转眼之间对面又被这些火焰所淹没。正当寒莫枫松了一口气时，身前忽然一道庞大的身影挡在他的身前，竟然是张大山。

　　"不动金刚！"

　　张大山一声大喝，身体表面竟浮现出一尊金刚虚影，这尊金刚是佛门的护法，周身金光流转，十分炫丽。

　　但此刻火海之中忽然一道白色身影掠了过来，破空之声大作，柔儿出现在张大山面前，冷笑一声，宛若白玉一般的手掌击出，张大山身上的金刚虚影一下就被击碎。张大山的身体再次被击飞出去……

　　我胸口剧烈地起伏着，一股滔天怒意冲上心头。在我眼里，整个世界已经变成了通红一片，我咬了咬牙，站了起来，浑身冒出滚滚赤红的烈焰，双目阴冷地盯着柔儿。

　　现在的我只有一个念头，就是撕碎了她！

　　"不错，不错，再努力一点。"

　　柔儿盯着我，忽然开口了。我忽然感到有什么阴谋似的，立刻想要镇住我这股念头，但是却根本不起作用。我一步一步地往柔儿走去，拳头捏得发出轻微的爆裂声。

这个柔儿，也就是我的本体，实力深不可测，给我的威胁甚至要远远胜过准旱魃固伦和孝。

我正准备出手，但身前虚空突然裂了开来，空空儿和青冥的身影出现在我面前。空空儿十分狼狈，嘴角溢出大片鲜血，他冲着我一笑，立即化为一只通体纯白色的小狐狸，看来伤得也不轻。

"无常！"

青冥唤了我一声，没有理会柔儿，手掌翻动，一个淡淡的卍字金印从手掌之上浮现而出，然后往我头顶之上压去。我立刻感到这股神秘的力量钻入我的脑海。

柔儿见到青冥的出现，明显一怔，但依旧徐徐地往我走来。

"你再上前一步，别怪我杀了你！"

青冥脸色很难看地转过头去，冷声说道。我看到青冥额头上的青筋都暴了出来，他上身的衣物已经消失，露出结实的肌肉，一层层金色的光霞从他身上浮现而出，整个人如同纯金打造一般。

"地藏金身！"

柔儿双目微微一眯，止住了脚步。

青冥转过头来，盯着我，一字一顿地说："一起镇压这股念头，别让邪恶占据了你！"

他的声音很有穿透力，我点了点头，一起镇压。

"你，你也受了伤，你挡不住我。"

柔儿清冷的声音传了过来。

"哦？你还有工夫呆在这？墨非本体现在只怕也要消散了，如果你现在走，兴许能够见到他最后一面。"

青冥转过头，狞笑一声。

柔儿一愣，冷声说道："你们根本就杀不死墨非！"

"他在空间之中拦截我们，我和小狐狸联手，小狐狸甚至动用了九字真言诛邪符，召唤出紫金神龙，而我又是施展出了地藏法相，你认为他能抵挡？"

青冥笑了笑，冷冷地说道。

"你……"柔儿忽然摸了摸悬挂在胸口之上的一颗青色的宝珠，想不到刚一碰到，那宝珠竟忽然碎裂开来！柔儿脸色大变。

"你们果然重伤了墨非，下一次，下次你们绝对不会有这么好的运气了！"

柔儿身子一晃，跃上半空，之后忽然转过身体，捏了个古怪法诀，伸手往空中一抓，一朵冰花出现在她的手中。这冰花巴掌大小，通体晶莹剔透，散发出森然寒气。

"看你们如何破掉我的冰系术法！"

柔儿说完，抛出那朵晶莹剔透的冰花，冰花滴溜溜一阵旋转之后，一层层肉眼可见的冰层从虚空之中降下来，产生一股极寒之力，几乎可以媲美白如冰的寒冰之力。而柔儿，这时也乘机飞掠而去。

就在我快要冻得昏过去的时候，远方忽然传来一声嘹亮的啼叫，一抹火光出现在我的眼眸之中。好熟悉的气息。朦胧中我看到一只通体火光四溢的飞禽振翅飞来，飞过的地方空间都扭曲起来，它身上的翎羽似乎都是由纯金之火组成，唯一可以分辨的就是那双眼珠，看起来是那么熟悉。我一笑，是火儿来了。

🌀 战况

我这次又受伤极重，若非青冥和小狐狸及时赶到，恐怕我就没命了。除了我，其他人也大都受了重伤。

我是在第三天时才醒过来的。醒来后，小悠正好过来看我。我问她："张大山、寒莫枫、武羽他们怎么样了。"

小悠回答："武羽被打回了原形，但是万幸道基未毁，只需要几年就能再次幻化人形。其余两位就没有那么好的运气了，特别是张大山，接连受到柔儿的攻击，全身经脉尽断，唯一值得庆幸的就是他身上的脂肪很厚，这层脂肪为他卸去了不少掌力，再加上他施展金刚护身，这才没死。寒莫枫五脏六腑都遭重创，现在还没有醒过来。小狐狸也被打回了原形，至今无法恢复人身。"

王小悠的话让我心里一阵阵发紧，但事已至此，别无他法，只能安心养伤了。之后，随着伤势的恢复，我又了解到更多情况。

一是在我昏过去的那一瞬，火儿赶了过来，化去了柔儿的寒冰之力；二是整个太清宗的精锐弟子皆被生擒，太元子已被我打得身死道消，另外两位太清宗太上长老，其中一个被白眉老僧打伤，另一个则被玄梵掌门和火儿联手，打得逃之夭夭，太清宗是元气大伤，短时间内是无力出来作恶了。

后来我又得知，青冥和小狐狸、白如冰、剑宵、乌啼等多位高手联手，已将白骨魔君和固伦和孝打成重伤，后来白骨魔君的师傅出现，才救走了二人。而青冥和小狐狸因为知道我有危险，与白骨魔君战到中途，便撕裂空间回来救我，但在撕裂空间后，竟然遇到了墨非的本体半路阻拦，于是青冥与小狐狸又大战墨非本体。情急中小狐狸动用了龙家守护灵符之威，青冥也拼尽全力，这才重伤了墨非本体，及时赶来救下了我……

此外还有一个更加重大的消息，一直盘踞不动的那个神秘妖王趁灵界与白发魔君等势力两败俱伤之际，竟然出手了，就连无量寺的玄梵都伤在妖王手上，另外无量寺的白眉老僧，元道宗的乌啼掌门，还有冰凤白如冰等几大高手，都被妖王用幻术困住了。但因我们现在伤亡惨重，一时之间还没有足够的力量去救他们。

伤略微好点后，我想出去走走，看看众人的伤势。我和青冥先去了无量寺那边的帐篷看望张大山。张大山躺在临时搭建的木床上，脸色苍白，一直没有醒来。他的经脉全断了，恢复的希望渺茫。

"不行，一定要把素素叫过来，否则这些伤员伤势恶化，那就很难处理了。"

我握了握拳头，低声开口了。

"嗯，一切随你就是，只要这些伤员一好，咱们便会前往封魔地了。"

青冥沉声说道。

"除此之外，真的毫无办法了么？"

听到白如冰要牺牲，我心里微微一寒地问道。

"真的没有别的办法了。"

青冥盯着我，缓缓说道。

我们走出了帐篷，正打算去寒莫枫那里，刚走到没一半，忽然眼前的虚空开始微微扭曲起来。

"小心！"

青冥立刻拦在了我身前，双臂打开，一脸戒备。

空间裂了开来，一道赤红色的身影从里面冒了出来，闻到熟悉的气息，我这才松了口气。赤红的身影清晰起来，原来是赤豹，赤豹身上面坐着手持山鬼杖、怀抱文狸的苏茉儿，茉儿后面是背着小医箱的程素素。

"青冥，咦，你身后这人是谁？木乃伊？"

苏茉儿笑吟吟地盯着青冥身后全身都是绷带的我，而程素素则笑出声来。

"你敢叫他木乃伊，不怕他撕了你的嘴啊，跟青冥在一起的人，除了无常还有谁？"

程素素冲我眨了眨眼，调皮地说道。

"不仅仅是我，帐篷之中至少有几十个伤员，茉儿，告诉你一个坏消息，你可要做好心理准备。寒莫枫出事了，现在都昏迷不醒。"

我开口说道。

苏茉儿的脸一下就白了。

"别担心，咱们去看看，我也是才能下床走动，还不知道他的具体情况。"

说完之后，我们往元道宗的帐篷那边走去。边走，素素边拉起我的左手，为我诊脉，快到帐篷的时候，才一脸惊讶地松开了手。

"好严重的伤，若是换了其他的人，你只怕早就死了，你不呆在床上，还出来走动，你是不要命了么？"

程素素板起脸，一脸诧异地盯着我，但是脸上更多的是嗔怒。

"不碍事，咱们先去看一下寒莫枫，他没事，我就放心了……"

看了寒莫枫，他伤得很重，幸好素素和茉儿及时赶来，才救他脱离危险。之后，青冥陪我回去休息，素素和茉儿又去看望另外几十位身受重伤的人。

一连几日，素素和茉儿紧急施治，大部分伤员的伤势都痊愈了。包括我，也重新焕发了活力。

但就在我们养伤期间，远处的大山中，出现了几道诡异的人影，这些人如同鬼魅一般在林中穿梭。

"周大人，你说这次咱们有几分胜算？上一次太清宗偷袭他们，听说双方损失都极其惨重。"

一个影子开口说道，他的声音十分怪异，好像硬生生地说出这些话一样。

"不用担心，现在太清宗和魔门都损失惨重，特别是太清宗，连掌门人都身死道消了！现在妖王大人又亲自出手困住了无量寺的白眉老僧，元道宗的乌啼掌门，还有一个几千年道行的冰凰，一时之间他们也无法逃脱。现在他们这里应该无强人了，如果杀了那个拥有太极阴阳眼的人，我想妖王大人一定会奖赏我们的。"

一个高大的影子，忽然在一株古树下停了下来，接着对着身后的几道影子淡淡地开口了。

🔶 影妖一族

"周紫轩，现在的情况对你们的刺杀很不利，你要记得，你师弟当初就是被他们所杀。你师弟可不比你弱上多少的……最好慎重一些。"

那黑影之前的古树上忽然探出一张人脸来，这张人脸看起来十分苍老，言语之中都透露着一股沧桑的味道，一股淡淡的妖气弥散在森林之中。

"这周围都是你的眼线，难道你没有观察清楚么，师弟的仇我一定要报的，对了这次有什么可靠的消息提供给我们没有？"

高大的人影声音依旧低沉，但是掩不住她的杀伐之气，她身形微微一晃，居然化为一个身穿黑纱的女人，只是她的容貌被一片黑气缭绕，无法看清她的真容，只有眼睛的部分，是一片通红。

"你让老夫亲近、亲近，老夫就告诉你。"

树上的人脸发出一声怪笑，忽然一根树枝化为一只大手往周紫轩高耸的胸部抓去。

"哼！"

周紫轩冷哼一声，手中一抓，一柄由黑色影子所化的长刀毫不犹豫地斩下去，那只手被斩断，又化为一截枯树枝。

"哎哟，紫轩还是这么火爆的性子啊，好吧，告诉你就是，其实这几天，我也没有他们的消息。"

"什么？你可是树妖，耳目众多，而他们营地周围都是树林，你怎么可能不知道？"

周紫轩冷哼一声，这株古树周围的影子忽然都蠕动起来，并且化为一柄柄森然黑色影刀对准了古树。

"别……紫轩我说的都是实话，虽然我可以号令这些树木当我的耳目，但是前些天有一股神秘的力量忽然把我隔绝了。那股力量是大自然的力量，虽然我是树妖，但是也无法和大自然的力量相抗衡。这种力量也只有山鬼才能掌握，我劝你们不要轻举妄动，能杀掉拥有太极阴阳眼的人固然是好事，但前提是你们要有足够的把握。"

"你放心就是，我们影妖一族，天生就有幻化成人的本事，我们只要幻化成人混入他们营地，就成功了大半。总之这仇我一定要报，我师弟好不容易从封魔地出来，只是去永和市吸了点阳气，就被那个拥有太极阴阳眼的人打得魂飞魄散，这一次我绝对不会放过他们的。"

周紫轩恶狠狠地盯着远方，出声说道。

"你可千万别这么说，虽然你有千年道行，这一次出来又带来了影妖一族的人，但是那个姓白的，一样能够克制你。你幻化成任何人，他的太极阴阳眼都能够看穿，我劝你还是别去，实在太危险了，妖王也只是让你们影妖一族做炮灰而已。"

树妖沉声劝道。

"哼，你一个几百年道行的树妖，竟敢说出对妖王大人不敬的话来，难道就不怕她处罚？"

周紫轩的声音提高了几分，显然很不满树妖的话，但是却又并未真正动手以示惩戒。

"她可是深海过来的，我知道她这次来的主要目的，其实是图谋封魔地的封魔殿，里面还镇压着她的一个故友。听说因为召唤噬日妖星的原因，她的朋友已经魂飞魄散，原本她是打算回去的，但后来她又想霸占灵界……"

"这些事情，你是如何知道的？"

周紫轩手掌的影刀顿时化为黑烟消散不见，声音也沉了下来。

"自然是她亲口讲的。"

树妖再次开口说道。

"你我修炼这么久，也实属不易，人都是往上爬的，更何况是妖？念你庇护我这些族人修行，这次诛杀白无常为你记功。"

"好吧，我再告诉你一个消息，之前那场大战，白无常差点魂飞魄散，元神受到重创，肉身也是如此。现在他应该还没恢复，很有可能都无法施展太极阴阳眼了，你现在幻化成他最为亲近的人，把他引到森林之中，兴许我能够助你一起杀掉他。"

树妖眼珠眨了眨，嘿嘿一笑。

"周大人，咱们难道要真杀了他么？大人可别忘了妖王大人的命令。"

其中一个影妖语气有些颤抖地问。

"妖王大人要的只是他的鲜血而已，妖王大人知道几个月后女娲墓会重新开启，并且打听到白无常的血里已经融合了女娲石，女娲石里面蕴含了很强大的力量，只有靠着这丝血脉，才能打开女娲墓。"

周紫轩沉声说道。

"这一次行动一定要小心，小心再小心，你们影妖修成人身已经是极为不容易了。"

树妖语气凝重地开口了。

"我知道我们影妖一族很难化为人型，但是只要化为人型，就很难死去，毕竟我们是影子所化，为了防止生出什么变故，我们先走了。"

周紫轩说完之后，也不等树妖答应，重又化为一道影子，往远方疾驰而去，她身后的几个影妖族人跟在身后，很快消失不见。

……

我住的这个帐篷已经被青冥重新改装了，我睡觉的头顶上帐篷已经被割开一大片，可以看到帐篷外的星空，让我修炼起七星秘术更加的方便。两侧同样被划开了，露出个不大不小的口子，很通风。青冥在帐篷外替我把守着，为了修炼星辰法体，我现在一丝不挂。

淡淡的星辰光华从头顶倾洒而下，一颗颗肉眼难辨的银色颗粒散入我的肉身之中。也不知道过了多久，我身体表面又镀上了一层银光，最后这些银光又没入到我身躯之中，恢复正常。

我睁开眼睛，看到青冥一脸笑意地盯着我，我心里微微一惊，这才发现自己身上还没穿衣物。

"你给我出去！"

我近乎咆哮地盯着青冥吼起来，原本青冥是在帐篷外面候着，但是此刻就站在我的床前，眼珠子一动不动地盯着我。青冥嘿嘿一笑，转身离开帐篷，见到他离开，我才慌忙找到了衣服。这时，忽然听到外面传来惊慌的叫声："有妖怪偷袭，大家戒备，准备作战！"

"无常，你别出去，我先去看看。"

青冥拨开帐篷，冲着我开口了，见我点了点头，他才放心离开。

但不一会，青冥就慌慌张张地跑了进来，一把扯住我的手就往外面跑。

"怎么了？"

我被青冥弄得有些莫名其妙，看着青冥一脸紧张的样子，心里隐隐有些不好的预感。

"对方很强，我们先去暂避风头，跟我走，别说话。"

"青冥，对方是什么来头？连你都如此畏惧，我们走了，那些弟子怎么办？不行，我们得回去。"

"你要我说多少遍，你再这样问下去的话，就别怪我把你丢在这里。"

青冥语气很不耐烦的样子。我听了微微一愣，忽然狠狠地甩开他，停止了奔跑。

"怎么了，为何不逃了？"

青冥见我停下来，有些莫名其妙地看着我，他的脸有些僵硬，表情很不自然。

"你到底是谁？你为什么要幻化成他的容貌！"

我盯着眼前这个"青冥"，虽然他几乎与青冥一模一样，但是凭我的直觉，这个人不是青冥。并且现在还把我引到了一片森林之中，远远地离开了营地，到底有何居心？

"无常，开什么玩笑，咱们快走吧。"

"青冥"看起来有些着急了，想要过来拉我。

但我依旧冷笑着盯着他，没有动弹分毫。

"你施展了太极阴阳眼？"

他的声音忽然变得有些怪怪的了。

"不需要施展太极阴阳眼，凭我的直觉，还有你身上的气味，我就知道你是假的。"

"哦？看来你还是挺机警的。"

"青冥"说完，身体黑光涌动，化为一个身穿黑袍，面容被一层黑雾笼罩的女子。

"你到底是谁？我与你无冤无仇，为何骗我来此处？"

我暗暗地防备着，虽然我现在伤势好了大半，但是对方来历不明，又不知道拥有何种神通。

"我叫周紫轩，你是和我没仇，但是你和青冥在永和市的东盛花园杀了我的师弟，一个千年的影妖，你不会忘记了吧？"

"影妖？东盛花园？"

"想起来了吧，你如果不乖乖跟我走的话，今天你不仅仅要死在这里，血液也要被我抽干！"周紫轩狞笑一声。

这时候我忽然感到周围的树木变化起来，一排排参天树木从我周围升起，密不透风地把我围起来，周围树影摇晃，我发现我已经无路可走了。

周紫轩伸手一抓，一柄影刀出现在她手中。

我正想从包中掏出火焰符，但是发现自己已经无法动弹了，一看脚下，我的影子居然化为一柄柄小剑，狠狠地往我身子上扎来。我感觉到了危险，身体表面本能地冒出一层银光，这些影子所化的小剑刺在银光之上纷纷溃散，然后又重新化为影子。

于是我又能够动了，我立刻从包中抓出数张火焰符往周紫轩撒去，接着双手掐动法诀。

"轰隆……"

数道爆裂声响起来，转眼之间这些火球就被周紫轩斩破，但是一样化为一片火海往她扑过去。下一刻，她的身形忽然消失不见，我仔细一看，她居然化为了一团小小的影子贴着地面，躲过了这一击。

"唰唰……"

我听到身后传来窸窸窣窣的响动声，扭头一看，吓了一跳，身后的那些树木忽然伸出长长的藤枝狠狠往我抽来。我不敢怠慢，七星镇魂剑涌出一道银色星河般的匹练，往这些树枝斩去。

"啪啪……"这些树枝就像是烧得炸裂开来一般，被七星镇魂剑的剑气斩得粉碎，化为木屑跌落而下。

忽然我感到自己身后一寒，本能地扭身狠狠一剑斩下，一声爆鸣声响起来。周紫轩身形骤然急退，手中的那柄影刀也散碎了一地，不过很快又凝聚成形。

"受了伤，还这么厉害，看来要动点真本事了。"

周紫轩双臂一扬，周围这些大树的影子都化为一柄柄黑色的长刀，这些黑色影刀密密麻麻地悬浮在我身边，看的我头皮发麻，若是这些影刀全部往我攻来，我根本就承受不了。

"太乙大帝，借此法威，护我元神，万邪莫近！太乙护身法钟，急急如律令！"

我不再犹豫，立刻掐动法诀，施展出太乙秘术之中最为厉害的护身秘术，之前我和太清宗掌门太元子交战，他就施展了这门神通，就连星辰神雷短时间也无法攻破，星辰神雷比起这些影刀，可是不知道要强大多少倍。

"轰隆！"

一声巨响，我身体周围浮现出土黄色的霞光，这些霞光卷动之下化为一个土黄的大钟，上面符文闪烁，一个太极图案在上面缓缓地流转着，影刀激射而来，撞在法钟之上只是荡漾出淡淡的光霞，根本就无法撼动我的护身法钟。

"你一个小小的影妖加一个道行不深的树妖，就能奈何我？劝你们速速退去，我不想大开杀戒。"

我笔直地站在护身法钟之中，指着周紫轩冷声说道。

"你召出这护身法钟又如何，能量总会有消散的一天，我就不相信召唤出整片森林的影子向你发动攻击，你还能够支撑下去。"

周紫轩狠狠地说道。

"不好，你快走，有人赶过来了。"

一道苍老的声音在我身边的这些树中传了出来，声音有些惊慌的样子。

听到这声音后，我运转太极阴阳眼，发现我左侧的一株古树之上妖气很重，想来就是把我困在此处的树妖了。我冲着那棵树打出一道符箓，一个牢字在空中凝聚而成，我冲着那棵妖树一点，这个金色的牢字忽然溃散开来，化为点点金光将那棵妖树困住了。

"有人赶过来，我也要先杀了你！"

周紫轩狠狠一挥手，周围那些影刀开始隐隐地颤抖起来，接着如同剑弩一般朝我激射而来，这些黑色影刀疯狂地撞在我这护身法钟之上，发出剧烈的颤抖……

"紫轩，赶快救我，真有人赶过来了，是那股大自然的力量，快，快救我！"

树妖的声音很惊恐地响了起来。

"好吧！"

周紫轩伸出漆黑的手臂冲着远方树妖周边的金色光圈一点，密密麻麻的刀光往这金圈斩去，不过都被这道金光弹开来。

"散开！"

一道清冷从树林之外传来。

"是苏茉儿。"

我心里微微一喜。

"糟了，赶过来了！"

树妖忍不住地颤抖，周围的树木开始自行褪去，恢复原本的模样。树木分开后，苏茉儿和青冥出现在面前。青冥见我被这些黑色影刀攻击，立刻毫不犹豫地抛出幽冥噬魂杵。

周紫轩见到幽冥噬魂杵，双手一抬，密密麻麻的影刀往幽冥噬魂杵激射而去，但是幽冥噬魂杵的威力比起之前更加厉害，一道血芒斩出来，这些影刀纷纷溃散。

见到自己的影刀被一举击溃，周紫轩身子一扭，化为一道黑色的影子往远处激射而去。

青冥手掌微动，一道卍字金印从掌心激射而出，狠狠往周紫轩镇压而下。

一道夺目的金光从远方传来，周紫轩的惨叫声如同鬼魅般地响彻在树林之中……

"茉儿，你们怎么赶过来了？"我问。

"其实根本就没有妖怪袭击咱们的营地，是几只影妖在作乱，解决那些影妖之后，青冥再回帐篷，发现没有你的身影，然后就找到了我，想借助我的力量，在这茫茫大森林之中找到你。我发现在离营地极远处有一股异常的能量波动，便和他赶过来了。无常，难道是这只影妖化作了青冥，把你骗过来的？"苏茉儿调皮一笑，出声问道。

"嗯，不错……"我收起七星镇魂剑，轻声说道。

"回去吧。"

青冥冷冷地吐出这句话，扭头就走。

我走到苏茉儿面前，俯身到她耳边，轻声问道："青冥生气了？"

苏茉儿看了我一眼，笑着反问："你说呢？"

……

这一次影妖的偷袭倒也没对我们造成什么伤害，因为发现及时，而且这些灵界弟子又十分机警。

回来之后，王小悠忧心忡忡地走了过来，神色很不自然。

"怎么了？"我问。

"白眉前辈，玄梵掌门，还有乌啼掌门，白如冰，剑宵长老现在都被困在封魔地，我们早该去救他们了。"

"是妖王出手了吧，情况如何？太清宗和魔门是否插手？"青冥沉声问道。

"以他们几个的法力，应该不会有问题吧？"我反问。

"他们倒是没有多大危险。她们只是被妖王的幻象困住了，一时无法脱困而已。太清宗伤亡惨重，据说有一位常年在外叫作玄元子的太上长老回来之后，太清宗从此关闭山门，不再和魔门有任何联系。"

王小悠柳眉微微皱起，双目空洞地盯着远方。

"我知道了，幻象，看来也只有我才能够破掉了，我们去吧。"

"不急，等养好伤之后。"青冥说完这句话之后，转身便进了帐篷。

接下来的几天，倒也过得安然无事。那个妖王再也没派人前来，倒是我们营地来了一个男子，一个不知道从哪里来的男子。这个男子昏倒在营地前，是苏茉儿首先发现的。

我也看到了这个男子，这个男子和普通人没有两样，身上没有任何妖气，也没半点法力的波动，是一个长相很平凡的男人。仔细一看这个男人的五官，就发现他的五官很端正，但是拼凑起来的话，却显得很平凡，就是那种丢到人群之中就不见的人。

那男子躺在元道宗的帐篷中，程素素给他施针后，他终于悠悠醒过来。他目光迷离地扫了一下四周，伸手揉了揉额头，嗓音有些低沉地问道："这是哪儿？"

"这不是你该来的地方，既然醒了，就离开这里吧。"

程素素拔掉针，看了一眼这个陌生的男子，低声说道。

男子坐了起来，目光转了转，然后定格在我身上，接着伸出鼻子嗅了嗅，那迷离的眼神忽然一亮。

"我是来找人的，我的直觉告诉我，他在这里，让我留下吧。"

"你要找谁？这里可不是普通的地方，你叫什么名字？"

我心里一软，开口问道。

"我……我叫大牛，我要找的人，我也不清楚，求求你，你让我呆在这吧。"

大牛憨憨地冲我一笑，看得我很茫然，情不自禁地点了点头。

"大牛，我跟你实话实说吧，这里不是普通人能呆的地方，如果你在这里出了事情，可别怨我们。"

元道宗的贺师兄看了一眼有些傻里傻气的大牛，开口说道。

"不会，我大牛有很大的力气，能够帮你们劈柴的，你看看我的肌肉。"

说完大牛挽起袖子，露出黝黑结实的肌肉，他的肌肉确实很强壮，很有力量。不过他的服装很怪异，居然是粗布麻衣，就好像是隐居在深山老林里面，不问世事的奇人。不过看他一副呆傻的模样，这种奇人的推测刚刚萌生，便被我扼杀了。

"青冥，你看怎么办，现在这个营地也就只有你能做主了。"

我抬眼看向青冥，看青冥如何处理，毕竟现在营地里面还有不少灵界的弟子，如果出了什么差错，我可担当不起。

✿ 大牛

青冥很果断地摇了摇头，脸上露出一丝疑惑之色。

"没办法了，现在这个营地是他做主，既然他不肯留你，我也是没有办法的，你放心，我会叫人把你送回有人的地方。"

我见到青冥表态，倒也不好再多说什么，因为这个陌生的男子来历很可疑，他为什么会出现在这里，又有何居心？

"这位小哥，我是山里的猎人，常年居住在林中，并不是什么坏人，我现在受了伤才昏倒，等我好了，我定会自动离开的。"

大牛脸色变了变，眉头皱在一起，一副可怜兮兮的模样，眼中甚至有水光在闪动，让人无法抗拒。

"青冥……你看……"

我扯了扯青冥的衣袖，小声地开口了，青冥脸色复杂地看了一眼我，不知道在想什么，最后经过我的乞求，无奈之下点了点头。

"好吧，那你就暂时留下来。你留下来，也不能什么事都不做，我们的饭菜就归你包了如何？我会派几个人帮你打下手的。"

我笑眯眯地冲着大牛开口了，大牛连连道谢。大牛身上散发出一股亲和的气质，让人无法抗拒的气质。

大牛来了以后，并未发生什么变化。我的伤势也在一天天好转。三大宗门的那些受伤弟子也好得很快，其实最为主要的原因就是有程素素和苏茉儿在此，一个是华佗传人，一个是山鬼，两个都是有很强医疗能力的人。

一日我正在勾动星辰之力淬炼法体，忽然闻到一股烤肉的香味，让我不得不收功，因为肚子已经饿得不行了。

刚站起来，帘子被人拉了起来，大牛高大的身影钻了进来，手里拿着钢叉，钢叉上有一个烧得金黄的兔子。大牛小心翼翼地把钢叉递给我，憨憨一笑，说："这个兔子里面加了不少中草药哦，不仅入味，对身体还有不少好处呢，小心别烫到了。"

"谢谢大牛，你也吃一块吧。"

我喜滋滋地扯下一块兔腿递给大牛，大牛却连连摆手说："你又不是不知道，我不吃荤的，平日里打些猎物都是去镇上贩卖，你自己吃就好，我去帮你准备热茶。"

大牛说完扭头出了帐篷，我则坐在一个木椅上大快朵颐，吃得十分爽快。这时候旁边递过来一个纸巾，我抓起来抹了抹嘴，说："谢谢。"

"哼！再吃，你就成小肥猪了。"青冥坐到我身边，闷闷不乐地开口了。

"怎么可能，我现在的身材保养地超级好，我最近修炼七星秘术里面的星辰法相和星辰法体是很浪费能量的，我才修炼没一会，就饿了。"

青冥冷哼一声："难道你就不会吸食天地之间的灵气么？到了咱们这种境界，早就辟谷了，只要吸食天地之间的灵气，便不会产生饥饿，也能让自己肚子饱的。"

"灵气索然无味，也不见你吸食灵气，你也吃饭的，这次你来找我是有事吧？"

"这几天我仔仔细细地观察了一下大牛，我觉得他不是个普通人，咱们要提防一下。"

听青冥这么一说，我一愣，开始回想起这几天发生的事情。大牛一直都是在按照我的吩咐做事，没有什么特别的地方，于是我便开口问道："大牛和普通人没有两样吧，只是力气要比普通人大了点，并且不吃荤，而且很憨厚，从不生气，任人使唤。"

青冥听了我的话，笑了笑说："你见过一个普通人能够轻易地举起几百斤之重的大树么，你见过一个正常人只吃素菜不吃荤么，并且这个人还是一个猎人，不吃肉，怎么可能会有力气狩猎？更重要的是，我派人调查了一下，方圆百里，根本就没有一个猎户。"

听了青冥的话之后，我一下脸色就变了，我之前根本就没有往这方面想过，却不料青冥看得这么透彻，我问："照你这么说，他不是普通人，但是你也没有发觉他身上有妖气啊，我也没有感觉到他身上的妖气。"

青冥见我这么说，脸色更加凝重起来，他摸了摸下巴，开口说：

"你仔细想一下，怎么才会没有妖气，还有，你动用太极阴阳眼观察他了吗？"

我摇了摇头，确实没有动用太极阴阳眼来观察大牛，怎么才会没有妖气？一个妖想要做到没有一点妖气几乎是不可能的，除非修炼了特殊的秘法，或者身上有特殊的法宝，抑或是道行到了一个令人发指的地步。比如白如冰，几千年的冰凰，她身上只有寒冰之气，根本就没有一丝一毫的妖气，而空空儿是因为修炼了佛法，妖气也是无影无踪的。

这时候门帘拉开，大牛拿着一个冒着热气的木杯子笑眯眯地走进来："这是上好的茶叶，正好冲冲油腻。"

说完就把茶杯递给了我，我吐了吐舌头，接过茶杯，轻轻地抿了一口，顺便问道："大牛，你要找的人，找到没有？"

大牛愣了一愣，开口说："找到了。"

"找到了？"我和青冥微微一惊，"是谁"，我问。

"是你啊。"大牛伸手指了指我，笑眯眯地说道。

"我？！"

"我只是来找你帮忙，并无任何恶意的，难道咱们就不能做朋友吗？"大牛看着青冥，又把目光转向我，那牛眼一样大的眼珠里面迸射出疑惑之色。

"你的来历？"青冥冷声开口了。

"叫无常看看不就知道了么。"大牛嘿嘿一笑，一副憨憨的模样。

我深呼一口气，双眼闭起来，调动起全身的法力，聚于双目之中，猛然打开。立刻，我就感到双目之中冰凉一片，黑白阴阳鱼开始在眼眸之中微微流转起来，天地之间也似乎发生了变化。我望向大牛所在之处，只见大牛身体被一层淡淡的青光笼罩着，这些青光汇聚于他的头顶，化为一个淡淡的光影。这光影我看不真切，想要再看一眼时，却感觉到双目之中一阵阵刺痛。

"看不透，就别看了，免得伤了眼睛。"青冥拍了拍我的肩膀，出声说道。

"不行，一定要看清。"我咬了咬牙，法力再次提起，汇聚于双目之中，一道黑白相交的光丝从我眼眸之中射出，直接没入大牛头顶之上的那团光影之中，光影渐渐变得清晰起来。

是一头牛，不，准确地来说是一头青牛，它的犄角很长，虽然弯曲起来，但是看上去还是有米许来长的，全身都是青色的长毛，鼻尖挂着一个铜环，牛头两眼之间还有一团青色的火焰印记。

"你……你的本体是一头青牛……"

我收回目光，捂着双眼。原本以为他还只是一个普通人，却没想到他是一个妖，而且还是一个青牛妖。我脑袋之中顿时浮现出《西游记》之中牛魔王的样子。

第十章　前往封魔地

轰隆一声剧烈的响动声从下方传来，那个隐藏在五色霞光之中的蓝色光团忽然喷出一道巨大无比的水柱。这道水柱往我们所在的位置激射而来，这个水柱就像蛟龙跃出海面一般，很有灵性地往我们扑咬而来，威势强大无比。

"青牛？"

青冥双目微微眯起，盯着大牛，脸上露出惊诧之意。

我闭上双眼，眼中依旧是一片刺痛，眼睛眨动了好久，都不能缓和，这个大牛的本体似乎蕴含了一种很奇怪的东西，不能让人轻易窥探，如果强行窥探，就会遭到反噬，就连我太极阴阳眼都是如此！

"嗯，是吧，也不知道被镇压了多久，我的记忆都模糊了。"

大牛盯着我笑了笑，开口说道。

"你说你认识我，恕我直言，我似乎根本就没有见过你，在我印象之中也从来没有青牛的存在。"

"你没见过我，但是我还记得你，你忘了当初在五指山取鬼牙？那时候我就注意到你了，我能够感觉你身体里面蕴含了一股强大的血脉之力，这股力量和女娲石的力量是一模一样的。所以，我想女娲墓的事，你应该清楚吧？噬日妖星来临，五指山的封印减弱，我便从里面逃出来，直到不久前，我才从朋友口中得知你，我并无恶意，更何况我的好朋友吩咐我好好照顾你呢，我之所以来到你身边，只是想借助你的力量前往女娲墓而已。"

大牛嘿嘿一笑，盯着我说道。

"你……你就是镇压在五指山下的那个大妖魔？！那玄元子如何了！"

我听到他的话，微微一惊。

大牛走到我身边，说："那个小子早就走了，我还是先帮你治疗一下眼睛吧。"大牛把手放在我的眼睛之上，他的大手很温和，也很有力量，手掌之上冒出淡淡的青光，顿时我便感觉到眼眸之中清凉一片，那股刺痛消失不见了，眼中的灼热感也在慢慢消失。

大概过了几分钟，大牛撤开了双手，我双目恢复如初。我努力睁大眼睛，拼命地眨了眨，再也没有感到任何异样。

"你的好朋友又是谁？难道我们认识？"

青冥见我眼睛变得明亮，松了一口气，开口问道。

大牛双手后背，很开心地说了四个字："巴蛇柳青。"

"柳青！"我想起以前柳青和我讲过，他有一个故友被镇压在珠崖岛五指山的山下，原来还真有这么一回事，这个大牛就是柳青的故友，也就是说，大牛也是拥有几千年道行的妖怪，不过他给我的感觉似乎比起白如冰还要厉害几分。一想到之前我吩咐他做这做那，我心里就有些惊惧，我惶恐不安地盯着大牛，大牛却始终面带笑意地看着我。

"原来大牛你也是想要进入女娲墓啊，不过我们必须先去营救我们这边的人，他们被幻术所困，还有就是消灭魔门，女娲墓在噬日妖星离开后的几个月才会显现出来，现在还为时尚早。"

听了我的话，大牛挠了挠头，说："听你们的就是，反正我现在也没有去处，我可不是白呆在你们这里，我可是干了活的。"大牛憨憨一笑，转身出帐。

我和青冥面面相觑，实在有些不能理解这个和柳青相差无几的青牛，我发现妖怪道行越深，越是难以捉摸。

我转过头，盯着青冥，问道："青冥，你怎么看？"

青冥摸了摸下巴，思索了一会，低声笑着说："有一个好帮手，能够省下不少功夫，你觉得怎么看？"

我一愣："咱们今日就动身前往封魔地？"

"你伤势如何了？"青冥问。

"全部恢复了，比起之前应该更加厉害几分，因为这一次我修炼出了七星法体，虽然比不得你的地藏金身，但是一般的妖邪也无法对我身体造成什么威胁了。"我自豪地拍了拍胸脯。

"嗯，好，这一次武羽和小狐狸只怕是不能去了，小狐狸已经被王小悠派人送回清心观，武羽也一同去了，没有数年他们是无法恢复了。"青冥说。

"哦。"听了青冥的话，心里忽然有些难受。青冥伸手在我肩上拍了拍。

随后，青冥打点好营地的一切，便和我与大牛一同坐上王鹰的背，往封魔地而去。

而程素素、苏茉儿、火儿他们则是留守在营地。虽然现在妖王亲自出手困住了我们这边的几大高手，但是她还有不少手下，苏茉儿到时可以利用大自然的力量来抗衡，并且火儿又是火灵兽，喷出的火焰能够焚烧万物，普通的妖怪沾上就要被烧死，而且王小悠在派人回清心观的时候，已经请青薇和空玄一出关了，有他们二人在此的话，倒也能够保证安全。

王鹰速度很快，我们穿过一层层白云，也不知飞了多久，忽然王鹰速度慢了下来，并开始往下落去。我们能够看到下方云雾渺渺，有一座庞大的道观出现在山头之上。

山头之上的那座道观至少有几十丈之高，十分巨大，这座巨大的道观都是灰白相间的。道观的顶部都是灰色的瓦砖，而道观的墙都是白色的。巨大的道观周围还有十八座小道观，这些小道观呈一种五行八卦的状态排列。这种大阵威力无穷，能防能守，十分厉害，并且这些道观的周围还有不少药园，这里的灵气十分浓厚，远非别的地方可比，规模要比清心观大上不少。

这山头十分高，周围都是云海，除了这座突出来的山头之外，还有一座山头遥遥相对。不过那个遥遥相对的山头上则冒出五色霞光。

"那座被五色霞光笼罩住的山头，应该就是相隔太清宗不远处的封魔地吧。"

我指了指远处的那座山头，出声问道。

"嗯，以前我也来过，的确是封魔地，现在这个五色霞光的光罩就是那个妖王所布置的幻象结界。"

青冥沉声说道。

"好强大的法力波动，居然我都无法看破这个妖怪的本体，看来也只有无常你的太极阴阳眼才能看破吧？"

大牛的声音在我旁边响了起来。

我点了点头，然后叫王鹰停在封魔地上空。但王鹰却不敢靠得太近，怕自己也被吸进幻象中去。如果他中了幻象，那他的身体就会直接从空中掉落而下，这么高的地方掉下去，非死即伤。

在离封魔地数百米的高空，我就能感觉到这股惊天妖气。我双目微微闭起，全身法力往双目之中灌注，双手交叉，食指与中指合并，其余手指握在掌心，接着放在双目之中，嘴里开始念动咒语。

"太极阴阳，演化万物，阴阳双眼，洞悉万物，开！"

我双目猛然一睁，眼中的阴阳鱼运转得越来越快，最后化为混沌一片，我身体之中散发出一股惊人的气息，这股气息我自己也不能阻挡，两道黑白交相辉映的光束分别从我的双目之中激射而出，如同光丝一般没入下方的五色光幕之中。

只有手指粗细的光丝没入五色光幕之中后，这五色光幕都似乎被搅动起来，里面的五色光霞如同云层一般地翻滚起来，一道虚影渐渐浮现而出。这道虚影之上蒙上一层五色霞光，但是霞光之下又有一层淡淡的蓝色光华隐藏着。我能够很清晰地感觉到我眼中射出的黑白光丝正疯狂地搅动着这层五色光幕。

而那五色光幕如同抽丝剥茧一般，慢慢消退，蓝光越来越夺目，这个妖王的本体也要在我们面前显现而出。

蜃蚌

太极阴阳眼之中射出的黑白光丝就像一根筷子搅动一个茶杯之中的茶水一般，五色光霞被黑白光丝搅动起来，下面立刻传来轰隆的震鸣声，这些梦幻般的五色霞光如同梦影般破碎，我能听到下方传来淡淡的佛号声。一个声音略微苍老，一个却异常明亮，好像这两种截然不同的声音要冲破这些束缚，不过很快这些碎裂的五色光霞又重新弥合起来。

不仅仅如此，我还能够感觉下方惊人的灵气波动，更有一股股惊人的杀气传来，这股杀气还夹带着愤怒。

"轰隆"一声剧烈的响声从下方传来，那个隐藏在五色霞光之中的蓝色光团忽然喷出一道巨大无比的水柱。这道水柱往我们所在的位置激射而来，这个水柱就像蛟龙跃出海面一般，很有灵性地往我们扑咬而来，威势强大无比。

王鹰双翅一闪，密密麻麻的青色光羽从羽翅下方激射而出，铺天盖地地往水柱击去，但是片刻之后，这些光羽居然没有任何作用，并且全部都被水柱吸收。

正当我打算命令王鹰先退去的时候，大牛出手了。

大牛忽然身子往下一扑，身体表面冒出淡淡的青芒，这股青芒转眼之间化为一大片刺目的青色光霞，一道响天彻地的嘶吼声猛然响起，被霞光包围的大牛忽然伸出右臂，手捏拳头对着苍穹，这个拳头很古怪，中间的指头都藏了起来，只露出小指和大拇指，很像牛的犄角。他脸色肃穆起来，深呼一口气，之后那个拳头忽然如同一团小型的太阳，爆发出强大的青色光霞来。

"牛魔大力拳！"

一声怒吼，大牛的拳头狠狠往下一砸，一道直径几丈大小的青色拳头发出破空声往水柱狠狠砸去。

"轰隆"，水光四溢，拳头一下击溃这道水柱，并且威力不减地往下落去，砸得下方的五色光海一阵翻腾。但是那个蓝色的东西又撑起一道蓝色的水幕来，牛魔大力拳砸在上面只是差几分就能破去，但是能量已经消耗殆尽，水蓝色的霞光一卷，便恢复如初了。而此刻，我们正好看到那个蓝色东西的本体。

蚌，巨蚌！

我目瞪口呆地盯着下方的那个巨蚌，正是这个巨大的蚌微微张开一丝缝隙，里面四溢着这梦幻般的五色霞光，这种霞光跟武羽的五色毫光截然不同。这种霞光根本就不含有五行之力，只是纯粹的一种气体，就是制造幻象的气体。

"蜃气！这海蚌居然能够释放出蜃气，难怪会如此嚣张。"

青冥冷哼了一声。

"蜃气？"

我有些摸不着头脑了，为何青冥会如此说？

"蜃是海中神秘的存在，能够制造出幻象，海市蜃楼听过没？就是蜃喷吐而出的蜃气产生的景象。据说这些海市蜃楼还只是蜃不小心泄露出自己的一丝精气产生的幻象，这个海蚌妖王应该是体内蕴含了蜃的血脉，除了蜃气也没有什么大不了的，甚至说，攻击力是最为低下的一种生物，我想这个妖王的本体应该是一个蜃蚌。"大牛说道。

听了大牛的话，我神色一动："那我们只要破掉她的幻象，就能够对付她了？"

大牛憨憨一笑，点了点头。

"刚才我似乎听到了无量寺的白眉和玄梵在里面禅唱。我们里应外合破掉她的幻象倒也不是什么难事。只要破掉幻象，我想我们三人之中任何一人都能够轻易对付那个蜃蚌。"青冥说道。

"有家伙上来了，先解决这些东西再说吧。"

大牛收起笑意，盯着下方的雾海说道，他话音还未落，下方便又有三道光霞飞出，往我们这边飞来。

我目光一转，盯着这三团光霞，光霞微微一敛，露出三个人首鱼身手持钢叉的大汉来。他们的鱼尾之下托着一团团水光，看来这便是海妖了。

"你们是何人，此乃封魔地！还不速速退去！"

一个相貌狰狞，体型格外庞大，上身结实，下身布满蓝色鳞甲的海妖向我们喝道。

"速速退去？我没听错吧？敢情这封魔地是你们海妖的不成？我们都是修道之人，而这里是封魔地，我们这次前来就是要把你们封印在此地之中的。"

我站在王鹰的背上，双手抱肩，冷声开口说道。

"小子，好大口气，这里是我们玉儿姑娘的地方，又哪里轮到你来说话，看叉！"

这个鱼妖性格十分火爆，二话不说举叉就往我叉来。我正要拿出七星镇魂剑对敌，却被大牛拦住。大牛身子一抖，身上青色霞光微微一卷，一件青色的铠甲出现在他的身上，并且他手里多了两柄大锤，他咧嘴冲我们一笑说："这种虾兵蟹将我来对付就好，无常，你破阵，和里面的人里应外合，我能够感觉到里面的人都是被困住了，本身并未受伤的。"

我点了点头，现在也只有施展出星辰法相的太极阴阳眼，才能洞破这个幻象之阵。

青冥说道："无常，小心点，我帮你护法。"

我盘坐在王鹰的背上，双目一合，开始施展出星辰法相。

大牛面对那三只鱼形海妖，手里的青铜大锤舞动得呼呼作响，每舞动一下，三只鱼妖就会被逼得退让几分，鱼妖手中的钢叉根本就不敌青铜大锤，被青铜大锤一敲，便折断了。鱼妖大骇，想要往下逃遁，而大牛却不肯放过他们，身形一晃，便拦住了他们的去路。

我再次召唤出星辰法相，居高临下地看着下方翻滚的五色光海，我冲着下方大吼起来："太极阴阳，演化万物，阴阳双眼，洞悉万物，开！"

我双目睁得大大地盯着下方，目光已经透过这五色光海，看到下方的情形。我能够看到白眉老僧和玄梵端坐在下方，双手合十念着经文；而乌啼的头上则顶着元道宗的至宝一元珠，带着白如冰在四处乱窜着；至于剑宵，这时则挥动着手里的青锋剑，一道道强大无比的剑光四处乱斩……在他们不远处则是那只蜃蚌，她微微张开一丝缝隙，便有五色霞光从里面溢出来。

更让人惊讶的是，这些五色霞光居然能够变幻，并且发动攻击，除了白眉老僧和玄梵不受这些五色光霞干扰之外，其余的都受干扰比较严重，特别是那个年纪轻轻的剑宵，我都能够看到他额头的冷汗和眼中的焦急之色。

阴阳眼流转得越来越快，最后化为一片混沌之色从我眼中激射而出，直接向下方那蜃蚌结界洞穿而去。

"扑哧"一声，蜃蚌那微微张开的缝隙之中猛然发出一个奇怪的叫声，周围的这些五色光霞开始疯狂地往这蜃蚌的裂缝之中涌去，仅仅片刻工夫，这座山头便显现出了真容。

山头之上有一个庞大的祭坛。这个祭坛都是由青石堆砌而成，高有十丈之巨的样子，祭坛的一方有石梯，祭坛的上方有一个圆形的石台，上面正冒出淡淡的乳白色的光霞。见到这一幕，我心里微微一惊，好大的第三平行空间入口，看来这个圆形的石台就是前往封魔殿的入口了。这石台的周围都印刻着密密麻麻的符文，有些已经很古老了，而有些则是新加入进去的。我再仔细一看，这个祭坛的周围，甚至说每一块青石上都有符文，密密麻麻十分骇人。

🌀 妖王合作

"太极阴阳眼！难道周紫轩失手了？"

那只庞大的蜃蚌表面蓝光闪烁了几下，忽然化为了一个身材娇小的少女。她远远地盯着我，她肌肤雪白，穿一袭鹅黄色的长衫，身体在薄衫之中若隐若现，她的头发乌黑，往后梳起来，两侧的头发之上别着一对白色的贝壳，面容是典型的东方人的面孔，有一股惊人的美，更加奇特的是，她的双目并不是乌黑色，而是淡蓝色，就好像海中女皇一般。

不过很奇怪的是，她捂着左臂，并且眼神有些复杂地盯着我，不知道在想什么。

"你们终于赶过来了，这个妖女的幻象还真厉害，要不是无常的太极阴阳眼，只怕我们现在还被困在里面呢。"

元道宗的乌啼掌门拉着白如冰走上了祭台。乌啼脸上依旧是嬉笑之色，没个正经。而白如冰则有些娇羞，头低着，白色长裙微微飘动，任由乌啼牵着她的手，一副小鸟依人的模样。

随后白眉老僧和玄梵也走了上来。白眉老僧脸上依旧是一副慈悲之色，玄梵手里拿着黄金禅杖，冲我微微一礼。接着便看到剑宵从下方跑上来，额头全是汗，他见到我，摸了摸脑袋，尴尬地笑了笑，说：

"无常，这次让你看笑话了，在这里被困了好几天都没出去。"

剑宵是灵界现任的执法长老，并且精通多种秘术，还是万剑门的隔代传人，只是有些涉世未深而已。他被困在这里，还要我们来解救，自然心里有点不好意思，不过我们都没在意，毕竟这可是拥有万年道行的蜃蚌所施展的幻象之阵，又哪有那般好破解的。

"大家安然无事就好了。"

我点了点头，然后目光盯着那个妖王，她就这样站在那里，幻象之阵破掉也没有逃掉。她的那些下属全都不见了踪影，但她还是一副有恃无恐的样子，我也不知道她到底有何打算？

　　我们谁都没有先开口，周围静悄悄的，她一双美目盯着我，我能感觉到她刻意压制住了自己的气息。她捂着自己的肩膀，思量了片刻，终于开口了："你能破掉我的幻象之阵，看来周紫轩失手了，你应该就是白无常，我们做一个交易如何？"

　　她的声音十分清脆，好听，就像清晨的铃铛发出悦耳的声音，听起来十分舒畅。

　　我微微一愣，问道："做交易？我们之间有何交易可做？我还以为那个影妖只是单纯的来寻仇，却不料是你指使的。"

　　这个妖王娇媚地笑了笑，说："你好，我叫玉儿，我只是想借助你的力量进入女娲墓，如果你同意的话，我可以帮你对付你的敌人。至于我派那影妖偷袭你，你不也完好无损地站在我面前了么？如果你连她的幻化之术都无法看破，那就没什么好谈的了。"

　　她说完之后，便等待我的回答，而我则把目光投向青冥，看青冥的意见。

　　青冥盯着玉儿："你知道我们的敌人是谁？你说这话的口气也未免有些大了吧？"

　　玉儿看了一眼青冥："自然是魔门的那些人，你们上次伏击白骨魔君和固伦和孝时，我可是在旁边看得清清楚楚。虽然他们受了重伤，但是并无性命之忧的，只要缓过气来，他们还是会对你们构成威胁，更何况还有你的本体在旁边虎视眈眈呢。当然这一切都是因为利益，如果上次你被你的本体收回能力，我也不会找你，会直接找你的本体。不过你的本体现在忙不过来了，因为她要照顾被你们重伤的墨非。"

　　"你……你怎么知道这么多？连我本体都知道！"

　　玉儿轻笑几声，放下捂着肩膀上的手掌，说："我自然是做足了功课。我知道你们这次前来是想要利用封魔祭坛，让噬日妖星重新回到苍茫宇宙之中。但是你们又知道如何使用封魔祭坛？封魔祭坛上有祈祷文，单凭你们只怕还难以驱动吧？更何况我身体里面可是蕴含了曩的血脉，曩相当于上古灵兽，并且还是万年的，对你们会有很大用处。"

听了妖王玉儿的话，白眉老僧眉头一挑，脸上露出一丝惊讶之色，很显然，白眉老僧也是知道这其中的缘由的。

"无常，你不能这样轻易地答应他，她可是妖王。"

剑宵走到我身边，声音大了几分，脸上也变得十分古怪起来。

"你不信我没关系，不然你们先前往封魔殿中的封魔祭坛看看就能知道，祈祷文可是要道行高深的人或者妖施展，威力才会倍增，我可是拥有万年修为的。"

妖王玉儿淡淡地说道，她肩膀上有一丝伤口，是被我的太极阴阳眼所伤，看模样，似乎这伤口很难愈合的样子。

"如果你真是拥有万年道行的妖，那你怎么可能会轻易渡过雷劫？"

白如冰冷哼一声，看着妖王玉儿，问道。

"我可没有说我渡过雷劫，我只是利用蜃气遮掩了我的道行，幻化出另外的一番光景来。蜃有什么神通，我想不必我多说什么了吧，不然咱们现在一起去封魔祭坛看看？去了你们就知道了。"

妖王玉儿抚了抚长发，轻声说道。

"跟你一起？"

乌啼掌门双目微微眯起，盯着妖王玉儿，言语之中露出深深的疑惑来。

"怎么，还怕了我不成？放心，我虽然精通幻象之术，但是并未修炼其余什么功法秘术。你们被困在幻象之阵中，不也都相安无事么？"

妖王玉儿伸出纤纤玉指，冲着我一点，笑着说道。

"她说得不错，确实是这样的，封魔祭坛我见过，祭坛的一侧确实有祈祷文的，这次召出噬日妖星就是很多大妖一起祈祷，让噬日妖星重临的。"

白如冰想起了什么，脸色有些微微发白地说道。

"让她来吧，难道我们这里的人还怕了她不成？"

剑宵说完，率先向前走去。因为真正的封魔大殿是根本不属于人间的，而我们现在所处的祭坛只是一个通往封魔地的媒介，真正的封魔大殿在这个第三平行空间之中，我们要见到真正的封魔祭坛就要经过这个祭坛上的第三平行空间。

我看了一眼白眉老僧和乌啼他们，见到他们都点了点头，我这才冲着妖王玉儿说："上来吧，如果你敢要什么花招，我们都不会放过你的。你可要记住，我们这里面的人每一个人的实力都不是你能够想象的。"

🔅 封魔大殿

妖王玉儿微微一笑，向我们缓缓走了过来。

刚一踏进第三平行空间的那个白色光圈，眼睛一花，我们便到了另外一个地方。最先我进入的剑宵就站在我身前，我赶紧凑到他耳边，叫他防备一下妖王玉儿。见到他点了点头，我才放心地开始打量起周围。我们面前是一个通道，脚下是青石板砖，铺得十分整齐，我双脚踏在上面，有一股寒气冒了上来。

这些青石砖虽然铺得整齐，但是给人一种很古老荒凉的感觉。甚至有些地面上还有风干的血迹，看得人触目惊心。

我们的周围是一座座坚固异常的褐色石屋，这些石屋密密麻麻，全部都是长宽三米的方形，规规矩矩地坐落在大殿之中。这些石屋上都有黄色的封条，上面写着古老的镇压符文，其中我就看到了镇妖符，甚至还有那些晦涩难懂的鬼文。这些石屋不仅仅只是上面贴着符箓，整个石屋也散发出一股很奇异的气息，这些石头仿佛浑然天成，没有看到一丝缝隙，并且这些石块最里面散发出淡淡的符文来。

每个石屋相隔都只有一米左右的距离，十分整齐地排列着，也就是说都有一米宽的距离，但是我们进来的这个地方，这个笔直的通道却足有两米宽，比起其余的地方要略微宽广一些。

大殿之中有九根青色的铜柱子，这些青色的柱子直通封魔殿的顶部，上面雕刻着一条条五爪金龙。这些金龙绘制得栩栩如生，若不是仔细看，还以为是活物，显得十分威武。这九根柱子我估计只怕要三个成年人才能够抱住，看得我眼睛发直，口水直流，因为这些龙肯定是纯黄金打造的，从质地上看，只怕还是上好的货色，这九根青铜柱上的金龙如果卖了，能发横财了。

"想都不要想，你可千万别打这九龙柱的主意，这可是镇压这些妖魔的宝物，如果取走了，指不定这封魔大殿都会坍塌，这些镇魔石屋里面镇压的妖魔都会跑出来的。"

青冥提醒我。我瞥了一眼青冥，冷声说："我看看不行么，又没说要取走。再说既然是镇守这些妖魔的，又哪能这般容易被取走的？不过我倒是好奇，封魔殿为什么王鹰不敢进来，大牛和妖王玉儿两个进来怎么会没事？"

"原因只有一个，他们体内流着灵兽的血，所以九龙柱对他们没有效果。"

白如冰看到我生出疑惑，微微一笑说道。她的手抓着乌啼掌门，一刻也不肯松开，乌啼手搭在她的香肩之上，轻轻地安抚着。

"走吧，沿着这条路，笔直走，前面就是封魔祭坛。"

妖王玉儿伸出莲藕般的玉臂，遥遥地冲着远方一点，我顺着她所指的地方望去，只见远方弥漫着一股黑烟，看不见是何物，但是肯定是她口中所说的封魔祭坛。

"你跟在我后面。"

青冥走到我身前，缓缓往前走去。我们走过这通道的时候，旁边都是石屋，有些石屋的封印已经碎裂，看来是有妖魔逃出去了，但是还有不少石屋的封印完好无损。

刚走出不远，我就听到一阵野兽般的吼叫，这些嘶吼声从石屋之中传来，就连石屋上的封印都开始微微震颤了。我心里一紧，抓紧七星镇魂剑，一路走得如履薄冰，生怕这些妖魔破印而出。

"不用害怕，这些妖魔都被镇住了，他们的实力还不足以逃出来，并且就算逃出来，也无法轻易离开封魔大殿的，这些石屋当初建造的时候，里面蕴含了非同小可的材质，就算是法宝也无法轻易地破坏这些石屋。"

白眉老僧的话从我身后传来，让我安心不少。

大殿的光线有些昏暗，但也并不完全暗，因为大殿的顶部有些柔和的光华撒下来，让我们即便不施展秘术，也能够看清大殿之中的情景，大约走了几分钟，我们才走到那团黑雾缭绕的地方。

"风起！"青冥伸手掏出一张黄符，冲着眼前的黑雾一抛。

一阵狂风猛然吹起，这些黑雾被狂风一吹，立刻消散于无形。

黑雾散尽之后，一个古老的祭坛出现在我们面前。

这个祭坛是用石头堆砌而形成的，这些石头原本呈现出灰白色，但是石头上面绘制着暗红色的古老符文，这些符文我自认为是没有见过的，因为这些古老的符文真的是十分怪异，就像蝌蚪文一样，我看了一眼身后的几人，他们也同样不认识。

倒是大牛和妖王玉儿以及白如冰脸上露出沉重之色。这个祭坛周围镶嵌着九个青铜小鼎，这些小鼎上布置着古怪的图腾，我仔细看这些图腾，发现上面有些铭刻着飞禽走兽的图案。

祭坛的中间有一块石碑，这块石碑呈现出青色，而上面的碑文则是金黄色，同样十分古老。这个石碑是呈三角形的，上面有一颗拳头大小仿佛是水晶一般的珠子，珠子里还有一层血雾气息，正在缓缓地消散。

"喏，那青石碑上面铭刻的便是祈祷文。我想在场的没有几个人能够认出来吧？还有这九个鼎之中，便是祭祀必需的血，招来噬日妖星只要用妖怪的血便可，但是要想让它离开，就必需要用灵兽的精血。只是现在我们这里只有三个拥有灵兽血脉的，还差六个。"

妖王玉儿开口了。

"难道就不可以用别的东西取代？况且现在天下的灵兽已经十分罕见了，又怎么能够聚集其余六种鲜血。"

我愣了一愣，开口问道。

"其实我从深海之中出来后，就一直在收罗这些灵兽的精血，不过花了我很大的功夫。我已抽取了三个妖怪的精血，并且这三个妖怪体内也是蕴含了灵兽血脉的，就像我，我也只是继承了蜃部分的血脉而已，加上我手里的那些精血，再算上我们这里的三个，也只能灌注六个小鼎而已，还差三个。"

妖王玉儿手一动，掌心多了三只透明的玻璃小瓶，小瓶之中呈现出三种颜色的血液。

我看到瓶中的血液，有些吃惊了，之前我还以为要牺牲的："只需这么点血液就可以了吗？"

妖王玉儿收起这三个瓶子，古怪地看了我一眼，说道：

"这不是一点点？我是把他们的血液全部凝聚在了一起。我也知道这次让噬日妖星重归茫茫宇宙可能会让我实力大减，要好久才能恢复过来，但是没有办法，为了能够早日让女娲墓现世，也只有如此。"

"还差三个灵兽的血脉，我们也不能进行祭祀，现在也只有先背熟这些祈祷文了。"

青冥盯着祭坛上的碑文，沉声开口了。

这些拗口的祈祷文经过白如冰，大牛、玉儿的翻译之后，再背起来，不再那么拗口了。

过了一天的工夫，封魔殿再次来人了，我没想到这次进来的三个人居然都是我的熟人：火儿、小狐狸、武羽。

"你们怎么来了，小狐狸你和武羽怎么……"

"我们来，也只是想要让世界重归太平而已，火儿有传承珠的记忆，知道要找九个拥有灵兽血脉的人，所以我们认识的人全都来了。不过能够进封魔殿的只有我们三人，其余人都守在外面，我爷爷助我和武羽恢复了伤势。当然，青冥的那两个青心果被我们吃了。"

小狐狸走到我身边，笑眯眯地开口了，却完全不顾青冥那满脸铁青的样子。

第十一章　大祭

　　小狐狸甩了甩脑袋，他戴着的那串佛珠已经是赤红之色，里面闪烁着强烈的红芒，还有五色的霞光，更有一股寒冷的气息。他盯着我一手的鲜血，目光开始变化起来，变得很挣扎，最后那一双狭长的大眼睛里有一颗颗晶莹的泪珠滚落。

　　青冥盯着空空儿："你，好大的胆子。"

　　空空儿嬉笑："你还要我和武羽，无常唯一的徒弟，一起把这青心果给吐出来不成？"

　　我有些尴尬地看着青冥，正打算要说什么，青冥开口了："你们虽然恢复修为，但是这次祭祀可能会让你们伤筋动骨，能不能活下去都是个问题。我恼怒的只是这两颗青心果原本是给无常吃的，现在都被你们吃了，而去青丘国的路也已经被封住了，如果再出了事，我也毫无办法了。"

　　"我现在根本就不需要青心果了。"

　　我瞥了一眼青冥，努了努嘴，说道。

　　"好了，现在最后三个也找到了，你们先背熟这些祈祷文，背熟之后便可以开始了。"

　　妖王玉儿看了一眼空空儿他们三个，之后目光落在火儿身上，神色微微一动。

白如冰见到火儿，脸色更加的苍白，她张了张嘴想要说什么，却没有开口，她紧紧地抓住乌啼，一刻也不敢分开的样子。我从白如冰的眼眸之中看出了忧虑、惶恐、不安等各种负面因素。

就在火儿他们三个开始背祈祷文的时候，我看到那块青石碑上的珠子隐隐折射着光亮，抬头一看，大殿的顶部，不知何时出现了噬日妖星的模样，如同一轮血日一般，通体圆润，散发出惊人的妖气。

直到他们三个背熟了祈祷文，妖王玉儿这才掏出那三个透明的玻璃小瓶，分别把里面的血液倒入其中三个铜鼎之中，然后自己也走到另外一个鼎旁，等他们都分别站定之后，剩下的人便盘腿坐下，双目微微眯起，以自身的愿力开始念动祈祷文。

火儿、白如冰、武羽、空空儿、大牛，妖王玉儿分别把手放在身前的青铜鼎上，手掌之上浮现出一圈圈红色的霞光，这些红色的霞光娇艳欲滴，一滴滴血液从他们的手掌之中冒出来，没入到身前的青铜鼎中。他们也默念起祈祷文来，片刻工夫，封魔祭坛便开始震颤起来，一股上古洪荒的气息从祭坛之上流出，让我心里打了个寒战，不过我并未敢有半点松懈，祈祷文一经真正开始，便无法停下来。

而他们此刻正用自己的鲜血来祭祀，一滴滴的鲜血没入其中，青色的小鼎上的兽纹也开始栩栩如生地动了起来。

一道道血光从祭坛上喷出，而青石碑上的那些祈祷碑文则散发出淡淡的金色光芒。九个青铜小鼎忽然各自激射出一团血柱没入青石碑上的透明珠子当中，透明的珠子受到这些血液的激发，一下变得通红一片。一道赤色的光霞猛然从珠子之中喷出，往头顶上的那个噬日妖星激射而去。这噬日妖星竟开始缓缓地移动起来，只是非常缓慢，可以忽略不计，见到这一幕，我们都十分高兴，因为噬日妖星终于开始偏离了轨道。

祈祷的声音越来越大，当天空的噬日妖星已经离开一半的时候，武羽忽然喷出一股鲜血，显得有些无法支撑了，他的身形开始消散，我心里大骇。正要起来，却被青冥一把按住。

现在这个时刻，生死由天定，如果中断了祭祀，就无法让噬日妖星重归茫茫宇宙，那么天下就会依然陷入黑暗之中，就算人类不被寒冷给冻死，也要缺氧而死。

武羽喷出一口鲜血之后，咬了咬牙，身上冒出五色霞光，这些霞光在他的头顶化为一只五色孔雀振翅高昂，显得十分高贵，原来武羽的身体里面居然蕴含了孔雀的血脉，难怪会这么精通人性。

随后空空儿、火儿也开始无法承受这样的消耗。空空儿面色苍白异常，身上冒出紫金色的光霞，这些光霞在他周身化为一条紫金五爪神龙，显得威风凛凛……而火儿全身则冒出金色的火焰，强大的火焰化为一头通体火焰组成的火凤，他咬了咬牙，单手依旧一动不动地放在青铜小鼎上方……接下来便是白如冰和大牛了，白如冰全身是蓝白的霞光闪动，一只通体洁白的冰凤出现在她的头上……大牛的是青色的青牛，脚踏祥云……最后则是妖王玉儿，那是一头模糊的蜃，通体遮掩在五色霞光之中，看不太真切。

也不知道过了多久，武羽、空空儿、火儿、白如冰开始幻化出本体，已经无法维持住人形了，不过大牛和妖王玉儿却还在挣扎着，天上的噬日妖星现在已经变得如同一弯血色的月牙了。

我心里松了口气，希望他们能够坚持下去。

整个封魔殿似乎沸腾起来，那些石屋里面的妖魔知道噬日妖星要重新回归苍茫宇宙，发出不甘心的吼叫，我甚至感觉有很多妖魔都已经来到封魔地，想要阻止我们的祭祀，阻止噬日妖星的回归。

和我所想的几乎一样，现在封魔地外面的那个大祭坛上已经厮杀得昏天黑地，妖气冲天，几乎所有的三派弟子都汇集于此，一方是拼命地死守，而另外一方则是拼命进攻，外面的祭坛血流成河，也不知道陨落了多少灵界的弟子和那些赶过来的大妖，不过幸好这些大妖并未完全恢复实力，否则灵界还真有可能全军覆没。

我们在里面呆了大概一天时间，青色的石碑已经完全被那些金色的祈祷碑文所遮掩，石碑上的透明珠子已经完全被灵兽的鲜血所浸透，整个封魔祭坛之上的那些石头，都变成血红一片，好像要溢出血来，说不出的诡异。

封魔大殿之中，群妖怒吼，震慑我们的心神。

不过幸好我们进来的人都是心志坚定之辈，各自收敛心神，如同磐石般坐在那里。

我感觉自己的法力都要枯竭了，而其余几个人同样如此，那石碑上的金色祈祷文的金光也暗淡起来，石碑上那颗圆珠发出的血色光柱也淡了，天上的噬日妖星还有一丝没有褪去，已经一动不动了。

"不行，绝对不能功亏一篑，玄梵，以后你要好好掌管无量寺了。"

白眉老僧双手合十盯着玄梵，眼中露出了慈爱之色，还没等我们问清什么状况，他的声音忽然变得高亢起来，白眉老僧所念动的祈祷文似乎夹杂着一股另类的气息，并且这些祈祷文从他口中吐出，开始自行组合起来，化为一条条金龙在空中盘旋，白眉老僧的脸色越来越惨白，脸上却浮现出一抹诡异的鲜红。

"师傅！不要，不要念动天龙八音！"玄梵见到白眉老僧的模样，吓了一跳。天龙八音可以耗尽一身修为，发动最厉害的禅唱，不过禅唱完之后，便会灯枯油尽，身死道消！

玄梵想要阻止白眉老僧的禅唱，但是却被白眉老僧周围的金龙迫退，这个天龙八音格外的强大，甚至开始影响到我们，让我们更加静下心来。

因为有天龙八音的加持，我们念动的祈祷文开始变得更加强大，一条条金龙在空中游走，石碑再次被金光所掩盖。

"轰隆！"一声轻微的爆裂声响起，我抬眼一看，只见武羽所化的本体已经与空中的五色孔雀融合为一处，他恋恋不舍地看了我一眼之后，纵身飞入身前那个小鼎之中。

看到这一幕，我脑子轰隆一声，仿佛要炸裂开来一般，一道道五色霞光从青铜鼎之中冒出来。

我，我唯一的徒弟，竟就这样离我而去，那个眼神是如此的不舍。

还没等我反应过来，空空儿忽然同样纵身飞到半空之中，他的七条尾巴放出夺目的银白色光霞，一条一条开始消失，火儿所化的火凤周身的霞光也开始涌入前方的小鼎之中，白如冰咬咬牙，目光在我们的面前一扫而过，最后停留在乌啼掌门身上，迟疑了片刻工夫，猛然扑到身前的小鼎之中。

"噗……"我猛然一口鲜血喷出，脑子一片混乱，我已经站了起来，想要阻止这场悲剧的发生，迷迷糊糊之间，我听到了剑宵的低喝："不能过去，如果现在阻止，咱们的努力就白费了！"

然后我感觉我的背后被人敲了一下，接着便不省人事了。

✿ 大难临头

等我慢慢转醒的时候，大殿已经变得静悄悄了。我靠着冰冷的石屋，也不知道自己沉睡了多久。

封魔祭坛已经停止了运转，青石碑上的祈祷文也不再发出金光，大殿上空的噬日妖星已经消失不见，周围这些石屋里面所封印的妖魔也停止了嘶吼，一切都静悄悄的，静得让人觉得可怕。

不过看这个样子，我们的祭祀已经成功了，因为封魔大殿顶部的那轮噬日妖星消失不见，取而代之的是散发出炙热光芒的太阳。

我听到了很沉重的呼吸声，我扭过头一看，发现青冥、玄梵、剑宵三人坐在我旁边不远处在打坐恢复法力。他们似乎进入了一种忘我的状态，谁都无法打扰到他们。这一次祭祀，他们耗费了自己庞大的法力，玄梵的眼角还挂着晶莹的泪珠，白眉老僧消失不见了，他施展天龙八音，在最后的关头牺牲了自己，然后把力量加持在我们身上，让我们渡过了这一劫。我由衷地敬佩这个老僧，和青冥他们相比，我则是比较幸运的，因为是他们承担了大部分的祭祀。

突然之间我把目光瞅向封魔祭坛，目光为之一怔。

武羽、火儿、白如冰消失不见了。

而空空儿则化为一条纯银色的小狐狸趴在地上，大牛和妖王玉儿脸色变得如同一张白纸般地可怕。大牛的头顶冒出两个青色的犄角，他身上冒出一团微弱的青光，犄角在青光的逼迫之下正在缓缓地缩回额头之中，妖王玉儿的额头上也布满了一层细密的莹白色鳞甲，甚至她的双臂已经化为了纯白的贝壳，正在微微的张合着，贝壳上面也十分暗淡，好像失去了光泽一般。他们两个正在极力地压制自己化为兽形。

我站起来，全身疲乏得厉害，不得不扶着我身后的石屋。

"太极阴阳，演化万物，阴阳双眼，洞悉万物，开！"

我低声一喝，太极阴阳眼流转，我想要找到白如冰、火儿、还有武羽的气息，但是整个大殿空荡荡的，没有他们丝毫的气息。不过最后我在小狐狸前肢上的那串佛珠发现了端倪，原本近乎绝望的我立刻燃起斗志，连爬带滚地到了小狐狸身边，小狐狸的七尾已经只剩一尾了，它看着我的模样，似乎有些疑惑，我心里微微一震，难道，难道小狐狸……

我摸了摸小狐狸有些暗淡的皮毛，却不知道他为何咬了我一下，我手腕鲜血直流。

"你……不认识我了？"

我瘫坐在地上，声音有些哽咽，有些绝望地盯着小狐狸，小狐狸松开我，一双明亮的眼睛满是疑惑之色，是一种很陌生的眼神。

小狐狸甩了甩脑袋，他戴着的那串佛珠已经是赤红之色，里面闪烁着强烈的红芒，还有五色的霞光，更有一股寒冷的气息。他盯着我一手的鲜血，目光开始变化起来，变得很挣扎，最后那一双狭长的大眼睛里有一颗颗晶莹的泪珠滚落。他走到我身边，伸出舌头舔了舔伤口，然后眼中的泪珠一颗颗抑制不住地往下落。

我鼻子酸酸的，眼眶湿润，视线变得模糊起来。直觉告诉我，小狐狸已经很难恢复过来了。因为，他只是靠着我身体的气味才能够勉强认出我！

没有想到这次祭祀后果如此严重，我脑子混乱极了。

小狐狸嗅了嗅我身上的味道，这才小心翼翼地跳到我怀里，轻轻地摩擦着我的脸颊。

在这串佛珠里面，我能够很清晰地感觉到白如冰、火儿和武羽的气息，他们的元神都藏于这串佛珠之中，只是极其微弱。

"肉身不在，肉身不在。"

我抚摸着这串佛珠，哽咽着自言自语起来。

大殿之中依旧安静得可怕，我开始呼唤起佛珠里面的白如冰、火儿、武羽的元神，但是依旧没有反应，一股难以抑制的悲伤涌上心头。

火儿可是我一步一步看着长大的啊，但他最终却仍逃不过这场大劫，回去之后，我怎么向阿宝交代，怎么跟陈情、怎么跟公司里面的人交代。火儿虽然调皮，但是一直很乖，以前我和青冥不在公司的时候，都是火儿在守护。其实永和市里面很多强大的妖怪都是火儿收服的，平日里他只是耍耍小性子，和小狐狸抢肯德基吃，一想到火儿的容貌，我就忍不住痛哭起来。到最后我的意识渐渐模糊，感觉周围变得血红一片，我心里忽然生出一股强大的杀意，这些妖怪为什么要召唤出噬日妖星，为什么？

我放下小狐狸，往封魔大殿外疯狂地跑去，就算是撞到石屋之上，也毫无痛觉。

出来之后，一股浓浓的血腥味扑鼻而来，天地之间都变得血红一片。这个巨大的祭坛之上到处都是尸体，各大门派的尸体都有，并且还有太清宗弟子的尸体。祭坛的周围血流成河，祭坛外面有各种走兽飞禽的残肢，虽然噬日妖星已经离开，天地间重归光明，但是周围确是妖气冲天。

祭坛西面还有很多妖兽，围在祭坛周围，而祭坛的中央则有清心神符护持，祭坛的周围开满了青莲，其中有一朵巨大的青莲出现在我面前，上面站着一个曼妙的人影，是青薇，她举着散魂葫芦，一股股黄风从葫芦之中吹涌而出。

空玄一已经幻化出本体在结界外面和那些大妖怪厮杀，不过身上伤痕累累。我看了一眼，妖怪之中有很多道行不下千年的大妖，还有很多幻化成本体的妖魔在此，天空上都是密密麻麻的飞禽，妖气森然，不断有妖兽想要涌上来，但是祭坛的口子上有一个高大的人影守在那里。是干尸将军牧力，他挥动着宝剑，他两侧都堆成了尸山。现在的情形，居然都是靠着牧力一人来阻断这些妖兽，而空中的则是空玄一在阻挡，至于青薇，也只是勉强地守住这个口子而已，因为还有很多妖兽前来偷袭，整个三大门派的精锐弟子，此刻竟伤亡殆尽。

"你们都该死！"

我冷冷地看着这些妖兽，身形猛然从祭坛之上一跃而下，挥动七星镇魂剑，一道道星河般的匹练从七星镇魂剑之中狂斩而出。我本能地施展出太乙八卦步，配合七星镇魂剑的剑气，周围立刻被我清理出大半，不过这些妖兽就像斩杀不尽一样，如同潮水般地往我涌来，我从挎包中取出雷符全部祭出，整个封魔地一阵雷鸣轰炸声。

"星辰法相！"

当所有的符箓都耗尽的时候，我这才发现，身上几乎没有什么东西攻击敌人了，只得施展出最强悍的星辰法相，来一举击灭这些妖魔。

那些妖魔见我施展出星辰法相，当即就想毁掉我的肉身。

"牧力将军，请助我守护肉身。"

我开口了，声音轰隆隆，如同滚雷，牧力二话不说便来到我身边，我这才安心，默运法力，七星镇魂剑一下散裂开来，化为七团星辰神雷悬浮在我的星辰法相周围。

"北斗神君，借我法威，诛妖荡魔，星辰神雷，急急如律令！"

星辰法相伸出巨大的手臂，冲着天空一指，这七团星辰神雷一下飞上天空，化为一团庞大的乌黑雷云，一团巨大的漩涡出现在整个封魔地之中，漩涡暗蓝色，雷光闪烁，更有密集的电蛇在空中浮现而出。

整个天地似乎都被这股威势感染，这一次，我没有任何保留，动用了全部的力量，千年道行，星辰法相，又岂是这些妖魔鬼怪能够抗衡的？

为了避免伤到自己人，我让牧力将军抱着我的肉身回到祭台之上，空玄一前辈也化为人形返回祭坛，我看了一眼祭坛之上那寥寥十多人，心里涌出无尽的悲愤。苏茉儿挥动着山鬼杖在给那些伤员治疗，眉心的山鬼珠放出夺目的亮光，不过大部分人都死在了这场战争之中。其中我就看到了元道宗的那位贺师兄，还有清心观的水云儿，王小悠躺在苏茉儿旁边，不知死活。

随着我这一声令下，无数团星辰雷光从星辰漩涡之中喷出，密密麻麻的蓝色星辰神雷落了下来，整个封魔地都化为了一片银蓝色的汪洋，我甚至怀疑，整个封魔地都要被我夷为平地了！

封魔地彻底被化为一片光秃秃的山头，那些妖兽的尸体全部被星辰神雷炸成粉碎，原本褐色的山头，鲜红一片，刺鼻的血腥味传来，周围的树木全部消失不见。

我挣扎着坐了起来，再次往前走去。

"无常，都死了！你赶紧休息一下吧！"

苏茉儿叫住了我。她的声音也很疲倦，很疲倦。

"没事，我要杀尽天下群妖！"

我握紧拳头，心里憋得慌，如果不杀掉这些妖魔，我怕我自己会疯掉的，我要为我的亲朋好友报仇，我要屠尽天下妖魔！

谁都不能阻止我，谁敢阻止我，我便杀谁！

♻ 入魔

"站住！"

一个低沉沙哑的声音忽然从我背后传来，十分熟悉，但是我这时头脑已完全被仇恨所淹没，根本就分辨不出来。

我继续往前走，没有理会。忽然我感到头顶微微闪烁着金光，抬头一看，一个卍字金印往我头上呼啸而来，我本能地拿七星镇魂剑虚空一挥，一道银白色的月牙状剑气飞出，狠狠地斩向这个卍字金印。

"轰隆"，这个卍字金印轰然被斩开，化为点点金光，消失在空中。

一个手臂忽然搭在我肩膀上，有些沉重，我恼怒地举起七星镇魂剑狠狠往身后一刺。"扑哧"，七星镇魂剑竟刺入到一个人的肩膀之中，青冥，居然是青冥！我有些目瞪口呆地盯着他。

不知为何，青冥竟未施展出地藏金身护体。有鲜红的血流了出来，我忽然感觉这股鲜血刺激到我了，我很想再往他身上插几个窟窿。一有这种想法，我自己都倒抽一口凉气，甩了甩头，想要赶紧抽出七星镇魂剑，但此刻青冥的掌心却冒出点点金光。

"你想干什么，不要阻止我！"

我冷冷地看着青冥，他肯定是要制止我，制止我去报仇！

"你入魔了！"青冥的声音就像一块块石头落入我的耳中，我茫然地看着青冥身后站立的那些熟人：苏茉儿、乌啼、大牛还有青薇等，他们都十分惊讶地盯着我，包括那些在这场大战之中活下来的弟子的眼中，都充满了惊惧之色，他们居然怕我。

对，没错，是害怕的眼神！

我一下懵了，就在我恍然失神的那一刹那，青冥手掌的卍字金印没入了我脑中，我眼睛一花，便失去了知觉。

我做了一个梦，一个很美好的梦，我们捉妖公司又恢复到以前的样子，大家其乐融融的。

火儿依旧是抱着阿宝笑嘻嘻地跟在我身后，嚷嚷着叫我捉妖怪给他吃，然后就是小狐狸站在我身边，拉着我，嘴角微微扬起的说："无常，咱们去吃强爆鸡米花吧，我嘴又馋了，你好久都没带我去了。"

我点了点头，答应跟他一起去。

火儿却拉着我，很不满的开口说："小白，你偏心，你偏心。"

我很无奈，正要说什么，周围的场景忽然转变，我到了一个山坡上，周围翠绿一片。

在山坡上，白如冰穿着纯白的长裙，头发随着微风的吹动，轻轻飘舞起来，她很甜蜜地偎依着乌啼掌门，眼中荡开了笑意，她抿嘴冲我一笑，轻声说："无常，既然来郊游了，就别不开心，别和青冥怄气了，来这里看，能够看到永和市的整个风景呢。"

我怔了怔，看着白如冰，她笑得很纯真，身上没有丝毫的冰寒之气，就像一个正在热恋中的少女。我看得出，乌啼也对她十分有好感，一直陪着她。但是一想到最后白如冰纵身化为冰凰扑入青铜小鼎之中，泪水就模糊了我的视线。

场景再次转换，我到了清心观之中。

武羽紧紧地跟在我身后，寸步不离，我转身对他说："我把你留在这里，好好修炼，将来成就正果如何？"

武羽撅起嘴，摇了摇头，我有些诧异，他难道不知道他的机缘来得多么困难么？一个妖要修炼成人形是极为不容易的事情，这一点我很早就跟他说过了。

看着他与我有几分相似的面容，我笑了笑，问道："为何？"

武羽抿了抿嘴，轻声说道："我只想跟着师傅，收妖除魔卫道，还有就是保护师傅的人身安全。"

我怔了怔，摸了摸他的脑袋，大声说："嗯，为师一定会罩着你的，你放心就是。"

场景又开始转换起来，一直都是很美好的回忆，我终日活在这回忆之中。

直到有一天，青冥也出现在我的梦境之中，他就这样站在我面前，一动不动，我说："青冥，我见到火儿他们了，你陪我一起玩吧。"

青冥摇了摇头，扶着我的肩膀，一字一顿地开口说道："无常，你不能再活在梦中了，你要面对现实，我陪你一起面对。"

"不要！"我甩开了他，我知道，这个不是我的幻象，这个是真实的青冥，我幻象之中的青冥只会守在我身边，不会说这种话的。

青冥抓着我的肩膀，力气很大，声音也加大了几分："你可别忘了，你还有阿宝，阿宝还需要你的照顾，你必须清醒过来。"

我扭过头，盯着青冥，想了想之后说："你可以帮我照顾阿宝。"

说完之后，我便有些不敢看青冥了，我知道我是在逃避。

青冥的声音变得温和起来，他伸出手，抬起我的下巴，一字一顿地对我说："我不许你这样。"

我的心，狠狠一震。

"你答应的事情，不许反悔，你不能丢下我一个人。"

青冥松开手，脸带笑意，渐渐开始在我眼前变得透明起来，我伸手想要抓住，他却化为了一道轻烟。

我猛然惊醒过来，看着头顶那熟悉的天花板，这才知道，我是回到了捉妖公司。

别过头一看，青冥坐在我的身旁，他已经入定，双目合起。

我没有打搅他，直接从床上爬起来，忽然发现身子发软，根本就使不出力气。

"扑通"一声，我摔倒在地上，摔得屁股隐隐作痛。青冥猛然睁开眼睛："大爷啊，才醒过来，就别乱跑，成么！"

"我，我睡了多久，刚是你进入了我梦中么？"我坐在床上，想了想之后问。因为我现在想问题，有种很艰难的感觉，完全没有以前那么灵活了，心里只有一股杀意，不过还在我能够控制的范围内。

青冥眉头微微蹙着："还差三天，就一个月了。的确是我进入了你的梦中，原本你昏睡的时候，素素就来看过，说你并无大碍。你之所以没有醒过来，是你自己不想醒过来，于是我便进入你梦中，但是你的梦境太强大了，我无法进入，直到今日，我才进去。"

"近乎一个月？"我目瞪口呆地盯着青冥！

"嗯，不错，而且因为火儿、小羽和如冰的事，你入魔了。"

"但是，但我现在好些了，我那股念头，我也能够控制住了。对了，我好像不小心伤了你。"

我恍然间想起之前我用七星镇魂剑刺伤了青冥的肩膀，我心急地扯开他的衣服，发现他肩膀上有一道细小的伤疤。

"没事。"

"没事？没事会留下伤疤，你怎么不施展地藏金身护体，只要施展地藏金身，我当时也伤不了你的。"我很不好意思地说。

青冥叹了一口气："还地藏金身？当时我能够保住命，就算不错了，因为你后面昏过去之后，又发生了不少事。"

见我一脸的茫然，青冥继续说道："当时我们虽然拥有天龙八音加持，依旧还是差了一步，最后我们不得不拼尽全力，我可是连金身法相都施展出来了，他们几个也施展出压箱底绝活，这才勉强完成了祭祀。"

"哎哟。"

我忽然捂着肚子，一阵疼痛，青冥忙过来扶住我，问："怎么了，肚子不舒服？你别动，我去找素素过来。"

说完扭头跑了出去，我松开手，面无表情，一步一步往浴室走去。

第十二章　劫后余波

居然都是熟人，站在中间的是一个身材傲人，皮肤白嫩的女人，是陈小宁，而她左边的是一个穿着官服的男子，这男子一脸惊慌地盯着我和青冥，他就是珠崖岛上的那个太清宗弟子，福大人。

看到镜子里面的人影的时候，我自己都吓了一跳。

这，还是我么？

我开始质疑起来，因为镜子里面的人，脸色苍白得可怕，更让人惊骇的是，我的左脸脸颊上浮现出一种神秘的诡异花纹。这道花纹以我的左眼为分界线，如同一道伤疤贯穿我的眼角。这花纹让我想起身后的长生纹，同样是红色的，只是这些纹理却有些像断断续续的符文。

现在我终于知道当初他们为什么看我的样子会露出惊惧之色了，原来我脸上出现了这种古怪的东西。我打开水龙头，冰冷刺骨的冷水哗啦啦流动着，我挤了大片的磨砂洗面奶疯狂地揉搓起来，过了几分钟之后，脸都被搓红了，但是这些符文并没有消退，我一下就怔住了。

"你……没事了？"青冥神色有些不自然地盯着我，干咳了几声。

"怎么不继续瞒下去？"我声音很冷。

"纸包不住火，按照你这臭美的性格，你早晚要照镜子的，这种怪异的现象你也会发现的，你也别怪青冥了。"

素素走了进来，比起之前，素素瘦了不少，原本明亮的眼睛，现在也布满了一层黑眼圈。

"我现在的情况，有没有根治的可能？"

"有，只要你现在安心调理一下身体，放松自己的精神，什么都不去想，自然会褪去。为了能够稳住你，我还跟无量寺的玄梵掌门借了一颗舍利子，你放心就是。"

青冥掏出一颗黄豆大小，晶莹剔透的珠子，这颗珠子里面蕴含着淡金色的光霞，隐隐散发出一股檀香的气息，虽然相隔甚远，但是让人一闻之下，心神安宁不少。

"这……这是佛门舍利？只有高僧圆寂才能得到，好东西啊。"

以前就听说过佛门舍利，却没有想到现在居然出现在眼前，怎么回事，这种佛门至宝怎么可能会轻易地借出去？

"不错，确实是佛门舍利，并且还是白眉的舍利，当初你走火入魔昏过去，白眉就跟玄梵说过了他自己油尽灯枯之后所剩下的舍利要交给我，好了，你先乖乖地躺会吧。"青冥收起舍利子。

回到房间之后，我问："小狐狸去哪了？他虽然被打回原形，但是并无性命之忧，并且我能够感觉到火儿他们的元神暂时寄居在佛珠之中。"

"自然是被空玄一带走了，小狐狸伤得太重，这一次大劫过后，通往青丘国的路应该会重新开启的，空玄一会带走他到青丘国疗伤。火儿他们自然也一同去了，所以你不必悲伤什么，人生本来就是有聚有散，只要他们元神还在，就没有死，知道么。"

青冥坐在我旁边，声音低沉，一旁的素素连连点头。

"人生无常，有聚有散，那苏茉儿、王小悠他们呢，我记得那次封魔地大战，灵界折损了不少精英弟子。"

"寒莫枫的伤很严重，需要慢慢调养，他在元道宗有人照顾，这一次灵界是折损了不少弟子，倒是你，你可真有能耐啊，一个人力挽狂澜。"青冥白了我一眼。

我故意转移话题："这一个月之中，我的本体柔儿和二重身固伦和孝他们可有什么动作？"

"没有什么动作，都在休养等待时机，他们的目的你还不知道？都是在等待后面的女娲墓开启。"

"对了，上次你说你和小狐狸赶到三大门派营地的时候，在空间裂缝之中遇到过墨非本体，你们真打伤他了？"

我想到那个和我在太白山脉之中的长发少年，虽然我对于他没有厌恶感，但是却也没有好感。

"难不成你还挂念他什么不成？他明明知道柔儿想要对付你，却还阻止我们，我们自然会对他不客气的，在我和小狐狸的合力之下，他即便不死，也好不到哪儿去了。"

我知道墨非本体要比墨非二重身强大不少，但是要面对青冥和空空儿两个，那就说不好了。特别是青冥，连我都不知道他真正的实力，我总感觉他隐藏了很多，毕竟他是地藏王的转世，拥有什么样的能力，我也不清楚，不过我想说的是，地藏王可是菩萨级别的存在，远远不是我们能够想象得到的。

"你动用了你封印的力量？"我开口问道。

青冥凝神看了我一眼，点了点头，然后继续开口说道："嗯，现在估计柔儿在极力救治墨非本体，所以在女娲墓开启之前是不会来骚扰我们的。"

"好吧，这几月我就安心养伤，你帮我准备一个大口罩吧，不然我这副模样，出去要被人当成怪物了。"

我摆了摆手，躺在床上，素素为我把脉……

几天之后，捉妖公司暂停了所有业务。因为现在我们都无心挣钱，另外公司里的人越来越少。素素因为她师傅身体不好，和韩小星一块去看望老人了，胡八爷也和空玄一、小狐狸他们一起去了青丘国，而火儿、白如冰、武羽又肉身消散，苏茉儿去了元道宗和寒莫枫在一起，王鹰则在那场大战中战死……

如此一来，捉妖公司就只剩下我和青冥，然后便是陈倩带着阿宝了。

至于大牛和妖王玉儿，他们暂时已返回深山修炼，只等女娲墓开启，才会再出来。

捉妖公司从未有过的清冷，我们四个人打算出去郊游，放松一下。

出去的前一天，我和青冥到一家百货公司购物，当时我正打算挑一件新款服装，忽然感觉有人在跟踪我们。我回身一看，又没发现跟踪我们的人，我心立刻悬了起来。

青冥叫我放心，说没事的。之后我们四人开车去了郊外。太阳很温暖，虽然已经十一月份了，那些草儿并没有枯萎，是绿中带点黄黄的色彩。

我们的车子停在树林旁边，树林的另外一侧是一片草坡。陈倩忙着在草坡上摆弄食品，阿宝也在帮忙。几岁大小的阿宝，已经能够帮陈倩搬动一些东西，阿宝的力气是远远超过同龄人的。

"到底是谁，再躲躲藏藏，就别怪我不客气了。"

我正在后备厢拿东西，忽然感到几道目光如芒刺在背，立刻大声开口了。

"白家哥哥，还是瞒不住你。"

一个熟悉的声音从身后的树林传了出来，青冥站在我身旁，双目阴沉地盯着树林之中走出的三个人。

居然都是熟人，站在中间的是一个身材傲人，皮肤白嫩的女人，是陈小宁，而她左边的是一个穿着官服的男子，这男子一脸惊慌地盯着我和青冥，他就是珠崖岛上的那个太清宗弟子，福大人。当初在鬼屋就见过此人，就是他让青冥中了鬼毒，并且后来还杀了青灵大姐，我真不知道他怎么敢在这里出现！另外一个人，是个消瘦的中年男子，他目光有些阴沉，只有一条手臂，穿着一身休闲装，此人我和青冥也是认识的，就是在安庆平山古墓遇到过的唐永。当初也就是他被固伦和孝扯掉了手臂，而他的伙伴舒建国，则被固伦和孝一掌掏心，惨死在古墓之中。

"你们是来送死的吗！"

我盯着他们三个人。一个是屡次背叛设计陷害我的女人，而另外一个则是杀了青灵大姐的人，最后一个则是想谋取女娲石的人。

"别生气嘛，白家哥哥，我们这次来是有要事找你商量的。"

陈小宁目光微微一闪，面带笑意地开口了。仿佛之前所发生的事情都从未发生过一般。

🔆 女娲墓地图

"我们之间，已经无话可谈。"

我冷冷地看着这个心如蛇蝎的女人，任她口蜜腹剑，这一次我无论如何也不会放过她了。

青冥阴沉地盯着那个太清宗的弟子，福大人。

"我们已经和白骨魔门没有关系了，并且这次是我师傅叫我来的。"

陈小宁捋了捋发丝，眼睛一眨，开口说道。

她讲到师傅唐永的时候，脸上满是笑意，并且与唐永眉目传情，看来已经是暗生情愫，早就勾搭在一起了。

"小宁，你说得是真是假？你可别吓我，我已经叛离了太清宗，你现在离开了白骨魔门，那我……"

福大人一听陈小宁的话，脸色一变，急了。

"小宁自然讲的是实话，你看现在白骨魔门不仅仅是长老，就连魔门弟子都灭得差不多了，白骨魔君上次更是受伤严重，只差没魂飞魄散了，还有固伦和孝，原本就跟我有不共戴天之仇，我这条手臂就是拜她所赐，小宁去白骨魔门也是我安排去的，如今虽然小宁已经在白骨魔门有一定的地位，但是我们的目标却是女娲墓。现在白骨魔门已经没有利用之处了。"

唐永先是一脸寒意，但是说道陈小宁，脸上居然露出了笑意，满眼都是爱慕之色。

福大人眼神微微一闪："那……那这次前来，所为何事？真的只是为了女娲墓？"

"自然不是此事，你杀了人，自该偿命的。"

陈小宁盯着福大人，然后目光转向一脸杀气的青冥，脸上依旧挂着淡淡的笑意。

"你……陈小宁，你……你这个女人这么歹毒！"

福大人狠狠一掌往陈小宁胸口印去，这一掌凶厉无比，手掌之上还泛着黑色的光霞，一看就知道剧毒无比。

话都说到这份上了，他又怎么会不明白陈小宁师徒的用意，他原本会以为他们二人带他前来，只是联合一起去女娲墓夺得里面的宝物，却不料是带他来顶罪的。

"跟我斗！"

陈小宁早有防备，曼妙的身子一抖，身上冒出一层黑气，想不到这陈小宁在白骨魔门混了几年，一身魔功练得出神入化，不过她依旧不敢正面接福大人的那一双毒掌。

"宁儿，接着，手套。"

唐永从怀里掏出一双银白色的蚕丝手套扔了过去，陈小宁伸手一抓，套在手上。

这双蚕丝手套是唐永和陈小宁昔日联手盗古墓所得，这双手套是天蚕丝所制，并且里面还蕴含了其他材质，据说这手套水火不侵，百毒不惧，有了这双手套倒也不惧怕福大人的鬼毒。

陈小宁面对福大人印过来的手掌，毫不畏惧，同样一掌击过去。

"轰隆"一声炸响，福大人竟被陈小宁一掌击得后退几步。

我心里微微一惊，想不到这陈小宁的功力竟精进如此！

"太清除魔符。"

福大人掏出几张黄色符箓冲着陈小宁一扔，这几道黄符立刻化为几道青光往陈小宁激射而去。陈小宁面色微微一沉，浑身黑光缭绕，身前撑起一道黑色光幕，这道光幕之上隐隐浮现出一些玄奥的符文，福大人的那些符箓打在黑色光幕上，立刻溃散开来。陈小宁微微一笑，不等福大人再次念动咒语，陈小宁身子微微一闪，来到福大人身旁，伸手一抓，原本葱白的手掌表面浮现出一个白色的骨爪，居然是白骨魔君惯用的招数。

这一爪直接抓在福大人的脖子上，福大人吓得不敢动弹了，陈小宁转过头盯着我，说："这个人，是你们亲自动手，还是？"

我看了一眼青冥，青冥却没有半点反应，我出声说道："就算你不制住他，他也跑不掉的，根本就不需要你动手。今日，你们一个也别想逃！"

我冷哼一声，七星镇魂剑一展，剑上星光流转。

"你这话有些严重了，咱们这次来，双方都各有所需的，你看这是什么。"

唐永从怀里掏出一块羊皮古卷，这羊皮古卷看起来有些古老，唐永竟直接往我们扔过来，青冥一把抓住，开始仔细查看起来，片刻之后说道："一幅残图而已。"

"你拿个残图做什么，来哄骗我们不成？况且这残图还只是女娲墓一些外围地图，并不是真正的女娲墓残图。"

我凑到旁边看了一眼这张地图，发现地图并不完整。

"先处理他再说吧，这事咱们慢慢商谈。"

唐永嘿嘿嘿一笑，开口说道。

"好，那我就来为青灵大姐报仇。"

我往前一踏，直奔福大人而去，我现在只有一个念头，只想杀了福大人。

"我来！"

青冥忽然冲我肩膀上一点，竟然封住了我的穴道，更加不可思议的是，青冥走到我身前，把我口罩提上，遮住了我的眼睛，我感觉眼前一黑，什么都看不到了。

接着便听到一声凄厉的惨叫声，然后我又听到一阵阵倒抽凉气的声音。

片刻之后我的口罩被拉了下来，却只看到唐永和陈小宁目瞪口呆地盯着青冥，而福大人的身影已经消失不见。青冥静静地站在我的身边，仿佛什么事情都没发生过，不过我看得出唐永和陈小宁眼中的震惊之色。

"福大人哪里去了？"

我问，此刻我的穴道也被解开了，能够自由活动了。

青冥眼中的杀意消退，并未出声说什么，不过我能够感觉到他身上的法力波动还未消散。

"从此天地间消失。"

青冥轻描淡写地说，语气也畅快了许多。

"你未免下手也太快了，元神都毁灭了？"

空气之中仍残存着法力的波动，甚至还能感觉到一股焦味。

"青冥小哥出手，当真让人刮目相看，果然够狠够绝。"

陈小宁既惊且叹。

"现在可以说说咱们之间的事了。"

青冥抓起女娲墓地图，沉声说道。

"你手中的这幅古图确实只有此一份，你若不信，大可看看这古图的质地就知道了。小宁说你也曾经下过古墓，想必也识得这些材质的。"

唐永目光微微一闪，脸上带着十足的自信之色。

青冥捏了捏这块地图，又放在眼前仔细辨认了一会儿，这才缓缓地点了点头，但是眼中仍旧是一副疑虑之色，陈小宁见状，说："这幅古图也是我师傅当初偶然所得，因为发现这古图的秘密，所以才会去固伦和孝的古墓想要夺取女娲石的。"

"我们之所以给你看，也只是想随你们进入女娲墓而已，我知道女娲石已经融入你的血脉之中，我们是不可能取走你的血脉了，所以也只能依靠你的力量了。"

陈小宁笑眯眯地盯着我，娇滴滴地开口了。

"呸，有这么好的事情？当初你设计无常，也会料到有今天？滚，别给我在这里丢人现眼！"

陈倩拉着阿宝从远处的山坡上走来，一脸冷漠之色。

阿宝十分冷静地盯着陈小宁，一双乌黑的眼珠瞬间变得血红一片，他嘴角咧开，露出两颗小虎牙，不过比虎牙要长，要尖，并且还泛着冷冷的寒光，阿宝嘟着小嘴，说道："倩姨，她就是屡次设计为难白叔叔的那个蛇蝎女人？你们若是不好意思对付她，那就我来下手。"

"小娃娃口气好大，大人谈事情，轮到你小孩子来插嘴？白家哥哥，你这是怎么管教孩子的。"

"哼，那就让我阿宝来领教一下你的魔功吧。"

阿宝说完，原本十分可爱的小脸刹那间变得狰狞起来，双目彻底化为通红一片，矮小的身子忽然就如同狂风般地吹出，化为一道血影直奔陈小宁而来。

我和青冥倒也没有阻止，像陈小宁这种作恶无数的女人，活该让阿宝修理一下。

阿宝是吸血鬼婴，体质特殊，身法敏捷，如同鬼魅。陈小宁一下就慌了，本能地抬手来挡。但阿宝这时已窜到陈小宁的肩上，照着她的胳膊、头脸就是一顿撕咬。

"你个小兔崽子，居然下此毒手！老娘都要被你毁容了！我饶不了你！"

陈小宁恼羞成怒，身上腾起团团黑雾，双手一探，五指一弯，白骨爪印浮现而出，狠狠往阿宝抓去，但想不到阿宝却是血婴之体，根本就不怕陈小宁的手段。阿宝如同鬼魅般缠住陈小宁，揪扯着她的头发，发疯般在她脸上颈上撕咬着。陈小宁瞬间披头散发，成了一个血人。而一旁的唐永看着我和青冥，却不敢有丝毫动作。

恶人还要恶人磨！再这样下去，陈小宁就彻底破相了。我看也差不多了，这才大喝了一声："住手！"制止了阿宝。

阿宝舔了舔嘴角的鲜血，露出两颗锋利的牙齿，很不解地开口说道："白叔叔，为何要我住手，我好久没饮血了，我原本想咬死她，喝干她的血的……"

"以后白叔再跟你说，今天先放她一马成吗？下次如果她还做坏事，你就是撕碎了她我也不管了。"

"嗯，听你的。"阿宝盯着陈小宁，"以后不许做坏事了啊，不然我就生吃了你！"

陈小宁满脸是血，头发凌乱，身体忍不住瑟瑟发抖。阿宝这种做派，当真是把她吓坏了。陈小宁再不敢招惹阿宝，只是低声骂了句："小怪物！"

阿宝一听，又要动手，不过却被我制止了。

之后，青冥问唐永："这幅女娲宫地图，难道是交给我们保管不成？"

"自然不是，这地图只此一份，并且还只是残缺的一部分，说实话，我和宁儿都想要把它临摹出来，但是这地图就好像有一股神奇的魔力，怎么都无法记住，无法临摹出来，为了表示诚意，咱们把这幅地图分为两部分，如何？"

唐永微微一笑地说道。

"哪有你说得这么稀奇，我就不信记不住。"

我一把夺过地图，开始仔仔细细地记起来，但奇怪的是，我想了一部分，然后就忘了一部分，越想越忘，到最后，居然全都不记得了，我有些骇然地盯着青冥。

青冥见状，也拿起地图仔仔细细查看起来，足足过了一刻钟，他才说："好吧，如你所说便是。"说完将地图一分为二，丢给了唐永一半。

"那咱们就等女娲墓开启之日再见，对了，还告诉你一个秘密，固伦和孝就要成为真正的旱魃了，她这次一定会去女娲墓的，因为在女娲墓里面，她才能够渡过天雷地火之劫……"

"她这就要成为旱魃了？"我问。唐永点了点头。

"白家哥哥，那咱们后会有期。"

陈小宁又娇媚地笑了起来。

"你若不走，我和阿宝不介意送你一程的。"

陈倩冷冷地盯着陈小宁，毫不客气地说道。

"走吧。"

唐永拉着陈小宁灰溜溜地走了。

因为陈小宁的出现，引得我心绪大乱，不知不觉间，我脸上那些赤红色魔纹又开始发出淡淡的光芒来。

青冥见状，立刻掏出佛门舍利，屈指一弹，舍利便停驻在我眼前，一团柔和的光霞刺入眉心，把我那异常暴乱的心性压制下来。

"白叔叔，你又伤心啦？"阿宝见我脸色有异，青冥又是一副心焦的样子，说道，"青冥叔叔，其实，你这样也不是办法。"

"阿宝，你这样说，难道有办法？"我问。

阿宝笑了笑，盯着青冥说："青冥叔叔一遇到白叔叔出事，就乱了方寸，如果你肯多去想想的话，就会知道这个世界上有那么一个地方，会让白叔叔渡过这一劫的。"

青冥闻言一怔，片刻后眼睛一亮："阿宝，你连无量寺的佛门小西天都知道？这个秘密知道的人绝对不多，你又是从哪里得知的？"

阿宝笑着掏出我的手机，笑眯眯地说："你以前不是传了很多资料给白叔叔么，你看，我都记得一清二楚的。"

青冥这才恍然。一旁的陈倩却听不明白，忍不住问："这佛门小西天是什么东西？我，我怎么从未听说过？"

"佛门小西天是无量寺的重地，除了长老级别的存在，就连一代弟子也是不知道的。"阿宝晃了晃我的手机继续说道，"这个地方很神秘，是第三平行空间，是第一代无量寺掌门所创建的，据说这个第三平行空间是历代掌门闭关修炼的地方，有很多妙处……"

"为了无常，看来我们要去一趟无量寺的佛门小西天了。"

青冥沉声说道。

🌸 小花的表白

郊游回来后，陈倩开始忙碌起来，阿宝成天到晚都呆在电脑面前查资料，有一次我阻止他，说："上网多了，辐射大，对身体不好。"

没料到阿宝白了我一眼，开口说："我是普通人么，而且我是在挣钱呢。"之后继续敲打键盘，不再理我。我自感无趣，抽身走人。因为终日里无所事事，所以最近我染上了睡懒觉的习惯。

一天早晨，我被一阵刺耳的铃声吵醒了。手机是青冥的，我狠狠地踹了青冥几脚，青冥却睡得很沉，我心里窝火，抓起手机一按，大吼起来："有病啊，才几点啊！"就想挂断电话。

电话那边传来怒哝："无常，别废话，快给本姑奶奶滚过来！"是王小花的声音。

"原来是花姐啊，别生气，我马上来拜会你。"

说完我便挂了电话，想着小花刚打的是青冥的电话，那为什么又说让我过去呢？这其间不会有什么猫腻吧？想到此，我拿着青冥的手机乱翻起来。

点开信箱，我就看到一排排的短信，居然全部都是王小花的，最后一条短信发出的时间居然是昨天晚上。

"青冥，今天晚上没空么？"

"青冥，你难道真的要为了他，就这样过完这一辈子么？"

"青冥，我哪点不好？咱们不能出来吃个饭吗？"

"青冥，我真的是很喜欢你的。"

"青冥……"

看到这些信息，我一下懵了，这一切让我有些措手不及。

我转过头，看了看熟睡的青冥，轻轻叹了一口气，真是造化弄人啊。我小心翼翼地放好了手机，然后钻入被窝，我才不管这些破事儿呢，先睡够了再说。

这时，一只温热的手搭在了我的腰间，我脑子一热，推开青冥的手，问："青冥，王小花找你，你和她是不是……"

"是什么？"青冥半梦半醒地问，一股热气喷在我的耳朵旁边，麻麻痒痒的，让我很不自在。

"没……没啥，你继续睡，你幻听了。"

"不说么，那大刑伺候。"青冥一把抓住我的双手，往背后拧去，我一急，本能地抽手，向后面一抓！

"啊"，青冥惨叫。我坐起来，穿好衣服，冷冷地开口说道，"别装了，谁不知道你有地藏金身，全身坚不可摧。"

"你……这个时候，谁会动用地藏金身，还有，你今早到底是怎么回事？"

我拿起他的手机晃了晃，青冥立刻明白了我的意思："你都看了？""如果要人不看，以后手机加锁就是！"

……

再次见到王小花，是在一家咖啡厅里，小花是来跟我们道别的。她决定要走了。她说："无常，说实话，其实我很早就喜欢青冥了。"

王小花一只手拿着铁勺子搅动着眼前的咖啡，一双格外明亮的眼睛盯着我，眼角的余光却扫在青冥脸上。

"哦，喜欢就喜欢啊，跟我有什么关系？"我淡淡地说道。

"落花有意流水无情啊，现在我要走了，经过这一次大劫，我们都磨炼了不少，也是时候离开人间了。"

王小花抿了一口咖啡，说道。

"难道一定要走么？"

听小花说要走，我有些伤感起来。

"已经决定了，不仅仅是我，各大城市的管理者都要离开，你们以后想我，就到清心观来看我好了。还有，我会和花小倩一同前往的，柳青也要走，他要成正果了，你们抽空去跟他道个别吧。"

王小花同样有些伤感。

"这么快就要走了啊。"

"其实柳青很早以前就可以飞升了，他一直没走，主要也是因为留恋你们。"

我说："嗯，我知道。咱们一块去看看柳青吧。"

"不去了，我明日一早就要动身了。"

王小花眼眸中划过一丝失落，叹了一口气，盯着青冥说："青冥，我离开前最后一件事一定要答应我，我知道你们要去女娲墓，你一定要好好地保护无常，算是我拜托你了，可好？"

青冥白了王小花一眼："你这不废话么！"我和王小花相视一笑，之后又聊了一会儿，王小花才恋恋不舍地跟我们作别。

出了咖啡厅，我们直接去医院找柳青，不料车开到半路，就接到了柳青的电话，他说他到捉妖公司了。

回到公司时，柳青正在和阿宝聊天。他们似乎很谈得来的样子。阿宝有很多问题，都是一些符箓、降妖抓鬼方面的事，柳青倒也不吝啬，把自己知道的都跟阿宝说了。

柳青这一次穿的是便装，戴着一副金丝边框的眼镜，头发往后梳着，浑身散发出一股成熟男人的魅力。若不是他一心追求仙道，现在只怕追柳青的女人能够排满一条街了。

"柳青，好久不见。"

我进门，扯掉口罩，既然到了家，倒也没什么好遮掩的。

柳青点了点头，眼睛盯着我的左脸，仔细打量起脸上那些魔纹，片刻之后，才一脸凝重地收回目光，说："这不是魔纹。"

"不是魔纹？那是……"青冥疑惑。

"这些像是一组密码符文。"

"密码符文！"我倒抽一口凉气。

"嗯，不错，确实像密码符文，你背后不是有过长生纹么，这些符文与你的背后长生纹有几分相似，兴许这就是打开女娲墓的关键。你还记得当初你受到固伦和孝、白虎妖、阴罗鬼王他们的攻击身受重伤么？你身上的女娲石化为能量侵入了你的血脉之中，我曾经为你检查过，当时除了你的生机比起之前更加活跃之外，还有一种很神秘的血脉之力游离在你体内，这股血脉之力对你没有危害，甚至还有益处，所以我当时并未多说什么的。"

"不是魔纹就好，不是就好。"我松了一口气。

"无常，我听阿宝说你们要去无量寺的佛门小西天？"

"嗯，柳青，你也知道佛门小西天？"

"自然知道，无量寺的佛门小西天是一处第三平行空间，是寺内的高僧大德修炼的秘地，你是否能进去，主要看你的缘法了。"

"那就看运气吧。哦，对了柳前辈，听王小花说，你已经修炼到圆满的境界，你打算什么时候飞升？"

"今晚我就走了，我已经无法压制太久了，对了我已经和我的好友青牛说过，这次进入女娲墓，我会叫他助你一臂之力的。好了，我也不多说了，我现在就得走，我得直接回大海深处飞升，因为飞升的时候会引来天地异象。"

柳青站了起来，笑眯眯地盯着我。

"你真的要走了？"

我知道柳青一走，那么就很难再见面了。

"是啊，无常，我会在上面默默地注视你。你要高高兴兴快快乐乐地活下去，还有我是真的很感谢你，谢谢。"

柳青抓着我的手，我能够感到他肌肤有些微微发热。蛇一般是冷血动物，就算是化为人形，也不例外。但是柳青的肌肤居然能够发热，看来道行已经到了一个让人无法想象的地步了。

我紧紧抓住了柳青的手，很是不舍，青冥走了过来，拍了拍我的肩膀，冲着柳青说："我知道你的担心，放心吧，就算是我死，我也不会让他出事的。"

柳青点头，接着从怀里掏出一块指甲大小的细小青色鳞片按在我的肩膀之上，直到青色鳞片化为一道青光没入到我的肌肤之中，才开口说："这是我的鳞片，如果遇到什么你们无法逆转的大事，只要使用这个鳞片，我就会想尽任何办法回到这个世界上来的，不可妄自动用哦，因为机会只有一次，除非万不得已。"

我点了点头。

柳青看了我好久，又转向青冥、阿宝，我能够感觉到柳青眼中的不舍，他点了点头，身子微微一动，便消失不见了，仿佛从未出现过一样。

我有些颓废地跌坐在椅子上，眼神变得空洞起来。都走了……都走了！

第十三章　白骨魔君的下场

只见那六张人脸忽然探出身子，一个个面貌凶狠无比，身材也要比一般人高大许多，并且头上都长满了犄角，全身赤裸，肌肉上布满了魔纹，并且他们的下身还长满了如同钢针一般的毛发，看起来凶残无比。

在随后的几天里，我和青冥先去了趟珠崖岛，看了一下我的父母和云逸哥，之后才从那里动身，奔赴无量寺的小西天。

我们在无量寺所属地区的机场下来之后，便直接施展腾云驾雾之术往无量寺所在的山头飞去。

飞行了半个小时后，眼前出现绵延起伏的群山，并且山势越来越高，下方葱郁一片。

"我想，我们要到了。"

我站在青冥的身后，指了指下方不远处的一座寺庙。

寺庙很大，整体是赤红交加的建筑格局，很像无量寺住持玄梵身上那件袈裟的颜色。

刚在无量寺前落地，玄梵住持就迎了出来。我的事他早已知道，兼之我还救过他师傅白眉老僧的挂名弟子林警官，在封魔地一战前又救过无量寺数十位中了鬼毒的弟子，同时在封魔地一战中，我还凭一己之力，重创群妖……因为以上种种，玄梵对我和青冥都非常尊重，所以尽管无量寺的小西天外间人是不能造访的，但玄梵还是打破祖训，为我和青冥破了例。我和青冥这才得以成功进入小西天。

当然，就算有玄梵破例，小西天也不是那么好进的。其间危机重重，颇多埋伏，并且有十八罗汉把守。我和青冥在其间费了很多周折，最后才将一切摆平，之后得以在里面静休，调养身心。山中岁月无甲子，我们这一进小西天，就是一个多月，我和青冥都因此功力大进，当然，我的魔性也被彻底压制住了。

这天，我们正在小西天的牟尼大殿内修炼时，突然"轰隆"一声巨响，牟尼大殿的殿门被人撞开，玄梵住持满头大汗地闯进来："打扰二位了，不好意思，无量寺来了冤家对头，我是来请二位出手相助的。"

玄梵双手合十，脸色苍白，嘴角还有一丝鲜血溢出，连玄梵都受了伤，可见来了强敌！

我问："谁啊，居然这么大胆，竟敢招惹无量寺？"

"是魔门和固伦和孝联手，和二位一样，他们也想进入小西天。"

玄梵说罢，轻叹了一声。

"什么，他们为什么也想进入小西天？"

"小西天是佛家密地，拥有很多奇特功能，就像你能在此制住自身的魔性一样，准旱魃固伦和孝若想躲过天雷之劫，目前小西天便是她最好的选择了！"

"这么说她是想在女娲墓开启之前，提前进化为旱魃了！但有我和青冥在，她休想！"

我冷笑一声，大步向前走去，青冥和玄梵紧跟其后。出了佛门小西天，一股热浪扑面而来，天空就像红色的海洋，一团团火云在空中燃烧着，好在无量寺的上空被一层金色透明的光罩护住了，不然的话，无量寺此刻肯定是一片火海！

青冥皱眉："果然是固伦和孝，她既来了，倒省了我们去找她的力气。"

"二位要当心，先天魔君也来了，他虽受了伤，但实力比白骨魔君和准旱魃都要高出许多。"玄梵担忧。

"无妨，除了白骨魔君和他师傅先天魔君以及固伦和孝三个外，其他人都好对付。只要击败他们三个，那些爪牙就都树倒猢狲散了。先天魔君让青冥对付，玄梵你对付白骨魔君，固伦和孝就交给我啦。"

我刚说完，一道阴冷无比的声音从上方传来："玄梵，老老实实地让我们进入佛门小西天，否则的话，就别怪我把无量寺夷为平地……"

白骨魔君在一团乌黑的魔云之中现身而出，而他身后，则是一团漆黑如墨的云朵，那团云层之中蕴含了强大的魔气，比起白骨魔君不知道要强大多少倍，不用问，那云里应该就是先天魔君了。而白骨魔君一侧，则是一团红云，上面站着一个身穿红袍的少女，她面容阴沉，充满煞气，但却又格外的精致。

"无量寺乃佛门之地，又岂能容你们这些妖魔玷污？贫僧今日就算是战死，你们也休想染指此地分毫。"

玄梵这次并未拿着那根黄金禅杖，而是亮出一根古朴甚至可以说是有些破旧的乌黑戒尺。

"八部龙王尺！"

青冥见玄梵亮出那根戒尺，脸色微微一变，低呼起来。

我低声问："这戒尺难道还有什么说法吗？"

"这是佛门至宝，是佛门三件至宝之中最为强大的一个，就算是罗刹厉鬼，也承受不住这戒尺的一击之威的。"

"照你这么说，那白骨魔君这次可就有的受了！"我乐。

下一刻，天空之中忽然浮现出密密麻麻碗口粗细的黑色气团，这些气团隐隐蕴含着雷鸣之声，向我们头顶那层淡金色的光幕击去。光幕顿时被炸得摇摆不定，仿佛随时都要破裂一般。

"阴雷！"

玄梵低喝一声，前足往前一踏，一朵金莲自他脚下浮现而出。他双手合住八部龙王尺，嘴里念念有词，忽然之间便传来龙吟之声，他周身忽然冒出道道金光，化为龙形的模样盘绕而上，直接破开那道金色光幕，向白骨魔君袭去。

"咱们也去，否则他即便是拥有八部龙王尺，也无法对付他们三个的。"

青冥双手一掐法诀，脚下浮现出一朵金灿灿的莲花，往天空飞去。

我也掐动法诀，一团星云在脚下凝聚而成，托着我来到了高空。

这时候青冥已经与先天魔君战到一起，玄梵也与白骨魔君交上了手，我面对的则是固伦和孝。

我冷笑，注视固伦和孝："还没死啊你？"

"你没死之前，我是不会死的。"

固伦和孝盯着我的脖子，舔了舔嘴唇，森然说道。

"懒得和你废话，"我抽出七星镇魂剑，"动手吧！"

"好，手底下见真章！"固伦和孝哈哈一笑，双臂一挥，周围的红云立刻翻滚向我涌来，滚滚热浪奇热无比！

这，就是准旱魃的神通。这，就是火的力量，现在固伦和孝只需意念微动，就能够牵动火的力量发动攻击。而若等她成为真正的旱魃，这火的力量还要强大数百倍，很难抗衡。

"水德星君，借此法威，三千弱水，荡灭妖邪，急急如律令！"

见火云席卷而来，我不得不使出一道借水法符，幸好我原本就修炼了七星秘术，能够勾动天上星辰之力，这水德星君也是星君之一，比起平常人，我能借到更加庞大的威力。

我的指尖在空中划过，一道道淡蓝色、夹杂着丝丝星光的符文开始渐渐地凝聚成形。

随着符文的凝聚，原本炙热难当的天空忽然清凉不少，天地之间忽然涌出无数股清流，如同万流归宗般向我涌来。我冲着这道符文一点，手指间冰凉一片，符文猛然化为一道水晶蓝的光圈往四周溃散、蔓延，那些被蓝光扫中的火云纷纷溃散。趁此机会，我立刻掐动法诀，扑向固伦和孝。

固伦和孝脸上没有丝毫变化，她见到我扑来，竟没有任何闪避的意思，只见她双臂一抬，十指的指甲忽然化为数寸之长，并且每一根指甲都是奇黑无比，泛着点点寒芒。

我知道她的指甲剧毒无比，于是挥动七星镇魂剑，跟她周旋起来……因为在小西天这一个多月的清修，我法力大长，已与此前不可同日而语，所以到后来我越战越勇，而固伦和孝却渐渐露出破绽，于是我趁机一剑斩在她的身体之上，但除了斩掉她的一片红裙之外，并未伤到她的身体。她的身体就好像钢板一样，震得我的手腕隐隐作痛。

我一愣，耳畔忽然传来一声狞笑，固伦和孝这时已转到我的身后，危险！

"七星法体，护我全身！"我猛喝一声，躲开了固伦和孝这致命一击。

"你居然还修炼了法体神通！"

固伦和孝满面诧异。

我冷笑一声，身上泛起一层银色光芒，上面星光流转，凛凛生威。

固伦和孝脸色大变，她咬了咬牙，双手狠狠往前一抓，一道道赤红的掌印浮现在我身前的虚空之中，每一道爪影都如同是实质幻化而成。我冷笑一声，舞动七星镇魂剑，一道道宛若月牙状的光霞劈出，固伦和孝的那些掌印立刻被劈得粉碎，如同赤红的焰火在空中爆裂开来。

就在我与固伦和孝恶斗之际，远方忽然发出一声惨叫，听声音，是白骨魔君所发出。

白骨魔君这时也召唤出了白骨法相，但是白骨法相周围有八条金龙在空中游动着，这些金龙气息庞大无比，每次俯身往下一咬，都能够咬下大片的白骨。白骨魔君的法相在八条金龙的噬咬之下，竟开始纷纷溃散开来。

因为白骨法相和法相的肉身是密不可分的，如果法相消失，肉身也要受到重创，所以白骨魔君这时所承受的打击可想而知。

就在白骨法相消散之时，玄梵那柄八部龙王尺突然狠狠往白骨魔君所在的方向一砸，一道巨大无比的金色尺影飞射而出，尺影之中，八条金龙游走不定，淡淡的禅唱声伴随着强大无比的龙吟声响起来。

"轰隆"，尺影落在白骨魔君身上，一声凄厉无比的惨叫，白骨魔君被从高空击落在地，瞬间就没了响动！这一击是强大的攻击，白骨魔君几乎必死无疑。

我施展太极阴阳眼往下一看，白骨魔君摔到地上，砸出了一个大坑，身体几乎摔成了一个肉饼，鲜血四溅。

堂堂一个叱咤四方的白骨魔君，居然摔死了，魂飞魄散，万劫不复！

相比玄梵，青冥则要吃力得多。

一方是魔气滔天，另一方则是金光万道。

一个个卍字金印从青冥掌中冒出，铺天盖地往先天魔君压去，先天魔君密密麻麻的白骨爪影与卍字金印对撞在一起，发出剧烈的爆裂声……看情形，这先天魔君似乎比青冥略高一筹，但青冥面对强敌，却仍毫无惧色。到最后，先天魔君忽然催动白骨法相，直接向青冥的金身法相抓来，青冥的金身法相毫不示弱，巨大无比的佛掌往白骨法相拍去。

"杀"，先天魔君一声怒喝，突施偷袭，六柄漆黑的魔刀散发出森然诡气从魔云中飞出，斩向青冥。

青冥面色不改，随着抛出幽冥噬魂杵，杵上六张古怪人脸转动起来，赤红的光芒流转之间，传来哭声、笑声、悲伤之声、怨恨之声……六种截然不同的声音扰人心魂，六张怪脸每一个都是凶神恶煞。只见那六张怪脸同时张口一喷，一道道赤金色光霞卷向先天魔君那六柄魔刀，一阵脆响声中，六柄魔刀眨眼间全部化作废铜烂铁当空落下。

"好邪恶的法宝，给我用倒还合适，但你若继续用下去，你就会成为邪恶的化身。不如送给我吧！"

先天魔君阴冷一笑，手指一动，一道黑影突然飞出，速度奇快无比的往那六张怪脸抓去。六张怪脸因此发出怒啸，怪叫之声越来越大，若不是我定力非凡，只怕也会受到干扰。

这时，我和固伦和孝也在搏命拼杀，并且我已隐隐占了上风，但让人想不到的是，先天魔君这时忽然惊怒交加地吼道："你疯了，难道你就不怕被这邪物控制了你的身体？！"

我寻声望去，只见青冥正伸出手掌，他的手掌已经裂开一道口子，一道道血光从他掌心飞出，不断涌入那六张怪脸的口中。

得到鲜血的喂养，那六张怪脸仿佛活了一般，越来越狞厉可怖！我再一看青冥，心里猛然一震，青冥原本十分刚阳的脸上，这时居然显示出几丝邪魅妖异！他举起手掌，脸含笑意地舔了舔手上的伤口，然后转过头，冲我一笑。

我顿时如同坠入寒冰之中，这笑容太诡异了，让我的心脏骤然狂跳不止。

固伦和孝也是被这一幕惊呆了，我们二人都不禁收了手，往对面看过去。

只见那六张人脸忽然探出身子，一个个面貌凶狠无比，身材也要比一般人高大许多，并且头上都长满了犄角，全身赤裸，肌肉上布满了魔纹，并且他们的下身还长满了如同钢针一般的毛发，看起来凶残无比。

他们发出一声古怪的呼啸，之后便往先天魔君扑过去。顿时就有一声惨呼传来，我好像听到什么啃噬的声音，一蓬血雨从先天魔君所处的那团魔云之中倾洒而下，先天魔君的白骨法相刹那间便溃散开来，消失得无影无踪。

"死了！难道这一代巨魔，就这么死了？"我愣住了。而固伦和孝眼见大势已去，这时却突然偷袭，一掌拍向我的后背："冤家，女娲墓，我等你！"

✨ 邪灵附体

这一掌，固伦和孝拼尽了全力，但幸好我有七星法体护身，这才没有重伤。

穷寇莫追，如今固伦和孝已知道了我的实力，也知道我们守在无量寺，想来最近她是不会再来这里找麻烦了。有念及此，我赶紧坐下来，开始疗伤。

空中魔气消散，于是青冥也收了法相，落到地面。但那六个怪人撕碎了先天魔君之后，这时却不肯回到幽冥噬魂杵中了。他们在空中发出喋喋怪笑，如同魔神降临一般，脸上布满杀气，眼中满是邪芒。

"还不回来！"

青冥捂着胸口，冲着那六个怪人开口了。

但那六个怪人却不为所动，他们脚踩黑云，凑到青冥身边，围着青冥转动起来。

"糟了！"

我心里暗暗一惊，这幽冥噬魂杵居然有了如此灵性，竟然连主人的话都不听了！

空中传来古怪的尖叫声，十分诡异，青冥时而掐动法诀镇压，时而又大声呵斥，那六个怪人迫于青冥威压，最终还是化作一道道红芒，极不情愿地向幽冥噬魂杵中遁去。眼看六个怪人就要被降伏，我暗暗松了口气，哪知这时，突然有一道红芒一闪，悄无声息没入青冥的身躯之中。

"啊，青冥，小心！"我向前一蹿，青冥摇摇晃晃，向我倒来。玄梵见状，也来帮忙，在他的帮助下，我们把青冥带入了小西天的牟尼大殿之中。

……

一连三日，青冥都没醒来，我焦急地追问玄梵青冥到底是怎么了，受的什么伤？

玄梵眉头紧皱，手里拿着青冥的幽冥噬魂杵，说道："是邪气入体，现在我们只能利用这牟尼大殿内的佛光来帮青冥驱除他身上的邪气了。不要急，青冥能醒过来的。"

　　"这个幽冥噬魂杵到底是什么东西？居然这么邪恶，那六个人脸所化的人，又是什么东西？"

　　我凑到玄梵身边，盯着幽冥噬魂杵问道。

　　"这个东西来历很邪门，可能是魔罗之物。"

　　"魔罗？魔罗又是？"

　　"魔罗是邪恶的，是与佛对立的存在。青冥怎么会有这么邪恶的东西，又是哪里得来的？幽冥噬魂杵原本是佛门法器，但是里面居住的器灵却是魔罗的门人。之前青冥还有能力镇压里面的器灵，但是他与先天魔君争斗，消耗的法力太多，这才导致邪气入侵。"

　　"那大师有能力驱除这幽冥噬魂杵之中的邪灵吗？"

　　"有是有，但是却麻烦的很，想要根除，要一段时间。"

　　"总之有劳大师了。"

　　一想到能够驱除这幽冥噬魂杵之中的邪灵，我总算松了口气。

　　"嗯，你在这里小心一点，我去找本寺高僧一同作法，来驱除幽冥噬魂杵中的邪灵，至于青冥体内的邪灵，就要你和青冥共同应付了。"

　　"嗯，你去吧，早日把幽冥噬魂杵里面的邪灵驱除便是。"

　　玄梵带着幽冥噬魂杵离开了牟尼大殿。大殿之中便只剩下我和青冥了。青冥躺在地上，依旧昏迷不醒。

　　直到第四天，青冥才醒了过来。睁开眼的那一瞬，他先是偷偷瞄了我一眼，然后突然出手，点中了我背后的穴道。

　　我一惊，怒喝："青冥，你有病啊，快点放开我！"

　　"我……我没病，我好得很。"

　　青冥邪魅地看着我。他蹲下身子，微微仰起头看着我，眼眸之中红芒闪烁。

　　这，这不是青冥，这绝对不是青冥。我怒极道："快给我离开青冥的身子！"

　　"哈哈，我就是他，他就是我。"青冥哈哈大笑起来。

"这里是牟尼殿，你敢放肆？"

"我当然敢了。"

青冥站起来，双手结起法印，冲着大殿一点。

"封！"

一道符印出现大门之上，青冥居然封住了大殿的门，现在无论是谁，想进来都难了。

"你到底想干什么？为什么要封住大殿的门。"

"当然是干我想干的事了！"

青冥一把抓住我的衣服，我面带怒色地盯着青冥，说道："青冥，我是白无常，你给老子清醒一下，别让邪灵控制你，快解开我的穴道。"

青冥捂着头，甩了甩脑袋，忽然咧嘴笑了："哈哈，你想骗我？没门，是他自己不愿意苏醒，是他想让我替他做他想做的事。"

我深呼一口气，开始动用法力，全力冲击闭塞的穴道。

青冥的额头之上这时忽然浮现出淡淡的诡异青芒，如同两只犄角一样，这模样与幽冥噬魂杵中所幻化的邪灵有些相像。我心里一急，全身法力终于凝聚成一股洪流，往闭塞的穴道冲击而去。

"轰隆"，我突然感到体内一声炸响，身子微微一麻，居然能动了。我一跃弹起，一脚将青冥踢出好几米远。

"你……"青冥双目之中红芒狂闪。我见势不妙，未等他有下一步动作，急忙伸指点向他的眉心，一道星光没入他的额头，青冥的法力就被我封住了。

"哼，我看你还不老实！"

"你……你以为封住我的法力，我就没办法对付你了吗？臭小子，你可知道我的来历？"

青冥冷冷地盯着我，开口说道。

"你不就是魔罗门人吗？有什么了不起的！若非青冥法力消耗过重，能受你摆布吗？"

"我的确是魔罗门人。不过有一点你可能还不知道，青冥这具肉身转世前可是被大欲天魔罗动过手脚的，嘿嘿，难道你没有发觉他的异样么，他有时候全身似火，如果不发泄出来，就会走火入魔的。"

这个附在青冥体内的魔罗邪灵嘿嘿怪笑起来。

我听了这才明白，青冥的种种反常行为原来竟还有这方面的原因！造化弄人啊，这就像我也曾被钟馗动了手脚一样……

我冷声说道："你现在离开他的身体，否则就休怪我下狠手了！"

"哈哈，你能有什么办法？我所做的，就是他潜意识想要做的，你别装糊涂，别以为我不知道你们前世之事，哈哈。"

这个魔罗邪灵猖狂地大笑起来。

"他想做，他来就是，让你瞎操什么心？知道前世之事又如何？你莫非能够掌控什么不成？"

我心里暗暗防备起来，虽然青冥的法力被我封住，但是肉身却同样是强大无比的，特别是地藏金身，比起我的七星法体要强大很多。我只能用法术来克制他，但是又不能真正伤了他的肉身，一想到这里，我就大感头痛起来。我悄然把手伸入挎包之中，一摸，发现包中还有不少符箓。

"你如果能够拿回幽冥噬魂杆，放掉我里面的五个兄弟，我便立刻还给你这具肉身如何？"

魔罗邪灵嘿嘿一笑，跟我讲起了条件。

我伸手一挥，蓦然打出几道符箓，几道符箓在空中炸裂开，化为手臂般粗细的藤条缠住了青冥。

魔罗邪灵慌乱起来，如果真给青冥时间，他迟早会把魔罗驱除出体外的，如果魔罗本体在牟尼大殿出现，立刻就会被大殿之中的金光照射，那时候就没有翻身之地了。惊怒交加之下魔罗立刻驱动青冥身上的金身法相，想要挣扎而出，饶是这些藤蔓韧性非凡，但是也在邪灵的疯狂之下，开始渐渐破碎。

"画地为牢！"

我手指一动，划出一个牢字，冲着青冥所在之处一点，牢字化为一个金圈出现在他的脚下。

"轰隆"一声巨响，缚住青冥的藤条竟然直接被撕裂开来，不过他的脚这时又被我的画地为牢控制住了，无法踏出这道光圈。他惊怒交加，额头上的青筋都暴出来，他恶狠狠盯着我，仿佛与我有生死大仇一般。

我心里一凛，现在主要的就是拖延时间，困住他，等到真正的青冥苏醒过来，一切就好办了。

不过魔罗强悍的实力远远超过了我的预计，我的画地为牢秘术居然开始有些无法承受了，金光越来越淡，我想用不了多久，他就会彻底脱困而出。

"青冥，你还不赶紧恢复过来，你会后悔的。"

我深呼一口气，让自己冷静下来，然后抛出七星镇魂剑，双手掐动法诀："万物乾坤，七星镇魂，镇压！"

"轰隆"一声，七星镇魂剑炸裂开来，化为七团银蓝交织的光球，在空中按七星北斗排列，星辰之力从上面倾洒而下。这时魔罗一脚踏出光圈，我的画地为牢秘术被破，但七星镇魂剑所布置的阵法就好像一座大山一般，威压而下，压得青冥的身躯爆出强烈的金光，我甚至还能听得到骨骼发出脆响声。

青冥，别怨我，我只是想要把你身体中的魔罗给驱除出来。

足足过了小半天时间，魔罗居然还不肯放弃，青冥嘴角却已溢出鲜血，魔罗邪邪地冲我一笑，很诡异。

"镇压！"我咬了咬牙，再次冲着天上的七团星辰之力一点，更加庞大的星辰光辉倾洒而下。

"我就不信你这个样子，还能够吃我一记星辰驱魔符！"

我想起七星秘术之中的记载，这道星辰驱魔符的威力很强悍，但是必须要动用我的星辰法相力量。以我现在的力量绘制这道繁杂的星辰驱魔符，是要三天才能恢复过来的，我不能这样下去了，必须要赶紧驱除这个邪灵。在北斗七星阵之下，不管是人是妖，是鬼还是魔，都寸步难移，如果一移动，势必会牵扯到星辰之力作用到身体之上，现在受伤的只会是青冥的肉身。

🌀 魔罗身影

受到北斗七星阵的压迫，青冥的骨骼噼里啪啦发出诡异的响声，仿佛是有什么东西要破体而出。

我屏气凝神，一刻也不敢懈怠地在空中一笔一划的勾勒着，一道道蓝色的星辰之力从指尖流出，一道繁杂的符文开始凝聚成形。见到我绘制的星辰驱魔符，魔罗忽然发出一声诡异的咆哮，双目圆睁，张口要往我咬来，模样分外狰狞。

　　"星辰驱魔符！"

　　我一声低吟，伸手冲着前方一点，这星辰驱魔符从我眼前激射而出，宛若流星一般向青冥头顶砸下，顿时一声凄厉无比的惨叫传来，声音之大，吓了我一跳。这惊恐的嘶吼声根本就不是借助青冥肉身所发出来的，而是魔罗邪灵本身发出的。

　　伴随着魔罗的怒嚎，一片蓝色光霞从青冥身躯之上散列开来，青冥抱着脑袋跪在地上痛苦地挣扎着。

　　我的太极阴阳眼运转起来，发现这时一个赤红的身影在青冥的身躯之中扭动着，一道道蓝色的星辰之光涌入青冥的身躯，试图逼迫魔罗离开青冥的身体。

　　"万物阴阳，收摄乾坤，剥离。"

　　我双目一眨，一道黑白双色的光束从眼中激射而出，直接没入魔罗邪灵的赤红身影之中，"轰"的一声，魔罗邪灵再也无法抗衡这星辰驱魔符的力量，从青冥身上剥离出来。青冥身子一软，跌倒在地。

　　魔罗邪灵从青冥身躯之中蹿出，凶狞地往我扑过来，但牟尼大殿四周立刻涌现出无数道金光，疯狂地涌入到魔罗邪灵身躯之上，这魔罗邪灵原本就好像是全身大火，然后这些金光就像是汽油一样，开始疯狂地燃烧起来。

　　不过一时之间，这魔罗邪灵并未消散，反而是凶焰大涨的往我扑过来，我心里微微一沉。

　　魔罗邪灵已经是超出了鬼物的存在，我从来也没有见过，更是不知道他们的厉害。

　　"七星护体！"

　　我伸手冲着七星镇魂剑一招，七团星光立刻护住了我的全身，魔罗邪灵双手抓在我身前的这层光幕之中，"嗞嗞……"他的十指立刻冒出道道青烟，就好像是烧红的烙铁放在水中，发出那种嗞嗞声。

　　可以看得出，他很痛苦，根本就奈何不了这星辰之力所化的光幕，这时候他一双青色的犄角开始泛出青色的光芒，狠狠往我身前的星辰光幕一顶，犄角直接没入，离我心脏只差一个手掌的距离，我不得不掐动法诀，把他的犄角逼出。

"今日，看来是留你不得了，居然敢占据我的肉身作乱。"

青冥站了起来，双目中的血色光芒已经消退，变得冷静无比地盯着魔罗邪灵。

魔罗邪灵森然一笑："这么快就苏醒过来，看来你的实力远远超过我的预估，难道你真要毁了我？我可是跟了你好多年，我的存在，你也是知道的。"

"知道又如何，不过你今天的所作所为，已经是犯了我的大忌，也没有必要留你了。"

青冥冷笑一声，往魔罗邪灵走去，身上经文流转，宛若仙佛降临。

"你……你想干什么，难道你真想灭了我？你可别怪我，我所做的都是你想的，可没有违背你的本愿，你不能消灭我。"

魔罗邪灵见到青冥逼近，脸色大变，惊叫起来。

"你必须死，我绝对不许这种意外发生。"

青冥大手往魔罗邪灵头顶一抓，手里金光喷涌，一道巨大的卍字金印从魔罗邪灵头顶直击而下。魔罗邪灵诡异的身影扭动了几下，就此溃散开来。

我问："原来你早就知道这幽冥噬魂杵里面的器灵是魔罗邪灵？"

青冥脸色很不自然，但是依旧点了点头，然后问："你有没有伤着？"

我冷笑："如果真伤着我了，你还能够站在这里跟我说话？说吧，你是如何得到这幽冥噬魂杵的，这些魔罗门人所化的邪灵又是怎么回事？如果你不说清楚，以后就别怪我翻脸无情了。"

我冷然盯着青冥，开口说道。

"这幽冥噬魂杵其实我早就得到了，它原本是佛门的法宝，但是里面却是魔罗门人所化的器灵，也就是你口中所说的邪灵。这东西是在一个墓地得到的，当时的我，实力远不及现在，为了夺得此宝，我跟这些魔罗邪灵订下了一个契约。"

"契约？什么契约？你的脸怎么了，怎么那么苍白？"

"没事，只是元神受了点伤，很快就能恢复的。我知道幽冥噬魂杵里面还有五个魔罗邪灵，虽然被玄梵拿走了，但是很难消灭，我给你一样东西，你可以带着去消灭那五个魔罗。我会在牟尼大殿之中彻底借助里面的力量，恢复自身全部的实力。"

青冥搓了搓手，一颗颗弹珠大小的金色珠子出现在他掌心。他将金珠放到我手里，我仔细看了一下，这珠子之中流转着淡淡的经文，更让人惊讶的是，这珠子里面居然蕴含了强大的气息，这种气息我很熟悉，是青冥的气息。

　　"嗯，你好好休息，我去去就回。"

　　"你衣服被我扯裂了，去问玄梵要件僧袍。"

　　"嗯，知道了。"

　　我伸手冲着大殿一点，一道星光从指尖激射而出，之前那道被封住的符篆立刻被绞碎，大门开启。

　　我很快到了禅房，在玄梵床上拿了一件僧袍就走了出去。

　　因为玄梵并不在自己的禅房，肯定是已经联合无量寺的高僧在处理幽冥噬魂杵之中的另外五个魔罗了。

　　刚出了禅房，一道细小的身影往我跑了过来，是慧能。小和尚见到我，气喘吁吁地说道："白……白施主，不……不好了。"

　　"别慌，什么事？慢慢说。"

　　慧能喘了口气，说："出事了，玄梵掌门从佛门小西天拿出来的东西太邪门了，真的很邪门，你跟我来吧。"

　　说完拉着我，快步往远方走去。

　　"别着急，难道是幽冥噬魂杵出事了？"

　　"嗯，是那个东西，里面出来了五个邪恶的东西，附在几位长老身上了，幸好是在伏魔殿，否则要是闯出去就麻烦了。玄梵掌门就是叫我来请你和青冥施主出来相助的。"

　　慧能拉着我，穿过一条条走廊，来到一座大殿前。

　　这个大殿门口站着不少手持长棍的棍僧，全部都是一脸着急的模样。我走到大殿门口，往里看去，只见里面金光晃眼，几乎刺得人睁不开眼睛。

　　"白施主，小心，玄梵掌门已经动用了金光伏魔阵，这座大阵是伏魔大殿之中自带的阵法，当初建造伏魔大殿就把阵法刻入了建筑之中，相当厉害，只是不知道为何还没制服这五个邪灵。"

　　慧能的声音在我耳畔响了起来。

"玄梵也在里面？"

"嗯，玄梵掌门必须要在里面主持法阵，否则法阵不支的话，他们就会跑出来，白施主你要想想办法，那五个邪灵实在太厉害了，我怕玄梵掌门支持不了多久。"

慧能盯着大殿之中，面现焦急之色。

我倒是有些诧异起来，这金光如此厉害，周围的这些武僧都不敢直视，这小小年纪的慧能居然可以直视其中。

他清澈的双眸之中迸射出淡淡的金光，让我心里微微一凛。

"放心吧，有我在，我会收拾这些魔罗邪灵的。"

"魔罗邪灵，你说那五个邪灵是魔罗邪灵？"

听到我的话，慧能的瞳孔之中露出深深的忌惮之意。

我问："你难道知道魔罗邪灵？"

慧能点了点头，喃喃自语："魔罗，魔罗，我们无量寺的生死之敌，魔罗寺难道要重现了么？"

"魔罗寺，还有这个门派？"

我大为诧异地开口了。

"魔罗寺与无量寺的创派人物其实是两个师兄弟，但是佛和魔罗是对立的存在，当初创立无量寺的祖师是一位得道高僧，他的师弟则是一位法力强横的魔罗，祖师创建了无量寺，而他的师弟则是创建了魔罗寺与咱们无量寺对抗。根据典籍记载，数千年前，无量寺把魔罗寺封印在了第三平行空间，却没有想到这次居然……有些事情还是让玄梵掌门说给你听吧，因为我知道的比他少。"

慧能摸了摸光溜溜的脑袋，开口说道。

"嗯，好，我之所以没这么快进去，也只是想看看这金光伏魔阵的威力而已。"

我笑了笑，这金光伏魔阵的确挺厉害的，我施展出太极阴阳眼才能看清楚里面的情况，里面有五个和尚，盘坐在地，不过很诧异的是，他们头顶之上都有五尊金光闪闪的佛陀。这些佛陀伸出手掌拍在五个和尚头顶之上，五个和尚脸上露出狰狞之色，想要站起来，但是却被这五尊佛陀按住，无法动弹。

而玄梵则端坐在五个僧人的中央，手里拿着乌黑的八部龙王尺，背对着我们。

我一脚踏了进去，让我有些诧异的是，慧能也紧随而入。

"玄梵。"我出声叫道。

玄梵闻言站了起来，脸色大喜。

"你终于来了，这个幽冥噬魂杵之中的魔罗邪灵实在太厉害了，我动用了伏魔殿的金光伏魔阵才能够压住他们。"

"他们纵然厉害，又怎么能敌得过你的八部龙王尺？你之所以迟迟没有动手，只是不想打伤这五位高僧而已。"

说着，我走到一个高僧面前，之前一直紧握的拳头松了开来，露出里面的五颗珠子。

见到这五颗珠子，那五位魔罗邪灵脸色大变，挣扎着想要站起来，但是却被这五尊高大的佛像狠狠地镇住，根本就无法动弹分毫。

"你想消灭我们？我们可是魔罗寺的长老，这一次魔罗寺回归，肯定不会饶过你们的。"

其中一位被附身的高僧，恶狠狠地冲着我开口了。

我没有理会他，就在他张口说话的那一刻，我伸手一弹，一颗金色的佛珠弹到他的口中，其余的几位如法炮制，我也不知道这佛珠管不管用，但是毕竟是青冥亲自交给我的，我想应该会有用的。

果然，这些佛珠起作用了，他们立刻发出痛苦的嚎叫声，身上冒出大片的红芒，最后声音越来越小，红芒开始消散不见，五尊悬浮于头顶之上的佛陀也溃散开来。

他们的脸上终于恢复了正常之色。玄梵双手法诀一掐，周围金光开始消退，伏魔大殿又恢复如初。

如果是普通的鬼物，还好对付，但是这些魔罗邪灵是类似于器灵，不，准确地说就是器灵，这种存在我是从来没有对付过的，所以才会感到如此束手束脚。

"白施主跟我来吧，慧能，你收拾一下伏魔大殿，带五位长老去休息。"

玄梵带着我离开伏魔大殿，来到他的禅房，然后把门关上，对我露出一丝无奈之色来。

"玄梵，咱们也算有些交情了，有什么事你尽管说吧。"

"唉，怎么说呢，看来这次魔罗寺要回归了，魔罗寺是……"玄梵跟我讲起无量寺与魔罗寺的历史，这些此前小和尚慧能已跟我讲过，不再重述。玄梵的意思无非也就是想请我和青冥帮他们对付魔罗寺。

玄梵问："对了，青冥施主如何了？"

"还好，邪灵已经逼出体外，消灭了，他现在在借助牟尼大殿的力量来修炼地藏金身。"

"什么？"玄梵忽然大惊失色："你说他在牟尼大殿修炼金身法相？！"

"怎么啦，有什么不可以吗？"

虽然玄梵年纪轻轻，但是一向都十分稳重，我万万没有想到因为青冥在里面修炼，会引起他这样大的变化。

玄梵眉头深深地皱起来，脸色阴沉地开口了："其实牟尼大殿不是真实的大殿，而是创派祖师联合当时道行高深的长老一同用佛法构建的空间，我这么说，你能明白吗？"

"法力构建的空间？那得拥有多么大的法力！"

"不错，确实是法力构成，而且里面包含了无量寺高深莫测的佛法。青冥的地藏金身如果在牟尼大殿修炼的话，势必会引起一番变化的，甚至可能会让牟尼大殿就此消失。"

说话间，玄梵走到禅房的一面墙壁面前，冲着墙壁一点，墙壁之上立刻金光流转，一道道金色的经文流转起来，这些经文开始组合，化为一道金色的光门出现在我们面前。

这是佛门小西天的入口，我们之前就是通过这扇金门进去的。

"快进去吧，不然也许就来不及了。"

这时佛门小西天已经发生了变化，之前原本金灿灿的虚空之中的金云已经淡不可见，远处的牟尼大殿也开始剧烈地摇晃起来，巨响声越来越大，犹若天崩地裂一般。

"哎，看来牟尼大殿是要毁了！"

玄梵盯着远方，声音沙哑，神色甚是悲凉。

天空之中的那些金灿灿的云朵全部游动起来，最后化为一道道金色的光霞在空中飞腾着，最后往牟尼大殿飞涌而去，就好像无形之中有人在暗暗地指挥一般。

"轰隆"一声巨响，青冥的地藏元神法相忽然浮现在牟尼大殿上空，他双手合十，脚下浮现出巨大的金色莲台，法相周身金色光焰大放，下方的牟尼大殿开始变化起来，大殿的顶部最先变化，一颗颗金色的粉尘开始往地藏元神法相涌入，片刻工夫，这大殿就消失了大半。

青冥的地藏金身法相居然开始在吸收整个牟尼大殿，如果按照玄梵所说，这座大殿该蕴含了如何强大的力量啊，只怕会把青冥的地藏金身法相都给撑爆的。

大殿消散得越来越快，最后整个牟尼大殿轰然碎裂，化为无数金色的粉尘往地藏元神法相蜂拥而去。

一股庞大的法力波动爆发，如同炙热的火浪席卷我们，被这些金色颗粒拂过的瞬间，我能够感觉到颗粒之中强大的法力波动。

"赶紧坐下，看来小西天是要毁了，这里每一颗金色粉尘都是法力凝成的，能吸收多尽量吸收，别浪费了。"

玄梵盘腿坐下，双手合十，周身冒出淡淡的金色光焰，一道道金文从他身上浮现而出，周围这些金色的颗粒立刻往玄梵身上蜂拥而去。

我也立刻盘腿而坐，开始运行炼气诀，感觉周围的这些金色颗粒开始往我汇集而来，这些金色颗粒里面蕴含了强大的法力，让我体内消耗的法力快速恢复过来。

这时青冥的地藏金身法相已经变得如同实质一般，举手投足之间都能散发出莫大的威能。

我深呼一口气，星辰法相飞出，四周的金色粉尘如同海浪一般往我涌过来。

也不知道过了多久，我才缓缓睁开眼睛，感觉自己体内的法力充裕，而且星辰法相全身都镀上了一层金光，这些金光与星辰之光交相辉映，甚是威武。

那座庞大的牟尼大殿已经消失不见，青冥的金身法相已经收了起来，而玄梵也站了起来，我一看，只见玄梵容光焕发，身上的气息比起之前更加强大，不过这一次牟尼大殿瓦解，最大的受益者还是青冥，其次便是玄梵，接着便是我了。

青冥看了玄梵一眼，低声说道："对不住了，当初我和这几个魔罗邪灵订下了契约，如果他们消散，我本身也要受到重伤的，只是他们万万没有想到我如今修炼出金身法相，所以我施展秘术，把伤害转嫁到了法相之上。元神法相受伤我自然要在牟尼大殿修炼，却没有料到引动了牟尼大殿的禁制，故而才会出现这一幕的。"

"你简直疯了，居然敢和魔罗邪灵签订契约，若不是牟尼大殿有如此庞大的法力支持，你就是死路一条。"

玄梵听了青冥的话，倒吸一口凉气，面露惊骇之色地盯着青冥。

魔罗是什么样的存在，玄梵是再也清楚不过了，他万万没有想到地藏转世之身居然还敢和魔罗邪灵签订契约。

"我不是算计到在牟尼大殿么，现在牟尼大殿消失了，佛门小西天也要不复存在了，真是有些对不住。"

青冥微微一笑，从他笑容里，我却没有感觉到丝毫歉意，不由得心里狠狠鄙视他一番。

"边走边说吧，不久这佛门小西天也要瓦解了，若是没有你们，面对这次魔门的进攻，我们无量寺也绝无幸免的。"

刚说完这句话，整个佛门小西天就开始剧烈地摇晃起来，远方的尽头刮起了一阵狂风。

"快走，要瓦解了！"

玄梵脸色大变，拉着我们向外狂奔。天塌地陷般地轰鸣的烟尘中，我们终于逃了出来，而牟尼大殿，则在我们身后纷纷瓦解，化为飞灰……

出来之后，整个禅房都挤满了人，众僧都诧异究竟发生了什么？玄梵一时间无心跟众僧解释，于是让慧能先打发众人离开，之后禅房中又只剩下我们三个人了。

"青冥，你的实力连我都无法看透了，看来这牟尼大殿之中近半的法力都被你吸收了。"

玄梵颇为羡慕地盯着青冥。

"你这一次也得到了不少好处呢，现在就算白骨魔君没有死亡，也不是你的对手，现在你能够真正地带领无量寺了。"

青冥又恢复一脸冰寒的模样，嘴角微微翘起。

"借你吉言，白施主的病现在也好了，接下来，你们有何打算？"

玄梵微微一笑，开口问我。

"能玩几天就多玩几天，女娲墓眼看就要开启了。我有一种预感，女娲墓开启时间会提前，也就这几天的事，谁知道进去后会发生什么，所以这几天我只想尽量多寻些快活。"

玄梵问："那你们确定好哪些人进入了么？"

"自然是人越多越好。"

青冥嘴角一咧，露出高深莫测的笑容来。

"为什么越多越好，如果越多的妖魔进去了，我们可能会受到威胁的，况且里面的财富也很有可能会被他们掠夺一空，如果我能够控制数量，我情愿就咱们两个进去。"我说。

"青冥施主难道你已经知道了些什么？"

玄梵转过头，盯着青冥。

青冥冷笑一声，说："女娲墓又岂是真如大家所想象的那样？里面是有很多好东西不错，但是里面的危险程度已经远远超出了你们的想象。虽说是女娲墓，但是我从这张残余的地图来看，女娲墓并不是一座简简单单的墓地，之所以叫女娲墓，估计也就是葬送我们的墓地，从这地图来看，难道你们还认为是墓室？"青冥取出那张唐永送给我们的地图。

"不是墓地？那又是什么？我看过那些地图，现在已经想不起来了。"

"这地图之中有很多是标有禁制的，而且还是外围，里面有多么危险，更可想而知了。如果我猜得不错的话，这其实差不多是另外一个小型的世界，只是领土的范围不会太大，而且这个世界是上古洪荒留下的一个世界，也许，可能真是女娲所创造出来的，或者可能是女娲后人创造而出的。我想，里边肯定是有座女娲大殿的。"

青冥一边说，一边在地图上比划着。虽然这幅地图已经是残余地图的一半，但是还能够勉强看得清楚上面绘制的山脉，还有圈有红点的地方。

看着这绵延不断的山脉，我倒吸一口凉气，创造世界，难道，难道真有女娲不成？

一想到这里，我内心就一阵翻滚。地图上有几处十分险要之地，这些地方圈着红色的点点，上面也有不少箭头，都是指向北边，正看到关键处，却又没了，也不知道这些红色的箭头所指何处。

"这个世界肯定是有人生存的，或者是一些草木精怪什么的，否则人参娃娃也不可能从里面逃出来，如果有生灵的存在，那么就是一些未知的存在了，我知道青冥你为什么说越多人去越好了，其实就是为了分散里面的那些未知存在，如果有了他们的牵制，我们就少了很多麻烦。"

我想了想之后，忽然理解青冥的意思。

"嗯，说的对。我想里边就是一个小型世界，也就类似于一个庞大的第三平行空间，有别的生灵存在，我想，最好的东西肯定是在女娲大殿之中。"

青冥冲我点了点头，开口说道。

"青冥，为什么你能够很清楚地记得这幅地图？"

我诧异地问道。

"这图中确实是蕴含强大的禁制，的确是很难有人能够参透的，但是又怎么可能难倒我？残图之上的地形我早就了然于心，只是我不清楚我们进去之后是不是会在一起。因为进入到这个世界，极有可能是随意传送到任何一个地方，我们就会走散，危险就会大大增加，不过现在你的实力已经超出了我的预估，并且你身体之中已经蕴含了女娲石，我想我不在你身边，你也能够到达女娲墓的，我会把人参娃娃交给你的，不管进入之后我们在不在一起，我们都要到达女娲墓，我们最终的目的就是到达女娲墓。"

青冥冲我微微一笑开口说道。

"你们要多加小心，这一次也不知是祸是福，大劫虽然过去了，但是女娲墓现世，魔罗寺也出现了，日后可能会有得忙了。"

玄梵看了一眼窗外，脸上的笑意已经收敛。

"嗯，就算是魔罗寺真的攻击过来，也不必惧怕什么的，依玄梵大师现在的法力，魔罗寺未必是大师的对手。"

我劝慰起玄梵来，对于魔罗寺出世，他一直耿耿于怀，生怕无量寺会毁在他手里。

"你说的不错，现在我能够很好地掌握八部龙王尺，就算是魔罗寺的掌门来了，我也不会惧怕什么，更何况还有咱们灵界的其他门派帮忙……"

第十四章　星辰宝莲

一道道乳白的莲花花瓣分裂而出，这些花瓣源源不断，足有数百瓣，花瓣刚一脱落，便化为一把把通体莹白的光刃。我再一点，光刃便如同离弦之箭一般，密密麻麻地往这株大树削去，顷刻间，这株大树就已经化为一株冰树，生机断绝。

我们在无量寺又住了几日，便告别了玄梵，一路游山玩水往女娲墓的方向行去。

因为图安静，我们走得多是山路。一路上走走停停，有时一连几天都看不见半户人家。饿了，我们就会在林中采些野果，打些野味吃。

已经是秋天了，林间有很多野果，青冥在野炊方面也是个好手。这天，我们打了两只野兔，之后青冥找了一处瀑布清洗野味，我则坐在一块石头上看山景。

"你还愣着干嘛，去捡些干柴，不然你想生吃兔子么。"青冥催我。我耸了耸肩膀，去捡柴，正行走间，我忽然感觉林中有什么东西在盯着我，我一转头，他又不见了。

"什么东西，出来！"我喊了一声，没任何反应。

"撒豆成兵！"我抓起几颗黄豆往地下一撒，几个黄巾力士出现在我的面前，我伸手冲着地面上的干柴一点，开口说："你们把这些干柴都捡起来，送回去。"

几个黄巾力士随了我向回走，那双眼睛，还是一直跟在我背后。我能够感觉对方不是一个普通的兽类，也不是人类的存在。

就在我领着这些豆兵要返回的时候，周围忽然响起古怪的响声，高大的树木之上开始刷刷作响起来，并且有古怪的声音从树上传来。

还未等我反应过来，我身后的这些黄豆所化的豆兵居然停止了走动，一根根藤蔓从地上伸出来，缠绕住这些豆兵。

难道是山鬼？我脸色微微一变，难道除了苏茉儿，还有第二山鬼？

或者是其他修炼有关木系秘法的修道之人？除了山鬼能够操纵自然之力，驱使这些藤蔓之外，那些修炼木系法术的修道之人也能够做到。

"不对，不是山鬼，山鬼都是善良的，这些藤蔓都是毒藤！"

我看着缠绕在豆兵身上的那些手臂粗细藤条，藤条通体紫色，上面还有钢钉一般的毒刺，泛着森然寒光，如果是普通人被这些毒藤缠住之后，不消片刻，必死无疑！

我那些豆兵也无法抵御那些毒藤，周身黄芒一闪，重又化为一颗颗黄豆跌落在地。原本黄色的豆子，这时都已经变成了紫豆！

我脚下的土地这时也开始抖动起来，我拔腿就想逃，但是脚下的土地忽然裂开，一条紫色藤蔓缠绕而上，把我捆得结结实实。

"七星法体，救我危难！"我赶紧念动咒语，周身银光流转，这些紫藤无法奈何我的七星法体，但是紫藤的缠绕力十分大，就像巨蟒猎食，缠住猎物一样。

这紫色藤蔓的力气实在是太大了，若不是七星法体护身，我只怕立刻就要被缠绕而死，更不用说这还是毒藤！

"咦？没想到你还有几分能耐。"

忽然一个低沉沙哑的声音从树上传来，紧接着一个矮小的古怪男子出现在我面前。

这男子后背弓起，四肢强壮，两条手臂简直比他的双腿还要强壮，他的脸更古怪，脸上花花绿绿，就像京剧之中的花旦一般，脸上红色居多，这些颜色不像是画上去的，倒像是天生的。

"猴子？"

我出声问道。

"你才猴子，我是山魈！"

男子冷笑一声开口了。

"山魈？你，你居然能够幻化人形，你毁掉我的豆兵，把我困在此处干什么？念你多年修行不易，赶紧放开我，否则就别怪我不客气了！"

我感觉周身的藤条越缠越紧，如果再这样下去，就连七星法体也无法支撑多久的。

"你这人真有意思，你可别忘了，你现在是被我捆住了，虽然你现在能够抗衡我的毒蔓藤，但是我要撕裂你，还是轻而易举的。"

山魈冲我邪邪地一笑，忽然身形一闪，向旁边一株古树扑了过去，他的速度很快，快得就像一阵风，还没等我反应过来，他双手闪电般向我身前的大树一推。

"轰隆"一声巨响，这株大树居然倒了，并且断口处还十分光滑，就像被锋利的快刀切断一样。他是在向我展示实力。

"我承认你很强，但你抓我是什么原因。"

我冷冷地盯着他。

山魈一双赤红的眼睛恶狠狠地盯着我，说："带我去女娲墓。"

听了这句话，我笑了。我笑着说道："你去不去是你自己的事，为何要攻击我？到时候打开女娲墓的大门，你自己进去就是。"

山魈眼中的暴戾渐渐收敛，露出疑惑之色开口问道："你没骗我？真有这么简单？如果你胆敢骗我的话，我就将你撕成两半，然后吃了你。"

"吃了我？笑话，你以为我真的怕了你不成？金蝉脱壳！"我冷哼一声，施展出已很久不用的金蝉脱壳之法，抽身而出。

山魈一怔，他显然没有料到我居然能从毒藤之中挣脱开来。

"哼，看来你还真有几分实力，看来魔罗寺的人给我的消息有误？"

"魔罗寺？你居然知道魔罗寺？"

"自然知道。"

"既然如此，那我就不会放你离开了。当然，如果你能够把魔罗寺的情况详细讲给我听，又另当别论了。"

"口气倒不小，如果你能制服我，我倒是愿意如实相告，只是，不可能。"

山魈嘿嘿一笑，身影如同一阵风般地往我卷过来，速度之快，实难形容，我甚至还没缓过神来，就被他一拳打中胸口，不过我有七星护体，所以并没受重创。我法诀一掐，七星镇魂剑立刻化为七团星光护住了周身。但这时，山魈身子一闪，忽然消失不见了。

"阴阳化太极，万物演乾坤。"我冷哼一声，双目彻底化为太极阴阳眼，黑白阴阳鱼首尾相连，缓缓地在我眼眶之中流转着，眼前的世界已经变得不一样了，我能够感觉到山魈的行踪，他正直奔我而来。

他的脸上依旧是不屑之意，他并不认为我能够对他构成威胁，或者说他对自己的速度和力量很有信心。

不过这种骄傲总要付出代价的。我手指一动，低喝一声："星辰神雷！"手指冲着山魈所在的位置一点，周围的星辰神雷光球立刻激射而出，在山魈身上炸裂开来，绽放出万千电弧。

轰然炸响声中，原本自信满满的山魈，被星辰神雷直接击飞，倒在地上昏了过去。

说实话，这个山魈的实力很强，强到我都有些忌惮，为了安全起见，我直接贴了一张镇妖符在他身上，封住了他身上的法力。然后再招出几个豆兵，重新拾柴，然后吩咐他们随我赶回去。

当我走到瀑布旁边的时候，青冥已经用石头圈起灶台，并做好了一个烤架，周围摆满了细小的瓶瓶罐罐。

"怎么才回来？嗯，那是什么？"

青冥扫了一眼我身后豆兵手中提着的那个山魈。

"山魈。"

"山魈怎么会在这里出现？"

"我也不清楚，那会儿我正让豆兵帮我捡柴，突然遭到这个怪东西的袭击。幸好我有七星法体，不然只怕早就要被这个山魈给撕成两半了。"

"伤着了吧？让我看看。"青冥注意到我的胸口被山魈击了一掌，被打青了，于是边帮我揉，边问，"还疼吗？"

"不太疼。哦，对了，这个山魈事先就知道我的存在，所以才埋伏在山林之中，你知道他的目的是什么吗？"

我略带笑意地盯着青冥，开口说道。

"难道是为了女娲墓？"

"嗯，不错，确实是女娲墓，但是你绝对猜不到他是从何处得到的消息。"

"难道是固伦和孝告诉他的？"

"不，是魔罗寺，魔罗寺知道我们的行踪了。"

我深呼一口气，说道。

长生之心

"看来魔罗寺是故意走漏风声了。他们想让更多的人来对付我们，这样就能折损我们的战力。"

青冥沉默了良久之后，坐在一块光滑的石头上，冷冷地说道。

瀑布倾泻而下，水声很大，落在下方的水潭之中溅起大片的水花，但是青冥的声音仍能够一字不落地进入我耳中。

"咱们问问这个山魈吧，我只是用镇妖符镇压了他，并没有伤害他，不过他的力量很大，我怕我揭开镇妖符，会让他跑了。"

"放心，看我的。"青冥走向山魈，手指一动，一道金圈牢牢地锁住了山魈的身子。之后，青冥才揭去我那张镇妖符。

山魈的身子抖了抖，坐了起来，身上光霞一闪，又重新化为一个身材比例很不正常的男子。还没等我们开口，他就弹了起来，想逃，但他的脚却无法迈出金圈半步。他急了，龇牙咧嘴地咆哮起来，双手重新化为兽掌，往金圈抓去，金光依旧夺目的闪烁着，并未受到什么影响。

花了好大力气，依旧无法摆脱这个古怪的金圈，山魈越发焦躁，冲着我们嘶吼起来："快放开老子，不然等老子出去定会撕了你！"

山魈暴怒地伸出双臂，捶打着自己的胸口，奇大无比的鼻孔之中爆出红色的热气。

"啪！"山魈的右脸颊旁边忽然浮现出一个金色的手掌，还没等山魈反应过来，这个手掌又狠狠地往山魈的左脸拍过去，速度很快，力量强大，一下就让山魈的脸颊肿胀起来。

"你这个臭小子！……"

山魈火冒三丈，但是随之又是"啪"的一声，山魈再次挨了一耳光。

"骂，接着，别停！你骂一声，我让你吃一掌！"青冥盯着山魈。山魈怕了，眼中流露出忌惮之色，青冥这才收掌，冷声道："说吧，魔罗寺是如何知道我们的消息的？"

山魈指了指我，说："这……这我也只是听说他身上有女娲石，可以打开女娲墓，对了魔罗寺的掌门说了，女娲石的力量已经散入他的体内，并且凝聚成了长生之心，只要得到这颗长生之心，不仅能够延年益寿，并且还能打开女娲墓，更有机会进入女娲大殿夺取重宝。"

"长生之心？女娲大殿重宝？"

青冥脸色一变，双目望向我的胸口。我本能地往后一退，脚下没有踩稳，差点摔倒。

"怕什么，难道我还能把你吃了？"青冥把手放在我跳动的心脏上，我能够感觉自己心脏跳得十分沉稳、有力，更能够感觉到青冥手掌之中所蕴含的强大气息。这手掌就好像无形之中穿透了我的胸膛，紧紧地握住了我的心脏一样，我呼吸忽然加快了。

良久，青冥才满脸惊讶地松开手，然后古怪地盯着我。

"怎么了？难道真像山魈所说的那样，女娲石的力量已经让我的心脏化为了长生之心？"

青冥点了点头，然后轻轻地叹了一口气，说道："以后咱们要加倍小心了，你简直就是一块唐僧肉。我以后要时时刻刻地留在你身边了，因为我发现你的心有很强大的力量，不管是修道之人，还是妖魔鬼怪，都想夺得此心，以前还好，只是女娲石，现在好了，竟然机缘巧合之下化为了长生心！"

"什么是长生心？"

"长生之心虽然不像名字那么夸张，但的确能够延年益寿。你的寿命已经开始堪比妖怪，并且你身上的器官也在蜕变，变得更加年轻。不过你的这颗心脏就好比是灵丹妙药，如果那些妖魔吃了，肯定是增加自己的道行的，如果被那些邪门歪道拿去炼成丹药，只要吃了就能够增加自己的寿命，也不用到处去夺舍别人的肉身了。"青冥意味深长地望着我。

"不错，其实我这次来的目的，也就是为了长生之心，只要有了长生之心，我就能够活上很多年，你别以为妖怪就没有寿命，妖寿也有限，所以我才想取你的心，然后再去女娲墓寻找更好的摆脱雷劫长生久视的办法。"

山魈忽然开口了，他的声音变得很阴沉，颓废，甚至是失望。

"吃了我心能增加寿命，还可以打开女娲墓，的确是很大的诱惑，青冥，我情愿不要这长生之心。"

"为什么？这么好的东西你不要？不要就送给我，我山魈承你个人情如何？"

"想得美！"

我朝山魈狠狠地唾了一口。

"无常，你是怕你还年轻着，我却已经变老了吧？"

"嗯，不错，如果以后我还是这个样子，而我周围的人都开始变老了，这是件多么恐怖的事情啊。"

"那你心中哪一个又是正常人呢？你可要想下，我们都是修道的人，寿命要远远超过普通人类的，并且还有其他养生的功法。"

青冥一笑，然后转过身来冲着山魈开口说："你还知道什么情况，原原本本地讲出来，如果说错了，我叫你好看。"

山魈瞳孔微微一缩，身子往后移了移，弱弱地说："魔罗寺的人也会进入女娲墓，还有他们可能会派人来抢夺长生之心的，并且我估计这消息已经散播出去了。"

"要抢就让他们来吧，只要他们有这个能力！"我揉了揉肚子，"青冥，我饿了，你那兔肉啥时能好啊。"

"你这个小馋鬼，马上给你弄。"

青冥笑嘻嘻架好柴，点燃，兔肉冒出香味，油脂落到火堆之中窜起更大的火花，一股股浓香往四周飘散而开。

"嘿，我有事还要和你们说，兔子给我留一个，我也饿了，我什么都可以告诉你们的。"

山魈嗅到香味，馋劲儿也上来了。

青冥没有理会他，撕下一块兔肉扔给我，然后自己又撕下一块，放到口中咀嚼起来。

兔肉烤的很好吃，青冥的手艺简直出乎我的意料。不过这里的兔子又肥又大，我和青冥吃完一只就已经很饱了。

青冥走到山魈面前，伸手冲着山魈周身的金色光圈一点，这金色光圈便开始自行散开。山魈见青冥这样，反而愣住了，并没有逃走。他双目炯炯地盯着那只被烤得金黄的兔子。

"想吃？"青冥问。

山魈拼命地点了点头。

"想吃好说，在进入女娲墓之前，你要一直跟我们在一起，明白吗？"青冥盯着山魈。

山魈点了点头，接着蹿出，跑到兔肉那里，大肆撕咬起来。

"真要带上他？"

"嗯。山魈的实力非同小可，有他在我们身边，能帮我们不少忙。至于他如果想为恶的话，我自有法子让他屈服。"

青冥摸了摸下巴，看着吃得正欢的山魈，冷声说道。

"现在天色渐晚，咱们就先在这里歇一晚吧？"

"嗯，好，明天一早再启程，听你的就是。"

青冥点了点头，接着转过身开始在潭边整理出一片平整的空地，然后差遣山魈去弄些干草过来。我没管这些，我坐在潭边，开始打坐修炼。

到了我们这个境界，冥想就是最好的睡觉。但为了安全起见，我还是召唤出好几个豆兵守在我们身边。而山魈弄来干草之后，就到树上栖息了，青冥则与我遥遥相对，也开始打坐。

天色彻底暗了下来。繁星点点，时不时有凉风吹拂而过，最后风越来越大，吹得我身上的衣服猎猎作响。

怎么忽然刮起这么大的风？我睁开眼睛，忽然感觉周围变得很阴冷，我十分警惕地观察起四周来。忽然，唰的一响，山魈从树上跳了下来，速度奇快地往我们这边奔过来。几乎与此同时，我注意到正对着我的那个水潭上面不知何时出现了一朵脸盆大小的黑色莲花。这朵莲花通体幽暗，散发出隐晦的光芒。若是不仔细观看，肯定无法察觉到什么的，因为这朵莲花是漂浮在水上的，很难引起别人注意。

我深呼一口气，保持原来的姿势，盘腿而坐，双目微微眯起，盯着那朵黑莲。

这时候那朵莲花忽然动了，在水潭之中滴溜溜地转动起来，仅仅片刻工夫，这朵莲花忽然诡异地消失不见了。

正当我准备松口气的时候，这朵莲花已悄无声息地出现在我的头顶上，但这一切我却不知道，直到山魈突然示警："无常，小心！"

"嗤"的一声，头顶忽然传来异响，我本能地一抬头，只见那黑色莲花正缓缓往我头顶落下来，而这时，山魈已探出利爪，一把抓住那朵奇怪的黑莲，撕成碎片，抛上半空。

撕裂这朵黑莲之后，山魈落在我的身边，神色凝重地扫视着周围。但青冥这时却仍闭着眼睛，他的脸色很难看，同时他身上正在散发出淡淡的金光，来抵挡那些当空落下的黑莲花瓣，而我的七星法体这时也本能地察觉到这黑莲花瓣有些非同小可，居然也散发出淡淡的银色光霞。

夜空之下，我和青冥两个人分别化为一金、一银，在夜空中格外显眼。

"咦？"一声淡不可闻的轻咦之声从远处传来。声音很轻，但我还是听清了是一个男人的声音。我盯着青冥，他的耳朵也抖动了几下，显然他也听到了。

山魈这时也有些狐疑地转动着头颅，一双充满暴戾之气的眸子在夜空之中显得格外明亮，他目光往周围扫去，却并未发现什么。

我暗自掐动法诀，指挥着我身边的几个豆兵往发出声音之地走去，走到树林边缘的时候，忽然这几个豆兵身上的黄芒急骤地狂闪起来。

四周静悄悄的，那黑莲花瓣就像一场大雨，越下越大，周围的气温开始急剧下降，我心里隐隐有了一丝不祥的预感。那几个豆兵已经停了下来，无论如何也不向前走了，就好像有一个天然的屏障挡住了他们的去路！我再次掐动法诀，几个豆兵开始狠狠地往空中挥拳，一道道刺眼的金光浮现而出，这豆兵的蛮力非同小可，一拳至少有几百斤力气，但是他们拳头所打的地方却荡漾出一层层黑色的波光。

"结界！"

我差点惊呼出口。

"想不到这么快就有人赶了过来。"

青冥冷冷地一笑，睁开眼睛。

"轰隆"几道炸裂声忽然响起，这几个豆兵周身黄芒急闪几下之后便彻底地炸裂开来。

山魈猛然闯了出去，身形如风，他高高地跃起来，狠狠往天空一抓。

"哧"，一道巨大的裂缝被山魈撕裂开来，但是就在山魈落在地上打算再次弹射而起的时候，这道巨大的裂缝又恢复如初了。

就在山魈异常暴怒的时候，一道黑色的光刃从林间激射而出，速度极快，让人躲无可躲。

山魈并不是毫无灵智的豆兵，见到黑色光刃破空而来，当即双手交叉攻出，两道赤红交织的爪影狠狠斩向那柄黑色的光刃。这光刃散发出一声清脆的响声之后，便化为无数光点散落在地面之上。

正当山魈还没有缓过神来的时候，林间忽然出现一个瘦小的人影。这个人冷冷地盯着山魈，往前一踏，居然走了进来。

❀ 黑莲元魔

"这个结界是什么时候开始布置的，我怎么都没有察觉出来！"我问青冥。

"从那朵黑莲被山魈撕裂的时候，结界就已经悄然布下了，这个人的来头不小，咱们小心点。"

青冥双目之中泛着阴冷的寒芒望向来人。

"你到底是谁！这是你布下的结界吧，你是何居心？"

山魈挡住那人。

"你，走开，我的目标不是你。"

那个人语声阴毒，让人不寒而栗。

我站了起来，深呼一口气，施展出太极阴阳眼，透过重重障碍，终于看清这个人的面貌。

他面容有些狰狞，鼻孔很大，而且是光头，更让人惊讶的是，他的身上披着一件黑色的僧袍，整个人看上去十分邪恶。

我心里微微一动，问道："你是魔罗寺的长老？"

"你……你也知道魔罗寺？"

那声音缓缓地响了起来，就像一个锤子，在我心脏之上一下一下地敲起来。

"你来此，难道是为了我的长生之心？"

他没有开口，只是点了点头。

"你是元魔，上次我就是偷听到你们的对话，才来这里的。你们是故意让我知道的，你们想利用我来寻找长生之心！"

山魈忽然异常暴怒地开口了。

"不错，没想到你这么愚笨，居然让对方驯服了，这一次也只有我亲自来取了。"

元魔长老森然开口了。

"就你一个人吗？你们未免也太托大了吧？你们不是还有一个死对头无量寺么？"

我笑问。这位长老太不自量力了，因为现在各大门派的掌门、长老，单挑独斗几乎没人是我对手，更何况我身边还有青冥。

"我们早就打探清楚了，无量寺的太上长老在大劫之中已经陨落，现在无量寺的玄梵掌门只是一个小孩子，还没资格对付我们魔罗寺？"

元魔冷笑一声，似乎根本就没有把无量寺放在心上。

"不用跟他废话。"青冥颇为不耐烦的样子，手一挥，命令，"山魈，动手。"

山魈龇牙咧嘴，一跃而起，双爪狠狠往元魔抓来，看这阵势，似乎要直接把元魔撕成两半一样。

元魔冷笑一声，伸手冲着虚空一点，周围的那些莲花花瓣忽然在半空之中停住了，然后微微翻转，化为密密麻麻的黑色光刃劈向山魈。

"叮叮……"一阵金铁交鸣声中，两人的速度越来越快，已经看不清楚是谁的身影，随之一个小型的龙卷风在两人周边形成……

四周越来越冷了，一些黑色经文在空中凝结出一朵黑色莲花来，这朵莲花全部都是由经文组成，比起佛门莲花有很大不同。

我还是第一次看到魔罗寺的人施展法术，万万没有想到居然这么厉害。

更加重要的是这个结界，在这个结界之中元魔的实力会大大增加，而我们在他的结界之中，实力受到影响，就会越来越小。我们必须先破除这个结界，否则越斗下去会越吃力。

青冥显然知道这个问题，他看了我一眼，嘴巴未曾张开，但是声音已经到了我的脑海："无常，你用太极阴阳眼找出这个黑莲结界的破绽，我和山魈联手对付他，你专心找出破绽就行了。"

我点了点头，双瞳化为阴阳眼，一朵巨大的黑色莲花出现在眼前。这朵黑莲在空中徐徐转动着，但之前我并没有注意到这朵巨莲的存在，看来只有太极阴阳眼才能看到它的形迹了……

山魈这时正与元魔斗得难分难解。青冥却没急于动手。他之所以没有动手，大概有两个原因，第一个原因就是想要看看山魈的实力有多少强；第二就是不想我出什么意外，毕竟我们现在是处在黑莲结界之中。

面对元魔，山魈居然不落下风。山魈原本就好斗，脾气暴戾，力大无穷，所以就算元魔施展出种种法术，也只能勉强和山魈打成平手。

空中那朵巨大的黑莲底部有一团晶光闪烁不定，这团晶光忽强忽弱，可以看得出，这个黑莲完全是由这团晶光所支撑的，虽然这团晶光很隐晦，但还是被我察觉到了。

我深呼一口气，从胸口扯下七星镇魂剑，双目锁定那团晦涩的晶光，狠狠往空中一扔，七星镇魂剑闪烁着道道星辰之光，如同离弦之箭一般激射而出，目标正是那团晶光。

"破！"我发出一声咆哮，七星镇魂剑准确无误地斩在这团晶光之上，发出剧烈的蓝白光芒。

"咔嚓"一声，这团晦涩的晶光一下被镇魂剑斩碎，失去晶光的支持，空中那朵巨大的黑色莲花开始溃散开来，周围的黑色结界顿时布满了蛛网般的裂缝，我手指一点，七星镇魂剑光霞大放，一道道星河般的匹练斩出，结界彻底被击碎。

周围又恢复了原本的模样，脚下的寒冰悄然化解，周围空中所落下的黑莲花瓣也消失不见。这一刹那，我感觉周身变得舒服无比。

"黑莲结界居然破了！"

元魔大惊，狠狠一掌击退山魈，身子微微一晃，便往远处激射而去。

"想逃？"

山魈怒吼一声，一道道粗壮无比的紫藤从远方升了起来，拦住了元魔的去路。

"太乙五行雷法！五雷轰顶！"

我手一挥，一团雷云在元魔头顶之上浮现而出，"轰隆……"一声巨响，元魔被五雷击中，一股焦臭的味道远远地传了过来，元魔气若游丝地开口说道："就……就算……我死，还……还有……更多人来……来抢夺……长生心的！"

言语之中充满了无尽的怨毒和不甘。等到空中的雷云尽散之后，山魈猛然蹿了起来，直奔已经被烧得焦黑的元魔而去。只见他双臂一挥，将元魔的身体直接一分为二，浓浓的血腥味道夹杂着焦臭传了过来，令人作呕。

✿ 星辰宝莲

青冥面无表情地走过去，山魈见青冥过来，手里抓着那血淋淋的心脏往树上一跃，稳稳地落在树杈上，然后大口吞噬起来，那种咀嚼的怪异声让人头皮发麻。

青冥来到尸身面前，手指一弹，一朵金色的火苗从手指间弹射而出，直接落在尸体之上，刹那间火苗狂长，整个尸体燃烧起来，片刻工夫，尸身被烧得干干净净。

青冥伸手一拂，这股金色的火苗又消失不见了，而空中那数百朵黑莲则开始往中间那朵黑莲汇集起来，几百朵莲花合为一朵，化为一朵娇小的莲花从空中坠落，我伸手接住这朵黑莲，顿时感到如同接住一块寒冰一般，冻得我全身发抖。

很显然，这朵黑莲也是一件法宝，而且还是一件拥有寒冰属性的法宝，虽然比不得八部龙王尺、七星镇魂剑、幽冥噬魂杵，但是也算是宝中之宝了。

"这是黑莲法宝！"青冥说着，从我手里接过这个宝贝。

"你知道这法宝的来历吗？"

"嗯，知道一些，这黑莲法宝是用天山之上的万年玄冰，再加上一些特殊材质加以秘法炼制而成，只是这法宝之中蕴含了邪恶气息，如果你想用，那我先帮你驱除里面的邪恶之力。"

"好吧，你先试试。"

"这需要时间，不能急。"说话间，山魈已吃完元魔的心脏，为了避免再次有人偷袭，我们立即转移，走向更深的山中。

在此后的几天里，我们继续游山玩水，但只要一休息下来，青冥就会为我驱除那黑莲之中的邪气。

这样又过了几天，黑莲里面的邪气才彻底被驱除干净，现在已经不能叫黑莲，而成了水晶莲花。莲花巴掌大小，宛若水晶一般，没有丝毫杂质。

"滴血吧，这法宝都是有灵性的，只要滴血进去，就能为你掌握。"

青冥那天笑着把冰莲递给了我，我高兴地接过来。这朵冰莲很漂亮，不似之前那般寒冷，整个冰莲晶莹剔透，我左手托着冰莲，右手伸入口中一咬，一股钻心的疼痛传来，指头破了，鲜血流出，一滴滴落在冰莲的正中央，转瞬又隐于无形。渐渐地，我感觉冰莲已经与我产生了联系，就像是七星镇魂剑一样。

我心里一动，伸手一抛，掐动法诀，冰莲开始在虚空之中滴溜溜地转动起来，并且周身冒出淡淡的星辰之光，不过大部分都是白色的寒气，我掐动着法诀，冲着远处一株大树一点。

一道道乳白的莲花花瓣分裂而出，这些花瓣源源不断，足有数百瓣，花瓣刚一脱落，便化为一把把通体莹白的光刃。我再一点，光刃便如同离弦之箭一般，密密麻麻地往这株大树削去，顷刻间，这株大树就已经化为一株冰树，生机断绝。

就在我目瞪口呆的时候，这株冰树之上那些星辰之力开始发威，轰的一声，整棵树化为碎冰炸裂开来。

我倒吸一口凉气，召回了这个冰莲，没想到这法宝居然还有如此强大的力量，只是此宝里面没有器灵，不像七星镇魂剑一样自动护主，但是威力还是十分强横的。现在有了七星镇魂剑和冰莲两大法宝，我的实力更上一层楼。

青冥笑眯眯地说："不错，用万年玄冰炼制出来的冰莲法宝果然非同一般，给它取个名字吧。"

"星辰宝莲，如何？"

"很好，只要你喜欢就行。"

青冥伸了一个懒腰，在我旁边坐了下来，说道："我帮了你这么大的忙，你是不是也该回报一下了？"

"怎么回报？难不成以身相许？"

"以身相许也未尝不可的，你猜这是什么？"

青冥一手搂着我的肩膀，另一只手握成一个拳头让我猜。

"别卖关子了，亮出来吧。"

我白了一眼青冥，青冥嘿嘿一笑，张开手，一团粉红的彼岸花如同火焰一般在他掌中跳动。彼岸花忽然碎裂开来，化为一团影像浮现在我们二人身前。

青冥的声音幽幽地传到我耳中："咱们要好好地珍惜现在，上辈子咱们已经错过了。"

我打起精神开始观看这段回忆，但是画面之上出现的影像，让我恨不得狠狠抽青冥几巴掌。

第十五章　封魔峰

　　来的是一个少女，穿着很时髦，长发零散地披在背后，手里还抓着一根木藤缠绕的权杖。权杖之上绿光微微闪动，她后面还有一道庞大的身形扑过来，一双赤红的眼珠凶光闪闪地盯着这个少女。

　　映入眼帘的是一大片如火般的彼岸花，这些彼岸花开的十分娇艳，如同一朵朵炙热的火焰在跳动，就连灰蒙蒙的天空都被映照得通红，巨大的花丛之中浮现出两个人影。

　　一个是身穿袈裟的光头男子，此人嘴角微微上扬，含情脉脉地盯着他身前的那个红衣少女。

　　少女长发及腰，满头青丝十分柔顺，微风一吹，便飘扬而起。她的脸很精致，眼睛更是如同星辰一般明亮，只是此刻脸颊浮现出一抹红晕，娇羞得让人不敢直视。

　　男子伸手捏着少女尖尖的下巴，看着少女柔滑水嫩的肌肤，好似要掐出水来，少女的红唇就像遍地盛开的彼岸花一样，红得十分娇艳，夺人心魂。

　　他终于忍不住，身子微微往前一倾，轻轻吻上这团犹如烈火般的红唇。

　　少女水灵灵的大眼睛微微闭起，长长的睫毛抖动着，脸越来越红，男子的呼吸越来越重，他撬开少女的牙齿，舌头伸了进去，大肆吸吮着，少女情不自禁地与男子纠缠在一起，一朵巨大的金色莲花在二人脚下浮现而出。

男子一手搂着少女柔软的腰肢，轻轻地为其解开红衫，雪白的肌肤出现在男子的眼前，因为周围的彼岸花关系，少女如同凝脂般的肌肤之上隐隐呈现出一股淡淡的红光，看起来分外诱人。

"和孝，我忍不住了。"

男子轻抚少女曼妙的身躯，声音沙哑地开口了，少女的眼睛睁开，之后又微微闭上。

就像是得到了允许似的，男子身上的袈裟陡然间消失不见，露出精壮的上身。他的皮肤很白，但是很有力量，一块块微微隆起的肌肉之中都蕴含了无穷无尽的力量，只要他微微一动，身上的肌肉便会显现而出，特别是腹部的那些腹肌，一块一块的。

他俯身而下，因为他周身炙热的力量，让少女慌乱地睁开双眼，她能够感觉他身上惊人的热量，特别是小腹所在之处，更是烫得像要把她融化，还有让少女有些恐惧的是……

"和孝，可能会有一点疼。"

男子微微一动，少女便大汗淋漓地抓着男子的后背，疼得直接深深嵌入男子的肌肉当中，些许的疼痛更加刺激了男子。男子咬了咬牙，突然一动，少女忽然感觉一阵剧痛……身体一阵微抖。

……

"还疼么？"

"恩。"

"都怪我，刚才一时太过激动，地藏金身不由自主地施展出来了。"

男子面带歉意地看了一眼少女，接着再次俯身而下，狠狠地吻住少女的红唇，身子开始动了起来。

就像一场交响乐一般，男子挥汗如雨，少女微微皱起的眉也开始舒展开来……

幻象开始消失，我能够感觉到青冥的沉重呼吸之声，他有些发怔地转过头，手里还托着这团渐渐消失的影像，说："还……还要不要……再看一遍？"声音沙哑，透着干渴。

我知道，这彼岸花之中浮现而出的幻象就是我和青冥的前世，也就是固伦和孝和地藏王。

只是没有想到，这一段回忆却如此清晰，清晰到每一个细节，让人一看，就仿佛是亲身经历过一般。

"还看？你该降降火了。"

"无常，我想……"

"想我死，是么？"

"哪能呢，不管发生了什么，我也不会让你死的，你一定要记得，你没有死，我就不会死，但是你死，我就会死，记清楚了么。"

他敲了敲我的脑袋，开口说道。

我有些茫然地点了点头，什么叫我不死他就不死，我死他就死，你还殉情不成？我有些鄙视地看了一眼青冥，然后问："离封魔地还有多远？貌似女娲墓就快要开启了，我想只怕有些人已经赶到那里了。"

"已经不远了，你这么急着去女娲墓，想要干什么？你难道不知道女娲墓里面十分凶险吗？"

青冥盯着我，语气沉重地开口问道。

"去拿些财宝出来贩卖呗，还能有啥？"

我笑嘻嘻地盯着青冥。

"你骗别人还可以，但是骗我却不可能，你想在里面取得灵药，然后来拯救小狐狸、火儿、白如冰、武羽他们吧？还有现在寒莫枫和张大山虽然无性命之忧，但是也如同废人一般了……"

青冥一字一顿地把我所关心的事情一件件讲了出来，他讲的这些，比起我自己还要清楚几分。

"知道还说？你难道不去救他们？走吧，既然这里离封魔地已经不远了，咱们也早些到，兴许大牛和妖王玉儿在等我们呢。"

我站起来，微微一笑，开口说道。

四日之后，我们来到一处悬崖之下，这座山峰很高，并且十分陡峭。

　　我站在山下抬头望去，根本就看不到尽头，看来这座山的山头已经是处在云海之上了。

　　"这便是封魔峰了，如果不是法力强悍之辈，是根本无法轻易上山的。"

　　山魈十分兴奋地开口了，若不是忌惮我们在此，只怕他早就攀岩而上了。

　　我问："咱们是施展腾云驾雾之术上去，还是直接走山路？"

　　青冥摸了摸下巴，说："自然是走山路，现在都在打你的主意，如果我们施展腾云驾雾之术势必会引起他们的注意，成为众矢之的。"

　　山魈很精通地形，他领着我们，开始向山上爬，足足走了大半天，我们才到了半山之上。

　　封魔峰上的树木很古老，一株株上百年的巨树随处可见，并且此峰的灵气比起别的地方要浓重不少，到处都是鸟语花香，看起来就如同世外桃源一般。

　　然而，正当我们在一株古树下休息的时候，忽然树梢一动，山魈从上面跳了下来，提醒我们："有人来了，咱们要不要躲一下？"

🌀 长老团

　　"来的是什么人？"

　　我见山魈脸色不太好看，出声问道。

　　"魔罗寺的人，而且这一次是三个长老。"

　　"又是魔罗寺的人？还是三个长老！"

　　我一惊，难道这魔罗寺的人也想进入女娲墓么？

　　"不错，确实是魔罗寺的人，以前我在魔罗寺可是见过的，绝对不会有假，而且这三个长老在魔罗寺地位很高，仅次于掌门。魔罗寺一共有四位长老，之前的那个元魔长老就是其中的一位。"

　　"青冥，那咱们先回避一下吧，毕竟魔罗寺的长老元魔死在我们的手里，而且这三个长老似乎个个都实力非同小可。"

　　我拍了拍青冥的肩膀，青冥凝重地点了点头。我们轻轻一跃，都躲入了大树的枝叶间。

过了片刻，山道上走来三个身穿黑色僧袍的僧人，这些黑色僧袍上面有银色的线条，组成方格的形状。走在中间的那人不高不矮，不胖不瘦，模样有几分俊俏，只是他的左脸脸颊有一道疤痕，看起来就有几分狰狞了。此人的左边则是一个身材奇高身形消瘦的男子，脖颈间挂着一串漆黑的念珠，满脸阴沉的模样；而右边则是一个身材极矮，却又胖得跟圆球似的和尚，这个和尚笑容满面地四处张望。

"元邪师兄，难道咱们真不管元魔师弟的事了么？师弟去了好久都不曾与我们会面，肯定是遭到毒手了。"

那高瘦男子冲着中间那个和尚开口了。看来这和尚是三人之中地位最高的一位，否则旁边的二人也不会对其恭敬有加了。

"元清师兄，你想得太多了，元魔师弟是我们几个长老之中资质最高的一位，虽然不似元邪师兄那样法力高深，但是身上却拥有黑莲法宝，又哪是那么容易遭毒手的？"

矮胖和尚笑眯眯地开口了。

"元水，元清说的不无道理，元魔一直都十分谨慎，就算遇到什么事，也会及时通知我们的，但这次我们等了他三天都不见他回来，魔罗寺又没有任何消息传来，还真有可能出了大事。"

中间这个叫元邪的和尚脚步一停，摸了摸下巴，作沉思状。

"不会吧，掌门连黑莲法宝都赐给了元魔，就算不敌，自保的能力还是有吧？"

矮胖的元水甩了甩脑袋，很显然有些不相信元邪的话。

元邪听了之后，冷笑一声："如果元神都被毁灭了，那又如何逃出来？现在只剩咱们三个师兄弟了，为了能够安然无恙地进入女娲墓，我想咱们还是不要生出什么事端了。那二人实力肯定非凡，咱们不要轻易招惹，如果真要动手，最好也是在女娲墓之中动手。还有，掌门分别交给我们四根同心结，只要我们系住同心结，进入女娲墓之后，就极有可能被传送在一起的。如果我们三人联手，还怕什么不成？"

"元邪师兄现在的意思就是我们要等对方进入了女娲墓，我们才进入？他们只有两人，我们抢先一步进去，也是大占先机的。"

元水瘪了瘪嘴，开口说道。

"你知道什么？难道就凭他们两人之力便敢进入女娲墓？肯定是有同伴的。"

元邪冷冷地看了一眼胖乎乎的元水，开口说道。

元清目光一转，低声说："师兄说得对，咱们现在不能招惹他们，毕竟我们在第三平行空间呆了很长时间，不清楚现在的情况，好了，咱们快走吧，还有几日女娲墓就要开启了。"

元邪微微一笑，不再说什么，几个人大步往前走去。

等到他们走远了，我这才松了一口气。

"青冥，看样子他们已知道元魔被我们杀了。"

"肯定是知道的，不过我很想知道他们所说的同心结是什么东西，听他们的描述，似乎还具有一些不可思议的妙用。"

山魈听我们说到这里，说道："这个我倒是知道，这个同心结是一件法器，就是用密咒炼制而成的红线，带上之后就会与对方心心相系，并且知道对方的各种情绪和感觉，魔罗寺的掌门根据典籍，得知几千年前那一次女娲墓开启，进入女娲墓的人都是出现在不同的地方，并不是在一起的。但是如果用同心结的话，就极有可能被某种神奇的力量捆在一起，就算去了女娲墓，也是在一起的。"

我听了山魈的话之后，微微一惊，这同心结居然还有如此神奇的力量。

青冥没有再说什么。我们从树上落下来，继续赶路。这一路，再也没有遇到什么人。

🌀 **熟人再遇**

周围的大树越来越密，一颗颗大树要几人才能环抱过来。这些大树枝叶繁茂，葱郁异常，有时候我甚至以为这树上都可以建造房子了。

走着走着，地势开始平缓起来。远远的，一个高高耸立的祭坛出现在视野里，格外熟悉。

"封魔地！"我说。

"不错，应该有人在等我们了。"青冥笑着向远处一指。我一看，果然发现在那巨大的祭台之上，一个高壮的身影正冲着我们挥手，是大牛。大牛身边还站着一个娇小的人影，曼妙的身子穿着一袭鹅黄色的纱裙，随风而舞。

大牛和妖王玉儿已经来了，周围就他们两个，没有别人出现。

"终于等到你们了，还以为你们不来了呢。"

大牛笑呵呵地盯着我，一如既往，憨态可掬。

我笑："怎么可能不来？女娲墓里面可有很多秘宝呢，不管是药材还是法宝，我都要。"

大牛收起笑容："柳青走了，不久前在南海海域深处飞升的。"

我点了点头："我知道，他给了我一块鳞片。"

大牛惊呼："什么，他给你鳞片了？这鳞片可是他身上最为重要的东西，他居然能够舍得给你？这个家伙成仙了，也不照顾照顾老朋友，还要我以身犯险来女娲墓寻求仙药，真不够义气！"

"大牛，其实以你的道行，只要多积累功德，迟早有一天会飞升的。"青冥开口了。

大牛苦笑："我也想，不过来不及了，因为用不了多久，就会降临天劫，对于这次天劫，我并没有多少把握渡过去的。"

听了大牛的话，青冥也不好再多说什么，大牛原本应付天劫只怕问题不大，但是前段时间因为祭祀，让自己元气大伤了。

"玉儿的伤势如何了？"

我看着旁边一脸微笑的妖王玉儿，她的脸色看起来很好，上一次祭祀她和大牛都耗损了不少精元之力。因为他们体内只是蕴含了灵兽的血脉，再加上道行奇高无比，所以才避免了陨落的劫难，不过也是元气大伤。那一次大劫之后，她便一直在修炼，这几个月夜以继日的修炼就是为了能够进入女娲墓。

"伤势恢复得七七八八了，虽然比不得全盛时期，倒也能够勉强保住自己的性命了。"

玉儿樱桃小嘴微微一张，笑着说道。

"就你们二人前来？"

我四处张望了一下，并未发现其他人。

"都躲在树林之中，不敢出来呢。"

大牛哈哈一笑，指着远处的树林，笑嘻嘻地说道。

也是，大牛可是拥有几千年道行的青牛大妖，玉儿更是拥有万年道行的妖王，有他们在此，又有哪个敢轻易招惹？

到了傍晚，又来了两个人。一个是身形消瘦的独臂男子，而另外一个人则是身材曼妙，穿着深色纱裙，有些丰腴的女人。

"陈小宁！"

"白家哥哥，我们来了。"

陈小宁远远地就跟我们打招呼。

青冥冷冷地看了二人一眼，之后便闭上双眼，不再理会。

"白家哥哥，你怎么不理人家呢？人家这几个月挺想你的。"

陈小宁走到我身边，眨了眨眼睛。

"是想如何进入女娲墓吧？"

"怎么会呢？还是一样想着白家哥哥的……"

陈小宁全然不顾旁边一脸铁青的唐永，把手搭在我的肩膀上。

"放开！"

青冥腾的一声站起来，一把打开陈小宁的手，目光奇寒无比。

"哎哟，白家哥哥，他弄疼我了。"

"好了，别闹了。"

我有些无奈地看了一眼陈小宁。

"嗯，白家哥哥饿不饿，这次我可带了很多好吃的呢。"

陈小宁转过身，拍了拍她身后那鼓囊囊的双肩背包，脸上又露出笑意。

"山魈，过来！"青冥忽然吼了一嗓子。

山魈跑过来："主人，有何吩咐？"

青冥冷冷地看了一眼陈小宁："给我看着这个女人，若是她再有什么异常行为，就直接给我撕成两半。"

陈小宁和唐永倒吸一口凉气，陈小宁更是吓得不敢动弹了。

天色渐晚，我们架起火堆，这时树林之中又有人跑了过来，来的是一个少女，穿着很时髦，长发零散地披在背后，手里还抓着一根木藤缠绕的权杖。权杖之上绿光微微闪动，她后面还有一道庞大的身形扑过来，一双赤红的眼珠凶光闪闪地盯着这个少女。

"缚！"少女一声轻喝，数根手臂般大小的藤条破土而出，疯狂地往这巨大的身影缠绕过去。我定睛一看，这庞然大物居然是一条奇大无比的巨狼。

此狼至少有三丈之巨，全身灰色的长毛，如同钢针一般的坚硬，以前听说过大灰狼，还真没见过这么大的灰狼。他周身泛着一股森然妖气，即便被藤条缚住，仍旧拼力挣扎，并且有数根藤条已经被他挣脱开来，而这个少女，正是苏茉儿。

"嗷……"

一声低吼声传来，灰狼身子狠狠一挣，身上的那数根藤条被挣脱开来。

苏茉儿反手一扬，一股翠风从山鬼杖之上狂涌而出，这股翠风范围极广，里面闪烁着精光，忽然一柄柄翠色的光刃在里面浮现而出，这些翠色光刃足有一尺来长，表面之上还铭刻着翠色的纹路，这些翠色的光刃足有几百柄之多，疯狂地往巨狼激射而去。

这条妖狼至少是上千年的道行了，只怕苏茉儿不是对手，我已经站了起来，在空中一笔一划地勾勒起来，而我所画的则是镇妖符，镇妖符对于妖怪来说，无疑是最厉害的一种符箓，任你道行再深，也无法逃离镇妖符的镇压。

见到翠刃飞来，妖狼低吼一声，前足往前一抓，一道道爪印狠狠地往翠刃抓去。

"轰隆"，一道道剧烈的爆炸声响了起来，赤红的光霞与翠色的光霞交织在一起，如同烟火一般在空中散落开来。

"找死！"一声愤怒无比的声音从妖狼的口中传出，他大口一张，口中忽然浮现出一团赤红的光球，光球由原本的鸡蛋大小迅速变化起来，并且越来越大，可以看得出这团赤红的光球只怕是妖狼的致命一击了，里面蕴含了妖狼的内丹，加上全身的法力，如果苏茉儿被这一击击中，只怕不死也重伤。

我手中的镇妖符只差几笔就绘制完成了，正到了千钧一发的时刻。

忽然远方的树林之中一颗晶莹剔透的珠子飞了出来，珠子光霞大放，仿佛是蕴含了无穷无尽的威力。

这颗珠子好熟悉，好像在哪里见过。

是一元珠，乌啼掌门来了，在我的印象之中，也只有元道宗的乌啼掌门才有一元珠这等至宝。

不过我这镇妖符已经绘制得接近尾声，又岂能白白浪费掉？

一元珠霞光闪烁之间化为拳头大小，一道道莹白的光华从空中倾洒而下，片刻工夫之后就罩住妖狼，妖狼被这莹白的光华罩住之后身躯立刻急剧地缩小起来，这道白色的霞光很神奇，倾洒在上面，妖狼凶威大减。

愤怒交加的妖狼立刻一张口，口中的那团赤红的光芒猛然喷出，化为一道赤红的光柱射到一元珠之上。

"轰隆"一声巨响，谁也没有料到两颗小小的珠子，居然会有这么强大的能量，那赤红的光柱溃散开来。

"镇妖！"此刻，我身前的镇妖符已经画完，伸手冲着妖狼一点，镇妖符立刻激射而出，狠狠地印在妖狼身躯之上，妖狼立刻一动不动了。

见到妖狼无法动弹了，我往胸口的七星镇魂剑一扯，抓在手里，法力狂涌而入，冲着妖狼一抛，嘴里一声低喝："斩！"

七星镇魂剑飞了出去，速度极快，仿佛是一道银色的闪电般，直接从妖狼的头部贯穿而过。妖狼的内脏，肠子撒了一地，风一吹，浓浓的血腥味道往我们扑了过来。

就在我直接斩杀这头妖狼的时候，能够感觉到陈小宁和唐永诧异的目光。这一击，不仅仅只是救苏茉儿，而是震慑陈小宁以及树林里面的那些和我敌对的势力，让他们收起暗地里的那些小动作，因为，我也不是好惹的。

远处的妖丹失去主人之后，一下就变得暗淡之极了，并且在一元珠霞光的包裹之下，飞入了树林，片刻之后，乌啼掌门的身影出现在我们面前，他一个人从树林之中走出，身形十分寂寞，仿佛有一股极为悲伤的情绪笼罩住他。

乌啼走到妖狼的尸体面前，神情冷漠，没有丝毫感情似的，手指一挑，一朵金色的火苗出现在他手中，接着一弹，没入妖狼尸身之上，妖狼转瞬之间就被金色火苗覆盖，烧成一片焦炭，这时候，空中的血腥味也淡了很多。

二人直接走上了大祭坛，苏茉儿比起之前要消瘦不少，眼眶有些微微发红，一副心不在焉的样子，而乌啼掌门下巴上已经长满了不少胡须，身形也十分憔悴。

"茉儿，你怎么来了？还有乌啼掌门，你不是说把掌门之位让给寒莫枫，就去云游天下了么，女娲墓这么凶险的地方你也敢来？"

一见到二人，我便开口了，与此同时把苏茉儿拉了过来，拍了拍她的后背。

"寒莫枫的伤势太严重了，还有张大山的，到现在还昏迷不醒，只有去女娲墓寻求一些灵药，才有希望，所以这一次，我是势必要进入女娲墓的。无常，听说你去了佛门小西天，现在看来你好了，并且实力大增，得恭喜你了。"

苏茉儿冲我勉强挤出一丝笑容。

"寒莫枫和张大山还没醒？你现在不是传承了你母亲的能力么，怎么还无法治疗他们？"

我心里一紧，开口问道。

"他们身体里面的经脉之上都有一丝气息，我无法驱散，就连素素姐的金针都无计可施，现在只能去女娲墓那儿取得灵药了。"

苏茉儿眉头蹙在一起，声音变得沙哑起来。

我微微一愣，然后把目光扫向乌啼掌门，他的目的，我确实不知道的。

"我只是想要救冰儿，即便身死，我也无怨无悔，这一次一定要找到五彩神土。"

乌啼掌门凄惨一笑，目光清冷地盯着远方，嘴角微微翘起，那些纨绔的模样荡然无存，他的脸上只有无穷无尽的孤寂，眼眸之中蕴含了说不出的悲伤。

我心里有些震撼，没想到乌啼现在居然变成了这个样子。不过我心里也替白如冰高兴，她第一次谈恋爱就能够绑住一个人，并且这个人还愿意为她死，如冰现在虽然已经随着空玄一他们进入了青丘国，但是元神依附在佛珠之中，如果在女娲墓里面找到一些东西，很有可能重新凝聚形体的。但他口中的这个五彩神土又是什么？

"乌啼，你说的五色神土是什么，难道对如冰有很大的帮助？"

我诧异地问道，心里隐隐有些兴奋起来。

"五色神土自然是上古女娲抟土造人的土，我就是想要借助这种神土之力，重塑如冰的肉身，让她重新恢复。"

乌啼收回目光，然后转过身子来，静静地对我说道。

"什么？难道真有这种神土？我还以为只是别人说说而已，你怎么知道得这么清楚！"

"五色神土又称为五色息壤，的确是存在的，既然女娲墓存在，这五色神土也可能存在的，相传只要有了五色神土，就能重铸肉身。据我了解，上古时期很多大妖都为了这五色神土不择手段，因为五色神土有造人的功效，人可是万物之灵，很多妖怪都想要一副完美的人类身躯，借此来渡劫。"

青冥忽然睁开了双眼，站了起来，冷冷地说道。

"你也看过了元道宗的秘典？"

乌啼脸色微微一变，目光有些奇怪地看了一眼青冥，开口问道。

"哼，那破本子有什么好看的？这都是我的地藏记忆，难道不比你那破本子强多了？"

青冥冷笑一声，开口说道。

"你……你的记忆全部恢复了？居然知道这么多女娲墓的事情，你知道五色神土在哪？"

乌啼掌门脸色一变，走到青冥身边，开口问道。

"没恢复，不知道！"

青冥嘴角微微一扯，冷笑起来。

"你这个小子，好，很好！我就不信我找不到！"

乌啼大袖一甩，冷哼起来。

"五色神土既然有这么神奇的功效，那么火儿和武羽就有救了，青冥，咱们这一次一定要找到五色神土。"

我抓着青冥，几乎跳了起来。我现在特别特别的高兴。

原本进入女娲墓还没有半点头绪，也不知道弄些什么，现在好了，知道可以弄五色神土了。

而青冥却没那么高兴，反而低着头，眉头紧锁，不知道在想着什么。

"别想得这么简单，先不说五色神土有多么难取得，单单凭借五色神土是不可能完全塑造一个肉身出来的。"

旁边一直没有开口的妖王玉儿，忽然嘴唇微微一动，银铃般的声音响了起来。

"你又如何知道凭借五色神土无法塑造肉身？难道你的目的，也是冲着五色神土来的？"

乌啼目光一转，盯着妖王玉儿，沉声开口了。

"难道我就不可以冲着五色神土来？"

玉儿盈盈一笑，眼中却闪过无法掩饰的忧伤。

"你不是说来找你姐姐的么？"

旁边的大牛愣了一愣，开口说道。

玉儿点了点头，继续说："是找我姐姐，因为上一次女娲墓开启我姐姐就进去了，只是没有出来，我想以我们的悠长寿命，我姐姐应该还活着，更何况我们血肉相连，都有一种感应，所以我断定我姐姐还活着。不瞒你们，这一次去女娲墓，最主要的就是寻找我的姐姐，其他的都不重要。"

听了妖王玉儿的话，我们都倒抽一口冷气。

"既然是来找你姐姐，为何又要沾染五色神土？"

乌啼声音阴沉地开口说道。

"五色神土我自有妙用，到时候进入女娲墓，谁能够得到，各凭本事。"

说完之后，妖王玉儿别过头，不打算再理会乌啼的样子。

🌀 各怀心事

"玉儿道友，你说的另外一种东西，是琉璃净水吧？此物我想在东海，现在也是存在的，并不一定要涉足女娲墓才能得到。如果在女娲墓没有得到，到时候倒是要依仗道友能够给予一些琉璃净水了。"

沉默良久的青冥，幽幽开口了，不过语气倒也坚定。

妖王玉儿有些诧异地转过头，盯着青冥，有些发怔地问道："琉璃净水，你也知道？"

青冥冷笑一声，看了一眼妖王玉儿："五色泉眼之中流淌而出的琉璃净水，谁又不知道？一些强大的法宝炼制而成的时候，都需要琉璃净水的，就算是五色神土塑造人的肉身，也要以琉璃净水来代替血脉的。"

"跟你们讲实话吧，现在五色泉眼所产的琉璃净水也为数不多了，如果你真要，我也是没有办法的，虽然我在东海泉眼处布下幻象大阵，但是他一眼就能够看穿的。"

妖王玉儿叹了一口气，指了指目瞪口呆的我。

……

祭坛上的人慢慢多了起来，不过大部分都是与我们关系良好的人。不过却没有看到我的本体柔儿，也没有看到二重身固伦和孝，我最为忌惮的两个人都没有出现，当然还有那魔罗寺的三个长老也没出现。

当天夜晚，众人在封魔地的大祭坛之上升起了篝火，烤肉的香味远远地飘荡而出。

现在苏茉儿来了，这种事情自然是由她做了，陈小宁也带了不少好吃的东西来，这些东西都是真空包装的。陈小宁依旧和以前没有两样，她坐在我身边，一副欲言又止的模样。

"说吧。"

我看了一眼她，开口了。

陈小宁美眸转动起来，摸了摸下巴，小心翼翼地开口说："白家哥哥，据说白骨魔门已经被你和青冥灭了？先天魔君和白骨魔君都已经身死道消了？"

我愣了愣后，也不明白她话里的意思，不过白骨魔门的主心骨已经彻底消失，而固伦和孝不算是魔门中人，只是与其合作而已，所以便点了点头。

"如果真是这样，我也就放心了。白家哥哥，以前做了那么多坏事，我也是有苦衷的。你也知道，人生在世，很多事情都是不能更改的。其实有一段时间，我爸真是得了非常严重的病，那个时候你还在读大学，我一个人南下打工，想要挣钱为我爸看病。不过钱挣得很少，幸好遇见了我师傅。于是我开始跟着他一起盗墓了，我当时真的没有别的心思，只想挣大钱，我做到了，不过我爸的病很严重，花钱如流水，最后我在师傅的安排之下才入了这个新建立的白骨魔门。当时我没有别的原因，因为听说入了白骨魔门会教我修炼魔门功法，白骨魔君真的很厉害，也知道我的一些情况，所以他布下计谋，让我来骗你，这样他才答应用秘术治好我爸的病，之后他还用金蚕蛊控制了我。"

陈小宁声音压得很低，眼眶微微发红。

我冷笑一声，开口问道："我不是叫程素素帮你驱走了金蚕蛊么？但是之后你还是设计哄骗了我，还对自己村子里面的人下手！现在任你花言巧语我也不会信了，你不过是想在女娲墓之中承我多多照顾，咱们早就恩断义绝了，你难道没有听过狼来了的故事么？"

见我如此说，陈小宁脸色一片煞白，一颗颗豆大的泪珠从眼眶之中滚落而下，过了片刻之后，她才继续开口了："白家哥哥，其实有时候，人走上一条路，明明知道是错误的，但就是回不了头。我希望你能够理解，这一次我去女娲墓，也是九死一生，之前我确实抱着希望，希望能够与你一起，因为你身体里面蕴含了女娲石的力量，现在更是拥有长生之心，在女娲墓里面存活的几率比我们任何一个人都大。我也不知道我能不能活下去，这张卡里面有三百万，是我这么多年辛辛苦苦挣来的，我希望你能够帮我最后一个忙，把其中的两百万捐给村里的人以弥补我的过错，还有一百万交给我爸。就说我找了个外国的好男人，现在在国外定居了，叫他不用担心。"

说完之后，陈小宁递给我一张银行卡，我犹豫了一下，还是接了过来。

见我肯收了这银行卡，陈小宁才松了口气，脸上又挂起那妖媚的笑容，走到了唐永身边。

唐永虽然离我们甚远，但是眼睛却一直没有离开陈小宁。现在陈小宁回去之后，他那微微皱起的眉头才松了开来。

苏茉儿在我身边也是一脸的忧愁，她双唇紧闭，失神地翻动着烤架上的肉。

我拍了拍她的肩膀，她这才反应过来。

"还在想寒莫枫的事？"

我开口问道。

"嗯，之前在捉妖公司，他为了我和一个大妖怪拼斗，失去了一条手臂，现在又重伤昏迷不醒，我真的不知道怎么办了。"

苏茉儿放下手中的木叉，双手捂着脸，低声哭泣起来。

"放心吧茉儿，一定会有办法的。"

"女娲墓凶险无比，就算你在里面，也不见得能够全身而退的，我只希望把他救醒来就可以了，不敢再奢望与他在一起。无常，如果我死了，你把他救醒来之后，就说我到了另外一个地方，山鬼之国，外人不得进入的，知道么。"

"你想太多了，我跟你说件事，你别和别人说。"我看了一眼四周，然后又悄悄地凑到苏茉儿耳畔，轻声说道："咱们在女娲墓的白泽山会面。"

苏茉儿眼睛一下就睁得大大的了，然后才点了点头。

祭坛之上分为几个火堆，但是每个人都是各怀心事，唯有青冥双腿盘坐，双手掐动着法诀，似乎在修炼着什么。

乌啼掌门神色依旧憔悴，望着远处的星空，嘴里喃喃自语不知道在说些什么。

大牛一副憨憨的模样盯着妖王玉儿，笑得很灿烂。我心里微微一紧，这大牛不会是喜欢这个妖王玉儿吧，在这里所有人之中，也就只有妖王玉儿的实力最为深厚。虽然她是蜃蚌，只要她施展她的幻术，这里除了我之外，几乎是没有人能够抗衡的，只要她幻术一出，大家都会陷入其中，以前在封魔地，她就困住了白眉老僧、玄梵、白如冰、乌啼掌门，甚至还有灵界的执法长老，剑宵。

一想到剑宵，我倒是有些诧异了。他居然没有在这里出现，后来我问了乌啼掌门，才知道他在灵界维持秩序。因为灵界要大整顿，之前的五位长老都陨落了，现在他一个年纪轻轻的少年却要肩负起整个灵界的职责。

我很佩服剑宵，上一次在幻象之阵中吃了一个大亏之后，他就一直隐忍，跟各大门派的掌门学习经验。

妖王玉儿也是一副心事重重的模样，她这一次的目的也很明确，一来是为了夺得五色神土，二来是为了找寻她的姐姐，如果她姐姐还在，只怕将会是我最大的对手。

第十六章　开启女娲墓

　　直到跌落在地，巨大的疼痛才让我清醒过来。不行，我要赶紧想办法收起女娲之躯，我要赶回封魔地去找青冥，我不能让他担心。我边想，边漫无目的地在林间游动着，我的速度很快，只要轻轻一摆动尾巴，就能蹿出数丈之远。

　　晚上我们就在祭坛之上休息，也有不少人在此打坐修炼。青冥就是一个，我想他是为了以更好的状态进入女娲墓吧。

　　为了能够睡个好觉，苏茉儿走到一处空旷的地方，手中的山鬼杖一挥，一条条翠色藤钻了出来，这些藤蔓十分柔软，在苏茉儿的指挥之下，就如同灵蛇一般开始在空中慢慢地蠕动起来，不一会，一个空中吊床出现在我的面前。

　　我大喜，立刻坐上去，顺势躺在了上面。苏茉儿张嘴一吹，一道清风席卷而来，这床居然开始轻轻地摇晃起来。

　　我躺在床上，往天空望去，夜幕之上繁星点点，我的脑海中忽然又浮现出星图来，密密麻麻的。

　　过了片刻，有一道身影在我旁边坐了下来，我扭过头一看，是青冥，见他盘坐在下方，我便开口了："青冥，要不要茉儿给你做个吊床？很舒服，很柔软的。"

　　青冥摇了摇头，冲我笑了笑，说："不用了，你安心睡觉吧，这两天女娲墓就要开启了，养足精神，我在旁边守着你就可以了。"

见青冥态度坚决，我就放心地睡了。很快进入梦乡。

在梦境之中，我到了一座石殿。我站在大殿里面，开始打量起周围的环境，周围很静谧，说不出的那种古老感觉，周围的石桌等器皿绝对不是现代的，都是石器时代才可能拥有的古老的东西。

大殿之中有一座十分高大的石像。这石像十分古怪，被一层五色光雾笼罩住，但是我一望过去，这些五色光雾开始渐渐散开，石像的原本模样开始在我面前显现而出，因为这尊石像不是神佛之像，或者说根本就不是人像。

石像没有底盘，而是一条蛇尾，巨大无比的蛇尾，尾巴之上的鳞片都十分清晰，蛇尾是盘绕而上的，我顺着蛇尾往上看过去，发现这是一尊半人半蛇的雕像。雕像上的女人腰部以下都是蛇躯，而上面则是人身。这个女人很端庄、慈祥，她的肩膀之上还有石头雕刻的飘带，不过她的双眸却紧紧地闭着，正当我要仔仔细细地观察的时候，石像忽然睁开了眼睛。露出黑白分明的眼珠，她面带笑意地盯着我，开口说："是时候帮你唤醒精血之力了。"

声音不大，但是却落入我的脑海，让我不敢忘记丝毫，我壮着胆子问："你是何人？这里是什么地方？"

她微微一笑，也不说话，接着眼中一道红芒激射而出，直接没入我的身躯之中。忽然之间，我感觉自己的双腿变得奇痒无比，身子之中的那股极寒消失不见，转而变得沸腾起来，我踢掉了鞋子，忽然一下就掉到地上，好像软脚虾一样无法站立起来，等我一看我的双腿，几乎没有吓晕过去。

因为我发现我自己的双脚不知何时已经化为一条赤红的蛇尾，我下意识地一动，那巨大的蛇尾一扬，地面之上都被砸出一条深深的沟壑来，只是随意一动，居然就能造成如此大的威势，我有些目瞪口呆了，不过我还是有些不可置信我的下身居然化为了蛇躯。

低头一看，我的小腹以下都是红色的鳞片，每一块鳞片都是扇贝的模样，赤红一片。我伸手冲着其中一块摸了摸，能够感觉到这鳞片之上散发出的惊人的热量。我伸手一拔，就好像是在揪动我自己的皮肉一样地疼，吓得我立刻松了手，身上的热量就好像要把我蒸发了，我猛地扯开自己的衣服，发现自己的胸口忽然生出了赤红妖艳的红纹，这些红纹看上去有些熟悉，仔细一想，才记得是我背后的长生纹。

"你到底是谁，为何把我变成这样？！"

就在我话音刚落时，对面的石雕像发生了惊人的变化。

一块块石片开始剥落，片刻工夫后，她就从石化的状态恢复自如，没想到她的本体是这样的漂亮，就好像是九天玄女一样，她的蛇躯与我不同，十分莹白，看上去十分漂亮，而她身上则是披着一件白色的轻纱。

"妖怪！"

我断定对方是个妖怪，因为人类是不可能以这种形态出现在我面前的，我双目一睁，施展出太极阴阳眼，我想以我现在的能力可以轻易地看破，却没料到她在我太极阴阳眼的注视之下，还是那副模样，没有半点变化。

"镇妖符！"

我深吸一口气，镇妖符便往女人激射而去。

就在此符快要落在她身上的时候，她忽然开口了："散！"

没有任何预兆，威力绝伦的镇妖符居然被她轻易地化解了，而且只是简简单单的一个"散"字。

"这镇妖符原本就是我传下来的，你却拿来对付我？"

女人笑容不改，蛇躯微微扭动着。

"你到底是何人，这里又是什么地方，我怎么会变成这个样子，是不是你施展的妖术？"

"我是大地之母女娲，这里自然是女娲大殿，你之所以变成这个样子，是因为女娲石里面原本就蕴含了我的一滴精血，这滴精血散入在你身躯之中，你自然就成了这副模样，我并没有施展什么妖术。"

女人微微一笑，开口说道。

"这不是真的，这绝对不是真的，我还在封魔地外面的祭坛上睡觉，这是梦！"

我的心忽然狂跳起来，开始挥动着双手，狠狠地掐着自己的皮肉，希望这剧痛能让我从梦中惊醒过来。

"不错，这确实是梦，你别这么惊慌，你身躯之中蕴含了我的精血，自然是我的后人，遇到这么点事就慌啦？"

女娲盯着我，那一双黑白分明的眼珠之中就好像蕴含了无数星河一样，让人不敢直视。

"那我该怎么办？我还有救吗？"

"哎，静下心来，上一次的后人可是要比你稳重多了，这一次女娲墓开启，你要小心。"

女娲再次开口了，她的头发挽了起来，但几缕垂下的青丝却无风自动。

"小心，小心什么？女娲墓里面的妖魔鬼怪？"

我有些着急地开口了。

"这只是我入了你的梦，并不是真实的世界，你的梦境已经影响到现实，你的朋友很强大，就要把你从梦中带出去了。记住最后一点，女娲墓开启，你进入其中，可要万分小心，里面有不少大妖魔，还有一些现在人世无法触及的存在，特别是娲皇宫的宫主，好了，我的力量无法维持了，好自为之。"

女娲刚一说完，忽然我面前出现万道金光，我眼睛一花，眼前的景象又恢复原样，现在是白天，我还在祭坛之上。

女娲大殿和女娲一下就消失不见了。

我一看周围，只见四周一片凌乱，原本异常厚实的大祭坛，上面露出一条条深深的沟壑，巨大的石块都散落了一地，那种凌乱自然就更不用说了。

青冥和苏茉儿他们都不见了，我一看我自己的模样，吓了一大跳，我居然是一副人首蛇身的模样。

而周围的这些都是我所破坏掉的，苏茉儿、乌啼、大牛他们都已经下了祭坛，我觉得阳光有些晃眼，抬头一看，只见一尊巨大的金身佛陀在我头顶之上浮现，他手掌往下垂着，正是他手掌之中的金光把我带离了梦境。

祭坛下面的苏茉儿他们一脸担忧地望着我，而大牛则捂着肩膀，脸色苍白，似乎受了不少伤。

"青冥，收起你的金身法相，我已经醒了过来！"

我仰头一吼，声音滚滚如雷，吓得我立刻闭上了嘴。

上方的金光微微一敛，青冥诧异地落在了我的身前，他盯着我，我只要微微一动，蛇躯就摆动起来。

"这是怎么回事？"

青冥看着我扭动着的巨大的蛇躯，沉声问道。

"是女娲石，女娲石里面蕴含了女娲的一滴精血，女娲石碎裂之后，这滴精血也融入了我的血脉之中，不行，我要暂时离开这里，否则要伤了大家！"

我现在心乱如麻，看到周围那些熟悉的门派弟子，他们都惊惧地望着我，就好像我是一个十恶不赦的大恶魔似的。

青冥向前走了几步，双目一直停留在我那赤色的蛇躯之上，并没有因为我的话而离开半步。

我目光往远方一扫，发现树林中有不少人影，不过他们却没有敢走出树林，而只是在极远处观望。

"无常，你这不是蛇躯，你这是女娲之躯，难道你没有感觉只要你一接触大地，就会感觉到无穷无尽的力量么？别急，办法总是有的。"

青冥摸了摸下巴，开口说道。

对于青冥的话，我并没有听进去，只感觉我的心越来越烦闷，身子只要扭动一下，身下的女娲之躯便把周围的巨石击得粉碎。这力量实在是太强大了，在我愤怒的时候，力量就越强大，我心里很急，想要努力地控制住自己，让自己的身躯不再乱动，但越是这样想，动得就越厉害，我这女娲之躯很长，甚至青冥都被我庞大的尾巴给扫出了祭坛，他被扫出去的时候，身上冒出一道刺目的金光。

因为这一扫之力十分强大，竟然牵动了青冥的地藏金身，要知道地藏金身如果不是青冥自己驱动，是只有在遇到危险时才会自行施展而出的。

这一下，伤到了青冥，我的心更加慌乱起来，身体里面的力量变得越来越强大，大到我自己已经无法控制，现在的我，仿佛就是随时随地都会爆炸的一颗炸弹。

我身子一扭，从祭坛之上游了下来，往山下的丛林一跃而去，随之，我感到阵阵风声划过耳际，听到身后传来青冥等人的惊叫声。

顿时我感到轻松无比起来，真恨不得一下摔死才好，虽然是女娲之躯，但是我却不懂得控制自己的力量。

直到跌落在地，巨大的疼痛才让我清醒过来。不行，我要赶紧想办法收起女娲之躯，我要赶回封魔地去找青冥，我不能让他担心。我边想，边漫无目的地在林间游动着，我的速度很快，只要轻轻一摆动尾巴，就能蹿出数丈之远。

但这是哪儿呢？从祭坛上落下，我竟一路掉落了万丈深渊。此刻就算想回去，也找不到路了！

哦，对了，这事儿我应该找个妖精问一下，妖能变成人身，也能恢复原形，我找只妖精问一下就可以了。正这么想着，我发现自己已闯入一片毒雾之中。

我暗暗一喜，拼着中毒的危险，往毒雾深处游去。

刚游动一会，就听到一阵悉索之声，好像有什么东西在土地之上游动带动了地面上的树叶一样，因为我所在的地方，上面落满了枯黄的树叶。

"是谁！"我沉声一问。

"是我啊，谢小雅。"眼前忽然出现一条通体莹白的大蟒。大蟒身子一动，幻化成一位美丽的白衣少女。真是一条蛇妖，真是太好了。

"你又是谁，怎么闯入了我的地盘，难到你就不怕我吃了你吗？"谢小雅妖笑。

"想吃我，你也得有此本事。"我的巨尾突然一摇，周围的大树哗的一声，被扫倒一大片。

谢小雅吃惊地望着我："呀，你是女娲后人？"

"你怎么知道？"

"我当然知道，我在女娲墓外生活了几千年，这点事我还是清楚的。"

"知道就好，不过我不是女娲后人，我身体里只是有一丝女娲精血，所以才变成了这个样子。我是人，我想恢复原来的模样，你有办法吗？"

"嘻嘻，这还不容易，你只需念个还原咒就可以了，这所有的妖都会的。你看我。"说着，谢小雅嘴唇一动，身体一晃，就变成了一条大蟒。

我大喜："快，教教我，求你了。"

"嘻嘻，笨蛋，姐姐就教你，学着，就这样……"谢小雅身子一动，又幻化为人形。我跟着她学了一遍，果然恢复了人身。

正在这时，从林外响起青冥等人焦急的呼唤声："无常，无常，你在哪里？"

"我在这儿，别喊啦。"我匆匆跟谢小雅道个别，身子一动，飞上半空，看到正在往山下奔的青冥等人。

"唉，无常啊，你真是急死我们了！"茉儿嗔怪地看了我一眼。青冥则凶巴巴地瞪着我。

"急什么，我这不好好地么。刚才我是心急……不过现在好了，我已学会恢复人身的法术了……"我跟他们说了一下我在林中遇到蛇妖，学会法术的事。边说，边向祭坛上行去。

到了祭坛，大家都嘘寒问暖了一番，我一一谢过，之后说："大家都准备一下，之后一起进入封魔大殿吧，我有一种感觉，是时候开启女娲墓了！"

🌀 女娲之门

再次踏入封魔大殿的时候感觉依旧，脚下踩着古老的青色石砖，那九根庞大的金色龙柱格外显眼，周围也被一阵神秘的气息笼罩住。

九根龙柱此刻却失去了那种震慑妖魔的光泽，上面的金龙也不再那么熠熠生辉，仔细一看，就可以看到这些金色的光柱上隐隐蒙上一层赤红色的光芒，就像被一层红色的光罩给罩住了，并且上面还有一些诡异的符文在流动，整个封魔大殿都是这种气息，就连石屋之上都布满了这种红光。

这种红光很熟悉，和我体内的女娲精血的气息很相似，完全没有想到这气息能够遮掩住封魔殿的气息，现在的封魔殿和普通大殿相差无几，任何人都可以进来了，以前普通的妖魔是无法进入封魔大殿的。

原来在女娲墓即将开启的这一段时间，整个封魔大殿都会失去效果的。

走过石道，很清楚地能够看到那个古老的祭坛，还有周围的九个青铜小鼎，现在还可以看得出上面隐隐残留的血迹。让我好一阵失神，封魔祭坛中央的那块青色石碑依然伫立在祭坛的最中央，石碑上的祈祷文光芒内敛，碑顶的那颗琉璃水晶一般的珠子洁白无瑕，只是表面之上有一层白色的荧光在缓缓地流转着。

"真的做好了准备么？这一次进入女娲墓，九死一生，如果现在大家后悔还来得及。"

看着身后的那一群人，我再次开口了，不过他们脸上都是兴奋之色，丝毫没有进入女娲墓的顾忌。

"如果真后悔，我们也不会来此地了。"

其中一个灵界弟子笑眯眯地开口了。

"是啊，听前辈说，这女娲墓是难得一见的机缘，只有在噬日妖星过后，女娲墓才会重现人间，就算是死在里面，也是十分荣幸的，因为女娲墓很有可能是一个独立的世界，里面的世界是洪荒时期的，珍宝绝对少不了。"

另外一名身材高壮的灵界弟子，眼中布满了兴奋的光芒，对于这一次的女娲墓之行，他也是势在必得的，他应该是灵界二流宗门的长老或者是掌门，否则也不会懂得这么多。

"大家记住，进入女娲墓的时间是一个月，无论你获得了什么，只要在这一个月之内存活下来，就会被自动传送出来。"

我深呼一口气，示意大家往后退远一点，心念微微一动，蛰伏在我体内的女娲精血开始涌动起来，一股燥热的力量从我小腹之中升了起来。

体表之上冒出一道道红色霞光，霞光流转之间我腰腹以下开始变化，赤红色的蛇躯开始出现在大家面前，一块块赤红晶莹的鳞甲格外显眼。

我的左脸又开始浮现出那组神秘的符文来，周围的人见到我如此模样，大气都不敢出，一道道目光开始盯着我那左脸。

脸上那组密码忽然开始化为字符浮现而出，在我身前组合起来，字符越来越多，密密麻麻，在封魔祭坛之上浮现而出，而那颗琉璃般的珠子开始发出一道道赤红的霞光来，我心里微微一凛，这第三空间的入口，居然是在这颗珠子之中。

密码开始在空中自己组合起来，开始很慢，但是最后越来越快，足足过了一盏茶的工夫，这些字符密码才停了下来，良久之后，这些停止不动的密码忽然开始蠕动起来，本来众人的心都提到嗓子眼了，见到密码开始再次变幻，立刻松了口气，然后又盯着那颗琉璃水晶球。

密码蠕动之间，开始化为一柄金光灿灿的钥匙，钥匙的样式十分的古朴，金色的钥匙上面红光流转，赤红色的神秘符文再次浮现而出，这个钥匙忽然径直飞到琉璃水晶球面前，轻轻往水晶球一碰，钥匙的尖头部分开始没入其中，直到钥匙没入大半，才停止了动作。

就在此刻，琉璃水晶球忽然迸发出一道夺目的青光，这道青光十分惹眼，逼得人无法直视，更重要的是这青光之中充满了威严，我们全部转过头，直到青光开始渐渐收敛，我们才转过头来。

原来的琉璃水晶球已经消失不见，取而代之的是一扇古老的大门，这扇大门出现在封魔祭坛之上，整体呈青色，就像一扇由青石铸造而成的门。这个门大约有两米之长，三米之高，青色石门的四个角雕刻着类似于我背后的长生纹，而大门的中央是一把锁孔，这柄由密码符文组成的钥匙，正好镶嵌其中。

这扇大门之后就是真正的女娲墓了，只要我们踏入大门，就能够到达另一个世界。

我深呼一口气，伸向钥匙，我的手掌之上浮现出一层薄薄的红光，与密码符文组成钥匙表面上的那些古怪符文遥遥呼应。

"嗞……"刚一接触，就好像触电一般，庞大的力量从钥匙之上迸发而出，一股劲力激射而出，呈光波状散列开来，这个钥匙好像蕴含了强大的能力，让人不敢轻易接触，要不是我手上的这层红光，现在只怕早被这钥匙上面所带的威能给击成重伤了。

虽然有女娲精血相助，但是这种感觉十分不好受。我看了一眼青冥，青冥脸色微沉，眼中露出一丝担忧之色来。

"无常，能不能坚持下来，如果不能，千万不能勉强自己！"

青冥的话在我耳畔响了起来，声音有几分颤抖。我冲着青冥微微一笑，点了点头，示意自己并无大碍。

我开始驱动我身体里面的这股女娲之力转动钥匙，钥匙在我手中一点点地转动起来，整个空荡荡的封魔大殿之中忽然响起了齿轮的转动之声，并且越来越大，我手一停，齿轮的转动声就消失得无影无踪。

每转动一下，我都感觉耗费了很大的力气，现在这还只是转动一半而已。

见到大家都盯着停下来的我，我挤出一个微笑："开启这扇大门，会耗费我大量的力气，我得休息一下，你们在入口处布置一些奇门法阵吧，虽然不能阻挡林子之中的那些人，但是好歹也能够让他们吃些亏的。"

这些人立刻露出恍然之色，开始在封魔大殿的入口布置起阵法来。

休息片刻之后，我又开始转动起这个钥匙，那巨大的齿轮响动之声再次缓缓响起来，我心里十分紧张，因为我还不清楚女娲墓到底是一个什么样的地方。

第十七章　异界奇景

那个水尸很显然是头领，他摸了摸自己的嘴巴，脸上变得异常的愤怒，他举手一挥，周围的水尸都向我扑来，我一下就被包围了，这些水尸争先恐后的往我撕咬过来。

青石大门终于缓缓开启，里面混沌一片，转而，一个暗青色的漩涡出现在大门之中，里面传来了一种异样的气息。

"女娲墓已经开启，现在可以进去了。"

我有些虚弱地开口了，身子依靠在青冥的身上，开始慢慢地恢复自己的法力。

不过谁都没有胆量先进去一步。我现在是不会进去，我要等自己的状态恢复到最好，这样糟糕的样子进去，岂不是找死？

最先动身的是妖王玉儿。她感激地看了我一眼，缓缓往大门走去，一袭鹅黄色的纱裙被大门之中涌出的气流吹得飘动起来。她走到青色大门前，抬脚往里面一跨，身子就消失在这个青色的漩涡之内。

第二个进去的是大牛。大牛冲我点了点头，同样走进里面，消失不见，接下来进去的人越来越多，到最后，竟只剩下我、青冥、苏茉儿和乌啼掌门了。

乌啼掌门走到我们身边，微微一笑，推了推黑边框眼镜，然后说："这一次进去不知道能不能找到五色神土？"

我轻轻一笑："想必你也是知道的，女娲墓里面有很多未知的存在，凶险万分，好了，我希望我们能够活下去，所以我还有后备手段的。"

"后备手段，你还有后备手段？"

苏茉儿盯着我，美目之中满是诧异之色。

我没有理会她，伸手一咬自己的指尖，指头咬破，鲜血沁出，这鲜血格外地鲜艳。我在青冥的额头上一按，一道血印出现在他的额头，接着又分别走到苏茉儿和乌啼身边，分别用鲜血点在他们的额头之间，看着他们疑惑的样子，我轻笑一声地开口了："我这鲜血之中蕴含了女娲之力，在女娲墓之中势必会起到重要作用，兴许还能化解危难。我们都是熟人，目的都一样，我不想打架出事。"

听了我的话，他们才露出恍然之色，苏茉儿点了点头，手腕一抖，手掌之中翠色霞光闪现。片刻工夫，一道长藤出现在手中，接着手腕又一抖，这长藤如同灵蛇一般地缠住我们的腰肢。

"我们现在进入女娲墓，应该是在一起的。"

苏茉儿笑眯眯地开口了，我看着这根长藤，有些哭笑不得，也希望此藤还真有几分妙用吧！

青冥第一个走入了女娲墓大门，然后我们也走了进去。我眼睛一花，发现我们处在一片混沌的空间之中，只感觉速度很快。忽然我们腰间的翠藤一散，化为点点绿光消失不见，我心里大骇，最前面的青冥也有所察觉，立刻伸手往我抓过来，我也同时伸出手。

不可思议的一幕出现了，青冥忽然诡异地消失不见了。我抓了个空，而我身后的苏茉儿与乌啼掌门也在同一时间消失不见。

"扑哧"一声，水花四溅，我立刻感到被冰凉刺骨的水淹没，这水奇寒无比，我吓得立刻运转法力，驱走身上的阴寒。

我仰头一看，水面之上犹若白昼，而水下则是漆黑一片。我开始划动着双手，往上划去。

我落入的这片水域很深，让我一时之间无法浮出水面，若是一个普通人落在里面，只怕早就给淹死了。

偌大的水域安静得很，奇怪的是，周围居然没有一点鱼类，诡异的可怕，特别是我脚下的那一片黑色区域，仿佛蕴含了什么可怕的存在。我睁开眼睛，施展出太极阴阳眼，黑白阴阳鱼开始缓缓流转起来，水底那一片黑色的区域也开始渐渐显现而出。

看到真实的情况，我吓了一跳，吞了一口唾沫，努力让自己镇定下来。

因为这黑色的区域之下全部都是石头，这些石头不大，头颅大小，但是这些石头上面全部都是一副副石头棺材，有些棺材已经被打开，而有些棺材则是完好无损，给我危险感觉的正是这些石棺。

石棺盖上并没有任何符箓镇压，再仔细一看，发现棺材的周边散落着巨大的鱼骨头。

这些棺材到底是怎么来的，怎么会在水底？棺材之中到底有没有人存在？

在我的注视下，这些石头所铸成的棺材开始缓缓地移动起来，水泡开始从这些棺材之中冒出来，我倒吸一口凉气，果然有活物。

看到里面出来的东西，我心里一寒，居然还真是人，或者已经不能称为人了，因为他们的肌肤异常的苍白，他们的双目完全没有瞳孔，这密密麻麻的棺材之中一下就出现了数百具这种白人，他们的嘴里，全部都是倒三角形的锋利长牙。

"水尸！"

我一惊，拼力地游了起来，不过那些水尸速度更快，在水中游起来十分轻盈，仅仅数个呼吸之间，他们就离我不远了，我再不想办法的话，就要被他们追上了。

情急中我抽出镇魂剑，但想不到镇魂剑竟在水中施展不开。这时，最先游到我身边的一具面貌狰狞的水尸一下就抓住了我的脚，想要把我拖下去，我能够感觉到他的手冰寒异常，我牙一咬，手里的七星镇魂剑狠狠往下斩去，不过他却躲开了，因为我的速度很慢，并且水里的压力还异常之大。

他一手抓住我的手臂，张口就往我脖子咬来，速度奇快。我一急，七星镇魂剑往前一送，他正好咬在镇魂剑上，我狠狠一脚把他踢了出去。他嘴巴已经焦黑一片，我微微一笑，想要再次游上去。

不过让我无语的是，我周围全部都是这种水尸。而之前攻击我的那个水尸很显然是头领，他摸了摸自己的嘴巴，脸上变得异常的愤怒，他举手一挥，周围的水尸都向我扑来，我一下就被包围了，这些水尸争先恐后地往我撕咬过来。

"七星法体！"

我心里默念，身体表面银光乍现，他们短时间虽然拿我无可奈何，但是看他们的举动似乎是想要把我拖入水底，我一下就变得惊怒起来，七星镇魂剑一阵乱砍，有不少水尸被我斩中，身上流出一种绿色的血液，全部都是诡异的绿色，本来清澈的水一下变得混浊起来。

随着时间一点点消失，我的体力有些不支，渐渐感到绝望起来。

老天不会这样玩我吧？一进女娲墓就直接掉到这水中，还面对如此之多的水尸，难道真是要我葬送于此？我十分不甘，脑海之中忽然记起和青冥的约定，我们还要会面的，我不能死，我绝对不能死！

🏵 寒香林

一股异常烦闷的情绪在我心头滋生，无名怒火燃烧起来，小腹之下更是升起一股热力，体内的女娲之力爆发了。

下身赤红光霞流转，巨大的蛇尾在水中伸展开来，赤红的光芒流转，一片片鳞甲在水中就像跳动的火焰一般，晶莹剔透，强大的力量一下就扫开了这些水尸。只是随意地一摆动尾巴，这些水尸就被蛇尾扫中，不可思议的一幕出现了，这些被扫中的水尸身上居然冒起了熊熊大火，不是普通的火，这种火类似于符火，专门烧邪晦之物，在水底也是一样的。

当然，这种火焰可是要远远强于符火的，否则也不可能在瞬间就把这些水尸烧成灰烬。尾巴一阵搅动，我很快浮上水面，大口大口地喘着气，现在我已不怕那些水尸追上来了，因为我发现这女娲之躯还是很有用处的。我在水里游动的速度奇快无比，眨眼工夫就来到岸上。

外面犹若白昼，但是并没有看到太阳的存在，而且我所处的是一片湖泊之旁，湖水蓝蓝的，水面之上泛起一层若有若无的白雾，我万万没有想到这么一个小小的湖泊，竟会如此之深，里面竟然有那么多水尸！

我不敢在湖边多做停留，免得又生出什么变故。此湖实在是凶险无比，任你一个道法通天的人落到了水中，都是极其危险的。

往远处看去，虽然有雾气的遮掩，但是还能够看清在数百米远的地方有一片树林。林中透出阵阵清香。走近了，我才发觉那种清香是从一棵怪树上散发出来的。这树很怪，因为它的树干笔直，而树上的绿叶一片就有尺许来长。我嗅了嗅，那种清香正是这种绿叶散发出的。

我心里微微一松，恢复成人身，然后打开我的随身小包，找出青冥事前交给我的那张残图。还好，小包是密封的，没进水。对着残图，我耐心地寻找着一个叫白泽山的地方，因为白泽是进入女娲墓内层的关键所在，而且我与青冥事前已约好，在那里会面。良久，我终于找到白泽山的位置，之后，我又确定了自己现在所处的位置——"寒香林"。

按地图上描述，走出这片寒香林，外面就是鬼谷山。过了鬼谷山就是无边草原。草原过去之后便是黄罗沙漠。只有走出沙漠才能够到达白泽山脉。

看到这里，我大感头痛，寒香林还好说，但是鬼谷山和后面的无边草原、黄罗沙漠，却让我纠结无比，想想都够累的，这得走多久啊？

也不知道现在青冥和苏茉儿以及乌啼掌门如何了，希望他们别遇到我这么悲惨的遭遇就好了。

我往树林之中走去，香味越来越浓重，大概走了十多分钟，周围慢慢出现了变化，这种变化很细微，我一时察觉不到是哪里发生了改变，但是凭着我的直觉，此地绝对不是普通的树林，哪里有树林之中没有飞禽走兽的。

后来我才终于发现这种变化，是周围开始变得寒冷起来。我眉头微微一皱，摸了摸旁边的一株古树，这才发现这股寒冷是从我周围的这些树上传出的。树木摸上去异常光华，色泽微白，不像一般的树。因为一般的树，树干上是有树皮的，并且色泽都是深色的，这里的树则不同，反而是年份越来越大的树，树干反而越来越细，并且上面蕴含的寒冰之力也越来越强。这种寒冰之力绝对非同小可，冻住的不只是我的肉身，就连我灵魂都开始僵硬起来。

如果不尽快走出这片树林，我怕我会冻死在这里。

又走了小半天的工夫，这寒香林已俨然成为一个冰雪世界，我身上并没有穿多厚的衣服，完全是靠着法力御寒，但这样消耗太大，只怕还没走出这片寒香林，我就要被冻死在这了。

对了，我不是有件寒冰属性的星辰宝莲么，正好护住我自己，还能够吸收周围的寒冰之力。

这宝莲是上一次斩杀魔罗寺的长老元魔所得，威力十分强悍。

我祭出星辰宝莲，水晶一般的莲花之上飘出淡淡的星辰之光，更多的是晶莹乳白色的霞光，宝莲在我头顶滴溜溜地旋转着，周围的寒冰之力疯狂地往宝莲之中狂涌而去。

有了宝莲支持，我的胆子也大了不少。这样又走了一会儿，我感觉周围变得有些不同了，周围的这些树木已经完全都变成了一棵棵银树，并且树的顶端全部都是一朵朵奇大无比的花蕾，一股股幽寒忽然飘了过来，让我忍不住打了个寒战。

我忽然有了一种如芒在背的感觉，似乎有一道道冷冽的目光在盯着我，让我心里发汗。

虽然有这种感觉，但是我却发现前面的怪树发生了变化。因为我眼前是一片空旷的地带，大约呈圆形，方圆五十米左右的都空无一物，而旁边则是密密麻麻的怪树，只有中央有一抹银光格外的显眼，让人不敢直视。

我不得不施展出太极阴阳眼，才看清银光之中的东西是一颗巴掌大小的奇花，居然和我头顶之上的星辰宝莲有几分相似。但是此莲花的花心却有一颗弹珠大小的蓝色光珠，这一抹蓝光很耀眼，就好像有一股神奇的魔力，让我忍不住的想要靠过去。

等靠近了，我才感觉到我头顶之上的星辰宝莲开始急剧地旋转起来，我蹲了下来，伸手摘下这颗珠子。让我诧异的是，刚一摘除这颗珠子，下方的花瓣就碎裂一地。珠子并没有想象之中那般寒冷，但是里面蕴含了强大的力量，大到让我目瞪口呆。

不过就在我仔细观察这颗珠子的时候，周围的那些怪树上面巨大的花蕾开始慢慢地绽放起来。

🌀 迦南珠

这颗蓝色的小珠子只有寻常乡村里面那些儿童玩耍的弹珠大小，捏在手里有些冰凉。珠子上面浮现出一些淡淡的花纹，这些花纹是莹白色，勾勒得极为细致。不，不能说是勾勒上去的，而是浑然天成。

我笑眯眯地收起这颗蓝色宝珠，正准备举步，忽然一种强烈的危机感笼罩住我，周围仿佛有无数道目光在盯着我。

旁边的那些怪树的花蕾已经彻底地展开，如同一朵朵巨大的冰花，十分壮观、惹眼，让人惊叹不已。如果你没有亲自观看，绝对没法想象还有如此奇观。那密密麻麻的花蕾一起缓缓绽放，多么震撼人心！不过下一秒，我的眉头却皱起来。

因为，因为这些花蕾之中还有东西存在。

一个个身材高壮的白色猿猴出现在花蕾之中，这些猿猴基本上是直立的，十分人性化，全身雪白的皮毛，双目却露出冷冷的凶光。这些白色猿猴全部都盯着我，不，应该说是盯着我手中的珠子。

难道这些白色猿猴都是在守护此物？如果真是这样，那这颗珠子则是异常珍贵了，虽然我现在还不知道此珠有什么作用，不过看着猿猴们的眼神，我已确定这珠子肯定是一个绝世宝物了。

"你是人类？！"

其中一个年长的白毛猿猴走上前，逼视着我问。

"是，我是人类？你们又是？"

"我们是寒香林的守护者白猿一族，我是白猿长老，我们世世代代守护在寒香林，你放下手中的迦南宝珠，我便饶你性命。"

那位白猿长老眼珠一动不动地盯着我，他的脸上都被毛发所覆盖，所以我看不出他的喜怒哀乐。不过我想他此刻肯定是着急的，毕竟这所谓的迦南宝珠还在我的手中。

"还真想不到女娲墓里面还有生灵的存在，还以为只有湖底的那些水尸呢，这迦南宝珠又是何物？"

我没有理会他，开口问道。

白猿长老有些惊讶："你……你不是这里的古修士，你是外来者？你还是从尸泽湖走出来的？"

"什么古修者？我是开启女娲墓进入此地的，难道那个水下布满石棺材的湖就是叫作尸泽湖？你为何如此惊讶？"

见到白猿长老如此诧异，我心里更加疑惑了。

"古修者自然是这个世界的修士，据说每隔一段时间，不同的空间就会有人前来这个世界，很多人都是直接被传到尸泽湖，被里面的活尸分食，然后化为他们中的一员，落入尸泽湖的不管是人是妖，都是极难走出来的。"

白猿长老缓缓地开口说道。

我被他的话镇住了，每隔一段时间是多久？听他这样说，时间似乎并不长，不同空间的人进入这女娲墓，意思就是除了我之外，还有别的人也进入了。而更让我震撼的是，开启女娲墓是必须要拥有女娲精血的，这样说的话，不同界面进来的人，就至少有不同女娲血脉的后人来到这女娲墓之中。

"那你可知，这其余的平行世界来此地的人已经有多久了。"

"这个我不清楚，有时候短则一年，有时候是几年，有时候几十年，几百年，甚至是上千年也有的，这迦南宝珠很重要，四千年才孕育一次，你还是交出来吧，见你是人类，我们也不太想为难你。"

白猿长老开口说道。

"这迦南宝珠有何作用？居然是四千年才孕育一次，竟让你们如此重视。"

我没有打算让出此宝，心里暗暗盘算着，想看看如何才能逃走。

"为何要告诉你？"

"不告诉就不告诉，我既然能够走出尸泽湖，自然是有点本事的，如果你不想让你们白猿一族灭族的话，劝你还是乖乖地退去。"

"哼，不知好歹，既然你不肯留下迦南宝珠，就别想离开这里了。"

白猿长老冷哼一声，猿臂一挥，周围的这些白猿异常愤怒地捶着自己结实的胸脯咆哮起来。看来不打败他们我是无法离开这里了！我脸一沉，取出几张五雷符。

白猿长老见到雷符，脸色微微一变，沉声开口："你竟然还有雷符？"

"是，我这五行雷符是专克妖怪的。"

白猿长老口气一软："迦南宝珠是我白猿一族的至宝，你不能夺走它，如果非要夺走，我就是拼了命也要全力阻难的。"

　　"哼，这迦南宝珠会是你族至宝？你之前不是说过，此宝是四千年才能孕育一颗的么，但你活了有四千年吗？说实话吧，你是不是想用此珠续命？之前我已用太极阴阳眼看过，发现你身体里面死气很重，过不了几年就要一命归西了，难道这迦南宝珠与寿命有关系？"

　　"既然你知道了，我也就不隐瞒什么了。这迦南宝珠确实有延寿的奇效，多年前有妖魔侵入我们寒香林，我受过重伤，所以非常需要此珠续命。你年纪轻轻，又是修炼道法的奇才，就算是要了迦南宝珠，也用处不大的，还不如送给我，你任何条件，我都能够答应，如何？"

　　白猿长老叹息一声，幽幽开口了。

　　我摸了摸下巴，说："好，如果你能够给我五色神土，我自然给你，如何？"

　　"什么？你还想染指五色神土！你疯了？"

　　白猿长老惊叫起来，仿佛十分忌惮此物。

　　"怎么，难道你不用五色神土就想换回迦南宝珠？"

　　"你这小子难道真不知道五色神土的效果？神土的功效要远远大于迦南宝珠，并且五色神土还能铸造一具完美的肉身，让人修道要容易很多。我们现在的身体不管是妖怪和人类都是有缺陷的，所以飞升成仙的机会很渺茫。但是这新的躯体就不同了，只要我们的元神进去，再服食琉璃净水便可再生，并且再次修炼远远不是我们原本的躯壳能够比拟的，而迦南宝珠只能延长寿命而已，功效比起五色神土差的可不只是一星半点。先不说我没有五色神土，就算有，也不会与你交换的。"

　　"你不是在女娲墓里面生活了好几千年么，怎么连五色神土都没有得到？你怎么混的？"

　　"笑话，这个世界虽然不是很大，但是绝对不小。五色神土，那可是传说中女娲神殿之中才有的。先不说女娲神殿，就算是进入女娲墓的内层都几乎是不可能的，里面杀机重重，这里的古修士都把那里面列为禁地，我才区区三千年的小妖而已，又怎么可能妄自进入女娲禁地夺取五色神土？"

　　白猿长老冷笑，盯着我。

"既然如此，那我也跟你讲句实话，这迦南宝珠对我十分重要，我势在必得，如果你也想要，就动手吧。"我想着这一战既然在所难免，那就必须使出绝招，尽快结束战斗，因为时间不等人，我还有很多重要的事要做。于是心念微动，突然身体一动，化身为女娲形体，数丈之巨的尾巴突然一阵狂扫，周围树木纷纷倒地，冰寒的雪气腾上半空。

　　"啊，你是女娲后人！"

　　白猿长老大惊，身形暴退，眼中露出惊惧之色。

　　"你觉得呢？"

　　"如果你真是女娲后人，迦南珠你拿去便是，我不跟你争了。"

　　白猿长老眼神之中露出紧张的色彩，大嘴微微张开，露出雪白的牙齿。

　　"为何不争了？"

　　"因为规矩。我们不能犯了这里规矩，否则女娲墓的执法长老会来惩罚我们的。"

　　白猿长老变得恭敬起来。

　　我心里暗暗一喜，想着他既惧怕女娲后人，不如诳他一下，于是说："那好吧，我也不瞒你了，我的确是女娲后人，其实我取这迦南宝珠是一个秘密，只不过天机不可泄露，不能和你说罢了。我是从另外一个世界被召唤来此的，现在要去白泽山脉，希望你不要阻拦我，否则，后果你是知道的。"

　　"好吧，既然你拥有这重身份，我也只有另寻他法来延寿了，不过我想提醒你的就是，出了这寒香林就是鬼谷山，要穿过鬼谷山可不容易，鬼谷山里面有无数凶灵作祟，比起我们这寒香林要危险很多，而且那些凶灵特别喜欢吸食人类的精元，如果你没有把握的话，我劝你还是绕过这座山。"

　　"绕过这座山需要多久的时间？"

　　"如果不施展任何法术，绕过鬼谷山到达无边草原，只怕是要好几天的。"

　　"要几天？不行，还是从鬼谷山直接穿过吧，我可没有那么多的时间。好了，我还有急事，要先走一步，你们猿类极通人性，比起其余的妖怪更有可能修成正果，好自为之，祝你好运。"

　　白猿长老依依不舍地看了一眼那颗迦南宝珠，点了点头。

收起女娲之躯，我转身往远处走去。

✦ 鬼谷山

走出寒香林不远，我就看到前方有一条巨大的沟壑，这个沟壑不宽，但是里面漆黑一片，隐隐有黑色的光焰流转着。

这沟壑就像一个不可逾越的界限，阻隔了寒香林和鬼谷山，成为一个明显的划分区域标识的存在。

沟壑的另外一头，能够看清楚的地方都是漆黑一片，就连石头都是黑色的，到处都散发出森然鬼气，这鬼谷就好像是幽冥地狱一样。

我心里虽然犹豫，但是依旧跨过了这条鸿沟，脚踏入鬼谷，一股十分阴寒的力量从漆黑的土地蔓延上来，周围一片寂静，寂静得让人心里生出恐惧。

这片区域的树木同样是如此，只不过树木的躯干是光秃秃的，没有半点枝叶。

我能够感觉到全身的气息都被压制着，并且我的左眼开始隐隐发疼，我揉了揉眼睛，露出一丝无奈之色。

还没上山，就已经如此了，如果真要上山，还不知道会是什么样的一个场景？

这山上很明显地有一个主干道，但是我并没有通过这个主干道上山，而是选择从旁边的一侧。这里的山道还不算太难走，我走到了半山，都没有发现什么怪异的事情，便在一个黑色石头之上坐下来休息。

现在虽然还只是半山，但已经有数百米之高了，我扭过头，无意之间往远处看去，忽然发现远方有些发白，我再细一看，不由大惊，那些白色的东西，竟然都是白骨！白……白骨山！

原来这山上竟有堆积如山的白骨，看到这一幕，一股冷寒从我内心深处蔓延，让我身子微微颤抖起来。但事已至此，只能硬着头皮向前走了。恢复了一下体力，我战战兢兢地踏上了那片白骨区域，随之脚下就发出清脆的嘎嘣声，同时耳中忽然涌出一阵阵哭泣声，这声音十分凄惨，让我也不由自主地跟着悲伤。

我寻着哭声的来源向前行去。根据哭声，我知道肯定是一个少女在哭泣，声音悲伤至极，让人心里特别不忍。荒山鬼谷之中，怎么会有女人哭泣？寻着声音一路走着，终于，我在一颗比较突兀的黑树之下，看到了一个少女。

她背对着我，从背影可以看出，她的身材十分姣好，穿着一袭白衫，乌黑的长发披到腰部，她的身子在微微颤抖着，她的周围都是累累白骨。

"姑娘，你怎么一个人来到这里了？这里很危险的，赶紧离开吧。"

我走到距她几米之外，我不敢靠得太近。如果对方是什么妖魔鬼怪所化，那我岂不是掉到坑里了？

女孩止住哭声，缓缓转过身子，是位面容苍白的少女，一双眼睛水汪汪的，眼中布满了一层水雾，她的五官不算惊艳，无法和苏茉儿、白如冰以及妖王玉儿她们相比，但是也算是上乘了，她弱弱的模样，更是别有一番风味。

她见到我忽然出现，吓了一跳，发出一声惊叫，连忙往远处跑过去，但是不小心踩到一个骷髅头骨，一下栽倒在地。

"我又不是什么妖魔鬼怪，你跑什么？"

我跑过去，把她扶了起来，她的身体很软，柔弱无骨，有一股淡淡的幽香钻入我的鼻孔，让我心猿意马，不得不立刻施展法力镇压住我这股躁动之意。

"这……这可是鬼谷山！你不是妖魔，难道你是凶灵所化？"

少女挣扎着，一脸惊慌地盯着我。

"你不也在这里么，我是人类，我倒是好奇你是谁，怎么在这？"

"你真是人类？"

她狐疑地打量着我，很不确定的样子。

"我是人类，叫白无常，是要通过鬼谷山前往无边草原，你又是何人？怎么会出现在鬼谷山？还哭得如此伤心，难道不怕招来此山的凶灵恶鬼？"

"我自然也是人类，难道你看得出我身上有半分妖气？我跟我师兄弟一起来此山试炼，却不料我师兄弟全部葬身这鬼谷山，我回去之后肯定会遭受师门的责罚，想到这里我就……"

少女又要哭了，她咬着红唇，盯着这累累的白骨，满脸都是愤怒之色。

"师门？听白猿长老说，这女娲墓的世界之中的确有一个古老的宗门，难道你就是那宗门中人？"

我诧异地盯着这个看似柔弱万分的少女，出声问道。

"不错，我就是娲皇宫的弟子，妙雪！"

听到娲皇宫这三个字，我差点喷出血来，因为在我的印象之中，女娲大殿也称之为娲皇宫的，这个古老的宗门居然叫作娲皇宫。

"娲皇宫？难道女娲还把道统留在了这个世界不成？不是说女娲大殿是这世界里面的禁地么，怎么还有门人弟子？"

"我们这个娲皇宫又不是女娲大殿，你别一副瞧不起人的样子。我们的宫主可是女娲传人，身体里面拥有尊贵无比的女娲血脉，而且我们娲皇宫的弟子都是除魔卫道的，女娲墓里面的秩序都是由我们来维持，要不是我们，女娲墓早就乱了。"

妙雪头颅微微扬起，很自豪地说道。

"我看你们的宫主就是怪，本来有个女娲墓，却还要创建一个娲皇宫！"

"不准你污蔑我们宫主，她可是天下第一的好人。"

妙雪十分不满地盯着我，就像看一个仇人一样，弄得我很不舒服。

"既然是好人，为何要你们来这鬼谷山送死？"

"你知道什么？这鬼谷山是我们宗门的试炼之地，娲皇宫的弟子也是要试炼的，不仅仅是这鬼谷山，还有无边草原、寒香林、尸泽湖等等十几处地方都是我们历练的地方，只有我们实力提升了，才能更好地维持这里的秩序。"

妙雪眉头一挑，十分自豪地盯着我。

"好了，既然你是蜗皇宫的弟子，我也不瞎操心什么，你赶紧返回师门吧，我也要离开了，这里阴气重，凶灵极多，若是遇到他们就惨了，还有你别哭了，会把他们招过来的。"

说完之后，我继续往远处走去。

"喂，等等我，我也要离开这个鬼地方，你一个人是无法离开鬼谷山的，我是娲皇宫的人，自然会竭力保住你的性命，我想你是附近的原著居民吧，放心，有我在，不会让你受到半分伤害的。"

妙雪忽然跟了过来，与我并肩而行，我看了她一眼，不愿再浪费唇舌。

我可没有寄希望一个哭得死去活来的女孩保护我。

刚走没多久，忽然刮起一阵阴风，风很大，吹得我们几乎睁不开眼睛，在狂风之中，一声声怪笑传来。

这笑声很诡异，一开始很细，但是慢慢地变大，充斥在耳中，但我们周围并没有发现什么异状。

这声音类似于千里传音，人没到，声先到。

"不好，这些凶灵又来了，待会我拖住他们，你赶紧跑！"

妙雪忽然抓着我的手臂，开口了。

我有些诧异地看了一眼妙雪，她一脸凝重，身上的白纱吹得猎猎作响，面上的恐惧之色荡然无存，反而有种圣洁的感觉。

"只怕你一个人难以应付，我帮你吧！"

"不用，你又不是娲皇宫的人，凡人是无法抗衡这些凶灵的，你赶紧走，不然你也走不了。"

妙雪忽然轻轻一推我，我就感觉到一股柔和的气息包住我，速度极快地往后飞去，直到远离这些狂风，我才站定身形。

我正要再说什么，忽然一股浓稠似墨的云朵漂浮而来，周围虽然狂风怒吼，但是这朵黑云却丝毫不散。云朵的面积很大，虽然不至于遮天蔽日，但却足以惊天动地了，这等气势，只怕就连鬼王的气势都无法比拟，看来这里的凶灵还不是一般的厉害！一时之间我不敢轻举妄动，只好静候时机。我在手里暗暗扣住一叠驱鬼符，躲到一颗黑色的巨石之下，探出脑袋。

"小丫头，没想到你居然还留在鬼谷山！"

一道阴沉无比的声音从黑云之中幽幽传来，就像孤魂野鬼的轻吟在你身上拂过，肌肤上因此泛起一层鸡皮疙瘩。

"你这老魔头，还我师兄和师弟的性命来！你到底把他们怎么了，不见到我师兄和师弟，我绝对不会返回娲皇宫的。"

妙雪恶狠狠地盯着那团黑云，她身上笼罩着一层银白色霞光，就像一个仙女下凡。

"哦，你想要你师兄和师弟？那好啊，我就让他们两个来陪陪你吧。"

黑云之中忽然传来一声冷笑，之后几乎没有任何征兆地分了开来，两道黑漆漆的身影落了下来，正好离妙雪不远。

待看清楚那两个人的身影，妙雪陡然发出一声凄厉的惨叫。

这两个人影，一高一矮，五官都很端正，但是他们的肌肤都是诡异的青黑色，双目已经失神，脸上呆板木讷，没有丝毫表情，并且眉心还有一丝诡异的红纹。

"招财师兄，进宝师弟！你们……"

妙雪目瞪口呆地看着自己的师兄和师弟，他们两个人居然变成这副模样了，实在是让她不能接受。

✿ 幽冥老祖

招财与进宝两人身上的气息已经与当初截然不同，并且身上的阴气格外浓重，他们的身上已经没有半分生命气息，转而被一种极为邪恶的气息所取代。

他们的肉身已经不是人类的肉身了，而是经过秘法炼制，变得十分邪恶。

"嘿嘿，看到了吧？他们的元神已经被我所掌控，我已经把他们化为幽冥恶尸，你应该要感谢我们没有把他们化为累累白骨。"

话音一落，黑云微微卷动，一个戴着骷髅面罩的男人探出了脑袋，面罩之中露出幽绿的眼珠。

"醒来！"

妙雪头颅微微一扬，一声轻吟响起，这声音很奇特，就好像能够摄人心魂一般。

化为幽冥恶尸的招财进宝一听到妙雪的声音，脸上的狰狞立刻慢慢地舒展，化为祥和。

"叮叮叮……"

一阵急骤的铃铛声响起，招财和进宝再次恢复狰狞，猛地往妙雪扑过来，他们的手指尖漆黑异常，上面泛着冷然寒光，一看就含有剧毒。

妙雪脸色一变，身子微微一闪，躲了开来，她没有还手，只是依仗着身形在躲避两具恶尸的攻击，嘴里还在低声呼喊着，想要让他们二人清醒过来。

我叹了口气，现在想要他们清醒过来可不容易，因为他们的元神已经被黑云里面的那个存在控制了，就算夺回他们的元神，他们知道自己变成了这副模样，只怕也不能接受。

"小丫头，没用的，他们二人的元神都被我拘留在摄魂铃之中，只要元神不出来，他们就逃不开我的掌控，你的元神很纯净，想必精血也很甘美，如果你受服，我兴许还能考虑饶你不死。"

那个头戴骷髅面罩的男子再次发出一声怪笑，周围的阴风更甚。

我能够感觉出，这个头戴骷髅面罩的男子只怕是鬼王一个级别的存在了，而且那黑云之中只怕拥有很多实力不凡的凶灵。

"好啊，只要你能够把幽冥宝珠交给我，我就答应你。"

我原本以为妙雪会嗤之以鼻，但是万万没有料到她居然想要答应，这幽冥宝珠又是何物？

"好聪明的丫头片子，幽冥宝珠可是鬼谷山的镇山之宝，我凭借此珠可以统摄鬼谷山，并且这幽冥宝珠又是我的栖身之所，里面蕴含了无尽精华，靠着此宝，我的形体才不会消散，如果你们娲皇宫肯交出一点五色神土的话，我倒是可以考虑考虑的。"

骷髅面罩的男子嘿嘿一笑地说道。

"妄想，就凭你也想得到我娲皇宫的五色神土？"

妙雪从容地避开恶尸的攻击，冷声说道。

我看了一眼那个骷髅面罩男子，露出一丝笑意来。

幽冥宝珠居然可以保住他的灵魂不消散，这可是逆天的存在啊！而且听这个骷髅面罩的男子所说，此宝似乎还能蕴养灵魂，这就更不得了，还有就是，我万万没有想到，这个存在于女娲墓里面的娲皇宫居然会有五色神土，如此一来，我只要帮助妙雪夺回那个摄魂铃，释放出她师兄弟的元神，就不怕她不带我去娲皇宫了。

一想到这里，我忍不住一阵兴奋。

"好，好，你是那个臭婆娘的得意弟子，我就拿住你，看她拿不拿五色神土交换。"

骷髅面罩男子话音一落，黑云之中忽然飞出密密麻麻的恶灵，这些恶灵全身漆黑，好像是披着一件黑色的披风，唯一不同的就是双眼赤红，他们如同蝗虫一样，铺天盖地地往妙雪扑过去。

妙雪脸色凝重，宽大的衣袖冲着恶灵们一挥，便有一道金辉散出，这些恶灵立即往后退去，那些来不及避走地恶灵被金辉扫中，立刻扭动着身躯，发出痛苦的嚎叫。

但就是这简简单单地一挥衣袖，妙雪的脸色又苍白了几分，看来她的法力已消耗不少。

因为有了前车之鉴，这些凶灵再不敢轻举妄动，而是小心翼翼地开始试探性攻击，每次都是一两个凶灵前来，如果妙雪再次施展袖中金光这等秘术，势必会消耗极多的法力的，而且一旁还有一个实力与鬼王不相上下的骷髅面罩男子。

"我就看你还有多少法力消耗？服输吧，不然就别怪我不客气了。"

骷髅面罩男子忽然一扬手，手里的银铃声更加急了。

招财进宝嘴一张，忽然露出锋利的尖牙，身上的尸气一下大增，他们双手化掌，五指微微屈起，齐齐攻上，逼得妙雪透不过气来。

妙雪伸手一抖，两道白色长绫从袖中激射而出，直接困住招财和进宝。

"你以为这样就能阻碍他们的行动了吗？"

男子伸手一抛，摄魂铃脱手而出，在空中滴溜溜地旋转起来，铃铛声越来越急促。

"噗噗"两声轻响，这些白绫被撕裂开来，招财进宝如同鬼魅一般再次往妙雪抓来。

好机会！

妙雪现在根本就无法顾及她头顶之上的摄魂铃，而我则是不一样了，完全可以夺取，并且那个戴着骷髅面罩的男子根本就不知道我的存在。

我深呼一口气，手里法力凝聚，施展出隔空取物之术，喝了一声："过来"！

一声低喝，摄魂铃旋转着飞过来，落入我的掌心。

"是谁躲在那里，是要我幽冥老祖把你炼制成幽冥恶尸么！"

那头戴面罩的骷髅男子厉声喝道。

"我，白无常，就是来取幽冥宝珠的，如果你能够交出此宝珠，我可以饶你性命。"

我从大石头之后走了出来，冷冷地看着这个所谓的幽冥老祖。

现在既然能够得到幽冥宝珠，我决不会错过的。至于五色神土，以后再另想办法了。

"大言不惭，一介凡人，还敢踏足我鬼谷山！"

幽冥老祖恶狠狠地开口了。

妙雪见到我，脸色大变，但看了一眼我手中的摄魂铃，变得又惊又喜起来。

"赶紧把摄魂铃毁掉，这样他就无法控制我的师兄弟了，对了，我不是叫你逃了么，怎么又返回来了？"

她的表情很复杂，不过现在她的眼中充满感激。

"休想毁我摄魂灵，恶灵，攻击！"

一声怒喝，无数恶灵向我扑过来。我一声低喝，扬手抛出一把驱鬼符，这些恶灵还没靠近我，便都消散不见了。

"啊，你懂符箓之术！"

幽冥老祖和妙雪同时大惊，不过一个是声音颤抖，而另外一个则是声音激动。

✿ 震惊

"怎么你们这个世界的人看到符箓都好奇怪的，难得你们这里没有符箓不成？"

我有些诧异地开口了，因为之前白猿长老见到我用镇妖符，同样是诧异万分的样子。

后来我才知道，这个世界根本就没有纸张和朱砂，他们的符箓十分珍贵，需要上好的羊皮古卷，然后再用珍贵的草药配置调料，接下来就将法力印刻到羊皮古卷之上，道行浅薄的人是很难制作这种符箓的。所以符箓在这个世界很珍贵。

"只是一些低廉的符箓而已，我就不信你的符箓无穷无尽！"

幽冥老祖见我用驱鬼符打散凶灵，一声厉喝，周围的凶灵一下分为两拨，一拨往我而来，另外一拨则是袭击妙雪。

面对着成百上千的凶灵，我也不可能一直用驱鬼符的，况且驱鬼符我只是弄了几张，而且驱鬼符威力弱，对付道行强悍一点的老鬼，就起不了什么作用了。

我冷笑一声，伸手狠狠往摄魂银铃一握，手掌之上银光流转，这摄魂银铃一下被捏爆，两道清气从摄魂银铃之中卷出，往招财进宝去了。

"啊，你居然凭借双手之力就能捏爆我的摄魂银铃！"

幽冥老祖又是一惊。

我没有理会幽冥老祖，七星镇魂剑突然向天空一抛，剑身之上星光流转，瞬间将扑上来的凶灵全部击为粉末。

这时。那两道清气已没入招财和进宝的肉身之中，他们开始渐渐恢复知觉，眼睛之中的红芒消退，变得清明起来，不过肉身却依旧是尸气翻滚。

"妙雪师妹！"

招财首先恢复了神智，他第一眼就看到了妙雪。

"什么都别说，我们现在面临大敌，你们的肉身被动了手脚，等我们回到娲皇宫，师傅自然会想办法帮你们恢复正常的。"

妙雪见到二人转醒过来，脸上一喜，暗自庆幸这幽冥鬼王没有杀死他们，只是抽离了他们的元神。如今元神归位，他们就没什么危险了。

"你们今天都要死在这里！"

幽冥老祖从黑云之中飞出，落在我们不远处。此刻我已与妙雪汇合在一处，我能够感觉到妙雪的目光一直没有离开过我。

"白大哥，原来你不是原著居民而是一个深藏不露的奇人，恕我眼拙了。"

我尴尬地笑了笑："妙雪妹妹，眼下还是专心对付幽冥老祖吧。这一次我原本也是想要找寻幽冥宝珠的，因为我的好友元神受到重创，肉身消亡，必须先借助幽冥宝珠。"

"好，白大哥，我助你夺得宝珠，你放心就是，我有师傅传给我的宝镜，这些凶灵根本就伤害不了我。主要是这幽冥老祖，我的道行还浅，对付他还有些吃力。"

我微微一笑："妹妹，你帮我护住肉身，看我元神出窍斩杀他。"

"嗯，那好，白大哥，我们会全力护住你的肉身，一切小心。"

我盘腿坐下，妙雪便和招财、进宝侍立在了我的身旁。

幽冥老祖见我在中间坐下，立刻就知道我肯定是要施展什么厉害的法术了，当即袖袍一甩，袖口之中冒出一道黑色的光柱向我激射过来。

妙雪等三人同时取出各自法器，护住我的全身。

几乎与此同时，我的元神化为一缕星光飞出，巨大的星辰法相在空中显现而出，十分威严地盯着幽冥老祖。

星辰法相抬手一招，七星镇魂剑激射突然化为七团夺目的星光悬浮在法相周围。

"法相神通！"

幽冥老祖一声惊呼。

"不错，亮出你的真本事吧。"

"好狂妄的小子，纵然你能召唤出法相，但是也绝对维持不了多久的，我只要拖延时间，你就死定了！"

幽冥老祖身子一晃，忽然摘下那个骷髅面罩，这面罩立刻泛出白色光霞，在空中化为五张巨脸。每一张巨脸就像活物一般，牙齿十分锋利，并且眼眶之中冒出绿色的火焰，而幽冥老祖的样子则是一个老头，一个干瘪的老头，他脸上灰白一片，几乎没有了血肉，与一个骷髅头相差无几。

五个骷髅怪脸如同风车一般呼啸着往我攻击过来。我手臂一抬，法相周围的星辰神雷激射而出，密密麻麻的炸裂声响彻半空。那些白色的骷髅面罩在我的攻击下摇摇欲坠。

幽冥老祖显然没有预料到我的星辰神雷居然有如此强大的威力，他一下乱了方寸，狠狠一拍自己的头颅，天灵盖之上忽然冒出一颗奇黑无比、鸡蛋大小的珠子，这珠子周围灰芒流动，露出十分强大的邪恶气息。

看来这颗珠子，就是幽冥宝珠了。

✺ 夺珠

"这就是所谓的幽冥宝珠吧？"

看到这颗宝珠居然从他天灵盖飞出，我心里很快就明白，这是幽冥老祖最后的杀手锏。幽冥宝珠在空中滴溜溜一转，一道道灰色霞光从珠子之中激射而出。

而五个骷髅面罩在星辰神雷攻击之下，开始节节败退，面罩之上的白色光霞锐减，并且面罩之上还布满了蛛网般的裂缝，这些裂缝密密麻麻，仿佛随时都会瓦解。

"碎！"

星辰法相抬手一挥，一股无形压力铺天盖地地压过去，那些布满蛛网般裂缝的面罩陡然间发出诡异的炸裂声，就好像很细小的爆竹在炸裂一样，白骨面罩表面之上的霞光轰然散裂，化为无数白色粉尘。

"九幽之力，听吾号令，幽冥之魂，急急如律令！"

幽冥老祖伸手冲着头顶之上的幽冥宝珠一点，宝珠周围翻腾的灰黑之气立刻化为一根根箭矢激射而出。

箭矢只有筷子粗细，速度极快，密密麻麻的，一时之间破空之声大作。

星辰法相伸出巨大的手指轻轻往前一点，七团星辰神雷之上的银色电弧立刻迸射而出，这些银色电弧虽然只有小指粗细，但是每一根银色电弧之中都蕴含了十分强大的破坏之力。

这法宝相斗，拼的就是法宝的实力，还有主人道行的深浅，这幽冥宝珠算是一件法宝，但是却不是攻击性的法宝，而是辅助性的法宝，现在虽然斗得不分上下，但完全是依仗鬼谷山之上的阴气。但不得不说，这个幽冥老祖的实力还是非同小可的，法力竟然如此深厚。

"万物乾坤，星君借法，北斗镇魂，急急如律令！"

星辰法相双目猛然睁开，眼眸之中星光流转，手里掐动法诀，最后冲着七团星辰神雷一点，这七团星辰神雷立刻化为一团，聚集在幽冥老祖的头顶之上，一个巨大的漩涡开始出现。

"不好！"

幽冥老祖那干瘪的老脸一变，周身忽然浮现出一层诡异的红色光焰，在光焰之中法力大增，幽冥宝珠如同一个炮弹般，往漩涡之中激射而去，而漩涡之中雷鸣大作，开始徐徐转动起来。

"你要是能够接下我这星辰漩涡，倒是你的本事了，这可是与太乙秘术相结合的存在，里面能够衍化五行神雷，管教你神魂俱灭！"

星辰法力突然向回一卷，那幽冥宝珠便倒飞而出，落到了星辰法相手掌之中。

幽冥老祖惊骇地盯着我的法相，幽冥宝珠已被星辰法相夺取，幽冥老祖急了，怒声喝道："十二幽冥血鬼！"

幽冥老祖法诀连连掐动，周围狂风大作，鬼啸连连，他所呆的黑云之中猛然飞出十二道血光，在他头顶之上化为一轮血色的光轮，急速地转动着，星辰神雷落在上面，立刻炸出大片的血色光霞。

"啊"，幽冥老祖哀嚎声起，他周围的黑云在神雷的攻击之下凭空蒸发。

"灰飞烟灭吧！"

星辰法相巨手一挥，漩涡之中雷鸣声再次大作起来。

一道道神雷落下，幽冥老祖再也无法抵抗，身子在神雷之中终于灰飞烟灭，连同周围所有凶灵，全部蒸发。

"白大哥，你真是太厉害了，居然还修炼出了法相，若不是凭借着法相之力，我们今日只怕都无法逃离幽冥老祖的魔掌的。"

妙雪气喘吁吁地看着我，面色红润，美目闪动不已。

"这一次法相之力消耗太多，我怕到时候再遇到别的存在，就无法再应付了。"

我听了她的话，不禁苦笑起来。

"到时候再说呗，反正这一次是有惊无险地度过了，咱们休息一下，就赶紧离开这鬼谷山。虽然幽冥老祖消灭了，但是这山中还有不少厉害的存在，现在之所以没有出来，只怕是因为白大哥用雷霆手段灭杀掉幽冥老祖，所以他们才不敢出现的。"

妙雪笑嘻嘻地说道。

我们寻了个地方开始休息。趁休息的时间，我问起妙雪无边草原的情况。

妙雪一听无边草原，脸色不是很好看，她想了半天，才说："无边草原同样是十分凶险的，不过那里妖兽居多，特别是成群结队的狼妖。如果遇到狼妖，最好不要惹，只有逃才是唯一的办法。狼妖大部分都未曾化形，但是狼族的首领却是化形的大妖怪，实力非同小可。不过只要我们不惹事，还是容易过去的，我们从那边过来的时候，就是乘坐一种妖兽代步过来的。此兽灵智很低，能够在草原之上快速行走，大部分狼都无法追到此兽的。"

"为何不施展腾云驾雾之术？你们娲皇宫难道这点小法术都不会施展？"

"白大哥，你这就有所不知了，这无边草原上空几百米有旋风存在。此风厉害无比，曾经就有人想要施展腾云驾雾之术过去，但是直接被高空的厉风给切成碎片了。当然，你也可以只飞行上百米，但是在这无边草原之中是十分危险的，很容易被草原上的一些存在发现，这个草原很大，里面高深的妖物数不胜数，并且还有一些邪门歪道经常出现。"

"原来如此，那妙雪你口中所说的代步兽又要去哪里寻找？还有无边草原范围这么广，又如何能够到达目的地？"

我现在一想起来就有很多疑惑，如果不是他们三个在此，我只怕是花上一个月的时间都无法过去了。

"代步兽就是一种叫作千里驼的兽类，无边草原边缘处有村子，那里就有人圈养千里驼，我们想要弄到这千里驼必须要花费些工夫的。"

说到这里，妙雪竟有些不好意思起来。

而招财和进宝听了她的话，也哈哈大笑起来，弄得我十分疑惑。

"二位道友为何发笑？"

我开口问道。

"还不是因为妙雪师妹？上一次我们从那边过来，因为这千里驼十分尊贵，无论我们怎么要求，那些村民就是不卖给我们，结果，结果师妹就想了个法子，偷了几头呗。"

招财有些无奈地笑了笑。

第十八章　陈小宁之死

"那……那就好，白……白家……哥哥，你……你原谅我么？"

陈小宁的声音越来越弱，但是看得出她一双漆黑的眼珠却越来越有神，满眼地期待、悔恨和懊恼。

听了师兄的话，妙雪脸红了，她嘟起小嘴，狠狠地瞪了一眼招财，然后又转过头，冲着我尴尬地笑了。

"白大哥，别听招财师兄瞎说，这千里驼十分珍贵，就算是当地村子里也不多的，而且只有大户人家才会有，别人不肯卖给我们，我也只好先借着一用了，放心，这一次我们只需要弄一只千里驼就可以了。因为我们来的时候，已经把三头千里驼寄养在鬼谷山下的一个村子当中，那个村民很可靠，因为我曾经帮他解决过一件困难的事，所以他很乐意帮助我们的。"

听到妙雪的话，我才微微松了一口气。在恢复自己法力的同时，我又想起了青冥和苏茉儿以及乌啼掌门，也不知道他们现在怎么样了？希望不会出什么事才好，毕竟这里的世界凶险无比。

休息了小半天的工夫，我们再次整装出发。现在有了妙雪带路，要翻过这山头就容易多了，在这一路之上，我们还遇到过不少凶恶的邪灵，不过都被我们轻而易举地灭杀掉了。

这样又走了半日，我们终于来到妙雪所说的那个小村。村子很古老，几乎都是木质结构的小木屋。村口还竖立着几个庞大的树桩，树桩之上印刻着凶神恶煞的图腾，这种图腾似虎非虎，因为这种图腾兽上面还有翅膀，并且从体型方面要比虎大上几分。

天色已经将近傍晚，村子里走动的人并不是很多，并且这些人还是一副急匆匆的模样，进了村子我们也没有引起他们太大的注意。

妙雪领着我们直接往其中一个比较大一点的木制房屋走去，这个房屋一共有三层之高，相比其余的小木屋要大很多，就像一家客栈似的。

"王二哥在么？"

妙雪敲了敲木门，木门发出一声沉闷的咯吱声，里面探出个中年男人的脑袋，他见到是妙雪，原本紧绷的脸立刻放松，连忙把我们迎了进去。

"几位终于来了，若是来得迟些，你们这些千里驼就不保了。"

进来之后，这个叫做王二的男子沉声说道。

"村里发生了什么变故？"

妙雪问。

"这一阵子，时不时会有一些外人来到我们村子，夺取千里驼，他们想要穿越无边草原，你也知道千里驼有多么珍贵，我们自然是不肯给了，谁料到他们用尽各种手段，依然还是抢走不少千里驼，他们拥有很强大的实力，和妙雪姑娘一样。"

王二脸色沉闷，心情极坏地开口了。

"也是修道之人？难道他们不是本地人？"

招财问。

"从服饰上来看，应该不是本地人。我原以为他们是你们娲皇宫的弟子，但是却并不是，其中有三个身穿黑色袈裟的僧人和一个身穿黑纱的女人，他们的脾气十分古怪。"

王二想了想，说道。

三个身穿黑色袈裟的僧人？一个身穿黑纱的女人？我一听，似乎有些熟悉的样子。

“可以描述一下他们的样貌么。”

我开口问道。

“三个黑衣僧人，一个正常身高，一个是瘦高，一个是矮胖，不过他们三个都似乎受了伤，而那个女人倒是没有受伤，不过有些不高兴的样子。他们也不愿意多说话，抢了李三家的千里驼就直接往无边草原去了，听李三说，这三个僧人好像是要去白泽山脉的。”

“看来是魔罗寺的那三个长老，想不到他们三个知道白泽山脉，那个黑衣女人难道是陈小宁？不对，陈小宁应该是和唐永在一起的，怎么可能和魔罗寺的混在一起？”

我心里暗暗猜想起来。

“他们走了多久了？”

我再问。

“今天上午走的。”

王二老老实实地说道。

接下来的时间我便不再开口了，妙雪为我安排好休息的房间之后，我便一直在打坐，修炼法力，让自己快速恢复过来，争取明天以最佳的状态离开这里。我已经能够确定那三个僧人就是魔罗寺的三位长老，之前我、青冥还有山魈躲在树上见过这三人，还真没有想到他们的同心线还真有用，居然让他们一起进入了女娲墓。

不过好在他们受了伤，不然遇到他们三人，我未必是他们的对手。我希望能够在无边草原之上遇上他们三个人，因为我很想知道那个与他们同行的黑衣少女是不是陈小宁。

到了深夜，忽然有人敲门，门开，是一脸兴奋的妙雪。

“白大哥，咱们明天一早就可以出发了，刚才我和师兄他们又弄到了一匹千里驼。”

妙雪笑眯眯地盯着我，显得分外的可爱。

她伤势恢复了不少，脸色也变得红润起来。

“嗯，有劳了，多亏了妙雪妹妹。”

“白大哥什么话？明明是你救了妙雪，并且从幽冥老祖手中夺回我师兄和师弟的元神……"妙雪不高兴了。

"嗯，那我就不客气了，妙雪妹妹早些休息，明天咱们还要赶路呢。"

"好的，白大哥，你知道么，我们娲皇宫就在离白泽山脉不远处，还有就是过了白泽山脉就是禁地范围了，离真正的女娲大殿就不远了。"

我心里一动，轻声说道："妙雪，我问你一句话，你可千万别生气啊。"

"什么事说就是，我怎么可能会生气呢。"

"你们娲皇宫真的有五色神土？"

"白大哥也想要五色神土？白大哥要五色神土干什么？难道你不清楚五色神土的效果？"

"实话和你说吧，噬日妖星我想你知道吧，我的几个好友因为在祭祀噬日妖星离开的时候，肉身瓦解，元神也受到了重创，我这次来女娲墓，就是想要夺取五色神土帮助他们重塑肉身的。"

我叹了一口气，想起了火儿、白如冰以及武羽他们。

"我们娲皇宫之中确实有五色神土，不过数量也不多，却也可以铸造几个人的肉身，只是这五色神土珍贵异常，是每年宫主去女娲大殿弄到的。女娲大殿凶险异常，就算是宫主拥有女娲的精血，也是危险重重，甚至有一次宫主从女娲大殿之中回来还身受重伤，奄奄一息，耗费了数年才恢复过来。那几年我们娲皇宫的弟子一直过得战战兢兢，因为有很多妖魔都在打五色神土的主意，宫主受伤的这几年，法力全部失去，等同于凡人。"

妙雪一脸严肃地把她所知道的事情，原原本本地告诉了我。

🌀 无边草原

"娲皇宫的宫主，实力想必非同小可，没想到居然也受了这么重的伤才能够弄来神土，看来这五色神土还真有点难以弄到了。"

"白大哥，如果你真要五色神土，我会想办法的，毕竟你救过我，也救了我师兄弟，宫主是我的师傅，我想我求求她也许能行的，白大哥你好好休息吧，明日一早我叫你。"

妙雪勉强挤出一丝微笑，看得出，她心事重重的，自从我提及五色神土之后，就一直这样了。

"嗯，早些休息吧，明天见。"

妙雪点了点头，眼神复杂地看了我一眼，转身离开。

第二天早上，我刚洗漱完毕，就传来了敲门声，打开门一看，原来是妙雪送早餐来了。

妙雪的气色比之前好了很多，我能够感觉到她已经恢复原状了。她走了进来，手里端着一个木盘，上面放着几叠精致的食物。

食物味道很不错，我从尸泽湖出来，然后历经寒香林，再到鬼谷山，至今还没有好好地吃过一顿饭，所以一见到美食，便忍不住狼吞虎咽起来。

"慢点吃。"

妙雪从木盘上面端起一个木杯，里面是温热的牛奶，口感很好。

吃罢，来到门外，我第一次看到了千里驼。这千里驼与骆驼有几分相似，只是全身的皮毛都是绿色的，如同绿草一般，手摸上去很柔软，再一看千里驼的四足，就会发现它们的小腿很粗壮，又很长，妙雪说这种千里驼行走起来速度极快，并且坐在上面丝毫感觉不到颠簸，更加难得的是它们的性格十分温和。

花了一会时间，我很快学会了如何驾驭千里驼。

离开村子之后，越走越远，穿过一片树林之后，树木越来越少，最后被草地所代替，开始还能够看到一些牲畜，最后这些牲畜就不见了，这才算是真正进入了无边草原，因为天色都变得有些不一样了。

进入这片区域之后，我能够听到狂风的呼啸之声，天空之中没有丁点白云，而是诡异的青白色。

草原的风光很好，并且这些草足有尺许来高，十分葱郁，微风吹过，就像泛起了一阵翠色的海浪，虽然空中的厉风很强大，但是无边草原之上却只有微微小风，真是天差地别。

行了半天时间，我们便歇脚，准备吃些食物继续上路。

"想不到这一次过无边草原这么顺利。"

坐下之后，进宝嘴里咬着一块大饼，大为惊讶地开口了。

"这还没走过去一半呢，你难道还想遇到什么不成？"

妙雪白了一眼师弟。

"咦？好像有血腥味道！"

招财鼻子动了动，开口了。

我嗅了嗅鼻子，果然，这淡淡的微风之中有一丝丝难以察觉的血腥味道，从极远处传来，几乎是淡不可闻，我有些诧异地看了一眼招财，之后走到一个比较高一点的土丘上向远处看去，只见远方有一片黑色的光霞在闪动。

"好像是有人在斗法！"

妙雪也走了上来，双目盯着远方开口了。

"是啊，这斗法的声势如此浩大，并且十分邪恶，有几分熟悉。"

"对了，白大哥，你不是说有人和你一起进入女娲墓么，如果这些人走入禁地，只怕是九死一生，难道对面那些斗法之人，就有你的同伴？"

"不是同伴，而是对头。"

我摸了摸怀中的星辰宝莲法宝，冷冷地笑了起来。

"那我们怎么办？他们那边正是我们必经之处，我们现在的这条路线是最为安全的。"

妙雪看了一眼远方，黛眉微微蹙起。

"那咱们就等。"

说完之后，我掏出一个大饼吃起来，我想那三个魔罗长老多半是遇到了狼群，因为有野兽的吼叫声传来。

我们悠闲地躺在又厚又柔软的草地之上，微风吹过来，说不出的惬意，但是过了一段时间后，血腥味越来越重，甚至还有一些低低的咆哮声从远处传来。

"白大哥，好像有人往这边来了，并且越来越近了。"

负责放哨的招财耳朵动了动，开口了。

我眉头微微一皱，心里暗呼，这三个长老果然厉害，居然还能够跑到这里来。

"那咱们就布阵，三才大阵，在阵中我们的实力能够增加不少的。"

妙雪站了起来，手里忽然多了一叠三角的杏黄小旗。

"布阵？你们还精通阵法之道？"

我大为诧异地看了一眼妙雪。

"嗯，不错，这三才大阵神妙无穷，用来困敌最适合不过了，白大哥，你拿着这杆杏黄旗，等我们布置成大阵，你也可以完全凭借此旗幡自由出入我们的这个大阵。"

妙雪说完递给我一杆小巧的旗幡，一脸沉重地开口了。

就在妙雪布阵的同时。远处那团黑色霞光迫近了。

"银月狼王，我们已经做出让步，你还要穷追不舍么？"

"哼，你们屠杀我的子孙，我又岂能放过你们？"

银铃般的声音，不带一丝感情地响了起来，这声音就像在宣判，宣判他们的死刑。

"你别太过分，我们只是路过无边草原，但是你的狼子狼孙却阻挠我们的去路，我元清师弟只是顺手消灭了几头狼而已，如今他已死在你的手中，也算清了这笔恩怨，你依旧穷追不舍，难道以为我元邪就是好欺负的么？"

争吵声越来越大，似乎承载了无边的怒火。

"小小人类，口出狂言，我银月在这无边草原生活了几千年，还从来没有遇到过对手，你们今日无论如何也休想离开这里。"

这个叫作银月的狼王声音充满了杀戮之气，远方的黑色霞光分开，露出颇为狼狈的元邪，他乘坐着千里驼，他旁边则是矮胖的元水，元水的一条手臂断裂，满脸煞白，还有一个人则是身穿黑衫的少女，少女身材曼妙，有几分丰腴，虽然是背对着我，但是我却能够一眼就看得出，此人就是陈小宁。万万没有想到陈小宁居然和他们混在了一起。

另一方则是数百头灰色的巨狼，个个狰狞异常，体型要比寻常的巨狼大上几分。它们的眼珠幽绿色，散发出淡淡的妖气，虽然还没有到达化形的地步，但是从它们张开的獠牙可以看得出，它们十分好斗，而这几百头狼之中，还有一头体型更为健壮的棕色巨狼，这头棕狼背上坐着一个身穿白色兽皮的少女。少女手执一只银色长笛，她的头发是银色。周围虽然刮着风，但是却丝毫没有吹乱她的头发，好像这头发有千钧之重一样。少女的眸子是银瞳色，看上去十分惹眼，她的五官很精致，只是面容清冷，没有丝毫表情。

就在我看着她的时候，她似乎也感觉到了，臻首微微一转，那双银瞳正好盯着我，她瞳孔微微一缩，露出一丝惊讶之色。

"陈施主，我师弟受了伤，这几百头畜生你们两个能够应付得过来么？"

元邪转过头，盯着陈小宁，语气奇冷无比地开口了。

"虽然这些是妖狼，但是并未化形，我想我还是能够应付过来的。"

陈小宁熟悉的声音传了过来。

"放心吧师兄，就算陈施主不在，我也能够自保的，你可别忘了，我精修水属性道法。"

矮胖的元水伏在千里驼之上，咬了咬牙，沉声开口了。

元邪盯着银发少女看了一眼，嘴角微微一扬，笑得更加邪魅起来。他依旧是穿着黑色的僧袍，上面有银色条边，只见他单足往千里驼上一踩，脚下浮现出一团巨大的黑色水晶般的莲花，莲花的底盘之上黑色符文狂闪不已。元邪一抓，手掌之中忽然浮现出一个小巧的漆黑木鱼来。

他左手托着木鱼，右手执着一根小木棍子，接着轻轻往上面一敲，一道十分怪异的声音响了起来，一道道黑色的波纹以他为中心，四周散开，那些巨狼被这黑色的光波扫中之后，痛苦地在地上翻滚起来，显得十分痛苦，并且那幽绿色的眼睛和口中都溢出了鲜血。倒是坐在棕色巨狼上的银发少女不为所动。她冷笑一声，取下腰间的银色长笛，开始轻轻地吹奏起来，一道道银白色近乎透明的旋律从笛子之中涌出，与这些黑色光波对撞在一起，立刻就炸裂开来。

这一人一妖法力还真深不可测，居然可以凭借音律来伤敌。

一个是急促，一个是婉转，渐渐地，元邪把全部从木鱼之中涌出的光波都集中在银发少女身上，而少女也专心对付元邪，下方的数百头灰色巨狼也恢复过来，开始发出咆哮声，疯狂地往对面扑过来。元水冷笑一声，从怀中掏出数张黄符，电闪般打出，黄符在半空中忽然发出"扑哧"一声轻响，一股强大的水性气息迎面而来，虽然我相隔甚远，都能够感觉到这惊人的气息。

那几道黄符在半空之中忽然化为了一片蓝色的海潮，从半空之中往下狂卷而去。但元水施展出这几张符箓之后，似乎元气大伤，只见他咬了咬牙，手里又出现一张黄符。这张黄符上面绘制着古怪的图腾，元水狰狞一笑，狠狠往那潮水之上一扔，只见那潮水忽然炸裂开来，一个个丈许之巨的蓝色水花组成的拳头出现在半空之中，这拳头密密麻麻的，足有数百个，并且蕴含了强大的力量。

"轰隆"，巨响声中，数百头巨狼被这水元素化为的拳头给击晕，倒地不起，但有几头体格强壮的巨狼并没有被这巨大的拳头砸到，脚下生风似的往元水扑过来。

陈小宁脸色变了变，手中的白色骨杖往地面一点，翠色的草地忽然开始震颤，一个个白色的骷髅从地面冒了出来，这些骷髅体格十分健壮，并且手里还拿着一柄柄白色的骨刀，与这几头灰狼恶战在一起。

就在这些骷髅兵巨狼斗得不分上下的时候，两种截然不同的音律同时消失。

"元神出窍！"

元邪冷哼一声，肉身盘坐在黑色水晶莲花之上，他头顶之上却冒出一缕黑烟，这道黑烟冒出来之后在空中一阵翻滚，就化为一尊十多丈之高，并且凶神恶煞的魔相。

"银狼元神！"

银发少女收起银色的长笛，同样不甘示弱，头顶之上银光乍现，一条十多丈之巨的银色光狼出现在虚空之中，看法力波动，似乎并不比元邪招出来的魔相弱到哪里去。

如果我现在要插手，只怕元邪就要陨落了，如果陨落，肯定是对我有利的，只是不知道这银月狼王会不会反戈一击。

想了想之后，我还是决定出手。不过我得找个地方元神出窍，毕竟这个元水和陈小宁还没有加入进去，元水不知道我的星辰法相，但是陈小宁却是清楚万分的。如果被他们找到我的肉身就惨了。

对了，我完全可以躲到三才大阵中去，就算他们发现我的肉身，也奈何不得。

✿ 联手对敌

计算好之后，我摇动着杏黄旗幡进入了三才大阵，进来的时候，并无任何感觉，旗幡之上散发出柔和的光芒。我在阵中盘腿坐下之后，便元神出窍了。

元邪的元神法相和寻常修道人的元神很不相同，这尊法相漆黑无比，就像一尊上古魔神，模样也十分古怪。

他端坐在一个巨大的黑色莲花之上，法相很像元邪本人，但是身躯又强大了数百倍，我能够感觉出这尊法相和我的星辰法相不相上下，我有些忌惮这尊法相，因为他身体之中蕴含了一股让我捉摸不透的阴邪气息，是魔罗邪灵的气息，魔罗邪灵十分难以消灭，之前我就领教过。

而银发少女的银狼元神也同样不简单，银狼通体银白，显得十分不凡，从她的身躯之中，我能够感觉到精纯的法力波动，可能是修炼了几千年，这些法力十分浑厚，丝毫不弱于元邪的法相。

"想不到一只小小的妖狼法力居然如此精纯，如果把你的内丹炼成丹丸，想必能够增加不少道行。"

元邪的法相瓮声瓮气地开口了，声音就好像是经过处理一样，变得沙哑异常。

"好邪恶的元神法相，这么多年，我还从来没有见过连元神法相都这么邪恶的存在，无边草原想要取我内丹的妖多的是，你的元神虽然很古怪，但是想要我的内丹只怕是不可能的。"

银狼元神双目之中银光乍现，露出一股凶厉之色，并且还有不可抗拒的威严。

"好，那我就要看看你有多大的能耐了！"

元邪冷声开口了。

"哼，都怪我当初手下留情，没有打散他的元神。"

元邪不再说话，双目闭上，接着法诀一掐，手指往前一弹，一抹黑色光柱从指尖激射而出，直奔银狼元神而来。银狼张口一喷，碗口大小的银光同样激射而出。二者在空中相撞，爆出剧烈的震响，顷刻间下方的草地像被烧灼了一般。

二者都是雷霆手段，天空之中光霞狂闪，旁人根本就无法接近。

斗了十几个回合之后，元邪的法相忽然双手往外一撑，天空之中黑云密布，一朵朵碗口大小的黑色莲花忽然在银狼元神周围浮现。这些黑色莲华晶莹剔透，里面却是红芒闪动，一瓣瓣花瓣从黑莲上飞出，化为一柄柄黑色的短刃，铺天盖地地向银狼元神激射而去。

银狼元神一扬首，身躯之上布满了一层银色的光罩。那些黑色的短刃就像密集的雨滴一样打在这银色光罩之上，银狼元神受到攻击，一时之间陷于被动。

"星辰宝莲！"

我的星辰法相这时飞出，巨大的手指冲着这些黑色匕首一指，冰莲浮现，滴溜溜地旋转起来。

"这不是元魔师弟的法宝么！怎么会在你手里，你又是谁？"

元邪冷冷地盯着星辰法相开口了。

"魔罗寺的妖僧，想要偷袭我，被我杀了，又如何？"

星辰法相嘴角微微翘起，开口说道。

"我知道了，你就是这次开启女娲墓的白无常，好，好，今日也就收了你的女娲精血，把你打得魂飞魄散，也好给我师弟报仇。"

元邪冷哼一声，抬起巨手，冲着我的星辰法相一压，一只漆黑的大手出现在我头顶，这只大手凝重无比，仿佛有撕裂天地的力量。

"星辰神雷！"

我伸手冲着压来下来的巨手狠狠一点，七星镇魂剑所化的星辰神雷如同炸弹一般狂涌而去，一道道惊天动地的爆炸声响了起来。

忽然我感觉下方有些隐隐不妙，只见元水已经找到了我肉身所在之处，他同样是元神出窍，对三才大阵展开了攻击，元水是魔罗寺长老之一，而妙雪他们只是娲皇宫的弟子，元水虽然受了伤，但是元神却并未有多大的损害，他也只是比起元邪弱上一丝而已。

"银狼道友，请助我一臂之力击杀此人，否则后果不堪设想。"

我心里一急，若是毁了我的肉身，我就大祸临头了。

银狼元神点了点头，双臂连连点动，银狼冲破这些黑刃，往元邪的元神法相撕咬而去。

"找死！"

元邪狠狠冲着扑过来的银狼一点，一只更加庞大的巨手浮现而出，狠狠拍在银狼身躯之上，银狼立刻被拍飞，而我在这一刹那也争取到机会，手掌冲着元邪头顶一点。

"万物乾坤，七星镇魂，遥借北斗七星之力，急急如律令！"

七颗七星神雷瞬间在元邪头顶之上化为一个庞大的漩涡，漩涡之中五色霞光涌动，雷声轰动，一股天威传来，这五色光霞在漩涡之中搅动着，在孕育庞大的星辰五行神雷，要把元神法相打得灰飞烟灭。

虽然银狼元神被一拍而飞，但是却并没有受到什么实质的伤害，银狼伸手一点，元神忽然化为八道一模一样的身影围住了元邪的法相，这八个银狼个个张开血盆大口，凶厉异常，并且口中都蕴含着一股毁天灭地的能量，一颗颗鸡蛋般大小的能量珠子开始在他们的口中孕育而出，似乎在积累力量，发出最为强大的一击。

元邪现在已经被我控制，根本就无法动弹，一道道星辉从空中倾洒而下，元邪法相的魔气开始渐渐地消失不见。

"五雷轰顶！"

雷鸣般的巨响声中，元邪露出了惊惧之色。

"魔罗金刚护身！"

元邪牙一咬，肉身和元神化为一处，身躯之上魔气翻滚，一道巨大的黑色屏障出现在他们的头顶上，屏障之上有许多狰狞的金刚法影，很是威武，不过都被我的五雷撕裂开来。

"不要！"

元邪发出一声惊恐的嘶吼，不过这嘶吼声很快就被雷鸣声给淹没，元邪的元神法相被五雷击中，他的肉身同时也遭到八道银狼身影的狠狠撕咬。元邪声声惨叫起来。

"不好！"

我刚一收回星辰神雷，立刻就感觉到我的肉身有危险。因为这时三才大阵已经被破掉，招财和进宝倒在一旁，生死不知，而妙雪则是咬着牙，拼死护在我的肉身面前。她脸色苍白无比，明显是法力透支的模样。而他的对手元水的法相已出现在她面前。

"死吧！"

元水的法相往下压来，一团漆黑的能量在手掌之中酝酿轰出，狠狠拍向我的肉身。

这一刹那，我吓得面无人色，肉身可不像元神法相，若是我的肉身消亡，元神也很有可能没有找到合适的寄主而灰飞烟灭的。

就在我慌乱无比的时候，一个曼妙的黑色人影挡在了我的肉身之前。

🔅 陈小宁之死

"轰隆"一声巨响，元水的元神法相一掌落到黑衣少女的身上。那黑衣少女手中的白骨权杖往身前的地面一插，白色霞光微微一闪，化为一面白骨盾牌挡在她的身前。

但这骨盾仅仅只是挡了一下，便被击碎，立刻化为碎片。

"斩！"

我不敢再有迟疑，七星镇魂剑蓦然攻出，"扑哧"一声，元水被我一剑劈成两半！但我还是晚了半步，这时陈小宁已经跌倒在地，发出一声惨叫！

是的，是陈小宁，她居然为我挡下了那致命一击。

我收起元神法相，急忙扶起陈小宁。她的胸口几乎被元水的一击打透了，身上血肉模糊，人已昏了过去。

"陈小宁，醒一醒！"

我摇了摇她，心里忽然有些愧疚起来。万万没有想到陈小宁会为了我而搭上性命。

她肯定也是不想死的，可是她的道行太浅薄，根本就无法挡住魔罗寺长老的全力一击，尽管她阴谋多，但是在绝对的力量面前，任何阴谋阳谋都会化为齑粉。

陈小宁脸色苍白得可怕，长长的睫毛抖了几下，缓缓地睁开眼睛。她嘴角溢出一丝鲜血，双眼失神地盯着我。

"白……白家哥哥，记……记得把……把卡，交给，交给我父亲……"

她的声音极为微弱，很淡，我却听得一清二楚。

我神色凝重地点了点头，心里很不是滋味。我真的不明白陈小宁为什么要这么做，为什么要为我挡下这致命一击。

"你为什么要这么做？"

"因……因为，我……我对不起你，我……我在封魔地，说……说的话，都……都是真的，你……你信我么。"

"我信。"

"那……那就好，白……白家……哥哥，你……你原谅我么？"

陈小宁的声音越来越弱，但是看得出她一双漆黑的眼珠却越来越有神，满眼的期待、悔恨和懊恼。

"嗯，原谅。"

我点了点头。陈小宁一笑，闭上了眼睛。

空中隐隐传来风的怒号声，我郁闷地走到妙雪身边，她已经从怀中拿出一个小瓷瓶，从里面倒出一颗黝黑的丹丸送到口中，接着闭目调息起来。

我走到招财进宝身边，他们已经醒转过来，同样是服了丹丸，调息。

"银铃儿多谢道友相助。"

我身后传来那银发少女银铃般的声音，原来这个银狼妖王叫做银铃儿，我扭过头，看到她脸色煞白，一副元气大伤的模样。

"无妨，此人也是我的对头，就算你不在，我和他相见，也是不死不休的。"

"道友可是要过这无边草原？若是如此的话，铃儿愿意效劳。"

"有银铃儿相助，自然是再好不过了，不过我这几位好友伤势太重，还必须在这里休息一段时间才可。"

"没关系，等就是了，我这些族人都昏迷不醒，我自然也要耗费一番手脚的，既然道友出手相助，我就助他们一臂之力吧。"

说完之后，银铃儿抽出腰间的银色长笛，站在土丘之上，修长的手指捏着长笛开始吹奏起来。

宛转悠扬的笛声响了起来，这笛声十分奇妙，一听上去内心就十分祥和。

不可思议的一幕出现了，原本那数百头倒地不起的灰色巨狼开始摇摇晃晃地站起来，妙雪和招财、进宝三人，也都睁开了眼睛。

"白大哥，你没事就好了，刚才真是吓死我了。"

妙雪跑过来，四处张望，发现元水等人已经不在，这才松了口气。

"咱们启程吧，无边草原的狼王会为我们护航。"

众人乘上千里驼，银铃儿负责护送，第二天中午时分，我们便走出了无边草原，来到一处树林附近。

"好了，就送你们到这里吧。我知道你们是想要去白泽山脉，但是要经过沙漠，沙漠并非是唯一去白泽山脉的途径，我跟你们说，沙漠的凶险要远远胜过无边草原。那里有凶险无比的沙魔。在沙漠之中，沙魔就是不死之身，任你法力滔天，也不可能与整个沙漠为敌，所以我建议你，不要经过沙漠，最好另辟蹊径。"

银铃儿开口了，仿佛是在说一件平淡无奇的事。

"我们自然不打算过沙漠，沙漠的凶险难道我们娲皇宫还不清楚？"

妙雪冷冷地开口说道。

"既然知道，那就告辞。"

银铃儿看了一眼妙雪，不再说什么，转身走了。

"妙雪，听你的话，似乎还有别的路径可以去白泽山？"

"嗯，不错，我们就是从另外一条路过来的，只是这条路同样危险不小。因为这是一条水路，说危险，是因为这水路有一段路程是被一层白雾笼罩的，以前有不少弟子经过，在里面迷过路。后来娲皇宫的长老说，那里有妖物作祟，似乎在守护着什么东西，不过这妖物却也没害人，只是布下幻阵，让人在里面转悠，无法及时走出来而已。"

"若是幻象，就不怕。"

我很自信地开口了，因为我有太极阴阳眼。

第十九章　乌啼西去

一元珠轰然一声炸裂开来，一股磅礴的力量从珠子之中狂涌而出，化为一片遮天蔽日的巨大光幕挡住那些剑芒。那些剑芒撞在上面，化为一缕白色的气息消散不见。

"白大哥既然这样说，听你的便是。"

妙雪看了我一眼，捂嘴轻笑起来。

"难道这水路还有别的古怪不成？"

"沙漠虽然凶险无比，但是比起水路，却是要快上不少的，因为在地图之中，沙漠对面就是白泽山脉的范围，而水路则是要绕一个大圈，并且我们走水路，很有可能陷入幻象之中。以前有些道行很高的人进去了，都要数天才能够摆脱这种幻象，你知道我们上次过来，花了多少时间才离开那个鬼地方么？"

妙雪一下变得严肃起来，并且还伸出了五根手指头在我面前晃了晃。

"五天？"

我有些惊讶的开口了。

"不是，是五十天，足足花了五十天，我们才离开那个地方。"

"什么！五十天？！若真是这样的话，那岂不是女娲墓的大门早就关闭了！

不行。"

"沙漠之中的沙魔十分凶险，几乎是不死的存在，如果走沙漠，我们只怕是九死一生，水路虽然同样困难重重，但至少不会有生命危险。"

招财在旁边插口了。

"那些幻象是天然的，还是有妖物作祟？"

我想了想之后问道。

"是妖物，我以前看过我们娲皇宫的秘典，知道数千年前有一只蜃蚌想要来娲皇宫偷取五色神土，被第三任宫主打伤，道行毁掉大半，并且镇压在这九龙湾之中。因为被困住，那个蜃蚌无法出来作乱，顶多就是仗着本身的幻象之力来发泄心中的怨气，所以我们也只会在这里面迷路而已。只要等那蜃蚌休息了，水面上的幻象就会自行散去，我们就可以畅通无阻了。"

妙雪一只手托着下巴，有些发怔地说道。

"妙雪师姐，你胆子真大，居然连娲皇宫的秘典也敢偷看，你就不怕宫主处罚你么。"

进宝笑了笑。

"就算宫主知道了，也不会处罚妙雪师妹的，师妹可是宫主的得意弟子，跟咱们比不得的，你就不要羡慕了。"

招财有些无奈地盯着自己的师弟，摇了摇头。

"九龙湾，九龙湾就是我们要经过的地方么，我还只怕不是妖物作祟，要是妖物作祟的话，那就好办了很多。"

"嗯，不错，就是九龙湾。"

妙雪点了点头。

我没有再说什么，在原地休息了一会儿，我们再次启程。

不久我们来到一条大河旁。经过妙雪的张罗，我们找到一条渔船。船夫是一位皮肤黝黑、穿着蓑衣、戴着斗笠的中年男子。这个男子脸色不太好看。

"白大哥，上船吧。"

妙雪冲我招了招手。我们几个乘船上路了。这客船一共有两层，二楼可以休息，一楼的甲板之上也可以休息。

周围的风景很美，但是我却不敢太大意，直接坐在甲板上闭目养神。

微风吹在脸上，很舒服，很惬意。

行驶了小半天都没有发生任何异样。这里虽然叫作九龙湾，其实并不止九个弯道，只是这水湾之中有九个弯道给人感觉就像是水中的游龙一样，并且水流很急，所以才叫作九龙湾的。

又过了一炷香的时间，我忽然听到船家的惊呼声。

"快……快看！前面有古怪！"

船家的声音很惊诧，甚至有些惊喜的样子，我睁开眼看去，只见前方大雾迷茫，一些亭台楼阁出现在大雾之中，若隐若现，看不太真切的样子。里面似乎还有人在走动，就连下方的水路也消失不见了，化为一片葱翠的草地。这场景就好像是仙境一样，如果生活在这里一定会很快乐。

"好美，要是我能够生活在这里面就好了。"

船家之前一副愁苦的模样消失不见，转而变成一副兴奋、向往之色。

"蜃景，一切都是虚妄，还不醒过来！"

我冲着船家吼了一声，吼中夹带着一丝法力，船家立刻惊醒过来，有些害怕地摸了摸额头，不敢再看前方的景象。

"开船，别停下来！"

我站在船头，迎风而立。

船家支支吾吾地开口问道："公子，真要冲过去，前方就是土地了。"

"你没听白大哥说么，这是幻象！"

妙雪清冷的声音响了起来。

船家连连点头，船又开始前进了。

我站在船头，双目盯着前方，双眸化为阴阳鱼在眼中流转着，现在在我的眼中这些楼阁已经消失不见，一条水路出现在我们面前。

不过有些奇怪的是，这里的水质似乎比起之前有些不同，这里的水质隐隐呈现出一股淡淡的蓝色，就像海水一样。

我们在大雾之中穿梭了片刻，忽然船身开始摇晃起来，没有任何征兆地摇晃起来。

"不好了，有水怪作祟，我们的船只怕是要翻了。"

船家大声地惊叫起来，妙雪他们也一脸沉重地走了出来，不过我们都是修炼之人，尽管这船身摇晃得厉害，但是却站得十分稳。

"不，你们看前面！"

妙雪指了指前方，前方的水面就好像是开水煮沸了一样，翻滚得厉害，并且时不时有水柱从下方射出，我们的船只只是靠近这块区域，并不是有什么水怪在专门对付我们。

"这里是镇压那个蜃蚌的地方，肯定是那个蜃蚌不甘心镇压在此，又想逃出来了。"

妙雪示意船家退出这片区域。

"这么下去的话，也不知道何时是个尽头，若是这个蜃蚌不停止，我们只怕无法过去的，如果要硬闯，只怕这艘船无法承受。"

我眉头微微一皱，在女娲墓只有一个月的时间，一个月之后，我们这些外来者必须要离开，否则会永远留在这个地方了，所以时间对于我来说十分的宝贵。

"我们来的时候只有幻象，并不像现在这个样子，师妹，难道这个蜃蚌真要挣脱镇魔锁了？"

招财有些担忧地看着前方，低声说道。

这时前方的水域彻底沸腾起来，一道道浪花卷起数十丈之高，并且波及的范围也越来越广。

"不，不可能的，镇魔锁就算是万年巨妖也无法挣脱的，里面可是掺杂了女娲之血封印的，试问天下又有哪个妖怪能够与万妖之族抗衡？她的血就是至高无上的存在，谁都无法比拟的。"

妙雪脸色同样有些苍白。

就在招财正要说什么的时候，前方的一片水域忽然炸裂开来，一个五色的庞然大物从水底冲出，落在了水面之上。

霞光微微一敛，化作一个身穿鹅黄长衫的曼妙少女。少女头发往后梳起来，头发的两侧别着莹白的贝壳，她一脸煞白，抬头往我这边看来。当目光撞上我的时候，露出惊喜之色。

❀ 玉儿

"逃……逃出来了？不可能，绝对不可能。"

见到对面水中浮现而出的黄衫少女，妙雪吓得脸色大变，她嫩白的手臂连连摆动，一副不敢相信的样子。

"玉儿！"

我见到这黄衫少女的真容之后，同样微微一惊，没想到我在女娲墓第二个遇到的居然是妖王玉儿。

"白大哥，你认识此妖？"

见我和玉儿打招呼，妙雪诧异地问我。

"不错，此妖并不是镇压在此地的蜃蚌，而是与我一同进入女娲墓的同伴。"

我扭过头，示意妙雪还有招财进宝等人不必担心。

而妙雪等人仔细地打量一下远方的玉儿之后，才若有所思地点了点头，看样子是虚惊一场了。

玉儿出来之后，周围的水域开始慢慢恢复平静，那激荡起数十丈之高的水柱落了下来，不到片刻的功夫，方才那惊天动地的景象全然不见，水面只是泛起淡淡的波纹，就连幻象也一并消失不见了。

这一切发生得太诡异了，船家躲在我们后面，嘴巴张得大大的。

玉儿脚下踩着一团水花，轻轻往前一跃，落到了船上。

"玉儿，想不到竟在此地遇上你。"

"能在这里见到你，我也是有些诡异，你不是去寻找五色神土了么，怎么会在这九龙湾出现？"

玉儿挤出一丝微笑，淡淡地开口了。我能够感觉到她身上的法力波动极为不稳定，好像刚才经过了一场剧烈的拼斗。

"你是不是受伤了，我感觉你现在很虚弱的样子？"我问她。

"女娲墓到底是女娲墓，我一来，就到了一片火狱之中，里面的熔岩巨魔十分厉害，耗费了我很多法力才逃了出来。我不是说了，我这次来的主要目的是来找我姐姐的，一进来之后，我就感应到了我姐姐的下落。但是却万万没有想到被镇压在这九龙湾之中，身上还挂了一副金锁链，我在此地已经呆了两天两夜了，法力几乎耗尽，但是却没有办法破开那副锁链。"

玉儿苦笑一声，捋了捋有些散乱的发丝。

"你……你是从火狱之中逃出来的，好厉害，这火狱可是女娲墓之中的一大禁地，里面的熔岩巨魔十分厉害，他们天生噬火而生，虽然比不得沙漠，但是也相差无几了！"

妙雪脸上露出惊讶之色，眼前这看似柔弱的少女，居然能够从火狱之中闯出，实力未免也太惊人了吧。

玉儿听了妙雪的话，只是笑了笑。

"之前就听说这九龙湾镇压了一个蜃蚌，没想到是你姐姐，这也难怪刚才会弄出这么大动静了。"

我恍然大悟，点了点头。

"你想救她出来？她被镇魔锁困住，就算你法力通天也不可能救出来的。况且我们在此，也不会让你救走她的。这九龙湾里面可是镇压的大妖，如果出来了，再去娲皇宫捣乱，那就糟了。"

妙雪神色冷清地开口了，招财、进宝也是一副如临大敌的样子。

纵然这个黄衣少女能够从火狱之中闯出，但是他们却是娲皇宫的弟子，绝对不能放任那妖物出世的。

"我姐姐跟我讲了这些事，你们是娲皇宫的弟子吧，你们放心好了，我姐姐早就被你们第三代宫主毁坏了道基，这几千年来一直压在水底，想清楚了很多事情，你们能够帮我打开镇魔锁么，我和我姐姐愿意做你们娲皇宫的守宫灵兽。"

玉儿咬了咬牙，仿佛是下了很大的决心似的开口了。

"玉儿，你疯了么？"我一惊。不仅仅是我，就连妙雪他们都吃了一惊。

"怎么会疯了呢，我蜃蚌一族如今也就我和姐姐了。我倒是没有别的心思，只要寻回姐姐，我什么都认了。"

"你难道不想返回原来的世界了吗？"

我有些震惊地问道。

"原来的世界？原来的世界灵气已损，只有在这里，我们才有可能更进一步的修成正果……"

玉儿盯着清澈的水面，声音淡淡地开口了。

"也是，那个世界对你来说已经没有什么不可割舍了。"

我叹了一口气。

"你何不也留在这里？这样大家也好有个照应。"

玉儿眼中露出一丝期盼之色，而妙雪听了微微一怔，然后紧张兮兮地看着我。

我摇了摇头："不可能，虽然这里灵气充裕，但是原来的世界还有太多的羁绊我无法放下。我还要取得五色神土、琉璃净水给我的几个同伴重铸肉身，我必须要在一个月的时间内离开这里。"

听了我的话，玉儿不再多说什么，妙雪的脸上则露出深深的失落之色。

"哦，对了，我在海底有一个行宫，里面还存有不少琉璃净水。如果在女娲墓没有找到琉璃净水，你可以去我那里取的。这是避水珠，能够帮助你的。现在我已没有出去的打算了，就算是还你一个人情。如果不是你，我也进不来，更别说找到我姐姐了。"

"既然如此，那我就却之不恭了，救你姐姐的事情，就交给我吧。"

我微微一笑，准备帮玉儿去救她姐姐。

"没用的，白大哥，除非我师傅亲自出手，否则是不可能解开镇魔锁的，而娲皇宫离这里还有不少路程的。"

妙雪叹了一口气，说道。

"你确定只要是女娲精血就能够解开镇魔锁吗？"

我笑问。因为我自己体内同样是有女娲精血的，如果真要打开这所谓的镇魔锁，我想我是这几人之中最合适不过的人选了。

"嗯，其实镇魔锁本身也不是什么特别厉害的宝物，主要是锁上面的咒印，只有女娲之血才能化解这个咒印，只要咒印破除，镇魔锁就连我都能够打开的。"

妙雪脸色凝重地说道。

"这倒是不用担心，玉儿，你带路吧，我还要赶着去白泽山脉与青冥他们汇合。"

我冲着玉儿一笑，玉儿这才恍然大悟，露出了笑意。

因为玉儿知道我身躯之中蕴含了女娲精血，而之前我只是和妙雪他们提及我是外界过来的，并没有说我就是打开女娲墓的人。

玉儿赤足一点，化为一道黄色的霞光落到水中，我则用她给我的避水珠，紧随而去。

这避水珠果然非同小可，我身上就好像是有一层透明的黏膜，水无法沾湿我的身子，并且在水里还能够自由呼吸。

水很清澈，但是出奇的深，游了好一会，水底渐渐变得阴寒起来，并且视线也不太好。

过了好一会，我才到了水底，远方有一丈许之巨的庞然大物，从轮廓上看得出是一个巨蚌。玉儿此刻就站在巨蚌旁边，这个巨蚌身躯之上满是金黄色的锁链，这些锁链足有手臂般粗细，上面金光流转，色泽艳丽，并且在巨蚌张合的口子处，有一脸盆大小的金锁。金锁完全是没有锁孔的，上面布满了奇怪的赤色符文，我一看，心里便明了。这符文我也见过，和我背上的长生纹相差无几。

不过这金黄巨锁有些不同，因为上面除了这符文之外，还有一个相貌狰狞的头像，十分凶恶，就连玉儿也不太敢靠近的样子。

看样子，这就是所谓的镇魔锁了。

✿ 夺药

"无常，这镇魔锁十分厉害，上面加持的咒印不可用强力破除，之前我就是强行想要破除，结果引动了一股强大的力量，水面之上才会生出惊天骇浪的。"

我点了点头，试探性地伸手往这镇魔锁抓去。刚一触碰，便被一股很强大的力量反弹回来。看样子还真要动用我的精血之力才能解开这镇魔锁了。于是我一口咬破手指，缓缓的向镇魔锁上按下去，瞬间，锁上的那些神秘符文开始狂闪起来，我手一松，就看到一个血印印在镇魔锁的正中央。那些赤红的符文被血印所破坏，镇魔锁因此彻底失去了镇魔效果。

玉儿见状大喜，她感激地望了我一眼，之后手指一点，一道蓝光飞出，那条金色锁链便断了。不过让我诧异的是，这蝮蚌虽然被解救出来，但却无法恢复人形。

玉儿的脸贴在鼋蚌上面，低声细语地说了些什么，然后才向我走过来。

"谢谢你了，我姐姐现在虽已脱困，但是伤势很严重，短时间内是无法离开这里的。她需要在水底休养，我会一直陪着她，你如果去了娲皇宫，请和宫主说一声，等我姐姐恢复人形之后，我们便赶过去向她谢罪。"

"嗯，知道了，你好好保重。"

"你也要小心。女娲墓之中处处透露出危险，这一次进来的人，已经死了很多。我在一个岩石林中看到了山魈的尸体，还有就是大牛，他和我一起落入了火狱之中，不过我们都逃了出来，但是经过沙漠的时候，我们又遇到沙魔，无论我们打散他们多少次，他们都能够恢复原本的模样，最后大牛幻化出本体，牵制住沙魔，我才侥幸逃了出来，但大牛只怕是凶多吉少了。"

玉儿眼眸之中露出淡淡的哀伤。

我顿时就感觉脑子嗡的一声，好像要炸裂开了。连大牛都无法全身脱困，山魈也死了，那青冥、苏茉儿和乌啼掌门现在又如何了？

他们能够赶到白泽山脉么？我心里暗暗着急，慌忙离开水底，上了船，继续往前行驶。

不只能默默地为他们三个祈祷，希望他们三个现在还是安全的。因为我在他们的额头之上印了我的血印，他们若出了事，我想我应该是能感应到的。

就在我们赶往白泽山脉的时候，另外一个地方却发生了惊天变化。

这里是一座很高的山峰，很奇怪的是，山峰之上却闪动着五色霞光。

五色霞光之中隐隐浮现出许多草药，忽然一个人影从里面跌落而出，此人居然是乌啼掌门。

我见他现在狼狈异常，身上的衣服多处破碎，胸口之上晕开了一大片血渍，架在鼻梁上的黑边框眼镜也不见了，他头顶着一元珠此时也不像之前那样璀璨，甚至上面还布满了蛛网般的裂缝。

"盗药贼，哪里逃！"

一道阴寒无比的声音从五色霞光之中传来。道道璀璨的剑光铺天盖地向乌啼掌门斩过来。这些剑光厉害无比，灵界新一代执法长老剑宵的御剑术跟其相比，简直是云泥之别。

这些剑芒足有数千柄之多，就好像连虚空都要斩碎一样，并且里面蕴含了惊人的破坏力。

"一元珠！"

乌啼冲着头顶的一元珠狠狠一点，转而一口鲜血喷了上去，而他自己则从万丈之高的山顶跃了下来。

一元珠轰然一声炸裂开来，一股磅礴的力量从珠子之中狂涌而出，化为一片遮天蔽日的巨大光幕挡住那些剑芒。那些剑芒撞在上面，化为一缕白色的气息消散不见。

"哼！"

忽然一只金光灿灿的拳头在白色光幕之上浮现，这只金色的拳头里面拥有更加强大的力量，这股力量毁天灭地般狠狠往光幕上一砸，白色光幕之上的霞光顿时一颤，"咔嚓"一声被击得碎裂开来。

一道人影穿过光幕走了出来，一副气急败坏的样子。

此人生得眉清目秀，但是居然只是一个七八岁大小的童子，他的脑门之上长着两个小小的犄角，他右手的手掌之上金芒闪烁，一双明亮的眼睛四处查看着。

"鹿师兄不用追了，他已经离开了药山的范围，我们两个只是负责照顾这药园，不能离开这山顶。"

一个清冷的女声从里面传了出来，十分好听。

"不行，你知道么，此人肯定是外界进来的，否则又岂会闯入药园，还夺取了还魂草等重要的草药。"

那个叫作鹿师兄的男子气急败坏地开口了。

"放心吧，你不是重创了他的元神了么？而且他肉身伤得这么重，就算拥有还魂草还有其他珍稀药材，他也绝对活不下去的。"

少女的声音再次响了起来。

"鹤师妹，这些草药不能落入别人手中，这些草药几乎可以媲美仙药，而且我们这里离白泽山不远，刚才来的那人又是人类，不会是娲皇宫的门人弟子吧？"

鹿师兄远远地看了一眼对面那绵延不断的山脉，冷然开口了。

"不会，绝对不是娲皇宫的，就算是娲皇宫的宫主也只能每百年来这里采一次药，这才过了不到五十年，怎么可能？咱们小心一点就是，可别像上次一样，让一些成精的药草逃走了，进来吧。"

鹤师妹的声音似乎有些不耐烦了。

"好吧，刚才险些被他欺骗了，不过他怎么会有女娲精血？若不是因为这个原因，我们药园之中的禁制也不会不管用，让他夺走这么多珍稀的草药，太可惜了！"

……

乌啼掌门在坠下万丈悬崖的时候，勉强提起一口法力，施展腾云之术，这才安然落在下方的林中。

他面容苍白地倚在一棵树下，胸口还抱着一个背包，死死地抓住。

乌啼额头之上的血印已经很淡了，淡得几乎不可见。

这时远方的山脉之中一个年轻男子正慢悠悠地走着。他忽然停住了脚步，双目之中寒芒一闪，目光往乌啼掌门所在的方向看过来。之后眼眸之中露出一丝惊诧之意，接着毫不犹豫掐动法诀，脚下浮现出一个金色的巨大莲花往乌啼掌门飞过去。

🌀 血印消失

乌啼躺在一株大树之下，一动不动，气若游丝，不知死活。

一元珠刚才已经被人彻底毁掉了，法宝与他的元神是相连的，法宝碎裂，让他全身受到重创。

伤口上的血也没办法止住，浓浓的血腥味弥漫在林间，眼看乌啼就要性命难保。

这时，空中忽然金光乍现，一朵金色的莲花出现在乌啼掌门头顶。金莲一散，一个高大的人影落地，在乌啼掌门面前蹲了下来。

"师兄？"

乌啼睁开了眼睛，见到落下来的熟悉人影，脸色微微一松，低声说道："青冥，你来了？"

"你怎么伤得如此重？还有你的一元珠的气息怎么消失得无影无踪了？"

来人正是青冥。青冥见乌啼气若游丝，伸手往他手腕上一搭，脸色陡然一变。

原来他在白泽山脉等待，突然感到极远处传来一元珠的气息，知道是他师兄乌啼到了，便立刻赶了过来，却没想到乌啼已然身受重伤！

"这个，你帮我带出去，如冰就拜托你和无常了，里面有很多珍稀草药，我是耗尽全力夺取来的，其中还有还魂草，交给素素，炼制出药丸。"

乌啼眉头皱了皱，把沾满鲜血的包袱递过去，塞到青冥怀里。

"还魂草？你是从哪里得到的，告诉我？"

"不用去了，那药园里面有两个十分强大的存在，他们似人非人，就是他们把我打成重伤，我在他们手里根本就撑不过几招，要不是无常给我的血印，我只怕都会被里面的法阵给绞杀了。这药峰之中所蕴含的力量，根本就不是我们凡人能够掌握的，就连灵界任何一个宗门都无法媲美，我就是为了逃下来，一元珠才被毁坏掉的。"

乌啼轻咳几声，声音变得越来越虚弱了。

"别说话了，不然你会死的。"

青冥伸手连点数下，止住乌啼外溢的鲜血，之后眉头皱了起来。

"没用的，我的心脉已经震碎，并且元神也要消散了，最重要的是，一元珠毁掉了，要是没毁掉，我兴许还有办法让自己的元神慢慢恢复，不过现在是不可能了，我还有点时间，有些事要交代，你别再插嘴了。"

乌啼虚弱地一笑，脸上没有丝毫的痛苦，反而显得很从容。

"你这个臭小子，说什么胡话，我知道你是开玩笑的，你怎么可能会这么容易死？你不会想骗我回去接纳掌门之位吧？"

青冥坐到旁边，虽然语气冰冷，但是脸上的寒意全部消失不见，取而代之的是一种惊慌。

"你放心吧，不是给寒莫枫接了那担子么。他死不了，我这包里已经有草药可以治疗他们，我要拜托你的就是，一定要救回如冰，知道么？"

乌啼笑了笑，脸色变得凝重起来。

"要救你自己救，我没这个闲工夫。"

青冥冷冷地开口了。

"你还是这样，我……我真的快不行了，你就算是为了完成我最后的遗愿，答应我吧，我……我毕竟是你师兄，是么？"

乌啼一阵干咳，嘴角溢出一丝乌血。

"好，我答应你，但是你必须答应我，别再说话了，留着力气，等苏茉儿来救你，好么，师兄！"

青冥捏了捏拳头，眼眶微微发红。

"你别这样了，当初我们进入女娲墓就已经知道这里凶险无比，九死一生。你一定要找到五色神土，不然他们还是没有办法恢复人身的。"

乌啼看着青冥，眼眶发红，叹息一声。

"师兄。"

青冥咬了咬牙，他发现乌啼的身子开始闪烁着淡淡的白光，并且身躯开始变化起来。

"我只是不想自己死得太难看了，你好好把握住现在，你们上一辈子失去了，这一辈子一定要珍惜。如果如冰问起我，你就说我留在女娲墓修炼飞升成仙，叫她好好修炼，去上面找我。"

乌啼说完之后，面容彻底被一层白芒笼罩住，身躯也变得轻盈起来。

"好好珍重，活下去，一定要拿到五色神土，为如冰他们铸造真身，还有带着无常和茉儿离开这里！"

话音一落，乌啼身躯彻底虚化，额头之上的血印一散，体内一道氤氲之物化为一缕银光往天际飞去，就连青冥都没有察觉到。

青冥再也忍不住，失声痛哭起来。这个陪伴他十多年的师兄，居然就这样去了。

以前在元道宗的时候，青冥和乌啼二人可没少闯祸，不过黑锅都是乌啼背，师傅处罚也是处罚乌啼。二人表面上虽然经常斗嘴，但是关系却是和亲生兄弟一般无二的。

念及乌啼的好，青冥忽然心头一动，脸上露出一丝恍然之色。他立刻盘坐在树下，伸手往布满血迹的地面上一抓，抓起一撮血土，看着头顶之上那道银白色光华，双手合十开始念起佛号，一道道金色的经文从他口中涌出，化为屡屡金光往空中激射而去，一朵朵莲花布满了整片虚空。

水流不急不缓，客船在水面之上行使得很稳当。但我的心里忽然一痛，好像有什么失去了，这种痛很揪心，我捂着胸口，大口大口地喘息着，额头冒出细密的汗珠，一种不祥的预感在我心头蔓延。

血印！

有一道血印消失了！

我现在很确定，青冥、茉儿、乌啼之中，肯定有一个人消失了！但是谁呢？会是青冥吗？应该不会，青冥的实力这么强，就算是在女娲墓也能够活下来的。莫非是乌啼掌门？或者是茉儿？

"白大哥，你怎么了，不舒服？"

妙雪走过来，见我捂着胸口，脸色微微一变。

"没事。"

胸口的那股揪心的痛缓缓消失，我摆了摆手，示意她不必担心。

"刚才你这模样可吓坏我了。"

妙雪扶着我在一个木凳之上坐下，拍了拍胸口，轻声说道。

"这里离白泽山脉还有多远？我预感我的同伴出事了，我要急着赶过去。"

我看了一眼两侧高高的山峰，心里很不是滋味。

"快了，以我们现在这种速度，晚上就可以到了。"

第二十章　弹指容颜老

固伦和孝指着我和柔儿："你们两个今日都要葬送在这九龙柱之中，柔儿，你也别想逃，现在我已能够汇集整个女娲墓世界的火元素，你莫非是想要跟整个天地火元素对抗不成？"

我问："那离娲皇宫呢？"

"还很远。"

"你不是说娲皇宫就在白泽山脉么？"

"白大哥，你这就有所不知了。你知道白泽山脉有多大么，这里只是白泽山脉一角而已，我们的娲皇宫在最北方，过去就是女娲大殿，是禁区了，而这边，还属于南方，如果我们徒步到娲皇宫，从白泽山脉开始，以普通人的速度，至少要走大半个月的。"

"原来如此，你法力应该并无大碍了吧？"

"嗯，有娲皇宫的秘制丹药，我已经恢复得差不多了，倒是白大哥，先前那蜃蚌真的被你放出来了？那个黄衫妖女怎么不见了？"

妙雪盯着水面，有些微微出神。

"嗯，镇魔锁的确被我毁掉了，你放心吧，先前被镇压在水底的那个蜃蚌现在连人形都无法恢复了，她身上的气息极其微弱，就算放了她也并无大碍的。她还不知道要修炼多少年才能够修炼成人形，至于玉儿，自然是陪她姐姐了。她活了上万年，绝对不是普通的妖怪，身体里面还蕴含了灵兽鼍的血脉，答应我们的事情自然会做到的。只要等她姐姐恢复人身，她肯定是会带着姐姐去娲皇宫的，你放心就是。"

"虽然如此，但是白大哥你放走鼍蚌，毁坏镇魔锁一事千万不可以说出来。不然若让我师傅知道的话，不对，我觉得这事情有些蹊跷，你，你怎么可能会毁掉镇魔锁？毁掉镇魔锁必须要女娲精血，整个女娲墓之中，也只有我师傅才拥有女娲精血的。"

妙雪忽然有些惊骇地退了几步，一双美目波光流转，定定地看着我。

"别这样看我，我可不是你师傅，我是从女娲墓外面进来的，而且当初也是我打开的女娲墓大门，我本身也是拥有女娲血脉。"

看着妙雪一副目瞪口呆的样子，我有些无奈起来。

"白大哥，我真的相信你的话，只是女娲精血出现在你的身上有点匪夷所思，如果你真的拥有女娲血脉，也算是跟我师傅一脉相承，就算到时候拿不到五色神土，也可以进入禁地去女娲大殿寻找五色神土的。"

"嗯，好，还有不到半日就要到达白泽山脉了，我得休息一下。"

半日时间一晃即过，客船到了渡头，我们下来之后，便直奔白泽山脉而去。

白泽山脉绵延不知道多少万里，很显然这山脉是女娲墓之中的一条主龙脉，这里的灵气十分浓郁，修炼道术的人能够很清楚地感觉到，如果要修炼，这山脉绝对是修炼的好地方。

放眼望去，远处都是无边无际的大山，大山上的树木异常葱郁，鸟儿的鸣叫声让人心旷神怡，完全感受不到这山脉之中其实杀机重重。

为了节约时间，我原本打算用腾云驾雾之术，但是妙雪说万万不可，除了飞禽之外，若是还有别的生物想要从山脉之上飞遁，肯定会成为这山脉之中所有修炼者的目标。这里山清水秀，修炼的人或者妖个个都不好惹，实力极为强悍，那些弱小的存在，根本就不敢在山脉之中生存的。

听了她的话之后，我们只好选择步行。但为了赶路，我还是给了每个人几张缩地成寸符，如此一来，我们的速度就快了很多，原本需要十多天的路，现在只怕三五天就可以到达了。

这样疾行了两天，竟然没有遇到什么特别危险的事情。

第三天，我们到了一片异常炙热的区域，这里的参天大树不仅仅是树干，就连树叶之上都是通红一片，我们就好像进入了一片火狱之中。

"白大哥，这里是赤炎林，里面的温度十分高。如果我们从这里闯过去的话，会节省不少时间。"

"这赤炎林之中可有什么厉害妖怪？"

"这里倒是没有什么妖怪，因为太热，妖怪们也受不了的。以前我们三个曾穿越过赤炎林，但都热得精疲力竭，法力都差不多消耗光了。"

妙雪笑了笑，说道。

"师妹，如今我们这副模样，进去还不等于找死！"

招财眉头一皱，低声开口了。

"你们二人无须担心，我正好有一件寒冰属性的法宝，这一次穿过赤炎林，我的法宝能帮助我们的。"

我手指一弹，星辰宝莲飞上半空，在空中微微一晃，幻化为四朵一模一样的宝莲悬浮在我们头顶。宝莲滴溜溜一转，一道凉爽气息罩在每个人身上。

妙雪和招财、进宝见了自然欢喜无比，欣然陪我一路前行。

大约走了一半路程之后，我忽然感觉有些不自在起来。因为我觉得总有一道目光在盯着我，让我很不舒服。我扭头一看，身后火红一片，什么都没有，这种敌人在暗我在明的感觉十分不好受，我很确定，我被人顶上了，但是却感觉不出是什么妖怪。

就在这时，身后不远处的一株大树上，现出一个身穿红衫的长发少女。这个少女身材高挑，十分惹火，满头青丝齐臀，五官很精致，不过脸上却有一股凶神恶煞之意。

"你终于来了，这里，就是你的葬身之地！"

少女看着我的背影，阴冷一笑，接着身影晃动一下，消失不见。

我忽然浑身打了个寒战，愕然回头，身后依旧是一片赤红，没有见到什么东西。

"怎么了，白大哥，难道你感觉到了什么妖物不成？"

妙雪四处张望了一眼，走到我身边，低声问道。

"我感觉有一个人在盯着我，而且似曾相识。"

"啊，白大哥，你在这赤炎林中还会有朋友？太厉害了！"

妙雪听后，嘻嘻一笑。

她的声音刚一落地，周围的火焰一下就增大，并且有几棵树已经开始全部燃烧起来，这些燃烧的巨树忽然化为一个个赤红的火人，大步往我们走过来。

✿ 再遇固伦和孝

这火焰所化的火人足有数丈之巨，大步流星地往我们扑过来。

"怎么可能，以前我们经过这里的时候，根本就没有遇到过这种火人。"

妙雪脸色一变，不由后退了几步。

"这火人并没有任何灵智可言，肯定是别人施法召唤出来的。"

"到底是谁？出来！"

进宝脸色一变，喊了一嗓子。

"不管如何，先对付这些火人。"

说完，我掐动法诀，冲着前方一点，头顶之上的星辰宝莲滴溜溜转动着，一口口晶莹雪白的寒冰之刃围住了我们的周身。周围的温度随之降低了不少，这冰刃是水的形态凝聚而成，比起柔和的水，破坏力更加惊人。

"斩！"

我大手一挥动，十多口冰刃激射而出，在空中划过长长的白光，往这些火人迎头斩去。

"轰隆！"

让我有些诧异的一幕出现了，这些火人居然轻而易举地就被这寒冰之刃斩灭。但片刻间，火光闪动，那些原本被斩灭的火人又重新出现在我们面前。

"糟了，这里的地形对于我们很不利，如果要彻底地消灭这些火人，等于就是与整个赤炎林做对，咱们得赶紧走，离开这片区域。"

我狂吼着快步向远方奔去，妙雪他们也知道这个道理，身形敏捷地跟在我身后。

刚跑出没多远，我们前方地面之上忽然再次冒出一团团火焰来。

"到底是何人，我们是娲皇宫的门人，难道你想与我们娲皇宫做对不成？"

妙雪停下来，大声开口了，话语中蕴含了一丝法力波动，远远地传了开来。

不过周围依旧静悄悄的，只有火苗发出呼呼声。

"你们若是走，我可以不杀你们，但是白无常，我一定要杀。"

熟悉而又充满杀戮的声音在我周围响起，听到这个声音，我脸色大变。

"白大哥，此人是你的仇人？"

妙雪扭过头来问道。

"妙雪，你们走吧，此人绝对不是你们能够对付的，留在这里，也只是枉送性命。此人与我恩怨颇深，我们是同一个世界来的。上一次我重伤了她，现在她是来寻仇的。"

"不行，白大哥你三番五次地救了我们，我们绝对不会这样轻易地走的，这个人到底是谁？连你都忌惮。"

"旱魃，此人可能已经成就了旱魃之身！你们走吧，不要陪我一起送死。还有，你如果遇到一个叫青冥的，就告诉他，叫他好好活下去，你就说我不回原来的世界了，就在女娲墓修炼，还有，叫他一定要把我公司里面的职员全部救回来，快走！"

我一把推开妙雪。

"白大哥！……"

妙雪咬了咬嘴唇，眼中满是不忍。

"师妹，咱们走吧，旱魃是什么，那可是艾泽火域之中最为强大的存在，就连熔岩恶魔都要诚服在旱魃之下，只怕也只有咱们宫主才能制服了。咱们走吧，留在这里，只会束手束脚，我相信白大哥一定会支撑下去的。咱们赶紧回娲皇宫找宫主帮忙，白大哥身体里面蕴含了女娲精血，也就是女娲后人，宫主定会全力相救的。"

招财劝妙雪，妙雪这才顿悟过来，说了一句保重，往前急驰而去。

"别装神弄鬼了，出来吧，固伦和孝！"

"想不到在这里遇见你，哈哈，真是踏破铁鞋无觅处，得来全不费工夫！"

我眼前的火焰忽然一下冒出丈许之高，固伦和孝的身形在火焰之中浮现而出。

现在她身上的气息比起以前强大了很多，甚至说得上是云泥之别。

她依旧穿着一袭红衫，面容清冷，目光之中凶相毕露。

"咱们一定要斗个你死我活么？你可别忘了，咱们还有一个更强大的对手，她也来到了女娲墓。如果我们两个斗个两败俱伤的话，她就会坐收渔翁之利。"

果然，听了我的话，固伦和孝脸上露出迟疑之色来。

"白无常，你以为我会信你的么？还指不定你已经和她联合起来想对付我呢！我现在的灵智已开，不同以往，不会受你们糊弄！"

固伦和孝满眼怒火地盯着我。

"那看来我们只有一战了，别废话，上次我饶你侥幸不死，但这一次，我就是死也决不会放过你，也要拉你来垫背！"

我捏了捏拳头，冷声说道。

"拉我垫背？笑话，你已经没机会了？对了，我还没告诉你，我前几天已经在这里成功度过天雷之劫，成功地进化为旱魃。呵呵，这次我不会让你死得很轻松，我会禁锢你的元神，然后在你体内种下毒火，让你元神痛得不可超生，让你永生永世都活在痛苦之中！"

固伦和孝满脸恨意，原本清秀的脸显得格外狰狞。

"哦，那就要看看你有没有这个本事了。你虽然进化成了旱魃，但你可别忘了我现在的身份！"

"你？你不就仗着自己修炼了元神法相么，在这赤炎林之中，我仗着火焰之力，足以消耗你的元神法相，只要你法力一消失，我看你还有什么能够跟我斗的。"

固伦和孝说完，身躯之上的火焰再次翻滚起来，接着她手往前一探，一只丈许之巨的火焰巨手狠狠向我抓来。

"雕虫小技！"

我冷笑一声，七星镇魂剑挥出一道星河般的匹练。

"轰隆"一声巨响，星辰剑气与火焰巨手两两相撞，迸发出强大的毁灭气息。

"还不错，你法力还算浑厚，不过这一次我看你还能抵挡得住！"

固伦和孝双手冲着我连点数下，一道道光柱向我袭来。我忽然感觉头顶的星辰宝莲转动得更加快了，仿佛是受到了什么无形力量的挤压。

🌀 生死相斗

面对固伦和孝的攻击，我自然不敢小觑。

眼见一道道赤色的光柱冲我撞来，我脸色一变，脚踏太乙八卦步在空地之上游走起来。不过这些光柱里面蕴含了强大的火焰之力，虽然我能勉强避开，但是光柱立刻就在我身前爆炸了，狂暴的火焰之力撞向我的星辰宝莲护身光罩，光罩居然让这些火力洞穿，顿时，一股热浪直扑过来！我感觉自己好像着火了一般，特别是脸上，更是一阵阵火辣辣的疼。

"星辰法体！"

我暗暗掐动法诀，体表银光流转，勉强总算将那股热浪逼退。但因为刚才星辰光罩被破，我已身受内伤。

这旱魃的厉害程度远远超乎我的想象。

"拿出你的真本事吧，若是你只有这点能力的话，劝你还是乖乖束手就擒，献出你的精血。"

固伦和孝掩嘴一笑，脸上透出一股得意之色。

我闭上双目，默运体内的女娲精血，下身立刻就化为了庞大的蛇躯，赤红的鳞甲在火焰之中显得格外鲜艳，女娲之躯施展而出之后，全身力量强大不少，面对固伦和孝那种威压，也没有那么强烈了。

"原来这就是女娲之躯，好，很好，很强大，我倒要看看你现在女娲之躯到底有多厉害。"

固伦和孝说完之后，居然凌空往我抓来，一双肉掌之上泛出丝丝红芒，指甲却是奇黑无比，寒芒闪烁。

她双手往前一抓，手掌之上红芒流转，就好像是一个无形的铠甲附在上面。

我冷笑一声，纵然旱魃肉身再厉害，但是我现在可是女娲之躯，加上星辰法体，手里还有七星镇魂剑至宝在手，我可没心思和她用肉掌相拼。

现在的形态让我变得非常灵敏，只要我下面的身躯掌握好，身子就可以很快地闪避，而且可以借助这躯体，让自己的爆发力大增。

我的七星镇魂剑已经绽放出夺目的星光，我低吼一声，身躯猛然弹射而起，双手握住镇魂剑狠狠往固伦和孝头上劈去，速度之快，也让她大吃一惊。

不过她居然双手往前一合，在这千钧一发之刻，居然夹住了七星镇魂剑，她身躯之上立刻涌出大片的火光，脑后的发丝狂舞起来。

"破！"

我狠狠一用力，法力疯狂地涌入其中，七星镇魂剑星光狂闪不已，竟然在这一刻，直接把固伦和孝劈成两半。我有些惊愕地看着她跌落下去的尸身，还没有反应过来，这尸身之上火光一闪，居然消失不见了。

刚才我可是在镇魂剑之中输入了大半的法力，但她的尸身怎么忽然就不见了呢？我心里忽然有了一种不祥的预感。

"以吾旱魃之名，召唤五行之火！"

固伦和孝阴冷的声音在不远处传来。我看了一眼周围，暗呼糟糕，立刻往远处游动起来，女娲之躯游走的速度极为惊人，地面之上都留下一条条微微凹进去的印记。

在逃跑中，我感到周围这炙热的火焰开始消失不见，周围的温度降了下来。不过在我身后却散发出一股毁天灭地的力量，大概数分钟之后，这股力量狂卷而至，其中还隐隐传来吼叫之声。这种声音是火焰发出的，我扭头一看，此刻身后赤浪翻滚，如同潮水狂涌，速度之快远远超过了我逃跑的速度。

现在已经逃不掉了。不过她耗费了这么大的力量召唤出这种强大的火焰之力，再加上之前被我一劈为二，元气肯定也是损伤不少的，我只要撑住这波火焰的攻击，就有活下去的希望。

想到这里，我冲着头顶之上的星辰宝莲一点，为了保住自己性命，现在也不得不牺牲这个宝贝了。我一口鲜血喷在宝莲上，伸手冲着远处一点，宝莲滴溜溜一转，化为丈许之巨，凝结成一层寒冰之力，向那片火海撞过去。

做完这一切之后，我手中的七星镇魂剑往天空一抛，嘴里低喝起来："星陨前辈，帮我去找青冥，如果他不来，我就死路一条了，他在这山脉之中，我能够感应到。"

"你自己小心，旱魃的纵火之力非同小可。"

星隐前辈嘱咐一声，化为一道星光消失不见。

我心里松了口气，只有坚持到青冥到来，我才可能逃过这一次的大劫。之前我们前往女娲墓的时候，就找韩小星算过一卦，显示的是凶险无比，九死一生，难道今天真的就要应验了？

我有些不甘心，真的很不甘心！

还有火儿、白如冰、武羽他们我都要救，我都要救！我一定要活着出去，一定要！

我全力施展出星辰法体，星辰之力作用到全身，鳞甲之上都露出淡淡的银色的光霞，一片片鳞甲都变得十分厚实起来。

远方那一抹白色光霞一下就被铺天盖地的火焰扑灭，我心里一阵剧痛，这星辰宝莲看来已经解体了，火焰狂啸着往我扑过来，还未碰到，我就感到一股炎热的气息！

"还想逃么？"

一道冷冷的声音从我头顶之上传来，固伦和孝凌空探手，一把抓住我，张口往我脖子咬来。

一阵剧痛传来，虽然我现在施展了星辰法体，但是脖子这个地方却很薄弱，就像龙之逆鳞一样。

"还是一如既往的甘醇，好，很好，里面似乎还有一丝异样的力量呢。"

固伦和孝就如同一个嗜血狂魔，拼尽全力在我的脖子上噬咬着。正在这时，远方火焰之中有一个白色的影子破空而来。

这个白色的影子异常熟悉，她周身就仿佛是冒出一股强大的气流，这些火焰见到她，居然纷纷退避开来，无法靠近。

✿ 柔儿再现

这白色的人影转瞬即至，竟然是柔儿，我和固伦和孝的本体，柔儿！

她，怎么会出现在这里！

看着柔儿清冷的脸庞，我没有开口，周围根本就没有柔儿的气息，她来得很诡异，就像是火中忽然浮现一样，但我正面对着她，才看到她出现，而固伦和孝却不一样，她是背对着柔儿的。

我心里一声冷笑，看着柔儿突然一掌拍向固伦和孝头顶。

固伦和孝一下就怔住了，露出诧异的表情，身躯一下就溃散开来。

我趁此机会游开，身体又恢复成原本的模样，伸手往脖子一点，封住血流不止的脖颈。

柔儿并没有立即对我下手，她只是转身反手一掌往后击出，一声闷响在空中炸裂开来，固伦和孝这时已跑到柔儿背后。两人同时出掌，两股强大的气息迸射而出，气劲鼓起二人的衣裳，两人各自后退了几步。

"居然是旱魃之身了！幸好我发现得早，否则，就真让你成气候了！"柔儿盯着固伦和孝和我，又道："很好，二重身和三重身都在，我也不必耗费什么力气去寻找了。"

"你想杀了我们？"

我冷声问道。

"不错，一些东西，是时候收回来了，你们也没有存在的必要了。"

柔儿脸色依旧不变。

"你有这个本事么？"

固伦和孝冷冷地盯着柔儿，满脸的不屑。

"虽然你现在可以借助火焰之力幻化自己的形体，但是总有能量枯竭的时候。"

柔儿冷冷地盯着固伦和孝，周围狂暴的热风吹动她的衣角，但是却没有丝毫燃烧的样子，她周身涌现出一股若有若无的气流，这股气流是这片狂暴的火焰无法接近的。

而我则躺在远处，努力地恢复自己的法力，这一次消耗太多了，我得趁她们二人交手尽快恢复。

之前我和固伦和孝已斗了很久，双方都有一定的耗损。固伦和孝虽是旱魃，但是也才进入这个进阶不久，旱魃的能力还无法真正掌握，而柔儿则是数千年前三目族中最厉害的人。两人打斗起来，鹿死谁手还真不好判断。

见二人斗得正紧，我休息了一下之后，突然蹿起，往林外逃去。她们似乎真的无暇顾及到我，我终于逃出这片赤炎林，周围的空气立即凉爽了许多。

但这时我身后再次传来剧烈爆炸声，地面开始摇晃起来，一道裂缝从极远处波及过来，我脸色大变，连忙掐动法诀，施展出腾云驾雾之术，身躯刚被一团星云托住，我刚才所处的地方已经裂开一条一米宽的裂缝。

不！是数米宽！而裂缝的长度却是从极远处波及过来的，我吞了口唾沫，想着除了柔儿，任何人估计都没有如此逆天的掌力了！

随着星云的升高，坐在上面的我看得更清楚了。这时，那片赤炎林竟然正以肉眼可辨的速度消失，确切地说不是消失，而是正以飞快的速度向一处汇集，速度惊人，片刻工夫，这些火焰就化为一个人影，居然是固伦和孝。不过她现在的形态已经与之前有所不同了，她的脸上已经布满了火焰的纹痕，她张嘴狂笑起来。

柔儿的处境似乎很不好，周围有九根火龙柱子困住了她。

这九根火柱每一根都需要一人才能环抱得住，每一根火柱都有数米之高，就好像是从土地之中冒出来的一样。并且火柱似乎全部都是由火焰所化成，上面火焰涌动之间，化为一头头蛟龙往柔儿撕咬过去。

柔儿站在里面双目阴沉，伸手格挡着这些火龙，她的拳头力量很强，不过这九根火龙柱子的力量也非同小可，那些火龙的头颅刚被打碎，瞬间又重新汇集起来，一次再次凶猛地往柔儿撕咬而去。

忽然，固伦和孝抬头往我这边看过来，嘴角微微一翘，我心里一慌，暗呼一声不好！下一秒，固伦和孝已经抬起手臂，伸手冲着我一点，一道道赤色的流光划破天际，向我激射而来，我吓了一跳，匆忙地落了下来，心里暗暗松了口气。

不过那几道流光忽然往下一沉，没入我周边的土地之中，瞬间，九条火柱便在我周围立了起来，一股股难以抵挡的高温瞬间笼罩住我，我恨不得立刻跑到水中，这种温度只需片刻就能把我化为飞灰！

不行，我要活下去，一定要活下去。

我牙一咬，情急中使出减寿秘术，双手掐动法诀，嘴里念念有词起来。

而固伦和孝这时一手指着困住柔儿的九根火龙柱，另外一只手则遥遥指向我所在的位置，她现在也极为吃力，因为她要补充这两个火龙罩的能量。

"你们两个今日都要葬送在这九龙柱之中，柔儿，你也别想逃，现在我已能够汇集整个女娲墓世界的火元素，你莫非是想要跟整个天地火元素对抗不成？"

固伦和孝猖狂地大笑起来，言语之中颇有几分得意之色，几近癫狂。

"哼，你大可试试。你强行拘拿这么多火元素，就是上古时期的旱魃也不敢的，你又怎么可能做到？只要我撑住这一段时间，自然可以破掉你的火龙柱！"

柔儿的声音依旧是十分冰寒，看不出愤怒。

"你……好，我就不信在我能力耗尽之前，还不能把你们两个烧死，就算烧不死，你们也得身受重伤，到时候吸了你们的精血，我还害怕恢复不过来么！"

固伦和孝狠狠说道。

咒语声越来越大，我感觉自己的生命开始一点一点流失，但是很诡异的是，全身的力量却越来越强大。

我体内的血液又开始沸腾了，特别是女娲之血。我忽然感觉到在很远的地方，也有两股我这样的力量，都是女娲之力，那两股力量都被我带动起来，这两股力量一个很强，而另外一个很弱，似乎被关在什么地方，隐隐被禁制了一样，不过很快，这股强大的力量就察觉到了不对劲，开始缓缓地恢复平静。

我脑子已有些晕晕乎乎了，很像以前入魔时那样，虽然晕乎，但是并没有失去理智。我能感觉到自己的法力突然暴长，身体突然又化为女娲之躯，我的巨尾猛然一阵狂扫，那些围困我的火龙柱，瞬间被击碎，散落了一地。

远处的固伦和孝见状大惊，但随即，她又哈哈大笑起来。我一愣，之后才发现，我所有的法力这时已经用尽，在击倒那些火龙柱后，我已经再也无力挪动半步！

完了，这下看来真没救了！

🌀 弹指容颜老

固伦和孝看我挣扎的样子，哈哈大笑起来。她并没有再次出手对付我，她开始全心全意地对付柔儿。

就在这时，在离我数里之外，有一道人影飞快地奔了过来。

而我这时已完全虚脱。一种发自内心的无力感从心头蔓延而起，我挣扎着想要站起来，但手撑在地面上，感觉自己的身子奇重无比，我的手怎么了，难道断了吗？

　　我低头一看，忽然我发现我手上生出了许多皱纹，我再一看自己的手臂，手臂上也是皱纹堆叠，布满了老年斑一样的疤痕。仅仅一瞬，我就老了，成了一位八十多岁的老人，而这，就是减寿秘诀所造成的结果。

　　我忽然明白为什么固伦和孝会哈哈大笑了，她对我已经不屑动手，因为我老了，死期将至！我现在的这副模样，已经宣判了我的死刑！

　　一瞬间，我万念俱灰，生不如死。

　　而就在这时，固伦和孝身上的火焰之力已经弱了不少，她脸上的火焰魔纹也开始消退，力量明显减弱，身处火龙柱中的柔儿这时也已不像之前那样从容，现在她身上的白色裙角已经被烧坏几处，原本雪白的肌肤，也被烧得焦黑，不过她好像不知道疼痛一样，依然没有丝毫感觉，依旧一脸的冷静。

　　"无常？"忽然一声惊呼，青冥来了，几乎是从天而降！

　　之前还一直在期盼，但是此刻，我却害怕起来，也不知道是什么原因。

　　我心里狂跳着，但并没有抬头，我现在这个样子，只怕是和八十岁的老伯没有什么两样了，肯定很衰，我用尽全力站起来，往远处跑去。

　　说是跑，倒不如说是在慢慢地移动，现在这个样子，我真恨不得死掉！

　　忽然身后传来破空声，我本能地举起手一抓，一股血肉相连的感觉，七星镇魂剑被我抓住，镇魂剑周身星辰光霞微微一闪，重新悬挂到我的脖子上。

　　"啪"的一声，我感觉肩膀被一个手掌拍了一下，手掌的力气不大，但是却十分沉稳，有力，险些拍碎我这把老骨头。

　　"你……你又动用了减寿秘术？还这么严重！"

　　青冥一把抱住了我。

　　"嗯，固伦和孝已经化为旱魃了，而且柔儿也出现了，我就算拥有女娲之躯也无法抗衡，所以才动用了减寿秘术，否则，这次你就看不到我了！"

　　"对不起，我没有好好保护你！"

　　青冥搂着我，脑袋埋在我的脖子间，声音有些哽咽。

"青冥，你回到原来的世界，一定要找到青丘国，救回他们，知道么。"

　　青冥没有回答，我感到自己的脖子有些微微发凉，青冥居然哭了。

　　我犹豫了一下，拍了拍他的后背，说："你再用点力，我这老骨头就要散架了。"

　　青冥这才松开了我。他还是老样子，还是那么帅，只是多了几分沉稳，几分沧桑。他仔仔细细地打量着我说："你别说这种傻话了，行么！"

　　青冥眨了眨眼，恢复以往的冷静。

　　就在我和青冥说话的工夫，固伦和孝已经化为原本的样子，她身前的火龙柱里面的柔儿也变得有些狼狈起来。这么长的时间呆在里面，绝对不会好受，以我的道行在里面也无法支撑多久，所以我选择强行破除，却没有料到代价如此惨重。

　　不行，我绝对不能这样，看着青冥一脸的愧疚，我心里微微有些发痛。

　　其实我现在也接受不了，几乎只是弹指间，我的容颜就老去了，我怎么能够接受啊，还没三十岁就成了八十多岁的老头子。

　　"青冥，我这一辈子，很高兴能够认识你，我会尽快好起来的。"我的脑子飞速运转着，想着要尽快让自己恢复。我想若是有颗青心果就好了，或者，我慌乱地在自己身上摸着，无意间摸到一颗珠子，心里一动，"对了，迦南宝珠，怎么把它忘了！"

第二十一章　娲皇宫宫主

> 迦南宝珠含在口中并没有想象之中那样入口即化。它十分冰凉，这股冰凉的感觉随着我的唾液从喉咙流下，散入我的身体经脉之中。我能够很清楚地感觉自己体内的细胞都开始活跃起来……

我取出那颗泛着精蓝光泽的迦南宝珠，兴奋得手脚发抖。

青冥眼眸之中露出心疼之色，拍了拍我的后背，让我平息了一下情绪。与此同时，他也开始打量起那颗迦南宝珠。

这里没有功德果，无法从判官那兑换阳寿，所以无法弥补我亏损的寿元，这里也没有地府可言，即便我在原来的世界里弄了多少功德果，也没有半点用处的。

"青冥，这颗迦南宝珠是能够增加寿元的好宝贝，四千年才能孕一颗，这下我有救了。"

我紧紧握住迦南宝珠，依然很激动。

"还有这等宝贝？"

"你帮我护法..不要让别人打扰我。"

我点了点头，恢复冷静，沉声说道。

"好，你赶紧服下。"

青冥催我。

我有些艰难地盘腿而坐，把这颗珠子塞入口中，接着闭上了双眼。

迦南宝珠含在口中并没有想象之中那样入口即化。它十分冰凉，这股冰凉的感觉随着我的唾液从喉咙流下，散入我的身体经脉之中。我能够很清楚地感觉自己体内的细胞都开始活跃起来，之前因为动用了减寿秘诀而衰竭的器官被这股清凉的气息滋润，开始重新焕发生机。

原本极为虚弱的身体，开始慢慢恢复过来。

我能够很清楚地感觉到迦南宝珠的作用。这种感觉很奇妙，就像埋入土地之中的种子，慢慢地生长，破土，发芽，吸收水分，阳光，雨露，小苗开始茁壮成长。

也不知道过了多久，我渐渐进入一种忘我境界，这种感觉很神奇，全身经脉开始恢复，体内的血液开始流动得更加畅快，就连心脏都变得比平常格外有力，长生之心里面蕴含的力量彻底地被激发，生机勃勃。

良久之后，我缓缓地睁开双眼，发现青冥眼睛睁得大大的，嘴巴微微张开，一脸的惊诧之意。

"青冥，我现在浑身都充满了力量，完全恢复了。你别这样看着我。"

青冥笑了。笑着在我眼前一画，画了一个圆圈，这圆圈金光闪闪，折射出我的模样，我一看，吓了一跳。

我居然恢复到十八岁的年轻模样，皮肤变得异常洁白，真是有些匪夷所思。

我心情大爽，站了起来伸了个懒腰。就在这时，远处忽然传来一声天崩地裂的巨响。

我扭头一看，才发现固伦和孝和柔儿仍在苦斗，似乎不死不休的样子。我看到火龙柱突然爆裂、溃散开来，柔儿胸口剧烈地喘息着，身上那一袭白纱已起了火，但白纱里面却是一套战裙。这套战裙通体莹白，但是上面却布满了蛛网般的裂缝，仿佛随时都会溃散开来。而固伦和孝这时似乎已经疲惫到极点，脸上居然露出愤怒与绝望之色。

"好，很好。"

我大笑，毫无顾忌地跟青冥走了过去。我现在已恢复到巅峰状态，再加上青冥，又有谁能阻挡得了？

"你……你恢复过来了！怎么可能？你明明动用了减寿秘术，怎么可能还能恢复过来？"

固伦和孝见到我，一副不可置信的模样。

柔儿也知道我被困在火龙柱之中受了重创，所以她同样十分惊诧。

"怎么不可能恢复过来？此消彼长，因果循环，也好，今日咱们三个都在，所有的事情也该有个了断了。"

我冷冷地看着她们两个，她们两个一直以来总想置我于死地，不想最终却落到这般下场。

"地藏转世都出现了，难怪你会如此大的口气，不过，想要杀掉我是不可能的，虽然我和本体这一战消耗得十分严重。"

固伦和孝冷冷地盯着我和青冥，嘴角露出一丝冷笑来。而柔儿也知道现在情形对她不利，她现在的消耗绝对不会比固伦和孝更少……

忽然，一个声音在半空中响起："想要杀掉你们是不容易，但是镇压你们，我却是能做到的。"

我惊讶间抬头一望，只见天空中忽然涌出一团五色霞光，这团霞飘在我们头顶忽然一分为二，之后只听"哐啷"一声，两个巨大的锁链落在地上，溅起大片灰尘。待灰尘散开，两把巨大的黄金锁出现在我们眼前——巨大的六角菱形锁头之上写着两个篆体大字，镇魔！

固伦和孝、柔儿以及青冥的脸上都露出疑惑之色，显然不明白这两把大锁的妙处，但是我就不同。我发现这两把大锁分明就是之前在九龙湾的水底见过的那种镇魔锁。

就在我念及这些的时候，霞光散开，一个身材十分曼妙的女子出现在我们面前。她头发高高地盘起，上面插着一根碧绿的簪子，五官柔和，有一种慈祥的感觉。而她身边则跟着妙雪，还有招财、进宝二人。

"白大哥！"

妙雪见我安然无恙，脸上一喜，高兴地向我奔了过来。

✿ 全部镇压

见是妙雪，我也很高兴："妙雪，没想到你们来得这么快。"

"你没事就好了，我原本是返回娲皇宫请我师傅出关的，却不料半路之上就遇到了师傅，就一起赶过来了，幸好没有耽误。咦？你怎么变得这么年轻了！"

妙雪看到我的模样，一下变得目瞪口呆起来。

"雪儿，不得无礼！"

娲皇宫的宫主微微一笑，向我和青冥点首致意。

"这位想必就是娲皇宫的宫主吧，在下白无常，冒昧地问一下，你身上的气息我很熟悉，难道之前我感应到的那股极强的气息就是你所散发而出的？"

我望着她，沉声开口了。此前我施展减寿秘术的时候感应到两股气息，这两股气息也是女娲之血的气息，而这个娲皇宫宫主应该就是其中那股强大的气息。

"在下婉青，是现任娲皇宫宫主，之前我正在闭关，同样感受到女娲之血的气息，我知道肯定是有人来这个世界了，还是和我一样同为女娲后人的存在，我想你可能遇到了麻烦，于是就赶过来。现在咱们先解决麻烦，其他事情，容后再讲。我现在得先用镇魔锁锁住这两个魔头，然后将其镇压到娲皇宫。"

婉青目光微微一转，看了一眼固伦和孝和柔儿。

固伦和孝眼珠转动着，不敢轻举妄动，她只是恶狠狠地盯着我们，脸上露出愤怒之色。倒是柔儿一直在盯着那两把巨大的镇魔锁，越看越惊讶，最后脸上现出惊恐之色。

"我与你无冤无仇，你最好不要插手此事。"

柔儿冲着婉青开口了。

"一把破锁就想困住我旱魃？你口气未免也太大了一点！"

固伦和孝没有逃走，反而双手抱肩凶恶地盯着婉青。

"咱们今日联手，先离开这里如何？二重身！"

柔儿冷笑一声，盯着固伦和孝。原来那满脸的杀意，此刻竟消失得无影无踪。她性格够果断的，当即就意识到和固伦和孝联手才有全身而退的希望。

"我也正有此意，不过对方实力太强，我们此刻又消耗太过严重。"

固伦和孝眉头微微皱了皱。

"无常，这镇魔锁我想你也清楚了，必须要我们体内的女娲之血才能起作用，没有我们女娲后人亲自解开，谁都无法打开的。所以这两柄锁，你要负责一个，我负责封住另外一个，有问题么？"

婉青略带笑意地盯着我，看样子妙雪或者招财进宝已经把我放走蜃蚌的事情讲给婉青了，不过听她的语气，似乎并没有责怪我的意思。

"没问题，不过他们两个依然很强大，你有把握对付其中之一么？"

我下意识地问道。

"白大哥，这你就有所不知了，我师傅的威名在整个女娲墓都是赫赫有名，谁都忌惮她几分的，纵然她们再厉害，也绝对不会是我师傅的对手！"

妙雪自信满满地替师傅说道。

"小雪，不可胡说的。这两个妖人实力都十分强悍，我施法启动这镇魔锁时，还要你们替我拖住两个妖人，放心，你们就算元神出窍，也无须担心什么，我会护住你们的肉身。"

"没问题！"

我和青冥点了点头，青冥扫了固伦和孝和柔儿一眼，沉声说道："我对付你的本体，你对付二重身，小心点。"

说完便盘腿坐下，天灵盖之上金光闪烁，一道霞光冲天而起，淡淡的佛号声似乎弥散在整个空间之中。

我闭上双目，体内的女娲精血开始沸腾，顷刻间，我又重新化为女娲之躯的形态，赤红的鳞甲格外显眼。婉青有些诧异地看了我一眼，脸上露出一丝诧异之色。接着，她修长的手指一掐法诀，体表青光缭绕，身下同样浮现出女娲之躯。不过她鳞甲是青光闪烁，波光涌动。

我手一动，七星镇魂剑立刻化为七团星辰神雷浮现在我身旁，固伦和孝脸色微微一变，看我这阵势就知道我是要施展五行神雷了。如果施展出来，她不死都要重伤。固伦和孝立刻五指连连弹动，一根根火丝十分灵巧地往我激射而来，这些火丝只有头发纤细，但是穿透力却极为惊人。我伸手冲着身前一点，周身浮动的神雷同样激射而出，与这些火丝撞在一起。

青冥头顶之上的金光已经化为一尊巨大的金身法相，不，准确地来说是地藏金身法相，这一次他的法相比起之前有所不同，变得更加人性化。法相身后光霞万道，周身佛光倾洒，不过青冥的法相盯着目瞪口呆的柔儿，眼中却没有佛的慈悲，只有杀意，漫天的杀意。

　　"比起镇压，我更想你死！"

　　青冥瓮声瓮气的声音在虚空中响起来，使得下方娲皇宫的宫主婉青脸色都有些变化了。她盯着青冥，黛眉微微皱起，脸上露出一丝古怪之色。

　　"你……是你，是你杀了墨非！你为什么要这样做？"

　　柔儿见到巨大的地藏金身，脸色大变，一时之间居然忘了出手。柔儿现在明显怒了，就像遇到不共戴天的仇人一样，那凌厉的眼神如果能够杀人的话，我想青冥已经死了千百回了。

　　"只要对无常造成威胁的人，不论是谁，全部死！"

　　青冥的声音嗡嗡地响了起来，在空中久久不散。

　　我心里微微一颤，双目有些湿润地盯着青冥，妙雪听了青冥的话，一下如同泄了气的皮球，有些懊恼地瞪了一眼青冥。

　　婉青勉强挤出一丝微笑，接着脸又变得严肃起来，她伸手冲着镇魔锁一点，数根手臂般粗细的锁链直奔柔儿而去。柔儿这才缓过神来，身子站得笔直，雪白的手臂举起来，手掌之中光霞流转，一柄雪白晶莹的长剑出现在手中，她狠狠往下一劈，金戈相交声震得人耳朵发麻。

　　一团团金白交加的光团在空中乍现，婉青伸手连连点动，这些锁链如同灵蛇一样，只要柔儿哪里露出一丝小小破绽，它就缠绕上去。真是一物降一物，柔儿一下就慌了。

　　"镇压！"

　　青冥巨大的地藏金身法相手掌往下一翻，五指朝下，好像有一股无形的大山从空中落下，柔儿发出一声惊呼，原本飞至半空的身影就像断翅的鸟儿直坠而下，重重地砸在地上，趁此机会，周围金光缭绕的巨大锁链一下把柔儿锁住。

　　"哐啷"一声，柔儿被锁了个结结实实。不过她的力量仍很强大，这锁链居然隐隐有被挣开的迹象。婉青手指很灵巧地在空中绘制着符文，一道道血丝在空中翻转扭曲着，渐渐化为一道十分玄奥的符箓。我知道，这是镇魔符，就是之前我破坏的那种符箓。

画完之后，婉青冲着镇魔锁一点，符箓激射而出，狠狠地印在镇魔锁之上。

整个镇魔锁一下就变得坚不可摧了，这时无论柔儿如何挣扎，都别想挣开。柔儿发出一声凄厉的惨叫，整个人变得痛苦不堪。她见大势已去，索性停止了挣扎，闭上了双眼。

我和固伦和孝还在激斗，依然不分上下。婉青这时又驱动了另一个镇魔锁，金光闪闪的锁链再次激射而来，青冥巨大的金身法相这时也冷冷地看着固伦和孝。

"先别急着镇压她。她既然用火龙柱伤了无常，我就让她尝尝业火的厉害。就算她被镇压住，也要受到业火的折磨。"

青冥说完，他的金身法相双手合十，一股神秘的力量从法相之中传出来，一道诡异的黑色火焰袭向固伦和孝。

这黑色的火焰没有丝毫能量波动，就好像是虚无的存在，但是给人一种十分诡异的感觉。

固伦和孝见到青冥手中的黑色火焰，眼中一下露出惊恐之极的表情来："不要，我不要业火烧身！"

青冥冷笑一声，手一抖，黑色业火已经绕裹住固伦和孝的全身。一声声惨叫声中，镇魔锁一下就困住了固伦和孝，此刻，她就算想幻化为火焰逃走也不可能了……

恩怨了

固伦和孝和柔儿都被镇魔锁锁住。

柔儿双目紧闭，身子一动不动。

固伦和孝则更痛苦一些。她身上浮现出一层淡淡的黑色火焰，这股火焰其实是近乎透明的存在，在固伦和孝整个躯体之上燃烧着，就算她是旱魃之躯，能够驱动天下火焰，但是这种火焰却根本不在火焰的范围之中。妙雪和招财、进宝三人似乎都不能够看到，我是打开了太极阴阳眼才能够看得出这股业火在焚烧她，让她痛不欲生。

业火就是罪恶之火，固伦和孝的所作所为用罪恶滔天也不为过。青冥能够牵动她的罪恶之火的确是十分了不起了，因为这种业火属于无名之火，不是现实的存在，是无法修炼出来的。

柔儿和固伦和孝被索住后，青冥收了金身法相，睁开眼睛站起来，他冷冷地扫了一眼被锁住的二人，走到我身边，低声道："杀了她们？"

我摇了摇头说："既然她们都这个样子了，也就没有必要再动杀机了，毁掉她们的道基就行。"

青冥有些诧异地看了我一眼，然后就要动手，却不料女娲宫的宫主婉青走了过来，微微一笑说道："不如二位卖个人情给我可好？这二人就交给我处置。"

"婉青宫主难道想要纵容这二人不成？这二人其中一个是我的本体，想要杀了我，夺取我的能力，她还重伤、打散了我朋友的元神，另外一个是我的二重身，同样是想置我于死地，这么多年，我好多次都险些丧命她手。"

我皱着眉头开口了，也不知道这个宫主葫芦里卖得是什么药。

"原来这二人与无常你渊源如此深厚，我倒也不好再多说什么了，你们动手吧。"

婉青听了我的话之后，脸上有些错愕。

青冥冷哼一声，走向二人，手掌一翻，一个卍字金印狠狠往她们头顶之上拍去。

婉青见到青冥已经动手，轻轻地叹了口气，转过身子问我："听妙雪说，你这次来女娲墓就是为了找五色神土的？"

"嗯，不错，确实是五色神土。当然除了五色神土若还有琉璃净水那便更好了。不知贵宫可有此物？"

我看了一眼妙雪。看来这个丫头已经将我此行的目的全部说了出来。

"琉璃净水？难道是有人要还魂，重铸肉身？"

婉青有些目瞪口呆地盯着我。

"嗯，我有几个好友，肉身已经消散，但是元神还在，如果有五色神土和琉璃净水的话，想必能够有机会重新成为真正的人。"

我点了点头，语气凝重地开口了。

"五色神土已经被我用光了，如果真要得到此土，也只有去女娲大殿，只有在那里，才能得到。不过女娲大殿凶险无比，就算是我们身为女娲后人，也是同样如此的。"

婉青目光微微一闪，叹了口气，轻声说道。

"再危险，我们也要去的，只是劳烦宫主带路了。我们时日无多了，再过些日子，我们就会遭受这女娲墓神秘力量的排挤，回到原来的世界之中。"

我没问她五色神土怎么会用完，既然别人这样说了，再问下去也是没有用的。谁不知道五色神土的珍稀？特别是娲皇宫的宫主，肯定是对五色神土了解得更多。

"好，既然咱们同为女娲后人，这一点小忙我还是要帮的。不过我想跟你说的是，在女娲大殿之中，女娲墓的力量是无法作用到里面的，如果你们被困在里面，错过了时间，就很难回到原来的世界了。"

婉青很慎重地开口了。

"放心，只要离开大殿，我们就能离开这个世界。"

我微微一笑。

这时青冥已废掉了柔儿和固伦和孝的道基，她们二人一下就面若死灰了。

婉青大袖一挥，一团五色霞光卷起了我们，腾空而起，固伦和孝和柔儿也在其中。固伦和孝满脸怒容地盯着我，恨不得把我千刀万剐，不过她身上已没有丝毫旱魃气息，传递出来的只有无尽的痛苦。不过下一刻，我忽然发现固伦和孝原本雪白光滑的皮肤，现在正以肉眼可辨的速度迅速衰老，不仅仅是固伦和孝，柔儿同样是如此。

我惊问："青冥，他们怎么了？"

"他们道行被毁，自然要恢复原形了。"

青冥淡淡的声音，不带一丝感情，而我的心却一颤，如果真是这样，那么他们二人就要真正地灰飞烟灭了。

因为一个是活了三千年的存在，另外一个则是尸，真要道基被毁，她们会连渣滓都不剩的。

柔儿眼睛微微张开，原本清澈的双眸此刻变得混浊一片，她盯着我一动不动，脸色倒是十分平静，有些骇人。

婉青似乎也知道了，眉头只是微微皱了皱，便不再理会。

又过了十多分钟，二人就变得和八十岁的老妪一般了。现在这个样子就和万寿山上的龙婆一样。又过了几分钟，固伦和孝嘴里再次发出痛苦的吼叫声。她的皮肤开始瓦解，皮肤的碎屑开始往后面飞去，她吓得满脸惊恐，嘴巴张得大大的，就好像濒临死亡的鱼一样。

"轰隆！"固伦和孝和柔儿的身躯在我眼前彻底化为粉末，随风而舞，渐渐消失不见。

见到她们的身形终于消散，我从未有过的轻松，以前还要时时刻刻地提防她们，现在他们死了，彻底魂飞魄散灰飞烟灭了！

忽然之间，我有种想要失声痛哭的感觉，特别是固伦和孝真正的死亡，因为这么多年来发生的事情，基本上都与固伦和孝有关。现在她终于死了，终于死了。

青冥搂着我的肩膀，轻轻拍打起来，我扭头一看，青冥嘴角含笑，眼睛之中满是温柔："以后放心了吧？"

我有些哽咽地点了点头。固伦和孝和柔儿的存在，在我心里始终是一根刺，现在终于拔出了，我也从未有过的轻松，好像一切都变得那么美好了。青冥没有理会妙雪等人诧异目光，把我搂到怀中沉声开口："想哭就哭吧，别憋坏了身体。"

"死开，谁有那么脆弱。"

我推开青冥。

"咦？下方的法力波动好强，整片森林都似乎活过来了一样，我还从没有见过这等异象。"

娲皇宫宫主婉青的声音传了过来，我听到声音往下一看，因为我们飞得有些高，下面的情景看不太真切。不过我能够看到下方的树木在以肉眼可变的速度消失，下方有一片区域黑光缭绕，死亡气息很重，而另外一方则是翠光涌动，蕴含了极强的生命气息，不过这死亡的气息更加浓重，隐隐的压制着那团翠芒。

这股极强的生命气息我很熟悉，应该是茉儿的。我施展太极阴阳眼往下看去，发现地面上正有两个人在斗法，其中一个身姿曼妙，手执一根藤杖，的确正是茉儿。

第二十二章　永别青冥

> 青冥恋恋不舍地盯着我，忽然手松了开来，这一刻我心猛然一跳，身子毫无重力的往头顶之上飘去。我的视线越来越模糊，我想要张口大声呼喊，但是却张不了口。

"是茉儿！"我惊叫起来。

我说怎么一直没见茉儿呢？原来她是被困在这里了，还是被一个极为邪恶的存在困住了。

攻向茉儿的那团黑雾十分厉害，所过之处，树木纷纷枯萎，苏茉儿就算想借助这大自然之力，都几乎是无力可借的。

婉青听到我的惊叫，当即停了下来。青冥二话不说，金身法相急飞出去，我则守在青冥的肉身旁边，毕竟这个娲皇宫的宫主我还没摸底，这一路，我总觉得她有心事没有讲出来，虽然我们体内同样蕴含了女娲精血。

青冥的法相飞出，漫天禅唱声起，虚空之中金光万道，气势如虹。下方正在努力挥舞着山鬼杖的苏茉儿看到青冥的法相，顿时惊喜得尖叫起来。

狂喜之中，茉儿手里的山鬼杖狠狠往前一点，地面之上顿时冒出十多丈之高的藤条，密密麻麻在她身前浮现，抵挡住那片浓黑的雾气。

地藏法相方一出现，脚下那团巨大的金莲便徐徐转动起来。一朵朵金色的莲花从上面旋转落下，纷纷跌入那片黑雾之中，顿时黑雾便以肉眼可辨的速度被金莲上的金光蒸发一空。

随即，一位身穿白袍的少年现出身形，他见到青冥的金身法相，勃然变色："怎么可能，怎么可能还有金身法相出现在这个世界之中？不可能，不可能！"

少年发出惊恐之极的尖叫，手里小幡一扬，陡然间化为一道黑烟就想逃，但地藏金身虚空中探手一抓，便将那道黑烟抓入手中。

手中的少年发出一声惨叫，片刻之后，便烟消云散了。而茉儿这时脚下却出现一朵金莲，托着茉儿向我们飞来。

苏茉儿很快来到我们面前。她的头发有些散乱，身体微微发抖，面容苍白如纸。她惊喜地抱住了我，一边哭，一边哽咽着说："无常，我以为自己要死了，再也见不到你们了。"

"怎么可能，你是捉妖公司里面的超级大奶妈，就算别人死，也不能让你死啊。"

我轻轻拍打着她的背，半开玩笑地说道。

"你还开玩笑，你不知道这女娲墓有多么危险。我一进来，就向周围的花木打听白泽山脉的下落，一路到这里原本都是安然无恙的，但是遇到了一个不明不白的人，一见面就向我攻击，而且处处克制我，要不是青冥，我今日就要死在这里了。哦，对了，你们找到五色神土没有，我已经找到素素吩咐我找的药材，咱们赶紧离开这里吧。"

苏茉儿松开我，神色焦急地开口了。

"现在就去取五色神土，一找到神土，咱们就离开这里。"

我微微一笑，说道。

"咦，怎么不见乌啼掌门？"

苏茉儿扫了一眼周围，并没有看到乌啼。

"师兄死了，不过他的元神还在，只是不知道被谁拘走了，我一定能找回来的。"

青冥冷哼一声开口了。

听到这句话，在场的所有人都微微一愣，唯有娲皇宫宫主婉青身子微微一颤，接着又恢复平静。

"青冥，我发现这里有一个很奇怪的现象。"

"什么现象？"

"这里根本就没有阴差，更没有地府的存在，就算有人或者有妖在这里死去，也不会有人接引他们，更别说投胎转世了。"

我想了想之后，说出这句话来，而我话音刚落，婉青就转过头来，惊讶地盯着我。

"这里相传是女娲当初开辟的一个世界，自然是没有六道轮回之说了，里面也没有佛门弟子，刚才青冥道友对付的那个人是一个修魔之人，是与娲皇宫对抗的一个门派。他们专门修炼邪恶的术法，我们也只是勉强才能与之抗衡。刚才那个人是魔门的一位长老，却没有料到轻而易举就被青冥道友消灭，就是我对付他都要耗费些功夫呢。"

婉青露出一丝赞许之色，眼眸之中光芒点点。

"青冥，若是在女娲墓建造六道轮回，想必是大功德一件，能够造福这里的生灵，如果这样的话，你还真有可能恢复你真正的身份，到时候的话……"

"你别说了，我不会同意，建造六道轮回岂是一朝一夕的事情？"

青冥伸手捂住了我的嘴巴，脸色冰寒一片。

"青冥道友，如果你能够和我们娲皇宫联手，成功的希望会很大，你的元神法相一出来，我就知道你绝非普通的修佛之人。我也活了很多年了，一些事情我是知道的，现在女娲墓面临的最大危机就是这样，只要有次序，这里就是一个世界，就会壮大起来的。"

婉青笑眯眯地盯着青冥，满脸的期盼。

青冥没有开口，古怪地看了一眼婉青，双目之中冰寒一片。看来如果婉青再说下去，只怕青冥就要恼了。

"你知道我跟他在一起多么不容易么？还有，只要我和他一起离开这里，我们就会永远在一起。"

青冥冷哼一声开口。

我尴尬地轻咳几声，因为一双双目光往我看过来，让我很不自然。

"哎，这么做也是为了女娲墓里面的生灵啊，无常，你到时候就知道了。"

婉青脸色复杂地看了我一眼，然后专心驾云，再不说话。从婉青的目光之中，我感到了深深的失落。

妙雪走到我身边坐下，悄悄地开口了："白大哥，这可是我师傅最大的心愿。其实她很早就开始在建造六道轮回了，只是少了一位修佛之人。以前也有别的空间的人进入女娲墓，也有修佛之人，但是道行根本就不够，根本没资格执掌六道轮回。现在这个青冥大哥出现了，就像是冥冥之中选定的一样，他上一辈子肯定是佛门之中德高望重之人，否则根本不可能有这么高的造诣。"

我哦了一声，心情很复杂，我想，青冥的记忆并没有真正恢复，如果这一辈子又是因为我，那么上一辈子发生的事情一定会重演，我忽然心里生出恐惧来。

上一辈子我辜负了他，这一辈子也会这样么。

不，不行，这一辈子他为我出生入死，就算死，也要一起出去，我捏了捏拳头，暗暗下定决心。

之后我们都没有再开口，我们脚下的五色祥云是娲皇宫宫主的标致，下方的妖魔根本就不敢出来阻拦，所以我们十分顺利地往女娲墓的禁地飞去。

我不得不佩服婉青的实力，驾云飞遁是十分耗费法力的。但她居然可以载着我们这么多人飞遁半天，依旧是脸不红气不喘，始终保持着淡淡的微笑。

直到黄昏来临，婉青才说："到了，要到禁地了，禁地上空是无法飞行的，咱们都下去吧。"

话音刚落，我们一群人便都稳稳地落在了地上。

🌀 禁法之地

前方是一片葱翠的草地，远远地看过去，在极远的地方，有一个庞然大物影子，即使相隔很远，也可以从中感受到里面的古老气息。

不对，眼前的这片葱翠的草地似乎有些地方不对劲，这里到处都透露出古怪。

苏茉儿忽然眉头微微皱了一下，伸开双臂，轻轻地吸了一口气，片刻后放下手臂，低声说："这里看上去虽然是草地，但是我却没有感觉丝毫的生命气息，难道这都是假的？我是山鬼之体，对于这些花草树木是最为有感觉的，就算是土地之下埋藏着一颗小种子，我都能够感觉到，虽然这草地表面青翠异常，但是却没有这种气息。"

"不错，这都是幻象，其实里面布满了密密麻麻的禁制，十分厉害，如果不知道的人贸然走进去，势必会惹来杀身之祸。当然，你们肯定会认为有法术防身，并无大碍，但是这里之所以被称为禁地，最为重要的一个原因就是这里禁锢法力——这片通往女娲大殿的地方就是禁法之地，任何人在这里，都无法施展法术。当然一些本身自带的能力倒是可以施展的，之前我之所以能够进入里面，全都凭借女娲之躯，否则我还没有靠近女娲大殿，就会被这禁法之地里面的阵法灭了。"

"什么？禁锢法力，这里是禁法之地！如果照你这样说，那我们这里就只有你和无常可以进去了？"

苏茉儿吃了一惊。

婉青却摇了摇头，说："不一定，以前也有人进去过，他们也没有蕴含女娲之血，只是这些草坪之中是禁锢法力的，而且我告诉你们，你们要有所准备，因为女娲大殿与你们回去有很大的关系。"

我愣了一愣，心里隐隐有些不好的预感："难道女娲大殿一开启，就会引动这个世界的某种力量，我们进来的人就会产生排斥之力，从而离开这里？"

婉青有些诧异地看了我一眼，然后点了点头，低声说："不错，只要你一开启女娲大殿，这种力量就会启动，以前，也有别的空间有人过来，忘了和你们说，其实女娲墓这个世界是可以通往很多界面的，而且当初蕴含女娲精血的器物散落各个界面，所以会有很多人能来到女娲墓的世界。如果女娲传人不幸陨落，我就会在一定的时间赶到这里，开启大殿，启动这种神秘的力量。对了，女娲大殿里面也是凶险无比的，就算你身体里面拥有女娲之血，想要进去拿五色神土，都要经受重重考验。如果你无法支撑，就会困死在里面。虽然五色神土诱惑很大，但是不到万不得已的情况，我是不会去女娲大殿的，顶多就只是开启大殿的神秘力量，然后返回。"

婉青说完这句话之后，我们都开始沉默了。因为婉青是娲皇宫的宫主，是对于女娲墓最为清楚不过的人了。我们这里的人，没有一个能够有她了解女娲大殿。

"青冥，你和茉儿留在这里，我去取五色神土。"

心里权衡之后，我开口了，因为到了最后关头，我可不希望我们三个出什么事情。

我刚说完，青冥立刻摇头说："不行，你一个人去绝对不行。"

青冥的声音斩钉截铁，不容反抗。

"好了，我也只能帮助你们到这里了，娲皇宫还有很重要的事情要解决，我们现在要回去了。"

婉青微微一笑，大袖一挥，一团五色祥云涌了出来，一把包裹住妙雪和招财进宝，五色云朵缓缓的升了上去。

"谢谢婉青。"

看着五色云层缓缓地升起来，我扬声道谢。

"那现在怎么办？这禁法之地难道真和娲皇宫的宫主所说的那样？我先试试这里有多神奇！"

苏茉儿噘起小嘴，抬腿往前走去，刚走到草地之上，便一动不动了，她手指冲着前方连连弹动，但是什么都没有，她仿佛是看到了什么惊恐的东西，满脸惊骇，身子微微一晃，险些跌倒，连忙又退了回来。

"太邪门了，还真的是无法施展半点法力。"

苏茉儿拍了拍胸脯，一脸的惊骇，而她的手臂不知道被什么东西划破，大片的鲜血流了下来。

"别说了，快治疗一下！"

我急忙开口了。苏茉儿点了点头，伸出另外一只手轻轻往伤口上一拂，手掌之上翠光涌动，伤口很快消失不见。

"你看到了什么？"

青冥沉声问。

"光刃，我也不知道踩到什么，眼前就浮现出密密麻麻的光刃，不由分说地就往我激射而来，要不是我躲得快，只怕早就被这些光刃分尸了。看来娲皇宫宫主说得一点不假，这草地是迷惑人的，里面蕴含了很多阵法，我们失去法力，根本就看不到这些阵法，就算没有失去法力，也不一定能够看到这些阵法似的。"

苏茉儿心有余悸地开口了。

"你好好呆在这里，我去。"

我想了想，我的太极阴阳眼是天生的，也就是所谓的天赋能力，能够看破这里面的阵法，不说能够破除，但是也可以免于陷入危险的。

还没有等他们反应过来，我就踏了进去，但是让我万万没有想到的是，青冥也跟着进来了。

"不是说了，叫你和茉儿在外面等么。"

见到青冥也随我一起进来了，我有些懊恼，带着一丝训斥开口了。

"你一个人我不放心，说好的，你可要记得你的承诺，出了女娲墓，咱们该干什么就干什么。"

青冥嘴角微微翘起，脸上露出一丝诡异的笑容，一看到这个笑容，我就知道他心里在打坏主意，不过既然他进来了，那也就只有一起了。因为我知道青冥的性格，肯定是赶不走他的。

就在我们进入的时候，远方的五色祥云之上，妙雪终于忍不住开口："师傅，女娲大殿明明是不能两个人同时进去的，否则的话，不知会发生什么变故，你怎么没有提醒他们？而且女娲大殿之中有一股神秘力量，如果他们困在里面没有出来，是无法回到原来的世界的。"

婉青笑了笑说："我前前后后取了不少五色神土，就是为了建造六道轮回，现在那个叫青冥的出现了，你难道没有看到他的元神？如果我没有猜错，他肯定是地藏菩萨转世。如果有他留在女娲墓相助的话，那成功的几率就大多了。这个世界也就会成为一个真正的世界。他对白无常用情很深，这一次，肯定会去女娲大殿的，如果去了，我的计划就成功了。好了，你不必多说什么了，这一次你们出去试炼的事情得好好跟我说说。"

妙雪神色复杂地点了点头，眼眸之中隐隐有种担心。

就在我们迈步前往女娲大殿的时候，我双目忽然隐隐刺痛起来，眼眸之中太极阴阳鱼开始游动起来，眼前忽然变成了一个五彩的世界。

遍地都印刻着阵法，散发出各种各样的光芒，并且气息十分庞大，其中只有一个弯弯折折的小道通往远方的女娲大殿。

"跟在我身后，按着我的脚步走，并且记住位置。"

我低声开口了。

青冥点了点头，一声不吭地跟在我的身后。这一路我们都是小心翼翼地，生怕踏错了地方，毕竟现在我们的法力都禁锢住了，如果踏错一点，就会引动阵法的攻击。

我们足足花了一天的时间，才有惊无险地通过这片草地。不过在苏茉儿眼中，我们两个只是在这草坪之中左左右右前前后后地慢慢移动，如果不进入这片草地，根本不知道这里有多么的凶险。

大殿的轮廓终于在我们的眼前显现，这女娲大殿完全就是建立在地面之上的陵墓，和埃及的金字塔一样，只是这个女娲陵墓似乎是圆形，隐隐暗合先天太极八卦阵势。走出这片草地之后，眼前出现由灰白的石砖所铺成的地面，前方十多丈之远就是女娲大殿的殿门了。殿门前方有两尊五六丈之高的石雕。

这两尊石雕是两位人首蛇身的女娲后人，一男一女，雕刻得很精细，栩栩如生。他们的手里还拿着一杆长石枪，模样十分威严。

"终于来了。"

我松了口气，转过头冲着极远处的苏茉儿挥了挥手，很神奇的是，我们踏入这石砖铺就的地面上时，身体里面原本被禁锢的法力又重新恢复过来。

但正当我们要走到女娲大殿的时候，忽然周围开始剧烈地摇晃起来，大殿门口那两尊石雕上的石块竟开始一点点地剥落开来。

🌀 女娲大殿

脚下的晃动开始渐渐变小，而女娲大殿殿门前的两尊石雕却动了起来。

这些石雕上面的石块如同鳞甲一般，一块块自行脱落。

"尔等速速离去，女娲墓重地，不得闯入！"

一个十分威严的声音，我仔细一看，发现是那人首蛇身的男子所发出的。他的面貌很粗犷，双目瞪得大大的，甚至说得上有几分威严。

而另外一尊石雕，同样化为一个容貌清丽的少女，这个女人头发盘了起来，双目闪烁着淡淡的红芒，脸色阴沉无比。少女上身穿着一件雪白的长衫，遮掩住她玲珑的身躯，她的女娲之躯同样是金黄色，纤细嫩白的手指抓着石枪，与那个男子挡住了我们的去路。

"我们好不容易才来到这里，你就让我们离去？"

我冷笑一声，既然都到了这里，经历了九死一生，怎么可能会因为区区几句话就会退去？

"此乃女娲墓重地，再不离去，就休怪我们不客气。"

那个女子挥舞着手里的石枪，面无表情地开口了。

"青冥，你别动手，我倒要看看他们这两具石雕有多么厉害！"

我笑了笑，体内的女娲精血开始沸腾起来，腰腹以下开始化为赤红的女娲之躯，一片片赤红的鳞甲光辉熠熠，与他们平视而立。

"原来是女娲后人，既然如此，我们也没有什么好阻拦的了。"

那个手持石枪的男子见到我这副模样，与女子相视一眼，沉声开口了。接着二人又站在大殿两侧，身体表面霞光微微一闪，又恢复原本的石雕模样，仿佛一切都没有发生过一样。

这扇大门是个石门，光洁平整，就像一块庞大的玉石一样。整个石门呈现出淡淡的莹白色，大门上还有熟悉的赤色花纹，好像在哪里看到过一样。石门的中间有一个掌印，是完全凹进去的。除此之外，再也没有别的把手或者按钮可以开启此门了。

"门上的是长生纹，和你背后的长生纹一模一样，这个凹进去的手掌印，应该就是打开石门的关键。"

青冥提醒我。

我点了点头，把手缓缓往石门中央的那个手掌印轻轻按了下去。没有想到的是，这掌印居然与我的手掌隐隐相合，我正觉得奇怪时，忽然我的手指好像被什么扎了一下，一股钻心的疼痛传来，我心里一惊，抽回手，身子往后退了几步，青冥扶住了我。

我有些骇然地向石门看过去，我原本就修炼了七星法体，纵然不说刀枪不入，水火不侵，但是怎么说要想伤害我，也必须得破了七星法体才成，但现在居然毫无预兆的手指就被扎破了，七星法体根本就没有施展开来。

现在我感觉自己就像凡人一样，看着自己指尖冒出的鲜血，一下就呆住了。

忽然青冥走了过来，一把拿起我的手，放到自己的嘴里，轻轻地吸吮起来。

"青冥，你干什么！"

我吃了一惊，低呼起来。

"止血。"

青冥冷冷地开口说道。

"至于要用这么原始的办法么？"我看着青冥，忽然心里一动，"青冥，忘了跟你说，我上完厕所没洗手。"

青冥一愣，脸色铁青。

就在我和青冥开玩笑的时候，大门轰然启动了，石门徐徐往上升了起来，青冥抓着我一下就冲了进去。

刚一进来，后面的石门又缓缓地合了起来。我们直接到了女娲大殿。另外，就在门合起来的时候，我们头顶之上忽然绽放出一道道五色霞光。这些霞光开始在大殿的顶部流转起来，我施展阴阳眼，居然无法直接看穿这些五色霞光，这些霞光之中蕴含了一种神秘而又强大的力量，居然与我当时开启女娲墓进入这个世界的时候的那种力量一模一样。

我有些惊骇起来，整个大殿都开始震颤，我能够感到这些霞光已经从女娲大殿的顶部往外飞去。现在很有可能苏茉儿和其余进入女娲大殿还没有身死道消的人都被这股神秘的力量给送回了原来的世界。

这个大殿准确地说是一个完全由石头构建的大殿，和我之前女娲精血苏醒时所梦到的大殿几乎一模一样。一尊高大的女娲石像伫立在我们面前，而这女娲像的手指正好是指着头顶，指尖五色光芒吞吐之地。

大殿的中央有九根石柱，石柱上面雕刻着各种飞禽走兽的图腾，密密麻麻，栩栩如生。这九根石柱都环绕着女娲石像，石柱上的图腾不管雕刻得如何，但都是往女娲石像所在的位置朝拜。

这女娲石像里面竟然隐隐蕴含着之前我所感受到的那股女娲气息，不过十分微弱，但是也十分纯正，另外一股就是娲皇宫宫主婉青身上的气息。

我闭上双眼，开始感受五色神土的气息，周围一切都开始变化起来，不过我却没有感受到五色神土的存在。

青冥也在寻找。我走到女娲像面前，前面有个发黄的蒲团，蒲团上面已经有一层灰烬。

时间一点一点地过去了，青冥依然没有找到五色神土，而我也着急起来，因为头顶上的五色霞光开始越来越浓稠，隐隐有些五色霞光从大殿顶部坠落而下，这股力量很强，强到我都没有办法控制。

"青冥，怎么办？没时间了，如果还找不到，我们受到这股力量压迫，就要离开这里了。"

我心里已经十分着急了，因为我已经感觉我体内的女娲精血在躁动，似乎要带着我飞到头顶之上去，现在若不是我用法力镇压着，只怕已经飞离了女娲墓。

"在找，别急。"

青冥安慰我，但其实他也很急。

我心情有些烦闷，看着女娲像，女娲一脸慈祥之色，相传女娲抟土造人，是我们人类的祖先，我不由自主地跪在了蒲团之上，"咚咚咚"磕了三个响头。

意想不到的一幕出现了，女娲石像手指忽然一转，往一个角落指去，而那个地方除了三角大鼎之外，并无他物。

我心里一喜，赶紧来到这个青铜大鼎面前，而青冥则满脸大喜地拿着一个玉盒走了过来。

"这女娲墓里果然还是有不少好宝贝的。"

青冥把手中的盒子塞到我身后背包之中。

"青冥，你看这个青铜大鼎。"

我指了指这个古老的大鼎，兴奋起来。

青冥凑过去，这个青铜大鼎里面黑黝黝的一片，但是里面隐隐透露出一股异常古老的气息。

"古怪，里面似乎有什么东西！"

青冥伸手往里一抓，但是手臂却闪电般地弹射而出，手掌之上金光吞吐不定，青冥眉头微微皱起，露出一丝痛苦之色，他甩了甩手，之后把手放到了身后。

"怎么了？不碍事吧？"

"不碍事，这青铜大鼎之中似乎有禁制，我想只有你才能够拿到。"

"也只有这样了。"我牙一咬，伸手往里面抓去，但就好像是抓在一团尖刺之上，无数根尖刺刺入手掌，一滴滴鲜血没入里面。我咬牙一抓，忽然好像捏碎了什么一样，青铜大鼎里面忽然迸射出五色毫光来，还有一阵奇异的泥土芬芳气息传来。这泥土并没有土腥气息，反而有一股异香。

"五色神土！"

我惊喜地大叫起来。

🌀 大结局

"果然是五色神土！有了它，火儿他们就有救了。"

青冥看到青铜大鼎之中的五色毫光，脸上难得地露出惊喜之色来。他急忙又拿出一个石盒递给了我。

"这么小，会不会不够？"

"足够，这是我在这女娲大殿找到的，只要你能够捏出具体的人形，至于容貌什么的，他们自己都可以幻化的。"

青冥轻轻一笑地说道。

听了他的话，我不再迟疑，伸手就往里面抓去。五色神土拿在手里冰冰凉凉的，泥土呈现出五色毫光，这种色彩是泥土本身散发而出，抓在手里，我心里隐隐有种能够捏出万物的感觉。

片刻之后，一尺来长的石盒便被装满了。

我满心欢喜地把石盒塞入身后的包中，心中有种功德圆满之感。

这一刻，我欣喜地抱住了青冥，五色神土，最为重要的东西到手了。

青冥也很高兴，这一次来女娲墓，我们居然都活了下来。青冥双手有力地抱着我，一刻也不松开。

这种喜悦的心情，也只有经历了这么多事的我们，才能够感觉到。

忽然头顶之上的五色霞光越转越快，一股强大的牵扯力轰然而至，我体内的法力也有些无法镇压了，身子开始变得轻飘飘起来。

"怎么回事！"

我见青冥身上没有半点反应，心里那股不祥的预兆越来越强烈。

"无常，你怎么回事？"

青冥一把抓住我，脸色陡然狂变起来。

"有一股力量，有一股力量要把我传出去，我无法压制住了，青冥，你难道没有感受到这股牵引力量？"

我感到我的脚已经悬浮起来，开始慢慢地往上飞去。但是因为青冥拉住我，才没有飞离。

这是一股要把我们送出女娲墓的力量，青冥居然没有感受到！

"没有，我知道了，这女娲墓里面隔绝了这种牵引的力量，我无法感受到这股力量的牵引，而你体内有女娲精血，自然是受到了这股力量牵引，你忘了，女娲墓这个世界，有些地方是无法受到这股力量牵引的。"

青冥脸上露出了焦虑之色，手却紧紧地握住了我的手。

头顶上牵引的力量此刻越来越强，拉扯力量越来越大，一股神秘的力量在我身上浮现而出，我整个都被这五色霞光笼罩住，青冥握住我的手，我们接触的地方却好像遭到刀割般的疼痛。

这股力量开始排斥青冥了！

这种情况下，不会把青冥留在女娲墓吧？

一想到这里，我就慌了神，青冥同样也是方寸大乱，我吼起来："青冥，不要松手！"

我们手间的霞光越来越夺目，这种刀割般的疼痛青冥也是能够感受到的，我额头已经冒出豆大的汗珠。

"好歹毒的女人！无常，你松手吧，这样下去，你会死在这里的！"

青冥咬了咬牙，眼中冒出森然的冷光，好像锋利的刀芒一样。

"青冥，不行，我不能留你在这里，咱们要一起出去，都说好了。"

"我们无法抗拒这个力量，你出去，我会想办法出来的。"

青冥扬起头，看着我，眼眶之中泪光涌现，眼中满是不舍。

他的身上已经涌现出淡淡的金色光芒，连地藏金身都施展出来了，但根本就起不了作用。

"不，不可能，我还从来没有看到有人能够离开女娲墓，不，要走一起走，不然我就是死，也不会离开这里！"

我说完，身体骤然浮现出一层银光，施展出七星法体，青冥是在骗我，如果现在不出去，又怎么能够离开这里？

"娲皇宫的宫主早就设计好了，她肯定早就知道在这里没有女娲精血的人是无法出去的，她想要我留下来，在这里建造六道轮回。"

青冥恨声说道。

当初在封魔峰顶我做了那个梦，女娲托梦，叫我小心娲皇宫的宫主，只是当初见到婉青的时候，她并没有任何异象，故而才放松。

"这要多少年？先不说能不能完成，就算完成了，你也不一定能够离开这里，你不是说要和我在一起么，出去后，我什么都答应你。"

我感觉身体之上的七星法体霞光开始一点点地碎裂，身体犹如刀割，这就是反抗这种神秘力量所受到的惩罚吧？

"听了你这句话，我已经很满足了，我青冥认定了一个人，是绝对不会放手的。无常，你回去之后，一定要好好地活下去，什么都要好好的。如果这六道轮回真的建立，我就会获得大功德，重回正果之位，那个时候，我也能够轻易地离开这个世界，往返于三界六道之中。等我回来，知道么，你松手吧，不然你会被这股力量绞碎！"

我感觉青冥的声音已经在颤抖了，他的眼睛变得十分明亮，黑白分明，里面映照着我的影像。

这种感觉让我心里很痛，呼吸都无法正常，我从来没有这种感觉，感觉一个至亲之人要离我而去了。

因为青冥说的话，只怕是很难实现了，就算是要实现，也不知道是多少年后的事情了，那个时候，我都不知道自己是否还活着。

"青冥，这一辈子，我认识你，无怨无悔，我给你十二年，十二年一个轮回，你若不从女娲墓出来，就别后悔！"

我咬了咬牙，恶狠狠地说道。

"你出去，可要好好过，救活他们，还有我相信师兄没有死，我会带他一起回来的！你可要记住，要好好活下去！"

青冥忽然想起了什么似的，大声地开口了。

我破涕为笑："十二年，只给你十二年的机会！"

青冥点了点头："出去之后，不能任性了，我不在你身边，你什么都要小心。记得按时吃饭，还有有捉妖公司就够了，一些事情不要亲力亲为，保重身体，不然我在这里，也不会安心的……"

此刻的我，就仿佛是有滔天怨气一般，无处释放，一股难以抑制的悲伤涌起，我感觉自己眼中有什么东西落了下来，一滴，一滴，滚烫，滚烫。

一看，我竟然流出鲜红的泪水，这些泪水跌落而下，滴在地面之上，化为一朵朵赤红艳丽的彼岸花。我知道，每一朵彼岸花，就是一个回忆。

而这些回忆，却是从我们在丧礼上相遇才开始的。

青冥现在所站着的地方，周围开满了彼岸花，在花丛中他忽然笑了，笑得很开心。

"无常，等我。"

青冥恋恋不舍地盯着我，忽然手松了开来，这一刻我心猛然一跳，身子毫无重力地往头顶之上飘去。我的视线越来越模糊，我想要张口大声呼喊，但是却张不了口。青冥的身影越来越小，此刻我耳畔传来青冥的最后一句话，一句让我们都不敢忘记的话。

"你若不离，我便不弃，你若不离，我便不弃……"